VERMLAND

KLARÄLV

●ASKBY

BORKASVÍK●

ÄLVSBORG●

VÄNERN

DALSLAND

WESTGÖTALAND

GÖTAÄLV

HALAND

KATTEGAT

●GÖTABURG

RAINER W. GRIMM

RAINER W. GRIMM wurde 1964 in Gelsenkirchen / Nordrhein -Westfalen, als zweiter Sohn, in eine Bergmannsfamilie geboren und lebt auch heute noch mit seiner Familie und seinen beiden Katzen im längst wieder ergrünten Ruhrgebiet. Mit fünfunddreißig Jahren entdeckte der gelernte Handwerker seine Liebe zur Schriftstellerei.

Als unabhängiger Autor veröffentlicht er seitdem seine historischen Geschichten und Romane, die meist von den Wikingern erzählen.

Rainer W. Grimm

Jarlsblut - Saga
Der siebte Band

historischer Roman

Bibliografische Information Der Deutschen Bibliothek:
*Die Deutsche Bibliothek verzeichnet diese Publikation in der
Deutschen Nationalbibliografie; detaillierte bibliografische Daten
sind im Internet über* http://dnb.ddb.de *abrufbar.*

Herstellung und Verlag:
BoD - Books on Demand, Norderstedt
Covergestaltung: Siglinde Lítilvölva, RWG
Layout: RWG
ISBN: 9-783-7543-9869-2

Inhaltsverzeichnis

1. DER TAG DES SCHRECKENS

Vierundzwanzig ausgelaugte und zum Teil verletzte Krieger und Kriegerinnen hatten den Weg nach Nordwesten eingeschlagen. Ihr Ziel war das Dorf Borkasvik!
Hier erhofften sie sich Hilfe von Jarl[1] Borka, der ein alter Freund ihres eigenen Jarls Einar Thordsson war. „Sag, Ilva", sprach ein junger Bursche, der bei dem Überfall tapfer gegen die Trøndner[2] gekämpft hatte, und wandte sich dem Weib des Jarls zu. „Was wird mit den anderen geschehen?"
Da schüttelte ein heftiger Weinkrampf die mutige Schildmaid, denn sie dachte an ihre sieben Winter zählende Tochter Thorvi, die mit all den anderen Frauen und Kindern bei dem Überfall in der Jarlshalle gewesen war. „Habe ich etwas Falsches gesagt, Ilva?" Der junge Krieger fühlte sich gar nicht gut, doch die Angesprochene sah den Burschen an und schüttelte ihren Kopf. „Nein, Erik, es ist der Gedanke an meine Tochter. Ja, an meine ganze Familie."
Sie waren seit dem Kampf gegen die Männer des Borkell ohne Pause gelaufen. Die zahlenmässige Übermacht der Angreifer hatte sie zur Flucht aus Askby gezwungen. Nun, da es zu dämmern begann, befahl der alte Harald endlich eine Rast. Er war der Dorfälteste, und stand der Ilva bei, die als Gemahlin des Jarls, den Oberbefehl über das Dorf bei dem Überfall inne hatte. Erschöpft setzten sie sich an den Wegesrand. „Glaubst du sie Leben noch?", fragte da wieder der junge Erik. „Ja, daran glaube ich. Ganz fest!" Ilva hatte sich wieder beruhigt. Sie musste schließlich Vorbild für die

---

[1] Jarl – Graf /Earl
[2] Trøndner – Bewohner eines Gaus im Norden Norwegens

7

anderen sein. „Wenn die Götter uns gnädig sind, werden wir mit Borkas Hilfe die Angreifer aus Askby vertreiben, und alle Gefangenen befreien."

„Ja, Erik, das werden wir", stimmte sie dem Burschen zu, obwohl Ilva bezweifelte rechtzeitig mit einer Verstärkung nach Askby zurückkehren zu können.

Fünfmal mussten sie ihr Nachtlager aufschlagen, welches natürlich nur aus einigen Feuern bestand, bis sie endlich die Dächer von Borkasvik erblickten. Und als sie in das Dorf marschierten, augelaugt und kraftlos, wurden sie sofort bestürmt. Ilva, Eira, die Prinzessin aus Lade, die wohl der Grund des Überfalls auf das Dorf war, und den alten Harald, brachte man in die Jarlshalle. Die anderen wurden von den Bewohnern versorgt. Man behandelte ihre Wunden, gab ihnen zu essen und auch neue Kleidung. Die meisten von ihnen aber wollten nur noch schlafen.

Mit Entsetzen erblickte die Jarlsgattin Sigve in welchem bemitleidenswerten Zustand sich die schöne Ilva befand. Auch Borka, der alte Jarl, lief den beiden Besuchern entgegen. „Ilva, was ist geschehen?", fragte er bestürzt. Und während Sigve den Körper der schönen Kriegerin nach Wunden absuchte, erzählte diese, was vorgefallen war.

„Wo ist Alma? Wo sind die Kinder?", wollte der Jarl wissen, und Ilva schüttelte ihren Kopf. „Ich weiß es nicht! Sie waren wohl mit den anderen in der Halle, als der Angriff stattfand."

„Es waren zu viele", schluchzte die schöne Schildmaid laut, und vergrub ihr Gesicht an der Schulter der Jarlsgattin Sigve. „Der Kampf verlief nicht gut für uns. Wir wurden abgedrängt, und konnten ihnen nicht zu Hilfe kommen", sprach der alte Harald beschämt, und wandte sich dem Borka zu. „Entweder sie haben sie gefangen, oder alle sind…", weiter sprach Harald nicht. Der Gedanke an die

Frauen und Kinder trieb auch ihm die Tränen in seine Augen.

„Wer, bei Odin, war das?" Die Wut stieg in dem alten Gautenjarl Borka auf, und er musste sich zügeln, um nicht voller Wut aus sich heraus zu platzen. Der alte Harald sah den Jarl an, und sprach: „Es war Borkell, der Schwarze! Der Knecht des Ladekönigs Grjotgard[3]." Da sah Borka sein Weib Sigve an. „Und wo war König Ragnar[4]?", wandte er sich wieder dem Harald zu.

„Es kam ein Reiter zu uns ins Dorf", berichtete Ilva, und begann zu zittern. „Dieser war ein Bote eines gewissen Thorsten, der uns vor dem Borkell warnte. So wussten wir, was kommen würde."

„Nur leider kam er zu spät, denn die Schiffe des Schwarzen waren nicht mehr fern", fuhr Harald fort.

„Thorsten? Etwa der Hauptmann König Ragnars?" Es schien als wüsste der alte Jarl von wem die Rede war. „Das heißt, auch Ragnar muss von den Trøndnerschiffen des Borkell gewusst haben." Enttäuscht nickte Harald.

„Wie konnte er dann zulassen, dass dieser sich auf dem Vänern herumtreibt?", fragte Sigve erbost. „Und obwohl er es wusste, schickte der König keine Hilfe?"

Harald sah die rothaarige Heilerin an, und schüttelte verneinend mit dem Kopf.

„Dann hat er Einar verraten!" Mit harter Stimme fällte Borka sein Urteil über den König. Zwar hatte König Ragnar Sigurdsson ihm, und auch dem Einar, als sie auf der Flucht aus dem Saxland hierher kamen, eine neue Heimat gegeben. Doch dafür hatten sie hier zwei Dörfer errichtet, und dem Ragnar die Treue geschworen. Und Einar, der an die

---

[3] Grjotgard Herlaugsson – 790 – 867 König des Tröndelag
[4] Ragnar Sigurdsson – gelebt in der 1. Hälfte des 9. Jahrhunderts, Sohn des dänischen Kleinkönigs Sigurd Hring

Freundschaft mit dem Ragnar glaubte, hatte sogar den Osten des Reiches gegen die benachbarten Gauten verteidigt, und die Grenze gesichert.

Des Königs Freundschaft aber, schien nicht mehr viel Wert zu sein. Wozu zahlten sie die Abgaben, wenn der König sie nicht zu schützen vermochte.

„Ruft meine Krieger zusammen", befahl der Jarl verärgert, einem jungen Kerl. „Holt Gisli her, er wird sie anführen. Sie werden den Schwarzen aus Askby vertreiben!"

Zwanzig Winter zählte Gisli, der zweite Sohn des Borka, und er hatte von all dem Aufruhr im Dorf nichts mitbekommen. Der Jarlssohn lag in seiner Kammer und schlief! Was oft vorkam, denn Gisli machte gerne die Nacht zum Tag, und frönte mit seinen Freunden dem Bier und dem süßen Met. Eine Sklavin trat in die Kammer, und an das Schlaflager heran. Sie wollte gerade die Hand auf die Schulter des Schlafenden legen, da wandte sich dieser um, und packte das Weib. Er zog die junge Sklavin in sein Bett und lachte. „Du kommst mir gerade recht!" Doch die Sklavin widersprach dem Gisli, obwohl sie nicht selten mit ihm das Bett teilte. „Hör auf damit! Dein Vater verlangt nach dir. Sofort!"

„Ach, der kann warten!" Sofort begann er an der Kleidung der Sklavin zu zerren, und versuchte ihr Kleid auszuziehen, Doch diese löste sich aus seinem Griff, und sprang aus dem Bett. „Nein, das kann er nicht", sagte sie trotzig. Und nun erzählte sie was geschehen war. „Warum sagst du das nicht gleich", rief Gisli, und sprang von dem Schlaflager auf.

Eilig lief er hinaus auf den Platz vor dem Haus, und zog sich dabei seine Tunika über. Er lief zu der großen Methalle, und als er die Eira sah, zauberte dies ein Lächeln auf sein makelloses Gesicht. Doch die Lage war zu ernst, um jetzt mit dem jungen Weib anzubändeln. Zumal Borka seinen Sohn sofort zu sich rief. So blieb es bei einer zurückhaltenden Begrüßung des Jarlssohnes und der Prinzessin von Lade. Zwar wusste Gisli, dass es Björn, der Sohn König Ragnars war, der dem jungen Weib in seinem Kopf herumspukte. Doch dies würde Gisli nicht davon abhalten, der Eira nachzustellen. Zumal dieser wusste, dass der Sohn des Ragnar Älvsborg mit seiner Mutter, der Schildmaid Lagertha verlassen hatte.

„Du wirst mit unseren Kriegern nach Askby reiten, und den Borkell aus dem Dorf vertreiben", befahl Jarl Borka seinem Sohn. „Und wenn es möglich ist, bring mir den Kopf des Schwarzen!" Gisli zögerte nicht, wandte sich um, und verließ die Halle.

Schon bald darauf sammelte sich auf dem Platz vor der Methalle eine mehr als dreißigköpfige Reiterschar. Darunter waren auch einige der gerade erst angekommenen Krieger aus Askby. Sie sannen auf Rache, und wollten den Kampf nicht den Männern aus Borkasvik überlassen.

Bald schon verließen die Berittenen das Dorf, und folgten dem Weg nach Südosten, der sie nach Askby führen würde.

*

Der Wellenwolf hatte den Steg noch nicht erreicht, doch die Männer standen zu beiden Seiten an der Reling, und sahen mit Schrecken, dass das Knarr[5] Asenzorn versunken an seinem Liegeplatz lag. Nur der Mast ragte aus demWasser in die Höhe. Und nun sahen sie auch, dass die Gebäude des Hafens niedergebrannt waren. Verkohlte, rauchende Ruinen waren das Einzige, was geblieben war. Was war hier geschehen?

---

[5] Knarr, Knorr - dickbauchiges Handelsschiff der Nordleute

11

„Ein Überfall?" Fragend sah der Stevenhauptmann Olaf
den Jarl an. Dieser atmete tief ein. „Was sonst!"
„Holt das Segel ein!", rief Olaf, und die Männer befolgten
seinen Befehl. Langsam glitt der Wellenwolf an den
Anlegesteg, und sofort sprangen einige Männer an Land.

Es war der Sommer des Jahres 834 n. Chr. als die Krieger
aus Askby, dem Dorf an dem großen See Vänern[6] gelegen,
von der Raubfahrt mit dem Dänenkönig Horik
zurückkehrten. Nachdem der Wellenwolf festgemacht war,
nahmen die Männer ihre Schilde, zogen die Schwerter und
Äxte, und begaben sich auf den Weg in das Dorf.
„Hier, das ist Ole, der Humpler!", rief Kjelt, als er vor
einem der Toten stand. Der Mann lag über einem
querliegenden Fass, und hatte unzweifelhaft den Weg zu
den Göttern angetreten. Einer seiner Arme lag neben ihm im
Sand, und im Nacken des Mannes klaffte die breite Wunde
eines Axthiebes. Auch die anderen riefen Namen, wenn sie
die Toten erkannt hatten. Die Trauer um die gefallenen
Freunde und Nachbarn war groß. „Sie haben sicher tapfer
gekämpft", sprach Olaf lobend. „Ja, das haben sie wohl.
Doch der Feind war zu stark", fügte Jarl Einar hinzu.
„Kommt, wir kümmern uns später um sie." Der Jarl ging
den breiten, leicht ansteigenden Weg in Richtung der
Häuser des Dorfes. „Irgendwer muss doch noch leben", rief
Thure entsetzt, und ihm liefen Tränen über das Gesicht. Erst
jetzt überkam auch den Jarl die Angst um seine Familie. Wo
waren die schwangere Alma, die Ilva, und seine Kinder?
Und seine Angst wuchs noch, als sie vor der großen
Jarlshalle standen. Der Eingangsbereich mit der schönen,

---

[6] Vänern - Vänern ist ein See im Südwesten des heutigen Schweden,
    gelegen zwischen den historischen Provinzen Dalsland,
    Vermland und Västergötland

reichlich beschnitzten, doppelflügeligen Tür, und ein Teil der Halle waren niedergebrannt. Darunter auch der Teil, den Einar mit seiner Familie bewohnte. Der Jarl warf den Schild von sich, und ließ sein Frankenschwert Blutauge aus der Hand gleiten. Dann sackte er auf die Knie. „Oh, ihr Götter von Asgard", rief er laut. „Warum tut ihr mir das an?"

Ein Großteil des Dorfes war den Flammen zum Opfer gefallen. Mit offenen Mündern standen die Männer vor den Trümmern ihrer Heimat. Einar wischte sich die Tränen von den Wangen. „Los, sucht nach den Leichen!", befahl er, und einige der Krieger begannen in den Ruinen zu suchen. Nach einer Weile kamen die Männer einer nach dem anderen zurück.

Außer in der Ruine der Halle, wo sie drei verkohlte Leichen gefunden hatten, waren sie erfolglos geblieben.

„Wir fanden niemanden mehr", erstattete Thoke dem Jarl Bericht. „Keine toten Kinder unter den Trümmern. Und auch dort, wo einst dein Schlaflager stand, fanden wir niemanden!" Da begannen die Augen Einars zu glänzen.

„Sie haben sie mitgenommen!"

Thoke nickte zustimmend. „Ja, das ist anzunehmen. Es erwartet sie ein Leben in der Sklaverei!" Doch da schüttelte Einar heftig seinen Kopf. „Nein, mein Freund! Wir werden sie finden und zurückholen. Alle!"

Plötzlich drang der Klang von Hufschlag an ihre Ohren. Jarl Einar sah sich um, und rief dann: „Rückt zusammen!" Und dann sahen sie die Reiterschar, die mit gezogenen Schwertern auf sie zu geritten kam. „Schildwall!", brüllte Jarl Einar. Die Krieger drängten sich gegeneinander und rissen ihre Schilder empor.

„Halt!", rief da einer der Reiter, ein Mann aus Askby. „Das ist Jarl Einar!" Er hatte den schwarzen Schild mit der roten Sonnenbemalung des Jarls erkannt. So brachen die Reiter aus Borkasvik den Angriff ab. Gisli zügelte sein Pferd, und stieg aus dem Sattel. Nun hatte auch Einar den jungen Krieger erkannt, senkte seinen Schild, und trat auf ihn zu.

„Gisli Borkasson", nannte er den Namen seines jüngeren Gegenübers. „Weißt du, was hier geschehen ist?" Der junge Krieger schüttelte seinen Kopf. „Ich kann dir nur sagen, dass Ilva und einige deiner Krieger in unserem Dorf sind. Den meisten geht es gut." Da trat der Mann aus Askby, der mit Gisli geritten war, vor seinen Jarl. „Es war Borkell, der Schwarze, der uns überfiel! Wir haben gekämpft, aber die Übermacht war zu groß!"

„Wo sind die Frauen und Kinder?" Der Mann zuckte mit den Schultern. „Ich weiß es nicht! Sie drängten uns von der Jarlshalle ab, so dass wir ihnen nicht zu Hilfe kommen konnten." Da begann der Krieger zu weinen, und Einar legte ihm die Hand auf die Schulter. „Wir werden sie finden! Und den Borkell auch!" Nach einiger Zeit machten sich Gisli und seine Reiter auf den Rückweg nach Borkasvik. „Sage deinem Vater, dass wir bald in euer Dorf kommen, Gisli!", sagte der Jarl und kündigte an, ihnen in Kürze zu folgen.

„Wann beginnen wir mit dem Aufbau?", fragte Kjelt den Anführer. Dieser sah sich um. „Noch nicht! Holt zuerst den Asenzorn auf den Strand", befahl der Jarl. „Wir werden ihn brauchen!" Und so geschah es! Mit vereinten Kräften zogen sie das versunkene Schiff auf den Strand. Schnell hatten sie die Stelle gefunden, an der die feindlichen Trøndner[7] das Knarr leckgeschlagen hatten. Nun begann die Suche nach brauchbarem Holz. Zum Glück fanden sie dies in der Werkstatt der beiden Zimmermänner. Das Gebäude stand

---

[7] Trøndelag – Gau in Nordwestnorwegen, die Bewohner nenen sich Trøndner

etwas Abseits des Dorfes, und all die Häuser und Hütten, die in diesem Teil des Dorfes standen, waren unversehrt. Thoke brauchte nicht allzu lange, um die geborstenen Planken auszuwechseln. Er dichtete die Stelle ab, und der Asenzorn war wieder seetüchtig. „Segeln wir nach Borkasvik", sprach Einar, doch Thoke bremste seinen Tatendrang. „Wir sollten noch bis Morgen warten, damit das Pech trocken werden kann."

Im Hafen brannten die Feuer, und aus den von den Männern zusammengesuchten Nahrungsmitteln, hatten sie sich ein Mahl zubereitet. Ihr eigener Proviant, den sie vor der Reise an Bord genommen hatten, war längst zur Neige gegangen. Einar saß am Feuer, und sein Blick schweifte zu dem Wellenwolf. Dort saßen immer noch die Sklaven, die er in Dorestad sorgsam ausgewählt hatte, mit einem Seil an den Mast gebunden. Nun blickte er auf die hölzerne Schüssel in seiner Hand. Er stellte diese zur Seite und erhob sich. Langsam ging er über den Steg und sprang an Bord der Schnigge.[8] „Egal wohin ihr flüchtet, ihr werdet Sklaven sein", sprach er ruhig in der Sparche der Saxländer, von der er hoffte, dass die Friesen sie verstanden. Er zog sein Messer, worauf die Gefangenen erschracken. Doch Einar durchschnitt damit nur die Fesseln. „Geht zu den Feuern, und esst", sagte er. Der Mann, von dem er wusste, dass er ein Zimmermann war, und den er nicht von seiner Familie getrennt hatte, ergriff die Hand seines Weibes und half dieser über die Reling. Er sah den Jarl an und nickte. Dann reichte er dieser die Kinder herüber, und folgte auf den Steg. Sie begaben sich zum Feuer, und erhielten von Thoke zu essen. Auch der Kerl, der ein Schmied war, fasste Mut und folgte der Familie. Nur die drei Friesenweiber mit ihren

---

[8] Schnigge – schnelle, schlanke Kriegsschiffe mit bis zu 40 Riemen

Kindern, die Einar als Sklaven verkaufen wollte, wagten sich nicht von der Stelle. Da ergriff der Jarl eines der Kinder, und hob es über die Reling auf den Steg. „Geh, und iss!" Der Knabe verstand die Worte, sah aber fragend zu der Frau, die seine Mutter war. Erst jetzt erhob sich diese, nahm ihr zweites Kind, und folgte. Nun wagten auch die anderen den Weg an das wärmende Feuer. Und zu ihrer Verwunderung waren die Seefahrer, die sie bisher nur als grausame Krieger kannten, nun friedliche, und wie es schien, besorgte Männer. Bei manchen hatten sie sogar Tränen gesehen. Ja, sie schienen zu trauern!
Doch der Hass auf diese Menschen, beflügelte die Freude über deren Unglück.

Es war noch recht früh, da hatten sie den Asenzorn in das Wasser geschoben. Der Rumpf schien dicht zu sein, und Thoke war zufrieden. Eigentlich war es Jarl Einar egal, aber er stellte fest, dass keiner der Sklaven versucht hatte zu fliehen. Es schien als hätten sie seine Worte verstanden. Wollten sie überleben, mussten sie bei den Wikingern bleiben.
Olaf war nun wieder der Schiffsführer des Knarrs Asenzorn. Die Männer hatten sich auf die beiden Schiffe verteilt. Ubbe war der Steuermann des Knarrs, und Thorberg, der der Schwager des Jarls war, wurde der Stevenhauptmann auf dem Lastschiff. Raban, den Sachsen, ernannte der Jarl nun zum Stevenhauptmann auf dem Wellenwolf, denn Einar war der Meinung, dass er sich dies verdient hatte. Und da Raban nun schon lange zur Gefolgschaft des Jarls zählte, wurde er von den Männern als Stevenhauptmann gebilligt.
So ließen sie Askby zurück, und es war nicht sicher, dass sie ihr Dorf wiedersehen würden. Sollte der Gautenjarl im Osten, auf der anderen Seite des Waldes, davon erfahren, dass Askby nun unbewohnt war, würde er sich die

Gelegenheit sicher nicht entgehen lassen. Er würde sich das Land zurückholen, das einst Jarl Einar ihnen genommen hatte.

Der Gaute Jarl Skögul erhob Anspruch auf den ganzen Wald, und hatte nur auf Grund der Gegenwehr durch Jarl Einar darauf verzichtet. Die kleine Hügelkette, die sich durch den Wald zog, war seitdem die Grenze zwischen dem Reich König Ragnars, und dem des Königs der Gauten, der Hrotger hieß.

Der Hafen von Borkasvik war nur ein kleiner Teil einer Bucht. Hier gab es außer einem Anlegesteg, und drei Hütten nichts. Borkas Schnigge lag schon lange auf dem Strand, denn der alte Jarl fuhr nicht mehr zur See. Und sein Sohn Gisli schien kein Seefahrer zu sein. Händler kamen auch nur selten, denn der Weg vom Hafen zum Dorf war weit, und nicht ohne Karren oder Kutsche zu bewältigen. Borkasvik lag fast einen halben Tagesmarsch landeinwärts im Norden. Nach dem die beiden Schiffe des Einar festgemacht waren, wählte er einige Krieger aus, die ihn begleiten sollten. Auch die Sklaven nahm er mit sich nach Borkasvik. Dort sollten sie erstmal bleiben, denn bei dem, was nun folgen würde, konnte er sie nicht gebrauchen.

„Es ist Jarl Einar!", rief irgendjemand über den Dorfplatz, als der Jarl und sein Gefolge Borkasvik erreicht hatten. Ein Sklave verschwand in der Halle, und kurz darauf stürmten einige Leute aus dem Langhaus heraus. „Einar!"
Die Stimme der Ilva überschlug sich, als sie auf den Jarl mit dem braunen Haar zu lief. Weinend fiel sie ihm in die Arme.

„Es ist so schrecklich", schluchzte sie. „Wir waren einfach zu schwach, um sie zu vertreiben!" Einar strich der Schildmaid über ihr langes, rotblondes Haar. „Wir werden sie jagen. Und wir werden sie finden!" Er küsste die Ilva auf den Mund, und strich ihr die Tränen von der Wange. „Und wir werden unsere Leute zurückholen."

Auch Borka und sein Weib Sigve waren ins Freie getreten. Sie begrüßten den Jarl mit großer Freude, denn schließlich kam er lebend von einer Wikingfahrt zurück. „Habt ihr viele Verluste?", wollte Borka wissen. Da schüttelte Einar seinen Kopf. „Nein, was die Raubfahrt angeht, waren uns die Götter gnädig." Er trat zur Sigve und schloß die rothaarige Frau in seine Arme. Die Völva[9] Sigve gehörte lange Zeit zur Gefolgschaft des Einar, bis sie die Gemahlin des Gauten Borka wurde. Da sie selbst keine Kinder geboren hatte, war sie dem Gisli eine gute Stiefmutter geworden. Borkas zweiter Sohn Breka, den Einar einst aus der Sklaverei befreit hatte, war inzwischen von König Ragnar zum Jarl erhoben worden. Er war der Herr über die Götaburg! Diese hatte Ragnar Sigurdsson an den Ufern der Götaälv[10] erbauen lassen, um immer ein Heer zur Verfügung zu haben, welches schnell an jedem Punkt seines Reiches kampfbereit war. Inzwischen war aus der Götaburg eine kleine Stadt geworden, und es waren nicht weniger als fünfhundert Krieger unter dem Befehl des Jarl Breka. Doch keiner dieser Krieger, war seinen Leuten zu hilfe geeilt.

Nun fanden sich mehr und mehr Leute ein, und sie begannen sich zu umarmen. Thoke, der Zimmermann auf dem Wellenwolf, hatte Brok gefunden. Er war der zweite Zimmermann, mit dem Thoke in Askby die Werkstatt teilte. Brok, obwohl viel jünger als Thoke, fuhr nur selten zur See, denn er litt unter der Seekrankheit, was ihm schon viel Spott

---

[9] Völva – Seherin, Kräuterkundige Heilerin
[10] Götaälv – Grenzfluß zwischen der norwegischen Ranrike und dem Dänischen Götaland

eingebracht hatte. So blieb Brok meist als Zimmermann im Dorf.

Alle Geflohenen waren auf den Platz geeilt, um ihre Freunde, Nachbarn und Verwandten zu begrüßen.

„Wer sind die da?", fragte der grauhaarige Jarl, und zeigte auf die Sklaven. „Ich habe sie aus dem Friesenland mitgebracht", antwortete Einar. „Der eine Kerl ist ein Schmied, und der andere ist ein Zimmermann. Vielleicht war dies ja eine Eingebung der Götter, denn jetzt werden wir sie gut gebrauchen können."

„Und die Weiber?"

Einar begann zu grinsen. „Es gibt einige Männer in meiner Gefolgschaft, denen es an weiblicher Gesellschaft mangelt. Sie waren als Beuteanteil gedacht. Und wenn sie keiner will, werden sie halt verkauft."

Da strich sich Jarl Borka nachdenklich über seinen Bart.

„Kannst sie hier lassen, wenn du willst. Ich denke doch, du wirst es nicht auf sich beruhen lassen."

„Ich werde meine Gemahlin und die Kinder suchen, wenn du das meinst", sagte Jarl Einar streng. „Und ich werde Borkell, den Schwarzen, zur Strecke bringen. Es ist längst an der Zeit! Er ist der Keil zwischen König Grjotgard und mir. Also muss er sterben! Das schwöre ich, bei Thors Hammer und Odins Auge!"

Borka nickte zustimmend, denn nichts anderes hatte er erwartet. „Gut, gehen wir ins Haus."

Am folgenden Tag begab sich Einar mit dem Sachsen Raban, dem Zimmermann Brok, dem Schmied Björn, und einigen anderen zu den Sklaven, die sie im Friesenland gefangen hatten. Mit Hilfe des Kahlkopfes redete der Jarl auf die Gefangenen ein. „Wie ihr gesehen habt, gibt es ein großes Problem in meinem Dorf", begann er in der Sprache die man im Reich der Deutschen sprach. „Es gibt nicht mehr viel von meinem Dorf, das die Angreifer übrig gelassen haben." Einar trat auf den Mann zu, von dem er wusste, dass dieser ein Schmied war. Und er wusste, dass dieser ihn verstand. „Ich nahm euch als Sklaven, und brachte euch hierher. Hier findet nun euer neues Leben statt! Meinen Sklaven geht es gut in Askby, und wenn ihr wollt, dass es auch euch gut geht, fügt euch und seid gehorsam. Wenn ihr aber Ärger macht, werdet ihr sterben!" Er wandte sich dem Björn zu, und sprach nun wieder in der Sprache der Nordmänner. „Dieser hier ist ein Schmied, so wie du. Ich will, dass du ihn in dein Haus aufnimmst. Behandle ihn gut, Björn, wir werden ihn brauchen." Der Angesprochene nickte, und trat auf den Friesen zu. Der Mann war etwa gleichen Alters wie er selbst. „Los, komm! Du wirst jetzt mein Sklave sein." Doch der Jarl fasste Björn bei der Schulter. „Das ist ein Irrtum, Björn. Dieser Mann ist mein Sklave, und du solltest ihn gut behandeln." Der Friese sah den Jarl an, und es schien, als hätte er die Worte des Anführers verstanden. Björn dagegen, sah den Einar verärgert an, nickte dann aber zustimmend. Da wandte sich Einar wieder an die Sklaven. Er zeigte auf Raban. „Dieser Mann hier, ist ein Sachse! Er ist einer meiner besten Männer geworden, und auch mein Weib kam als Sklavin hier her!" Einar hoffte, die Unfreien würden seine Worte und den Sinn dahinter verstehen.

„Geh mit Björn", sprach nun Raban zu dem Friesen, und die beiden Männer zogen sich zurück. Fortan würde er am Leben der Familie des Schmiedes Björn teilhaben.
Gleiches geschah mit dem Zimmermann und seiner Familie. Diese vertraute der Jarl dem Brok an.
Von dem Zimmermann wusste Einar, dass er ein guter Kerl war. Und auch die Weiber mit ihren Kindern verteilte Einar auf einige Familien, von denen er wusste, sie würden Hilfe

gebrauchen können. Eine von ihnen übergab er dem Thoke, und dies tat er nicht ohne Hintergedanken.

Zwar lehnte der Zimmermann zuerst ab, doch Einar bestand darauf, das Thoke dem Weib und ihrem Kind ein neues Heim gab.

„Glaubst du, sie werden sich einfügen?", fragte Raban, als die beiden Männer sich vom Lager auf den Weg zur Halle machten. „Ja, das werden sie. Nur um Björn mache ich mir Sorgen. Ich werde Harald sagen, er soll ihn im Auge behalten."

*

Längst hatten die drei Schniggen des Borkell das Kattegat[11] hinter sich gelassen. Nun segelten sie an der Südküste Norwegens durch das Skagerrak[12] Richtung Westen. Die Gefangenen hatte der Hauptmann des Ladekönigs auf sein eigenes Schiff bringen lassen. So saßen diese nun dichtgedrängt beieinander an der Reling des Schiffes. Sif und Polk hielten sich zu beiden Seiten dicht bei ihrer Herrin Alma. Die Gemahlin Jarl Einars hielt ihren Säugling fest in den Armen, und stierte abwesend auf die Planken des Schiffes. Ihr Gesicht war kreidebleich, eingerahmt von dem schwarzen Haar, sah man ihre Blässe noch deutlicher. Die Magd neigte sich zu der Alma und berührte das Kind. Da begann der Säugling zu weinen. Die Sif atmete sichtlich auf, denn sie hatte befürchtet, dass der Knabe bereits gestorben war. Alma öffnete ihr Kleid und legte den Knaben an die Brust. Der Kampf um Askby und die Geburt hatten der Alma sehr zugesetzt. Und nun kam die Ungewissheit dazu,

---

[11] Kattegat - See zwischen dem nördlichen Jütland und dem Götaland
[12] Skagerrak – Teil der Nordsee zwischen der Nordküste Jütland und der
    Südküste Norwegens

was aus ihr und dem Kind werden würde. Sie zweifelte nicht daran, dass ihr Gemahl nach ihnen suchen würde. Doch die Frage, ob Jarl Einar überhaupt noch lebte, machte die Hoffnung schnell wieder zu nichte.

Anfangs hatten die Kerle immer wieder für Ruhe gesorgt. Hatten die Gefangenen angeschnauzt, und manchmal auch nach ihnen getreten oder sie geschlagen. Nun aber störten sie sich nicht mehr um sie. Der Gedanke, dass die meisten ihrer Gefangenen selbst einmal Trøndner von der Insel Tautra waren, schienen sie vergessen zu haben.

„Was hast du mit ihnen vor?“, fragte der Stevenhauptmann den Borkell. Dieser wandte sich dem Mann zu und grinste.

„Ich bringe sie dem König. Soll Grjotgard entscheiden, was mit ihnen geschieht!“

„Aber ich dachte…“

„Was dachtest du? Dass du sie als Sklaven verkaufen kannst?“, blökte der Schiffsführer den Stevenhauptmann an.

„Sie dienen uns als Köder! Begreifst du das?“ Da nickte der Krieger, doch er war unzufrieden. Unzufrieden wie viele andere auf den Schiffen. Sie hatten mit Beute gerechnet, doch was sie auf die Schiffe schleppten, konnte man kaum als Beute bezeichnen. Den Besitz des Einar hatten sie nicht gefunden. Nun blieb nur noch die Hoffnung, dass der König sie für diesen Raubzug ordentlich entlohnte.

Zwar hatten sie nicht mit Stürmen zu kämpfen, doch obwohl es Sommer war, waren die Nächte auf See recht kalt. Ohne Zwischenfälle gelangten die drei Schiffe in das Trøndelag und den großen Fjord von Lade[13]. Ein Weib der Gefangenen war bei der Überfahrt gestorben, und zu Borkell

---

[13] Lade – Königsstadt im Trøndelag, später von König Olaf Tryggvasson in Nidaros umbenannt und erweitert, heute ein Stadtteil von Trondheim

22

Verwunderung war es nicht Alma, die sich in einem bedauernswertem Zustand befand. Und auch der Säugling lebte, was wohl der Wärme, die ihm Alma, Sif und Polk gleichermaßen spendeten, zu verdanken war.

*

„Was?" Erbost war Jarl Einar aufgesprungen. Gemeinsam mit der Familie des Hausherrn hatten sie an einem großen Tisch gesessen. „Ja, der Krieger stellte sich als Bote des Hauptmannes Thorsten vor", wiederholte Ilva noch einmal ihre Worte. „Und dieser hatte den Mann auch geschickt."

„Das heißt, König Ragnar hat von den drei Schniggen der Trøndner gewusst", stellte Olaf fest, und Thoke und Kjelt nickten zustimmend, und mit bösem Blick. Einars Gesicht war zu einer wutverzerrten Fratze geworden. „Er hat mein Dorf wissentlich seinem Schicksal überlassen."

„Was werden wir nun tun?", fragte Raban, der Sachse. Die Blicke der Männer trafen ihren Jarl. Einar schwieg einen Moment, doch bevor er seinen Mund öffnete, tat es ein anderer. „Wir sollten jetzt keine Entscheidung treffen", sprach Olaf zu seinem Freund und Anführer. Dieser überlegte, und nickte dann. „Du hast recht, wir sollten uns erst um unsere Leute kümmern. Ich will wissen, wie groß unsere Kampfkraft ist. Das übernimmst du, Olaf."
Der Angesprochene nickte. „Du, Thoke, wirst mit Brok und dem Friesen die Schiffe überholen, damit sie die Fahrt in den Norden gut überstehen. Und auch dieser nickte.
Nach einem Gelage war niemandem zumute, so saßen sie am Abend nur in der großen Methalle zusammen, und besprachen, was zu geschehen hatte.

Gisli trat hinter die Eira, und beugte sich an ihr Ohr. Plötzlich erhob sich die Ladeprinzessin und folgte dem

Sohn Jarl Borkas ins Freie. „Du weißt, dass Jarl Einar nun in das Trøndelag segeln wird?" Eira blickte den doch recht gut aussehenden Krieger fragend an. Sie verstand nicht, worauf dieser hinaus wollte. „Ich denke, du wirst ihm nicht folgen wollen. Darum bitte ich dich hier in Borkasvik zu bleiben."

„Aber ich gehöre zu Jarl Einars Gefolgschaft", widersprach sie dem Gisli. „Nicht mehr, wenn du meine Gemahlin wirst!" Erstaunt sah sie den jüngeren Sohn des ergrauten Jarls an. Ein wenig fühlte sie sich schon zu ihm hingezogen, und sicher würde er einmal Jarl in Borkasvik werden. Aber es war Björn, der in ihrem Kopf herumspukte. Dieser aber hatte Älvsborg mit seiner Mutter Lagertha verlassen, und ob er jemals zurückkommen würde, wussten nur die Götter. „Du ziehst es vor, auf den Björn zu warten, von dem du nicht einmal weißt, ob er zurückkehrt?" Ein wenig enttäuscht, und auch erbost sah Gisli die Prinzessin an. Da sprach sie: „Gib mir ein wenig Zeit! Ich muss darüber nachdenken."

„Gut denke darüber nach. Ich werde dir ein guter Mann sein", versprach Gisli, und ging zurück in das Haus. Dort hatte Einar inzwischen erfahren, dass er für jedes Schiff achtundzwanzig Krieger zur Verfügung hatte. Dies war nicht die Anzahl, die für einen offenen Kampf reichen würde. Doch Einar würde sicher noch ein Ausweg einfallen!

Am Morgen hatten sich alle Krieger aus Einars Gefolge auf dem Platz vor der Jarlshalle gesammelt. Bis auf jene, die bereits am Hafen mit dem Überarbeiten der Schiffe beschäftigt waren. Einar stand mit Olaf und Raban, der Sigve und ihrem Gemahl Borka, sowie Gisli beisammen.

„Ich kann gute Krieger immer gebrauchen", sagte Einar und sah den Sohn des Borka fragend an. „Wie ist es, willst du uns begleiten?" Doch Gisli lehnte dankend ab und ging. Zwar sah Borka seinem Sohn ein wenig beschämt hinterher, aber er schwieg, denn es war die Entscheidung des Gisli und nicht die seine. Außerdem wusste er von Gislis Seekrankheit, die nicht einmal die Sigve zu heilen vermochte.

Diesmal wollte Einar auch die Schildmaiden, die Kriegerinnen, zu denen auch Ilva gehörte, mit an Bord nehmen. Da trat Eira, gemeinsam mit Ilva, vor den Jarl. Und zu der jungen Eira sprach er: „Für dich wird es besser sein, du bleibst hier. Du bist uns allen sehr ans Herz gewachsen, Eira. Doch die Gefahr ist groß, dass ich dich gegen meine Leute eintauschen müsste, denn dies wäre sicher das, was Borkell verlangen würde, wüsste er von deiner Anwesenheit auf meinem Schiff." Enttäuscht sah die einstige Prinzessin von Lade den Jarl an. Doch sie musste sich eingestehen, der Jarl hatte recht. „Gut", antwortete sie nickend. „Ich denke, das Schicksal, welches die Nornen[14] für mich webten, nimmt seinen Lauf. Ich werde also die Gemahlin des Gisli!" Da sah Einar die junge Frau erstaunt an. Und diese nickte.

„Ja, Gisli bat mich sein Weib zu werden. Ich denke, er ist ein guter Mann." Dem stimmte der Jarl aus Askby zu, und obwohl er fand, Eira sollte mit einer Vermählung noch warten, bestärkte er sie in ihrem Vorhaben.

„Jarl Einar, ich danke dir für alles, was du für mich getan hast." Man sah der jungen Frau, die gerade einmal sechzehn Winter zählte an, wie sehr sie mit den Tränen kämpfte. „Ich bleibe also hier in Borkasvik."

Die Entscheidung der jungen Frau wurde von Gisli, dem Jarlssohn, mit großer Freude aufgenommen, als die Eira vor ihn trat und in seinen Antrag einwilligte.

---

[14] Nornen – Urd, Verdandi und Skuld, die drei Göttinnen bewachen den Brunnen des Schicksals an den Wurzeln der Weltesche. Sie bestimmen das Schicksal der Götter und das der Menschen

Einige Karren, beladen mit Proviant, begleiteten die Krieger aus Askby auf ihrem Weg zum Hafen. Und Jarl Einar war auffallend ruhig. Ein Gedanke hatte den Jarl in der Nacht und auch jetzt nicht losgelassen. Warum hatte Ragnar ihm die Hilfe verweigert? Er war der Lehnsherr, und es war seine Pflicht die Zurückgebliebenen zu schützen. So groß war dessen Groll auf den Einar schon, dass er seine Gefolgschaft wissentlich ihrem Schicksal überlassen hatte? Ragnar würde auf seinen Anteil an der Wikingfahrt verzichten müssen, dies hatte Einar jedenfalls beschlossen. Nicht eine einzige Münze würde er dem König geben. Und seine Zweifel wuchsen, dass er je in den Vänern und somit in König Ragnars Reich, zurückzukehren würde.

So konnte dies sicher nicht ihre Heimat bleiben!

Das Dorf war jedenfalls zum Großteil verwüstet, und es würde viel Kraft und Zeit kosten, es neu zu errichten.

Ein leichter Sommerregen fiel auf die Schiffe herab, als sich die Besatzungen des Wellenwolfes und des Asenzorn im Hafen einfanden. Sie luden den Proviant auf die Schiffe, befestigten ihre Schilde an der Reling, und gingen an Bord.

*

2. AUF DER SUCHE

Jedes der beiden Schiffe war nun doch mit fast vierzig Kriegern besetzt. Nur wenige Männer ließ der Jarl zurück, schickte diese in sein Dorf, um Askby ersteinmal wieder aufzubauen. Nachdem Borka und Sigve auf den Jarl eingeredet hatten, entschied er sich in Ranrike[15] zu bleiben. Vorerst!

Jarl Borka hatte versprochen einige Krieger mit nach Askby zu schicken, um den Schutz der Frauen, Kinder und Handwerker zu gewähren. Gisli erhielt den Befehl über diese Krieger. So konnte es Jarl Einar wagen, weniger Männer im Dorf zurückzulassen. Und er erwartete, dass sein Dorf an der Grenze zum Gautenland wieder aufgebaut sein würde, wenn er heimkehrte.

Noch bevor die Segler sich auf den Weg machten, verließen die Bewohner von Askby das Dorf Borkasvik im Norden. Der Dorfälteste Harald hatte nun von dem Jarl die Befehlsgewalt erhalten, und führte den Treck an, der nach Südosten zog.

„Wohin werden wir segeln?", fragte Raban, der neben dem Einar an der Reling stand, und über den See sah. Der Jarl wandte sich dem großen Sachsen zu. „Ich glaube, dass es Borkell zurück nach Lade zieht. Er wird seine Beute dem König präsentieren wollen, um sich Beschenken zu lassen. Außerdem hat der Kerl es schon immer auf Anerkennung abgesehen. Also werden auch wir in das Trøndelag segeln. Denn dort finden wir unsere Leute."

---

[15] Ranrike – Gau in Südnorwegen (heute Schweden) Grenzland zum Götaland

„Du willst nach Lade segeln? In die Höhle des Bären? Das halte ich für äußerst gefährlich", sprach Raban skeptisch.

„Genau dies ist es doch, was der Kerl will", fügte Thoke hinzu. Da nickte Einar und stimmte dem Sachsen zu.

„Natürlich will er das! Und ich will es auch! Denn ich habe es satt, diesem elenden Hundschiss immer wieder über den Weg zu laufen."

„Wie sollen wir unsere Leute sonst zurückbekommen?", fragte nun Thoke mit ernstem Blick, und sah den Raban dabei streng an. „Wenn wir nicht kämpfen können, müssen wir sie freikaufen. Eine andere Möglichkeit haben wir nicht."

„Du willst unsere Beute fortgeben?" Raban sah den Jarl entsetzt an, der zwar zu den Worten des Zimmermannes schwieg, aber den Kopf nickte. Genau dies schien die Absicht Einars zu sein, befürchtete Raban, und dies gefiel dem Stevenhauptmann überhaupt nicht. Und außerdem bezweifelte er, dass es dem Trøndnerkönig in dieser Angelegenheit um Beute ging. „Nein, Einar! Die wollen kein Silber. Die wollen deinen Kopf! Nur darum geht es!" Raban schüttelte energisch sein Haupt. Da grinste Einar überlegen. „Und ich will den Kopf des Borkell. So wissen wir wenigstens woran wir sind! Lassen wir uns überraschen, auf wessen Seite die Götter stehen!"

Nun gab es Raban auf. Es schien, als hätte Einar seine Entscheidung gefällt. Und außerdem wusste der Sachse doch zu gut, dass es die Nornen waren, die das Schicksalsnetz webten. Darauf hatte er keinen Einfluss. Es konnte also noch viel geschehen!

So stand der Kurs fest, und die beiden Schiffe segelten in den Fluss, der sie nach Westen in das Kattegat brachte.

Bald erreichten sie den Hafen der Götaburg, die Jarl Breka befehligte. Ihn hatte König Ragnar zum Jarl gemacht, denn kein anderer Jarl wollte den Bau der Festung überwachen. Kurzerhand löste der König von Ranrike das Problem, nahm dem hier herrschenden Jarl einen Teil seines Landes, und gab es dem Jarl der Götaburg. Und dieser war nun Breka! Er erhielt den Titel ohne ihn von seinem Vater erben zu müssen.

Die Götaburg lag vom Hafen getrennt, ein wenig landeinwärts. Doch war der Abstand zwischen dem Hafen, mit seinen Hütten und der Burg in kurzer Zeit heftig zusammengeschmolzen. Denn noch bevor sich der Kreis des großen Walles um die Burg geschlossen hatte, hatten sich zu dessen Füßen Menschen angesiedelt.

Mehr und mehr Siedler kamen, und bauten ihre Hütten und Häuser. So wuchs um die Burg schnell ein Dorf heran.

Einar stand am Vordersteven des Wellenwolfes. „Wir segeln in den Hafen!", rief er zum Asenzorn hinüber. Und so wie es der Anführer befahl, geschah es auch. Er wollte hören, ob sein Freund Breka von der Angelegenheit wusste. Ob dieser gar ebenfalls tatenlos zugelassen hatte, dass der Trøndner das Dorf Askby überfiel. Dieser Gedanke war dem Einar ein Graus. Er quälte ihn noch mehr, als die Tatsache, dass der König ihn in Stich gelassen hatte.

Kaum hatten die beiden Schiffe einen Liegeplatz gefunden, kamen auch schon Krieger heran. „Wer seid ihr? Und was wollt ihr hier?", fragte ein junger Kerl mit fordernder Stimme.

Einar stand an der Reling seines Schiffes. „Ich bin Jarl Einar Thordsson! Kennst du mein Banner nicht? Ich will zu Jarl Breka." Er sah den Krieger freundlich an. Doch dieser schien neu auf seinem Posten zu sein. Er kannte Einar nicht, und wusste auch nicht, dass er ein Freund des Jarls der Götaburg war. „Ich glaube nicht, dass Jarl Breka Zeit für dich findet…", da unterbrach Raban den Mann, denn er war neben Einar getreten, und er hatte gesehen, wie sich das Gesicht seines Jarls verdunkelte. So versuchte er nun, schlimmes zu verhindern.

„Sag, ist heute nicht Markttag?" Verwirrt sah der junge Krieger den großen Sachsen an. „Äh, ja, äh… das schon…!"

„Na, dann ist ja alles gut. Wir besuchen den Markt! Oder hast du daran auch etwas auszusetzen?" Mit überrumpeltem Blick sah der Wachmann den Sachsen an, und schüttelte langsam seinen Kopf. „Aber ihr seid keine Kaufleute!"

Für die Ankömmlinge war die Angelegenheit damit aber beendet. Sie wandten sich ab, und ließen den jungen Wachmann einfach stehen. Doch dieser war nicht so dumm, wie Raban geglaubt hatte. Sein Kopf lief hochrot an, und er stürmte zu einem der anderen Krieger, mit denen er die ankommenden Schiffe überprüfte. Bald darauf standen fünf Krieger vor dem Wellenwolf!

Diesmal aber wurde Jarl Einar erkannt. Der Anführer der Wachmänner hob zum Gruß seine Hand. „Jarl Einar, ich grüße dich! Breka wird sich sicher freuen, dich zu sehen." Und der Angesprochene erwiderte den Gruß, nur fiel ihm der Name des Mannes nicht ein. Dies aber schien den Krieger Jarl Brekas keineswegs zu stören. Er wandte sich dem jungen Krieger zu. „Du Narr! Du wagst es so mit Jarl Einar zu streiten? Das ist der beste Freund unseres Jarls, und ihm verweigerst du an Land zu kommen. Nun, da wird sich Jarl Breka sicher bei dir erkenntlich zeigen."

Er begann laut zu lachen, und ließ den jungen, wirr dreinschauenden Krieger ratlos zurück.

*

Die Freude Brekas war tatsächlich groß, als sein Weib Astrid in die große Methalle trat, und rief: „Schau mal, wen ich dir mitgebracht habe!"

Sie war Einar auf dem Platz begegnet, und nach einer ausgiebigen Begrüßung, ging sie der kleinen Schar voraus. Die Männer aus Askby folgten der Astrid in die große Halle, wo Breka mit einigen Männern an einem Tisch saß. Sofort sprang der Jarl der Götaburg auf, und lief dem Einar entgegen. „Einar! Welche Freude! Was treibt euch hierher?" Doch bevor er seinen Freund und einstigen Retter umarmen konnte, musste er ihn von der kleinen Asta befreien, die Einar auf dem Arm trug. So nahm Breka seine Tochter, und stellte diese auf ihre eigenen Beine. Und nun umarmte er den Freund, so wie er es für angemessen hielt. Jetzt ließ auch Astrid ihren Sohn Asbjörn vom Arm herunter, und wandte sich der Ilva zu, mit der sie schon an der Seite der Thordis, die Jarl Einars Schwester war, als Schildmaid gekämpft hatte.

Nun geschah, was zu erwarten war. Die Begrüßung drohte in ein Gelage auszuarten. Breka ließ die Sklaven Bier herbeischaffen, und sie nahmen alle Platz. Nur die Kinder liefen noch umher.

„Leider ist es kein schöner Anlass, der mich hierher führt", begann Einar zu erzählen. „Mein Dorf wurde überfallen!" Erstaunt sah Breka den Einar an, und er las in seinen Augen. „Von den Gauten auf der anderen Seite des Waldes?", wollte er wissen, doch Einar schüttelte langsam seinen Kopf. Breka schien tatsächlich ahnungslos zu sein. „Es war Borkell, der Hauptmann König Grjotgards." Breka hob erstaunt seine Augenbrauen. „Borkell? Hier im Vänern? Das wüsste ich doch!"

„Mit drei Schiffen kam er", antwortete Olaf und konnte seine Verärgerung kaum verbergen. „Während wir auf Raubfahrt waren." Nun begann Breka zu begreifen, dass er wohl nicht unschuldig daran war. Er war es, der den Zufluss zu dem riesigen See überwachte. Und die Feinde waren einfach an ihnen vorbeigesegelt. Da musste Einar ja denken, dass er verraten worden sei. Aber es kamen auch keine Befehle des Königs, die Breka aufgefordert hätten, den Feind wieder aus dem Vänern herauszujagen. Ein ungutes Gefühl überkam den Jarl der Götaburg.

Jarl Einar sprach kein Wort, er ließ Olaf reden. „Sie segelten ungehindert in den See hinein."

„Davon weiß ich nichts. Und ich bekam auch vom König keine Befehle!", verteidigte Breka sein Handeln.

„Natürlich nicht, weil es ihm gerade recht kam. Er hält uns nämlich für Verräter, weil wir mit König Horik auf Raubfahrt waren", sprach Olaf aufgeregt. „Nur von seinem Hauptmann Thorsten kam ein Bote der die Ilva warnte. Doch da war es längst zu spät!"

„Du willst damit sagen, dass Ragnar den Angriff…?"

„Ja, das will er damit sagen", mischte sich nun Einar ein, blieb aber im Gegensatz zu Olaf ruhig. „Er ließ den Borkell gewähren, denn er hat es auf ein Bündnis mit Grjotgard abgesehen, und wie es scheint, bin ich der Preis dafür."

„Borkell hat Frauen und Kinder geraubt", sprach Raban zu dem Jarl der Götaburg, und Einar nickte: „Auch Alma, die hochschwanger geht, ist unter den Geraubten." Sprachlos sah Breka seinen alten Gefährten und Lebensretter an, während dessen Weib Astrid entsetzt in Tränen ausbrach.

„Nun ist es an der Zeit eine Entscheidung herbeizuführen", sprach Einar. „Ich werde mein Weib befreien, und ich hole mir den Kopf des Borkell! Und wenn nötig, auch den des Grjotgard!" Viele Männer die an dem Tisch saßen, hatten das Gefühl, es tat sich in diesem Moment ein Riss zwischen Einar und Breka auf. Es stand fest, dass Jarl Einar sich gegen seinen König Ragnar stellen musste, wenn er gegen den Ladekönig vorgehen würde. Genauso stand auch fest, dass Jarl Breka dem Ragnar weiterhin Gehorsam leisten würde. Olaf war es, der in seiner Wut die Frage an Breka

richtete: „Wirst du gegen uns kämpfen, wenn Ragnar dies von dir verlangt?"
Breka sah den großen blonden Krieger schweigend an, richtete dann seinen Blick auf Einar. Und dieser verstand! Nun drohte tatsächlich zwischen diesen Freunden ein Zerwürfnis.
Die Stimmung war nun jedenfalls getrübt, und so zogen sich die Männer Jarl Einars in den Hafen zurück. Zwischen den beiden Männern fielen nicht mehr viele Worte, und schon früh am nächsten Morgen, legten die Schiffe Einars ab.

„Du wirst dich doch nicht gegen Einar stellen?", hatte Astrid ihren Gemahl Breka gefragt, als sie sich in der Nacht zu ihm auf das Schlaflager legte. „Er hat dich einst aus der Sklaverei befreit. So hast du es mir erzählt." Der Jarl fuhr sich mit beiden Händen durch sein blondes Haar. „Das ist lang her!" Ihm war nicht wohl in seiner Haut.
„Und doch solltest du es nicht vergessen", widersprach sie ihm. „Man hat ihm sein Weib geraubt, und alle haben ihn in Stich gelassen." Hätte er den Überfall auf Askby verhindern können, wenn er die Schiffe der Trøndner bemerkt hätte.
„Ich bin nun mal ein Mann König Ragnars! Warum musste er auch mit Horik auf Wiking ausfahren? Er weiß doch, dass Ragnar und der Däne sich nicht wohlgesonnen sind!"
„Einar ist ein freier Mann, und ein Krieger Ragnars ist er auch. Du siehst was es ihm eingebracht hat", wurde Astrid nun böse. Da reichte es Breka, er wandte sich um, und zeigte dem Weib seine Schulter.

Der Wellenwolf und der Asenzorn pflügten die Wellen des Kattegats in Richtung Norden. Entlang der Küste Ranrikes, hinauf nach Vingulmark, auf die Mündung des großen Fjordes von Vestfold zu. Von dort nahmen sie dann Kurs nach Westen. Mit geblähten Segeln zogen die Schiffe durch das Skagerrag, die Küste Hardangers zu ihrer Rechten, auf die Handelsstadt Kap Lindesnes zu.

Leichter Regen fiel, doch es war angenehm warm an diesem Tag. „Was ist da geschehen, in der Götaburg?" Thoke hatte sich neben Einar auf die Planken gehockt. „Hat sich Breka tatsächlich gegen dich gewandt?" Mit traurigem Blick sah der Jarl den Zimmermann an. „Es sieht so aus, mein Freund."

„Aber er war fast wie dein Bruder. Wie kann er das tun?" Nun wurde Einar ein wenig zornig. „Woher soll ich das wissen? Das hättest du Breka fragen müssen!" Da nickte Thoke. „Ich weiß nicht wie weit Ragnar noch geht, aber ich befürchte, dass wir Breka eines Tages mit dem Schwert in der Hand gegenüberstehen." Langsam erhob sich der Jarl, stützte seine Hände auf die Reling, und sah auf das Meer hinaus.

*

Die Begrüßung in der großen Königshalle von Lade, fiel anders aus, als Borkell dies erwartet hatte. In Begleitung von fünf Kriegern, hatte der Schwarze, die Gefangenen in das Langhaus gebracht. Nun standen sie vor dem Podest, auf dem König Grjotgard, die Königin Andur und Prinz Sigurd saßen, welcher nun vierzehn Winter zählte.

„Wer ist das?", fragte der Ladekönig mit düsterem Blick. Da trat Borkell vor und verkündete stolz: „Dies sind die Weiber und Kinder von Askby! Und diese hier sind sogar die Gemahlin des Einar, Alma und seine Kinder!" Königin Andur erkannte sofort den schlechten Zustand der Alma. Wütend sprang sie auf. „Soweit sind wir inzwischen, dass wir uns an Frauen und Säuglingen vergreifen?" Ein zorniger Blick traf Grjotgard, ihren Gemahl, und dieser senkte tatsächlich schamvoll den seinen. „Die Heilerin zu mir!", befahl Andur laut und voller Zorn. Immer noch war sie dem Einar mit großer Zuneigung verbunden. Und selbst den Verlust ihrer Tochter Eira, legte sie diesem nicht zur Last. Nein, die Schuld an der Flucht der Tochter trug allein ihr Gemahl Grjotgard. Er hatte Eira aus dem Haus getrieben. Er hatte sie einem alten Kerl zum Weib gegeben, um die widerspenstige Tochter zu bestrafen. „Isa, Thurid!", rief sie zwei Sklavinnen herbei. „Bringt Alma und ihre Kinder in eine Kammer!" Auf den Wunsch der Jarlsgemmahlin hin, durfte auch Sif, die den kleinen Ulf auf dem Arm hielt, ihre Herrin begleiten.

„Und nun zu dir, Borkell!" Königin Andur trat mit strengem Blick vor den schwarzhaarigen Hauptmann, an dem sie hinauf sehen musste, da er sie um mehr als eine Kopfeslänge überragte.

„All diese Menschen hier, sind Leute von unserem Volk. Sie sind Trøndner wie wir." Sie blickte sich um. „Verjagt aus der Heimat. Von euch!" Noch einmal rief sie nach einer Magd. „Du bringst sie alle hinüber in das Gästehaus. Dort werden sie versorgt, so wie es sich für Gäste gehört!", befahl die Königin dieser. Da aber sprang Grjotgard verärgert auf. „Nun geht es aber zu weit! Sie sind meine Gefangenen, und nicht deine Gäste!" Doch Andur ließ sich nicht einschüchtern. „Du solltest lieber deinen Hauptmann zur Ordnung rufen. Oder war es etwa dein Befehl ein Schiff voller Frauen und Kinder nach Lade zu bringen." Da fuhr sich der König beschämt mit der Hand über seinen Bart. Dies war natürlich nicht sein Befehl gewesen. Den Jarl zu töten, und all sein Gefolge mit ihm, das war der Befehl den er ausgegeben hatte. Grjotgard erhob sich, und trat neben sein Weib vor den Hauptmann. Er sah diesen streng an.

„Was ist mit Jarl Einar? Ist er tot? Und wo ist meine Tochter?" Ein wenig verstört sah der Schiffsführer und Hauptmann des Königs seinen Herrn an. Ein zorniger Blick der Andur, fiel auf ihren Gemahl. Denn da er seine Tochter erst anschließend an die Frage nach dem Tode des Einar genannt hatte, erkannte sie, dass der Hass auf den Jarl größer war, als die Liebe zu seiner Tochter.

Borkell schüttelte sein Haupt. „Nein! Jarl Einar war nicht im Dorf, und auch der größte Teil seiner Krieger nicht." Da schrie Andur vor Wut auf, wandte sich ab und ging. „Ein elender Feigling bist du, der ein schutzloses Dorf überfällt!"

„Ich brachte sie als Köder mit hierher", versuchte sich Borkell aus seiner misslichen Lage herauszureden. Doch der König schwieg. Sah sich nach seinem Weib um, und sagte dann: „Lass es gut sein, Mann! Andur ist weg!" Der König klopfte dem Hauptmann auf die Schulter. „Das hast du gut gemacht, Borkell! Jetzt wird er zu uns kommen." Da atmete der schwarzhaarige Hauptmann auf. „Ich habe doch tatsächlich geglaubt, du seist mir gram!"

„Ach was! Es ist nur wegen Andur!" Ein wenig mitleidig sah der Hauptmann den König an, als dieser sich umdrehte und zu seinem Hochstuhl zurückging. Dies waren die Momente, an denen er froh war, sich nie ein Weib genommen zu haben.

„Du wirst ein Spähschiff in den Fjord schicken", befahl der König der Trøndner, und nahm wieder Platz. „Ich will wissen, wann dieser Kerl hier auftaucht. Und unterrichte die Jarls. Auch sie sollen die Augen aufhalten."

Noch am selben Tag verließ ein berittener Bote die Königsstadt Lade, um den Jarls des Trøndelag die Nachricht des Königs zu überbringen.

Auch auf die Insel Tautra wurde die Nachricht getragen, und die Jarlsgattin Alwara, konnte ihre Besorgnis kaum verbergen. „Was, wenn er nach Tautra kommt?" Jarl Thorsti, den man immer noch den Schönling nannte, saß auf seinem Hochstuhl in der Methalle von Sørhamna, dem Dorf auf der südlichen Insel. „Davor hast du immer noch Angst?", fragte er sein Weib, die einmal, für kurze Zeit, das Weib des Einar gewesen war. „Ja, das habe ich!", antwortete die Frau, die mit nun achtunddreißig Wintern, endlich zur Ruhe gefunden hatte. Die strenge Hand, die Thorsti nun ihr gegenüber walten ließ, hatte das Weib endlich gezähmt.

Ihre Ambitionen auf der Insel zu herrschen, hatte Thorsti ihr mit einer Todesdrohung endgültig genommen. Nun fügte sie sich ihrem Gemahl, denn auf die Hilfe ihres Gesippen, dem König, konnte sie nicht mehr zählen. Nervös sah Alwara den Jarl an. „Ich spüre es, er will sich an uns rächen!" Da schüttelte Thorsti seinen Kopf. „Ach was! Es sind einige Winter vergangen. Einar ist kein nachtragender Mensch. Ich kenne ihn lange genug, und ich weiß, dass er nun ein Jarl in Ranrike ist. Warum sollte es ihn zurück in den Norden ziehen. Dort im Süden ist das Land fruchtbar und nicht so steinig wie hier. Er wird wissen, dass dies sein Schicksal war."

„Aber Grjotgard hat die Jarls doch nicht ohne Grund zur Wachsamkeit aufgerufen", widersprach Alwara, und erhob sich von ihrem Hochstuhl. Einige der Anwesenden, die sich fast täglich in der Nähe des Jarlspaares aufhielten, stimmten der Base des Königs zu. „Alwara hat nicht unrecht, Jarl Thorsti", sprach da der junge Rotger, der meist an der Seite des Jarls zu finden war. „Es muss doch einen Grund geben, für die Befehle des Königs."

„Ja, den gibt es auch", sprach da ein Mann, der etwas Abseits stand. Nun trat er vor den Jarl, und grüßte. „Erling, was gibt es zu berichten?", fragte Thorsti den Mann, der als Händler im ganzen Fjord umher zog, und so auch oft nach Lade kam. Meist war Erling gut informiert. „Was weißt du, Mann?" Erling trat heran. „Wie ich schon sagte, gibt es einen Grund für Jarl Einar hierher zu kommen, nicht war

Bogtyr." Herausfordernd sah der kräftige Mann den
Rotschopf an. „Borkell, der Schwarze hat das Dorf des
Einar überfallen und Frauen und Kinder entführt. Diese sind
nun in der Gewalt des Grjotgard." Ungläubig sah Jarl
Thorsti den Händler an. „Das kann ich nicht glauben!"
„Oh, glaube es ruhig, denn es stimmt. Hier, dein
rothaariger Krieger Bogtyr kann es dir bestätigen. Nicht war
Bogtyr?" Mit grimmigem Gesicht sah er den Krieger an,
und Bogtyr senkte seinen Blick, so dass Thorsti erkannte,
dass Erling die Wahrheit sprach. „Es wird noch schlimmer,
Jarl von Tautra. Denn unter den Geraubten sind auch Alma,
die Gemahlin des Einar, und ihre Kinder. Sie haben sie aus
dem Kindbett gerissen, und auf ein Schiff geschleppt."
Thorsti sah Bogtyr an, und fragte diesen, von dem er wusste,
dass er erst vor wenigen Tagen in Lade weilte: „Ist das
wirklich wahr?"
„Na und? Jarl Einar ist nun mal ein Feind der Trøndner",
entgegenete Bogtyr trotzig. Doch dies ließ Thorsti endgültig
erzürnen. „Nein, er ist ein Trøndner, von Grjotgard und
Borkell…" er stockte kurz, „und mit meiner Hilfe, aus dem
Ladefjord vertrieben." Ein böser Blick traf Alwara, und die
Wut stieg in Thorsti auf. Wut, Zorn auf sein Weib, und
Scham über seinen eigenen Verrat.
„Vielleicht sollten wir…", setzte Alwara zu einem neuen
Satz an, doch ihr Gemahl unterbrach sie wütend. „Schluß
damit! Vielleicht wäre es ganz gut, wenn Einar hierher
kommen würde. Es wäre an der Zeit endlich mit ihm
Frieden zu schließen." Eigentlich war Thorsti einmal ein
treuer Krieger Einars gewesen, doch die Liebe zu Alwara
hatte ihn zum Verräter werden lassen. Und er war langsam
in die üblen Machenschaften des Grjotgard Herlaugsson
hineingerutscht. All dies hatte ihm die Jarlswürde, und auch
die Hand der Alwara eingebracht. Doch er wusste, dass die
Menschen über die er auf der Insel herrschte, ihn immer

noch als Verräter sahen. Als einen Kerl, der seinem Jarl das Weib und die Herrschaft gestohlen hatte. Kaum einer hätte sich ihm zu einer Raubfahrt angeschlossen oder ohne Zwang für ihn gekämpft. Was der Grund war, dass er auf Wikingfahrten verzichtete, und er kein reicher Mann wurde. Met und Bier hatten den schönen Jarl lange Zeit fest im Griff, denn die Rivalität zu seinem Weib, die selbst als Jarl auf Tautra herrschen wollte, hatte ihm sein Dasein zur Qual werden lassen. Inzwischen aber ging es ihm wieder gut, denn er hatte die aufmüpfige Alwara gezüchtigt, und die Trennung der Insel überwunden.

Alwara hatte ein wenig beleidigt die Halle verlassen, und als Rotger ihr folgte, stand die Jarlsgattin hinter der Tür, und nahm ihn in Empfang. „Rotger", sprach sie ihn an, als er aus der Tür trat, und er erschrak ein wenig. „Höre mir zu! Ich will, dass du die Männer alarmierst. Sie sollen sich bereit halten."

„Bereit? Wozu?" Der Krieger war ein wenig verwirrt.

„Stell dich doch nicht dumm, Mann", blaffte die blonde Frau ihn an. „Zum Kampf bereit natürlich. Wozu sonst?"

Rotger kratzte sich am Kopf. „Aber Thorsti hat kein Wort davon gesagt, dass es zu einem Kampf kommen könnte."

„Aber ich habe es gesagt. Reicht das nicht? Ich will keinen Mann mehr ohne Waffen sehen! Sollte Jarl Einar hierher kommen, werden wir ihn erwarten!"

*

Schon in der Nacht hatte sich Einar aus seinem Schlafsack befreit, denn es war wirklich warm geworden. War es in den vergangenen Tagen, die sie auf See verbracht haben, noch recht kühl gewesen, und die Nächte sogar richtig kalt, so hatte sich das Wetter schon am Abend des letzten Tages merklich verändert.

Die meist grauen Wolken hatten einem blauen Himmel
Platz gemacht, und ließen die Wetteränderung erahnen. Jetzt
nachdem er erwacht war, hatte sich der Jarl von den Planken
des Wellenwolfes erhoben. Nicht weit des Ruderstandes
hatte er gelegen. Er streckte sich, und sah dann auf die See
hinaus. Nur seichte Wellen umspülten die Rümpfe der
beiden Schiffe, die nah beieinander durch das Nordmeer
segelten. Sein Blick fiel auf das Segel, doch das große Tuch
hing fast schlaff an der Rahe hinab. Es wehte kaum ein
Wind.
Es drohte ein anstrengender Tag für die Reisenden zu
werden, denn bei Flaute würden sie rudern müssen, um
voran zu kommen. Auch schien es ein ungewöhnlich heißer
Tag zu werden, denn es war jetzt in der Frühe schon recht
warm. Einar wandte sich um, und sah Thoke, der das
Seitenruder hielt. Er hatte Kjelt in der Nacht abgelöst. Der
Steuermann, lag schlafend auf den Planken.
Der Himmel war wolkenlos, und die Sonne hatte sich
glühend auf ihre tägliche Reise begeben.
Jarl Einar sah das Schiffsdeck hinunter, und stellte fest, dass
die meisten noch schliefen. So auch Ilva, die an seiner Seite
gelegen hatte. Er bückte sich nieder, ergriff den Schlafsack
aus Robbenfell, auf dem er gelegen hatte, und begann diesen
aufzurollen. Da plötzlich durchfuhr es ihn wie ein Blitz des
Hammerschwingers. Der Schlafsack entglied seinen Händen
und er schluchzte laut auf und begann zu weinen.
Raban trat heran, denn er war einer derjenigen, die bereits
wach waren. „Einar, was ist geschehen?", fragte er den Jarl
aufgeregt. Dieser schüttelte schluchzend seinen Kopf.
  „Ich… ich weiß es nicht! Etwas ist geschehen… etwas
Schreckliches!"

*

3. Einars Unglück

Ein Schrei hallte durch das große Gebäude, und sofort wurde es unruhig. Knechte und Mägde liefen umher, und stürzten in den Gang, der zu den Kammern führte. Als Königin Andur die geöffnete Pforte der Kammer erreichte, vor der sich nun das Gesinde sammelte, befürchtete sie bereits das Schlimmste. „Geht zur Seite! Lasst mich vorbei", befahl sie erregt. Und dann sah sie, was geschehen war. Die Sklavin Sif lag weinend neben dem Schlaflager ihrer Herrin, und hielt den kleinen Ulf auf ihrem Schoß. Thorvi, die inzwischen sieben Winter zählte, saß auf dem Rand des Bettes und weinte ebenfalls. Auf dem Schlaflager lag die Alma. Mit bleichem Gesicht, und starrem Blick hielt sie den kalten Säugling in ihren Armen. Ihr schwarzes, langes Lockenhaar umrahmte ein bleiches, eingefallenes Gesicht. Die Gemahlin des Einar hatte die Welt der Menschen verlassen. Langsam trat Andur an das Schlaflager. Ihre Hand berührte das Kind auf der Brust der Alma. Auch der Säugling war tot!

Eigentlich grenzte es an ein Wunder, dass der Knabe die Überfahrt überlebt hatte. Dies war der Königin durchaus bewusst gewesen. Eine der Sklavinnen trat heran. „Soll ich die Heilerin holen?", fragte sie kleinlaut. Da sah Andur sie erstaunt an. „Was soll diese wohl tun, du Närrin? Das Kind, und auch die Alma haben Midgard[16] verlassen!"

Da erschien Ingolf, der dicke rothaarige Berater des Königs, neben der Andur. „Wie konnte das geschehen?", fragte er.

„Das kann ich dir nicht sagen, Ingolf", antwortete die Königin mit traurigem Blick. „Aber ich vermute, sie hatte

---

[16] Midgard – die Welt der Menschen, eine der neun Welten

41

an dem Tag entbunden, als Borkell das Dorf überfiel. Die Strapazen haben ihren Tribut gefordert."

„Dann war es Borkell der sie tötete", stellte der irische Sklave fest, und zwirbelte seinen roten Ziegenbart. „Wenn du es so sehen willst", stimmte die Königin dem Mann zu, der fast schon zu ihrem Hausstand gehörte.

Als sich König Grjotgard später an den Tisch setzte, um sein Morgenmahl einzunehmen, begrüßte ihn sein Weib mit einem unfreundlichen Blick. „Was ist?", fragte der König, und griff nach dem Brot. „Was sollte das Geschrei?" Grjotgard schlief gerne etwas länger, und so hatte ihn der Krach im Haus gestört. „Nur die Tatsache, dass er zu faul war aufzustehen, hatte sie vor einem Wutausbruch des Königs bewahrt."

„Sie ist tot!" Die Stimme der Königin war voller Zorn.

„Wer ist tot?", entgegnete ihr Gemahl.

„Alma, das Weib des Einar ist tot. Und auch der Säugling ist tot!"

Grjotgard atmete schwer ein. „Schade, sie wäre ein gutes Druckmittel gegen ihren Gemahl." Seine Gleichgültigkeit machte Andur wütend. „Ist das alles, was du dazu zu sagen hast?" Sie schrie ihren Gemahl höchst verärgert an. „Es ist Borkells Schuld. Sorge dafür, dass er mir nicht mehr unter die Augen tritt!" Sie wandte sich ab, und verließ das Gebäude.

Brummig sah Borkell seinen König an, denn ihm gefielen die Worte des Grjotgard gar nicht. „Was kann ich dafür, dass dieses Sachsenweib gestorben ist?" Er zuckte seine Schultern. „Und was erwartest du jetzt von mir?"

„Du wirst dich aus der Königshalle fern halten. Vorerst!", sprach Grjotgard streng. „Zumindest wenn Andur anwesend ist, solltest du dich hier nicht aufhalten. Sie will dich nicht mehr sehen."

„Nun, ich kann auf ihren Anblick auch gut verzichten", brummte Borkell in seinen Bart, doch Grjotgard hatte seine Worte verstanden. „Was sagst du da? Übertreibe es nicht, Borkell. Vergiss nicht, sie ist deine Königin!" Obwohl den König mit Borkell inzwischen so etwas wie eine Freundschaft verband, hatte er nicht vergessen, dass er weit über dem Hauptmann stand. Und dies galt auch für sein Weib und den Rest seiner Familie. Und so wurde der Hauptmann aus der Königshalle verbannt.

*

Es war bereits dunkel, als die beiden Schiffe der Ranriker in den Zufluss des Ladefjordes segelten. Genau so hatte es Einar gewollt. Niemand sollte bemerken, dass er bereits im Fjord war. „Wohin?", fragte Kjelt, der Steuermann des Wellenwolfes. „Erinnerst du dich an die Stelle auf der Nordinsel von Tautra?" Einar war neben den Steuermann getreten. „Du meinst die, wo wir schon einmal gelagert haben? Am Wald bei der alten Schmiede?" Einar nickte.
„Dorthin werden wir segeln. Und sie werden nicht bemerken, dass wir bereits unter ihnen sind."
Die nördliche Hälfte der Insel Tautra, die nur über eine schmale Landbrücke erreichbar war, war nur noch spärlich bewohnt. Das Dorf Nordbuktavik, nahe der Landbrücke, an der Südküste der Nordinsel gelegen, war verfallen. Denn die meisten Bewohner hatte es nach Sørhamna auf die Hauptinsel gezogen. Der Streit zwischen dem Jarlspaar, der die Insel gespalten hatte, war beendet, und es bedurfte keiner Spaltung der Bevölkerung mehr. So war auch die alte Schmiede, im Wald an der Nordküste der Nordinsel, nun verwaist und verfallen.

Schon einmal hatten sie sich hier verborgen gehalten, und waren nicht entdeckt worden. So vertraute Einar darauf, dass es diesmal wieder so sein würde.

Noch bevor die Sonne aufging, erreichten sie die Nordinsel von Tautra, und in einer kleinen Bucht zogen sie die Schiffe auf den Strand. Der Platz war wirklich gut gewählt. Der Strand war von Wald umgeben, und eine schmale, ebenfalls bewaldete Landzunge verhinderte den Blick von der See aus. Sie konnten also darauf hoffen, unentdeckt zu bleiben.

Es war noch früh am Morgen. Jarl Einar saß bereits am Feuer um das Morgenmahl einzunehmen. Er hielt eine hölzerne Schüssel in seiner Hand, und löffelte daraus heiße Grütze. Bei ihm saßen Raban, Olaf, Ilva, Kjelt und einige andere. Sie hatten sich nicht zum Schlafen hingelegt. Doch die meisten in der Gefolgschaft des Jarls hatten dies getan und schliefen noch. Der Jarl ließ sie, denn sie sollten nach der Reise schnell wieder zu Kräften kommen. Angeregt unterhielten sich die Krieger aus Ranrike. Auch der Weinkrampf ihres Jarls war immer noch ein Thema, denn keiner, auch nicht Einar selbst, konnte sich den Vorfall erklären.

Noch in der Nacht hatten sie ihre Zelte errichtet, denn von hier wollte Einar ersteinmal operieren. Noch war er sich nicht sicher, wie er vorgehen wollte. Und er wollte zuerst abwarten, ob etwas passieren würde. Denn wenn sie entdeckt worden waren, würde sicher bald etwas geschehen. Fast achtzig Krieger hatte der Jarl von Askby mit sich gebracht, und diese hätten allemal ausgereicht die Insel Tautra einzunehmen. Doch dies war ja nicht der Grund ihrer Anwesenheit. Natürlich kam immer noch Zorn in Einar auf, wenn er an sein ehemaliges Weib Alwara und den Verräter Thorsti dachte. Aber inzwischen war er davon überzeugt, dass sie den Ärger nicht wert waren. Vielleicht würde er sie irgendwann einmal töten, wenn sie sich gegen ihn stellen würden. Doch nach ihnen suchen, dass wollte er sicher nicht. Nein, sie waren es nicht wert!

„Noch heute werde ich mich auf den Weg nach Sørhamna machen", sprach der Jarl zu seinen Kriegern. „Zwei oder drei Männer nehme ich mit mir." Fragend sahen ihn die Anwesenden an. „Ich werde dort Fässer und Kisten kaufen, mit denen wir den Asenzorn beladen." Da begannen Olaf und auch Raban zu grinsen. Sie ahnten, was ihr Anführer im Schilde führte. „Nun, dann rate ich dir aber, lass Männer gehen, die man in Sørhamna nicht kennt", schlug Olaf vor, und klopfte Raban grinsend auf die Schulter. „Er kann mit dem Asenzorn an die Südküste segeln, und dort diesen mit den Kisten und Fässern beladen." Der Sachse zeigte sich sofort einverstanden mit dem Vorschlag, und auch Einar willigte ein.

„Hör zu, Raban", sprach der Jarl. „Ihr segelt die Südküste entlang nach Westen. Und wenn sich, wie ich hoffe, nichts geändert hat, werdet ihr nach einer Weile am Strand die Hütte eines Fischers sehen. Diese passiert ihr, und sobald die Fischerhütte außer Sicht ist, geht ihr an Land. Es ist dann nicht mehr weit, bis ihr im Westen die Siedlung erreicht." Er malte mit einem Stock die Umrisse der Insel in den Sand, und markierte die Stelle der Fischerhütte und die der Siedlung Sørhamna. „Und hört euch ein wenig um. Vielleicht erfahrt ihr etwas über die Gefangenen in Lade." Raban hatte seinen Jarl verstanden und nickte.

Einen Tag und eine Nacht wartete Einar noch ab. Da aber nichts geschah, was in glauben lies, dass man von ihrer Anwesenheit wusste, schickte er den Asenzorn los. Sie segelten die Ostküste endlang in Richtung Süden, und dann der Küste folgend nach Westen. Wie es der Jarl ihnen befohlen hatte.

All dies hatte den Jarl viel Disziplin gekostet, denn sein Inneres drängte ihn nach Lade, um die Seinen zu retten. Doch so einfach war das nicht.

Die Fischerhütte von der Einar gesprochen hatte, war tatsächlich noch da. Und so wie er es gesagt hatte, segelten sie noch ein Stück weiter, um das Knarr dann auf den Strand zu setzen. Hier hatte der Asenzorn keinen Schutz, und war weit hin zu sehen. So konnten sie nur hoffen, nicht gleich erkannt zu werden. Raban und die Männer machten sich sofort auf den Weg nach Sørhamna, um die Befehle Jarl Einars auszuführen.
Sie suchten die Handwerkerhütten am Rande von Sørhamna auf, um hier Kisten und Fässer zu erwerben. Da keiner der Männer je hier gewesen war, konnten sie natürlich auch nicht erkennen, wie sehr die Siedlung gewachsen war. Raban hatte nur Männer mit sich genommen, die erst in Ranrike zu Jarl Einar gestoßen waren. So sollten sie nicht von den Bewohnern erkannt werden!
Es dauerte nicht lange, da hatten sie zusammen, wonach sie suchten. Oft trafen sie fragende Blicke, und man stellte natürlich auch neugierige Fragen, was sie denn mit den Kisten und Fässern wollten. Raban war nicht auf den Kopf gefallen, und erzählte von großen Ladungen, die sie nach Süden bringen wollten. Von einem Handwerker liehen sie einen Karren auf den sie die Fässer und Kisten luden. Dann brachten die Männer ihre Ladung zurück zum Asenzorn. Sie verzurrten die Kisten und Fässer auf Deck, und schoben das Knarr zurück ins Wasser. Jetzt begaben sie sich über den Seeweg in die Siedlung. Im Hafen fanden sie einen Liegeplatz, und wurden gleich von Händlern bestürmt, die nach ihrer Ladung fragten. Immer wieder antwortete Raban, dass die Ladung bereits verkauft sei. So ließ man sie nach einer Weile in Ruhe. Jetzt wählte er vier Männer aus, und

begab sich in die Siedlung. Doch wenn er geglaubt hatte, die Angelegenheit hätte sich erledigt, da täuschte sich der Sachse. Nach und nach kamen Männer an das Schiff, die das Knarr des Einar erkannt hatten. Und dies, obwohl sie ohne sein Banner segelten.

„Ist das nicht der Asenzorn?", hörten sie immer wieder. So beschlossen die Männer, die an Bord zurückgeblieben waren, den Hafen zu verlassen. Sie ließen einen jungen Burschen zurück, der auf Raban warten sollte, und segelten dann an den Ort, an dem sie das Knarr bereits schon einmal auf den Strand gezogen hatten.

„Dies war also einmal die Herrschaft Jarl Einars", sprach Raban leise, als sie auf den großen Platz vor der Methalle traten. Es war Markttag, wie es schien, und eine Menge Leute waren unterwegs. Interessiert schlenderten sie an den Ständen vorbei, die die Bauern und Händler aufgebaut hatten. Irgendwann standen sie vor der großen Methalle. Und als die breite Tür geöffnet wurde, glaubte Raban seinen Augen nicht zu trauen. Mehrere Personen traten aus dem Gebäude. Ein blondes Weib, und ein Kerl mit ebenso blondem Haar. Und ein Mann, den Raban gut kannte. Sein Haar leuchtete im Sonnenlicht wie die Flammen in einer Feuerstelle. „Raban, das ist ja Bogtyr", stellte Vagn, einer der jungen Kerle die der Sachse mit sich genommen hatte, erstaunt fest. Sofort senkte der Glatzkopf sein Gesicht. „Los, fort von hier, bevor er uns sieht", befahl er, und die Männer machten sofort kehrt. Doch der Blick des Bogtyr hatte die Männer bereits gestriffen. Doch da er von Alwara eindringlich angesprochen wurde, hatte er sich für einen Augenblick abgewandt. Und nun konnte er die Männer nicht mehr finden, denn diese hatten sich aus dem Staub gemacht.

„Was hast du, Bogtyr? Du siehst aus, als hättest du einen Geist gesehen", sprach Jarl Thorsti den rothaarigen Mann an.

„Äh… ja, das habe ich, Jarl!" Fragend sah Thorsti den Bogtyr an. „Was soll das heißen?"

Der Rotschopf zeigte auf den Platz vor der Methalle. „Ich glaube, ich habe Raban gesehen!"

„Raban? Wer ist das?", wollte nun Alwara wissen. „Er ist ein Sachse in den Reihen Jarl Einars", antwortete der Krieger, und Alwara erschrak beim Klang des Namens ihres einstigen Gemahls. Thorsti fuhr sich nur mit seiner Hand ruhig über den Bart. „Ist er also gekommen", sprach er leise.

„Ja, wenn meine Augen mir keinen Streich gespielt haben, heißt das wohl, dass Einar hier ist." Bogtyr ließ seinen Blick immer noch suchend über den Markt gleiten. „Hast du etwas anderes erwartet, Bogtyr?", fragte Thorsti, und begann zu grinsen.

„Was gibt es da zu grinsen? Unser Feind ist hier und du grinst?"

„Ja, ich grinse, denn es belustigt mich. Eure Angst belustigt mich!" Thorsti sah Alwara an. Da sprach der Rotschopf: „Gut, dann werde ich unsere Krieger sammeln, und…"

„Nein, das wirst du nicht", widersprach der Jarl von Tautra. „Ich werde nicht gegen Einar in den Kampf ziehen. Ich habe die Nase voll davon. Ich habe den Verrat schon mehr als einmal bereut. Dies ist nicht mehr mein Streit!" Überrascht sah Bogtyr den Jarl an. „Aber was wird der König dazu sagen?"

„Das ist mir egal!" Thorsti sah den einstigen Krieger des Einar trotzig an. „Viele die damals mit Einar von Tautra geflohen sind, haben immer noch Gesippen auf der Insel. Und sie alle waren wenig erfreut darüber, was damals geschah." Thorsti blickte sein Weib an, und diese senkte schamvoll ihr Gesicht. „Ich kann mir immer noch nicht sicher sein, dass sie sich nicht doch noch gegen mich wenden. Nein, wir halten uns raus! Es ist die Angelegenheit des Königs!"

Erstaunt sah Raban das der Asenzorn fort war. Stattdessen erblickte er den jungen Kerl aus seiner Besatzung, der an der Liegestelle auf einem der Pöller saß.

*

Langsam kamen die Männer den Uferweg entlang. Als sie jetzt den Weg durch die mannshohen Büsche einschlugen und auf den Strand traten, sahen sie das Knarr Asenzorn in der Nachmittagssonne liegen. Und sie sahen noch etwas. „So ein elender Dreck", entfuhr es dem kahlköpfigen Sachsen. An dem großen Schiff machte sich ein Mann zu schaffen. Genau diese Situation wollten sie vermeiden, und nun war sie doch eingetreten. Die Männer an Bord, schienen sich nicht um den Alten zu stören, denn sie taten nichts. Beachteten ihn nicht einmal. Und dies ärgerte den Sachsen.
„Wir müssen ihn töten", forderte der junge Vagn, doch Raban schüttelte seinen Kopf. „Hören wir erst einmal, was der Kerl da treibt." Raban trat heran, und sah die Männer seiner Besatzung vorwurfsvoll an. „Was geht hier vor sich?" Doch die jungen Kerle schwiegen allesamt. Dann wandte sich Raban dem Alten zu. „Hast du gefunden, wonach du suchst?" Die Stimme des Sachsen klang ruhig und gefällig, als er vor den Fremden trat. Der Mann der nun vor ihm stand war ein Greis. Graues Haar hing an seinem Kopf herab, und er ging leicht nach vorn gebäugt. Raban schätzte den Alten auf weit über siebzig Winter. Eine Gefahr schien er nicht zu sein. „Sagst du mir, wer du bist?", blieb Raban freundlich. „Ich bin der alte Fischer, Gudbrand", sagte er

mit tiefer Stimme, die eigentlich gar nicht zu seinem
Aussehen passte. Er zeigte nach Osten den Strand entlang.
„Dort liegt die Hütte meines Sohnes Gunnar und seiner
Familie. Er ist nun der Fischer, und lässt mich nicht mehr in
den Fjord hinaus." Verständnisvoll nickte Raban.
„Und wer seid ihr?"
„Wir sind Händler", log Raban. Da lachte der Alte herzhaft
auf. „Jungchen, ich bin alt, aber kein Narr! Du willst mir
doch nicht erzählen, dass die Kisten und Fässer gefüllt sind.
Nein, nein, euer Grund ist ein anderer!" Jetzt wollte Vagn
sein Messer aus der ledernen Scheide ziehen, doch Raban
sah ihn streng an, und schüttelte langsam seinen Kopf. Da
glitt die Klinge zurück in das Leder. „Dann weißt du sicher
einiges zu erzählen, Gudbrand", sprach Raban ruhig, und
der Alte nickte. „Ja, das kann ich wohl, aber erst sagt ihr
mir, wer ihr seid."
Raban atmete tief ein, denn auf die Schnelle fiel ihm keine
Lüge ein, die er dem Gudbrand hätte auftischen können.
Doch der Alte kam ihm entgegen. „Weißt du, ich höre oft
was mein Sohn bei Tisch erzählt", er begann zu grinsen.
„Dazu gehört auch, was sich in Lade abspielt, denn er ist
oft drüben auf dem Markt." Die Männer aus Ranrike sahen
sich erstaunt an, schwiegen aber. „So hörte ich, dass der
schwarze Hauptmann, der Borkell heißt, viele Gefangene in
die Königshalle brachte. Und man erzählt sich, dass diese
Gefangenen allesamt Gefolgsleute des Jarl Einar sein sollen.
Dazu kommt mir dieses Schiff doch recht bekannt vor." Der
Alte stützte sich auf seinen Stock. „Der König will unseren
einstigen Jarl Einar hierher locken. Und ich würde wetten,
dass Einar bereits hier ist!" Grinsend sah Gudbrand den
glatzköpfigen Krieger an, und zeigte auf den Asenzorn.
„Nun, Kahlkopf, liege ich richtig?" Jetzt war es Vagn der
losplapperte, und dem Alten so seine Worte bestätigte. „Ich
rate dir dein Maul zu halten, Alter, sonst schneide ich dir

den Hals durch." Da traf ihn die Faust seines Anführers gegen die Schulter.

Mit schmerzverzerrtem Gesicht, sah er den Raban verärgert an. Der Sachse wandte sich wieder dem Gudbrand zu. „Es geht um das Leben von Weibern und Kindern", sagte er ruhig. Da sah der alte Fischer den Sachsen an, und sprach mit fester Stimme: „Jarl Einar war ein guter Anführer. Ein besserer als der jetzige und sein elendes Weib!" Der Alte spuckte voller Abscheu aus, und Raban erkannte sofort, dass Gudbrand kein Freund des Jarlspaares in Sørhamna war.

„Höre mir zu! Man erzählt sich in Lade, dass die Gefangenen auf Befehl der Königin hin nun wie Gäste behandelt werden. Andur soll höchst erbost gewesen sein. Dies hat wohl in der Königshalle einen großen Streit zwischen Grjotgard und Andur verursacht", berichtete der Alte nun sein Wissen. „Und man spricht auf dem Markt davon, dass Hauptmann Borkell bei der Königin in Ungnade gefallen sei."

Da nickte Raban recht zufrieden, denn er hatte schon viel erfahren, ohne auch nur einen Fuß auf den Boden von Lade gesetzt zu haben. Streng sah er den Alten an. „Ich glaube, ich kann dir trauen. Solltest du uns verraten, komme ich zurück." Der alte Gudbrand verstand, und versprach zu schweigen.

Nach einer Weile entfernte sich der Asenzorn vom Strand, und nahm Kurs nach Südwesten, denn dort lag die Königsstadt Lade.

*

„Hier stinkt etwas ziemlich gewaltig", fluchte Bogtyr, als er am Tisch in seiner Hütte saß. Der Rotschopf lebte immer noch mit seiner Mutter, und einer jüngeren Schwester in einem Hausstand. Er hatte, im Gegensatz zu seinem jüngeren Bruder, noch kein Weib genommen. Eine seiner Schwestern war in Askby zurückgeblieben, als man ihn wegen des Verrats fortjagte. Sie hatte dort eine Familie gegründet, und sagte sich von ihrem Bruder und der Sippe frei. Den Gedanken, dass sie unter den Gefangenen sein könnte, hatte Bogtyr gar nicht erwägt, denn sie war ihm egal. Außerdem wollte er es sich mit Borkell nicht verscherzen. Allerdings drängte ihn seine Mutter immer wieder nach Lade zu gehen, um genaueres zu erfahren. Was bei dem Rotschopf meist zu einem Wutanfall führte. Eine weitere Schwester hatte hier auf Tautra einen Mann gefunden, und hatte die Familie vor nicht allzu langer Zeit verlassen. Ihr Hof lag in der Nähe des großen Sees, denn ihr Mann war dort Fischer.

„Ich bin mir sicher, dass der Kerl den ich sah, der Sachse Raban war", beharrte er auf seiner Meinung. „Aber was nützt es, wenn es dem Thorsti egal ist", entgegnete seine Mutter, denn er hatte natürlich von dem Vorfall erzählt.

„Nein, nein! Wo dieser Raban ist, ist Einar nicht weit. Da bin ich mir sicher. Und wenn es Jarl Thorsti nicht interessiert, der König wird es bestimmt wissen wollen."

„Ich glaube, du solltest dich besser da raus halten", sprach Hilgrun, die Mutter des Bogtyr. „Erinnere dich an die Worte des Einar, der dir versprach dich zu töten, solltest du ihm noch einmal unter die Augen treten, mein Sohn." Doch Bogtyrs Hass gegen seinen einstigen Jarl war so groß, wie an dem Tag, vor vielen Wintern, als der Streit der Sippen begann.

Noch am selben Tag, nahm er sein Pferd und begann die Insel abzusuchen. Irgend etwas würde er finden, da war Bogtyr sich sicher.

Drei Tage suchte er auf der Südinsel. Finden konnte er nichts! Er ritt von Hof zu Hof, und befragte die Bauern und ihre Gefolgschaft. Auch die vielen Fischer suchte er auf, deren Hütten meist nicht weit des Strandes oder des Sees lagen. Niemand hatte ein fremdes Schiff an den Küsten von Tautra gesehen, niemand bat um Nahrung oder stellte Fragen. So kam Bogtyr auch zu der Hütte des Fischers, welcher der Sohn des alten Gudbrand war. Die Fragen des rothaarigen Kriegers verneinte der Fischer, wandte sich aber seiner Familie zu. Sein Weib und die kleinen Kinder hatten nicht ungewöhnliches bemerkt. Und auch sein älterer Sohn, der mit ihm zum Fischfang in den Fjord segelte, hatte nicht gesehen. „Sind das alle?", fragte Bogtyr schroff. Da sah sich der Sohn des Fischers um. „Der Großvater könnte etwas gesehen haben. Er streicht viel in der Gegend umher."

„Wo ist der Alte?", wollte der Rotschopf nun wissen. „Er ist im Haus. Für die Arbeit kann man ihn kaum noch gebrauchen", sprach der Fischer abfällig. „Gut, hole ihn!", befahl Bogtyr streng, und der Fischer nickte seinem Sohn zu. Dieser wandte sich ab, und ging in die Hütte. Es dauerte eine Weile, bis der alte Fischer vor den Reiter trat. Er stützte sich auf seinen Stock, und sah den Mann fragend an. „Was willst du von mir?"

„Hast du Fremde gesehen, oder ein Schiff, das nicht nach Tautra gehört?"
Der alte Gudbrand sah nachdenklich drein. „Du meinst fremde Kerle, die merkwürdige Fragen stellen?" Bogtyr nickte fast schon erfreut, denn er glaubte nun endlich etwas zu erfahren. Gudbrand fuhr sich über seinen grauen Bart, sah den Mann auf dem Pferd eindringlich an, und antwortete dann: „Nein, da ist mir nichts aufgefallen, und ich bin oft am Strand. Nein, hier waren keine Fremden!" Verärgert zog Bogtyr an den Zügeln, wendete sein Pferd, und ritt wortlos Richtung Osten.

Am vierten Tag seiner Suche, erreichte er das was von dem Dorf Nordbuktavik noch übrig war. Nachdem er die schmale Landbrücke überquert hatte, durchschritt er das aus Birkenstämmen zusammengebundene Portal, welches einsam und halb verfallen auf dem Weg stand. Das Dorf hatte nur noch wenige Einwohner. Meist Alte, die noch die Zeiten des Jarl Oyvind erlebt hatten. Sie wollten hier nicht weg. Hier war ihre Heimat!

Auch hier bekam Bogtyr keine Antworten auf seine Fragen, und so ritt er weiter nach Norden.

*

Nicht lange dauerte die Überfahrt von Tautra nach Lade. Sehen konnten sie die Königsstadt auf dem Südufer des Fjordes schon von weitem, doch der Hafen der Stadt lag nicht am Fjord. Sie segelten nach Westen und bogen dann in die Mündung des Nidälv[17] ein. Sie segelten dem Fluss folgend nach Süden, und holten dann, nach einer Weile, das Segel ein. Mit nur vier Ruderpinnen manövrierten sie das Knarr in den Hafen von Lade. Es herrschte große Unruhe und Gewimmel auf den Stegen zwischen den Schiffen. Händler aus allen Siedlungen rund um den Fjord hatten hier angelegt. An manchen hingen die Banner der Jarls von Stiklestad, von Levanger und Hylla. Und auch das Banner von Jarl Steinkjer aus dem Beistadfjord im Nordosten war vertreten. Doch die Männer an Bord des Asenzorns konnten mit den Bannern nicht viel anfangen.

„Wir trennen uns hier. Du, Keiler…", der junge Kerl wurde so genannt, da seine Nase der eines Schweinerüssels durchaus ähnlich sah, „bleibst an Bord, und wachst über das Schiff. Die anderen verteilen sich im Hafen und auf dem Markt." So befolgten die Männer den Befehl, und machten sich auf den Weg nach Lade. Nur Vagn blieb im Hafen,

---

[17] Nidälv – Fluß westlich von Lade

denn auch hier gab es einen kleinen Markt. Gelangweilt schlenderte er über diesen, und versuchte hier und da ein Gespräch zu beginnen. Bis er an einem Stand vorüber ging, an dem er angesprochen wurde. „Na, mein Schöner", sprach die Sklavin keck. „Willst du mir nicht etwas abkaufen. Mein Herr ist recht ungehalten, wenn ich nichts verkaufe." Vagn blieb stehen, und trat grinsend an den Verkaufsstand des Weibes. Sie war sicher um einige Winter älter als er, doch sie war kein hässliches Weib. Langes dunkles Haar fiel über ihre Schultern, und ein draller Busen spannte ihr Kleid.

„Hm…, vielleicht kaufe ich dir etwas ab, wenn du mir ein paar Fragen beantwortest." Vagn sah die Sklavin fragend an, und diese lachte auf. Sie beugte sich über den Tisch, und sprach nun ihrerseits: „Vielleicht können wir beide uns über einen zusätzlichen Handel einigen, denn du gefällst mir gut." Vagn zuckte mit den Schultern. „Na, meinetwegen." Da wandte sie sich zu einem jungen Knaben, der auf einem Schemel saß. „Achte darauf, dass uns niemand bestiehlt!" Der Knabe nickte, und das Weib ergriff die Hand des Kriegers. „Komm!"
Sie zog ihn in eine Gasse, und zu einer alten Hütte. Dort öffnete sie die Tür, sah sich um, und schlüpfte hinein. Den fremden Krieger zog sie mit sich. Es war eine Lagerhütte, in der der Händler dem sie gehörte, wohl seine Waren für den Markt lagerte. Die Sklavin zögerte nicht, legte sich rücklings auf einige Ballen Stoff, und räffte ihr Kleid bis über die Taille. Vagns Blick fiel auf die schwarzen Locken ihres Schoßes, und er bemerkte wie sich in seinen Beinkleidern etwas regte. „Na, gefällt die, was du siehst? Nun komm, worauf wartest du?" Grinsend sah Vagn die Sklavin an, dann zuckte er mit den Schultern, und öffnete die Schnur, die seine Beinkleider an der Hüfte hielt. Diese fielen zu Boden, und Vagn tat, was das Weib von ihm erwartete. Und dies tat der junge Kerl, mit kräftigen Stößen

und mit großer Ausdauer, was der dunkelhaarigen Sklavin wohl gefiel. Sie stöhnte voller Lust, und drückte ihren Unterleib immer wieder gegen den seinen. Nach einer Weile platzte es stöhnend aus Vagn heraus. Sie jauchzte genussvoll, und krallte sich in Vagn Schulter fest. Lächelnd und scheinbar zufrieden, sah sie ihn an. „Was willst du denn von mir wissen, mein schöner Krieger?", gurrte sie befriedigt.

„Weißt du etwas über die Gefangenen, die Borkell, der Schwarze, vor einiger Zeit hierher gebracht hat?" Zuerst sah sie Vagn ein wenig misstrauisch an, doch dann erzählte sie, was sie wusste. „Es gab Streit zwischen König Grjotgard und seinem Weib, wie man sich erzählt", begann sie, während sie in einen Eimer griff, und einen Lappen herausnahm, mit dem sie sich zwischen den Beinen säuberte. „Es heißt, die Königin hasst diesen Borkell, und hat ihn der Königshalle verwiesen.", sprach sie beiläufig.

„Es sollen Leute aus Ranrike sein. Aus der Gefolgschaft des Jarls Einar, der einmal Herrrscher auf Tautra war. Der König hasst diesen Jarl, aber die Königin liebt ihn!" Vagn wunderte sich, denn für eine Sklavin, war das Weib gut unterrichtet, über all das, was sich in der Königshalle abspielte. Sie erhob sich, und warf den Lappen platscehnd zurück in den Eimer. Das Kleid fiel wieder über ihre Beine, und sie richtete ihre Schürze. „Es geht das Gerücht um, dass die Gemahlin des Einar unter den Gefangenen war, und dass sie und ihr neugeborenes Kind nun nicht mehr leben!" Da erschrack Vagn zutiefst. „Bei allen Göttern, das darf nicht sein!" Nun sah die Sklavin, deren Name Vagn nicht einmal kannte, ihn erstaunt an. „Es tut mir leid, aber so erzählt man es sich hier in Lade. Warum schockiert dich diese Nachricht so? Bist du etwa einer dieser Kerle des Jarl Einar?" Sie sah Vagn eindringlich an. Doch er nahm das Weib kaum noch wahr. Ihre Worte hatten ihn in trübe

Gedanken fallen lassen. Was, wenn es stimmte, und Alma, die Jarlsgattin, wäre in das Reich der Toten gegangen?

„He, ich habe dich was gefragt", ranzte die Schöne den jungen Krieger an. „Alma ist tot?", fragte er leise. Dann verließ er die Hütte ohne sich von dem Weib zu verabschieden.

*

4. TRAURIGE GEWISSHEIT

Auf der Nordinsel von Tautra hatte Bogtyr an einem
Waldrand sein Lager aufgeschlagen. Es war zwar
warm, aber der Himmel war stark bewölkt, und so wurde es,
obwohl noch früh im Erntemonat[18], recht schnell dunkel.
Besorgt blickte der Rotschopf in den Himmel. Es sah nach
Regen aus!
Der Krieger saß an einem Feuer, und dachte darüber nach,
ob er mit der Suche nicht doch seine Zeit verschwendete.
Vielleicht kam Jarl Einar gar nicht hierher. Nein! Er würde
kommen, da war sich Bogtyr sicher! Und dann, wenn er ihn
finden würde, und dem König eine solche Nachricht
überbringen könnte, winkte ihm sicher eine Belohnung. Als
Gefolgsmann des Thorsti, war Bogtyr überhaupt nicht
zufrieden. Dieser teilte nicht den Hass auf den einstigen Jarl
von Tautra.
Vielleicht könnte er sich dem Borkell anschließen, oder er
würde selbst ein Hauptmann des König Grjotgard werden.
Jedenfalls spielte er mit dem Gedanken die Insel recht bald
zu verlassen, und nach Lade zu gehen. Er öffnete die Fiebel
seines Umhangs. Nahm diesen von der Schulter und lehnte
sich gegen den Baum, unter dem er das Feuer entfacht hatte.
Mit dem wollenen Umhang deckte er sich zu, und schlief
bald ein.

Es war noch sehr früh, als Bogtyr die Augen öffnete. Das
Feuer war heruntergebrannt, und es war kühl. Er legte den
Umhang zur Seite, und erhob sich. Gähnend streckte der
Krieger seine klammen Glieder, und sah dann zum Himmel
hinauf. Die Wolken waren fort, und der Himmel war blau.

---

[18] Erntemonat - August

58

Bogtyr verspürte den Drang sich zu waschen. Ja, kaltes Wasser in seinem Gesicht wäre das richtige um wach zu werden. Doch leider gab es hier keinen Bach, an dem er sich hätte erfrischen können. Außerdem erinnerte ihn ein lautes Knurren in seinem Bauch daran, dass er seit Tagen nicht mehr richtig gegessen hatte. Doch an Proviant hatte er nicht gedacht, als er überstürzt aus Sørhamna fortgeritten war. Bogtyr sah sich um, dachte daran die Suche abzubrechen. Er hatte fast ganz Tautra abgesucht. Ohne Erfolg!

Nur den nördlichen Teil der Nordinsel hatte er noch nicht beritten. Hier gab es eigentlich nur Wald. Ein paar kleine Höfe, und die alte verfallene Schmiede des Visgeir, der schon lange bei den Asen[19] in Asgard[20] oder bei der Hel[21] in Helheim[22] weilte. Wer wusste da schon genaueres? Und dann fuhr es dem Bogtyr wie ein Blitz des Donnergottes durch den Kopf. Wo sollten sich die Ranriker verstecken, wenn nicht hier? Grinsend begann er sein Pferd zu satteln, nahm seinen Umhang und legte sich diesen zu einem Dreieck gefaltet über die Schulter. Auf der Brust verschloß er die zwei Enden mit der ehernen Fiebel. Dann schwang er sich auf sein Pferd und ritt auf dem Waldweg nach Norden.

*

Besonders froh war Vagn nicht über die Neuigkeiten, die er erfahren hatte. Die Art und Weise wie er an die Nachricht gekommen war, die hatte ihm natürlich gefallen, doch er hatte tatsächlich ein wenig Angst diese dem Raban zu überbringen.

---

[19] Asen – Nordisches Göttergeschlecht
[20] Asgard – die Welt der Asen, eine der neun Welten
[21] Hel – Wächterin des Totenreiches
[22] Helheim – Heimstatt der Hel, das Totenreich, eine der neun Welten

Doch er war nicht der Einzige der diese Botschaft vom Tode der Alma zum Asenzorn brachte. Er war nur derjenige, der die Botschaft bestätigte. Die Stimmung auf dem Knarr war nun sehr gedrückt. Der Sachse Raban saß auf dem Heckstand und man sah ihm an, dass der große gestandene Krieger, um seine Landsfrau geweint hatte. „Ich denke, du hast die Nachricht schon erhalten, die man sich in Lade erzählt", sprach Vagn vorsichtig den Schiffsführer an. Dieser hob seinen Kopf, und blickte den jungen Krieger an.

„Ich kann es nicht glauben, dass der König von Lade so weit gegangen ist." Raban erhob sich von den Planken, und wischte seine Tränen aus dem Gesicht. „Aber dafür wird er büßen!"

Noch musste Raban warten, denn einer der Männer, den er ausgeschickt hatte, fehlte noch. Dieser hatte sich bis hinauf zur Burg des Königs gewagt, und dort fand er Sklaven, die recht gesprächig waren. Sah er irgendwo Leute stehen, die miteinander sprachen, stellte er sich einfach dazu. Bis diese ihn bemerkten, hatte er schon einiges aufgeschnappt. Er war der Einzige, der etwas anderes zu berichten hatte.

„Die Königin hat sich für die Gefangenen eingesetzt, so erzählt man sich", sprach der Krieger. „Und der alte Gudbrand hatte recht, der Borkell wurde tatsächlich der Königshalle verwiesen." Der Mann setzte sich auf die Reling und berichtete weiter: „Ich war in einer Kaschemme, dort hinten." Er zeigte den Hügel hinauf zu dem kleinen Marktplatz des Hafens von Lade. „Dort soll sich Borkell besoffen haben. Und er hat kein gutes Haar an der Königin gelassen. Im Suff soll er ihr sogar gedroht haben."

„Das wird den König sicher nicht erfreuen", meinte Vagn, und Raban stimmte ihm zu. Sollte es sein, dass sich zwischen dem König und dem Hauptmann eine Kluft auftat? „Die Gefangenen von Askby hat man in ein Gesindehaus gesperrt, und die Königin hat dafür gesorgt,

dass man sie gut behandelt!" Kopfnickend sah der
Glatzkopf den jungen Krieger an, doch plötzlich bemerkte
er einen Tumult. Es waren etwa zehn Krieger, und ein
dunkelhaariges Weib, das zum Asenzorn zeigte. Vagn hatte
sie sofort erkannt, und er wusste auf wen sie zeigte. „Ich
denke, wir sollten besser verschwinden!" Raban sah den
jungen Krieger an, und nickte zustimmend. „Gut, macht die
Leinen los, und setzt das Segel!"
Als die Krieger auf den Anleger traten, konnten sie dem
Knarr nur noch hinterher sehen, denn dieses segelte gerade
in die Fluten des Flusses Nid hinaus.

Raban stand am Vordersteven und sah nach Norden. Von
hier konnte er den Hafen von Sørhamna auf der Insel Tautra
erblicken. „Dies war einmal die Herrschaft Einars", sagte er
zu Vagn, der sich zu ihm gesellt hatte. „So hat es mir Thoke
erzählt. Und warum der König sich gegen Einar stellte,
nachdem er ihm seine Base Alwara zur Frau gegeben hatte,
weiß er bis heute nicht."
   „Dann war unser Jarl ein Gesippe des Ladekönigs?", fragte
Vagn erstaunt. Raban nickte. „Ja, so war es wohl! Und dort
drüben war seine Methalle." Er zeigte zur Küste der Insel
Tautra, wo man am Hochufer die Siedlung sah.
Mit Kurs nach Osten segelte der Asenzorn an der Küste
entlang, und folgte dieser später nach Norden. Und nach
einiger Zeit erreichten sie die kleine Landzunge, die den
Einblick in die Bucht verhinderte. „Holt das Segel ein",
befahl der Sachse, und ergriff mit den drei anderen Männern
die Ruderpinne. So verschwand das Schiff hinter den
Bäumen und nach einigen Ruderschlägen glitt das Knarr mit
dem Kiel an den Strand.
Raban machte sich sofort auf den Weg zu Einars Zelt. „Er
hatte die unschöne Aufgabe dem Jarl vom Tod seines
Weibes und seines Kindes zu berichten. Der Jarl, sowie Ilva,

Olaf und Thoke, saßen vor einer Feuerstelle und sprachen, als Raban hinzu trat. „Raban! Endlich! Was gibt es zu berichten?", rief Einar als er den kahlköpfigen Sachsen sah. Und er erkannte an dem düsteren Blick des Mannes, dass es sicher nichts Gutes war.

Mit gesenktem Blick trat er an das Feuer. „Es gibt schlimme Nachrichten, Jarl Einar", begann er vorsichtig.

„Nun rede schon", forderte der Jarl nun drängend. Raban fuhr sich mit der Hand über seinen Bart. „Es scheint als hätte die Königin dafür gesorgt, dass es den Gefangenen gut ergeht." Da sprach Thoke. „Aber das ist doch eine gute Nachricht."

„Leider ist das nicht alles!" Raban sah den Jarl an. „Die Anstrengung war für die Alma und das Neugeborene zu groß. Sie sind tot!" Da entfuhr der Kehle des Einar ein Schrei, der nichts Menschliches mehr an sich hatte. Er sprang auf, und lief in das Zelt, dort fiel er auf die Knie und weinte hemmungslos. Auch Ilva erhob sich, um Einar zu folgen. Weinend kniete sie sich neben den Jarl. Sie strich ihm über das Haar und umarmte ihn.

Schweigend sahen die Männer auf das Zelt. Da trat Olaf neben den Sachsen Raban. „Was gibt es noch?" Raban wandte sich dem großen blonden Krieger zu. Doch er brauchte einen Moment, um sich zu sammeln.

„Man erzählt sich, dass es zwischen Königin Andur, und dem König zu einem Streit kam. So hat Grjotgard den Borkell der Königshalle verwiesen. Und dieser hat üble Flüche gegen die Königin ausgesprochen."

Olaf kratzte sich nachdenklich sein Kinn. „Dann ist die Königin in Gefahr! Dieser Borkell ist unbarmherzig wenn sich jemand gegen ihn stellt, und da wendet sich der Dreckskerl ganz bestimmt auch gegen eine Königin!"

*

Bogtyr hob den Kopf. Angestrengt hörte er in den Wald. Da war doch ein Schrei? Er hatte ihn deutlich gehört, es war ein fürchterlicher Schrei! Irgendwo dort, noch weiter nördlich, in der Nähe der Küste, mussten Menschen sein. Der Weg den der Krieger mit den roten Haaren ritt, führte von hier wieder nach Westen. Dort lag der Hof eines Bauern, dass wusste Bogtyr. Doch nun war dies nicht mehr sein Ziel. Er trieb sein Pferd in den Wald und ritt weiter nach Norden. Doch bald wurde das Unterholz immer dichter, und es war mit dem Pferd kein vorankommen mehr. Er nahm die Zügel und band diese an einen Baum fest. Das Pferd begann sofort damit, an Flechten zu knabbern. Von hier musste Bogtyr zu Fuß weiter. So kämpfte er sich durch das Unterholz, bis er fand, wonach er suchte. Stimmen drangen an seine Ohren, und Bogtyr nickte erfreut. Vorsichtig schlich er näher, und erkannte die ersten Zelte, die zwischen den Bäumen standen. Näher und näher wagte sich der Rotschopf nun an das Lager. Schließlich musste er dem König etwas zu berichten haben. Hinter einem Haselnussbusch fand er ein Versteck, von dem aus er gut in das Lager blicken konnte. Die Entfernung zum Strand veriet ihm, dass dies ein großes Lager war. Es schien, als hätte Jarl Einar alle seine Krieger mitgebracht. Gerade wollte sich Bogtyr erheben, um weiter zum Strand vorzudringen, als er etwas Kühles in seinem Nacken verspürte. Dann durchdrang ihn ein Schmerz, und ihm wurde schwarz vor Augen.

Die Augen des Jarls waren immer noch gerötet, als zwei Krieger an das Zelt des Jarls traten. Sie schleppten einen Kerl heran, und der eine Krieger sprach: „Hier sieh mal, was wir gefunden haben, Jarl Einar. Das Eichhörnchen hockte unter einem Haselnussbusch. Der kommt mir sehr bekannt vor!" Sie ließen den Gefangenen einfach los. Einar, Olaf und die anderen traten neugierig heran, und ihre Blicke lagen auf dem Kerl, der nun vor ihnen bäuchlings auf dem Waldboden lag. Einer der Krieger drehte den Mann mit dem Fuß recht unsanft auf den Rücken. „Das ist ja Bogtyr", stellte Einar fest. „Hätte nicht gedacht ihn so schnell wiederzusehen."

„Hätte man sich denken können, dass es den Hund nach Tautra zieht", sprach Thoke spitz. Da widersprach Ilva: „Ich hätte gedacht, er geht geradewegs zu König Grjotgard." Mit ihrer Vermutung hatte die schöne Schildmaid durchaus nicht falsch gelegen, denn genau dorthin zog es den Bogtyr.

„Und was machen wir jetzt mit dem Verräter?", wollte Olaf wissen, und sah seinen Jarl fragend an. „Du hast dem Kerl etwas versprochen, Jarl." Thoke erinnerte mit seinen Worten an die Drohung, die Einar gegenüber dem Rotschopf ausgesprochen hatte. Da zog Olaf fröhlich grinsend sein Schwert aus dem Wehrgeheng. „Lass es stecken", befahl Einar. „Wir wollen doch erstmal hören, was er zu sagen hat. Holt Wasser und weckt ihn auf."

Das kalte Wasser, welches man dem Bogtyr über den Kopf gegossen hatte, ließ ihn sofort erwachen. Benommen erhob er sich auf seine Knie. Es dauerte eine Weile, bis er begriff was mit ihm geschehen war. Dann sah er in die Gesichter derer, die um ihn herum standen. Und er kannte all diese Gesichter!

„Jarl Einar! Also doch!", grunzte er mehr zu sich selbst. Da ging der Jarl in die Hocke, und sah dem einstigen Gefolgsmann in seine Augen. „Es ist doch kein Zufall, dass wir dich hier erwischt haben. Willst du mir nicht erzählen, was du vor hattest?" Die Stimme des Jarls klang freundlich, doch Bogtyr wusste genau, was ihm blühte. „Wolltest dich beim Grjotgard beliebt machen, indem du uns noch einmal verrätst", vermutete der Jarl. „Sicher warst du längst beim

König, und vielleicht haben deine Worte erst den Überfall auf Askby ermöglicht." Schweigend sah Bogtyr den Mann an, den er seit vielen Wintern hasste. „Erinnerst du dich, was ich dir versprach, wenn sich unsere Wege noch einmal kreuzen sollten?" Langsam nickte der rothaarige Krieger, und ihm wurde klar, dass heute der Tag gekommen war, den die Nornen für sein Ende in Midgard vorgesehen hatten.

„Du elender Wurm! Mein Weib Alma und mein neugeborenes Kind sind tot. Meine beiden anderen Kinder sind in der Hand meiner Feinde, und mein Dorf ist zerstört", schrie Jarl Einar den Gefangenen nun an. Jetzt erhob sich der Mann, den man wegen seines blutunterllaufenen Augen Blutauge nannte. Er zog sein Frankenschwert, welches den gleichen Namen trug wie er. Dies aber wegen eines roten Edelsteins im Parrier. „Nun höre die letzten Worte, die in Midgard an deine Ohren dringen werden. Ich verspreche dir, dass ich deinen Kadaver den Krabben zum Fraß übergeben werde. Und ich verspreche dir auch, dass du nicht in Walhalla einkehren wirst, du Lump!" Dann hob er sein Schwert, holte aus, und schlug dem Bogtyr den Kopf von den Schultern.

*

Einige Tage waren vergangen, als Rotger, der junge Krieger mit dem dunkelblonden Haar, in die Halle von Sørhamna trat. Eilig schritt er zu dem langen Tisch an dem Thorsti und sein Weib, sowie einige Höflinge des Jarlpaares, gerade ihr Mittagsmahl einnahmen. „Rotger, was gibt es, dass du mich beim Essen störst?", fragte Thorsti eher belustigt.

Er hatte gute Laune, denn es war ein schöner Sommertag, und in der Nacht hatte er sich von seinem Weib geholt, was er für sein Recht hielt. Zwar war Alwara beim Liebesspiel sehr zurückhaltend, aber das war dem Thorsti völlig gleich. Er rammelte sie, so wie er es mit einer Hure tat.

„Verzeih mir, Jarl, aber Bogtyr ist erschwunden!"

„Was soll das heißen, er ist verschwunden?", fragte Thorsti wenig erstaunt. „Wahrscheinlich zieht es ihn nach Lade, um sich bei Grjotgard anzubiedern." Da schüttelte Rotger seinen Kopf. „Die alte Hilgrun, die Mutter des Rotschopfes, hat mir erzählt, dass heute Morgen das Pferd ihres Sohnes allein heimkehrte. Sie macht sich Sorgen, denn Bogtyr ist der Ernährer, der Alten."

„Dann werden wir wohl nach ihm suchen müssen", sprach der Jarl, und schob sich eine Hühnerkeule zwischen seine Zähne. „Schicke einige Männer los, die unsere Insel absuchen sollen. Doch sie sollen nicht länger als vier Tage fort bleiben!" Da nickte Rotger und verließ die Halle. Nachdenklich starrte Thorsti auf seinen hölzernen Teller.

„Was hast du?", wollte Alwara wissen, doch ihr Gemahl schüttelte seinen Kopf. „Nichts, mein Weib!"

Doch Thorsti hatte gelogen!

Er kannte nur einen, der dem Bogtyr ans Leder wollte, und es gab genügend Gerüchte, dass genau dieser in den Ladefjord kommen würde. Und so wie er Einar kannte, würde er nicht allein in die Höhle des Bären segeln. Aber daran glauben, dass Einar seinetwegen nach Tautra gekommen war, konnte er auch nicht. „Nein, das nicht", sagte er plötzlich lau, und alle sahen ihn an. „Was nicht?", fragte die Alwara neugierig. „Und sage jetzt nicht Nichts!" Der Trøndner überlegte kurz, sah die blonde Frau an, und erhob sich schweigend. Langsam verließ er die Halle. Nun kreisten seine Gedanken nur noch um Einar, den Mann, den er einst verraten hatte. Auch Bogtyr hatte den Jarl aus Ranrike verraten, und war nun verschwunden. Konnte es sein, dass Jarl Einar mit seinem Haufen längst auf Tautra weilte? Was sollte er nun tun?

Es war bereits spät in der Nacht. Dunkelheit lag über der Nordinsel und dem Lager der Ranriker, doch es gab außer den Wachposten noch andere die nicht schliefen. An einem Feuer saßen sechs Männer und sprachen darüber, was nun zu tun sei. „Wenn die in Sørhamna den Bogtyr vermissen, wird es sicher nicht lange dauern, bis man uns entdeckt", verkündete Olaf seine Meinung, und bekam von den anderen Männern dafür Zuspruch. „Also, was sollen wir nun tun. Ewig können wir nicht hier herumhocken." Auch die Worte des Kjelt fanden Gehör. „Vor allem, wie bekommen wir unsere Leute zurück?", stellte Thoke die Frage, die allen im Kopf herumging. „Ja, darüber habe ich mir auch Gedanken gemacht", antwortete Jarl Einar. „Wir werden uns eine Geisel holen!"

„Eine Geisel? Aus der Burg des Königs?" Zweifelnd sah Raban seinen Anführer an, und dieser nickte. „Ja, aus der Burg von Lade! Und wenn es sein muss, direkt aus der Königshalle!" Zuerst schienen die Männer wenig überzeugt von Einars Plan. Doch je mehr sie darüber nachdachten, umso klarer wurde ihnen, dass sie nur so die Herausgabe ihrer Leute erzwingen konnten. Ein Kampf gegen den König von Lade schien wenig erfolgversprechend zu sein. „Dann holen wir uns die Königin!" Olafs Vorschlag wurde sofort begrüßt, doch Einar winkte ab. „Nein, nicht die Königin!" Er erhob sich. „Sie scheint die Einzige zu sein, die sich gegen den König, und vor allem gegen Borkell stellt." Er ging um das Feuer. Wollte seine eingeschlafenen Beine wecken. „Nein, wir holen uns Sigurd!"

„Den Prinzen Sigurd?", fragte Kjelt. „Nein, den Koch Sigurd. Natürlich den Prinzen!" Olaf konnte es nich lassen den Steuermann zu foppen. Manchmal, besonders wenn er müde war, war Kjelt wirklich schwer von Begriff. Keiner der Männer am Feuer machte sich über den Steuermann lustig. Aber Grinsen mussten sie alle.

Dann ergriff wieder Raban das Wort. „Und was tun wir jetzt hier auf Tautra? Die Sippe des Rotkopfs wird doch nach Bogtyr suchen, und wenn nicht er, dann der Jarl der Insel." Da nickte Einar, und sah den Sachsen an. „Auf kurz oder lang werden sie uns hier finden. Da hast du Recht! Darum werden wir morgen unser Lager abbrechen und an der Nordküste entlang nach Sørhamna segeln."

„Du willst Jarl Thorsti angreifen?" Verwundert sah Olaf seinen Jarl an, und dieser wandte sich dem blonden Krieger zu. „Ich dachte, du hast mit der Geschichte abgeschlossen."

„Das könnten wir sicher tun, dazu reicht unsere Stärke aus. Aber wir kämpfen nur, wenn es nicht anders geht! Und von mir aus, soll der Kerl mit der Alwara und der Insel glücklich werden!" Der Jarl setzte sich wieder auf den Baumstamm, der gefällt, als Sitzplatz diente. „Wir brauchen jeden Krieger und jede Schildmaid, wenn es gegen König Grjotgard geht. Also müssen wir dem Thorsti zuvorkommen."

So einigten sich die Männer auf Einars Vorschlag, und legten sich dann zur Ruhe, denn sie würden ihre Kraft brauchen, dass wussten sie.

*

Es gab an der Nordküste der Insel auf der die Hauptsiedlung lag, eine kleine Bucht. Von dieser führte ein Weg direkt nach Sørhamna. Diesen Weg kannte der Jarl gut, denn er hatte ihn schon des Öfteren benutzt. Von hier wollte Einar mit seinen Kriegern auf die Siedlung zu marschieren. Die Morgendämmerung hatte gerade erst eingesetzt, als die Kiele der beiden Schiffe auf den Strand rutschten. Mit den Pfosten stützten sie die Rümpfe, und zehn Männer teilte Einar als Schiffswachen ein. Nach dem sie ihr Lager errichtet hatten, marschierte er mit dem Großteil seiner Gefolgschaft quer über die Insel nach Sørhamna. Eigentlich hätte der Zug der Krieger unbemerkt bleiben sollen, doch nicht weit des Weges, gab es inzwischen kleien Gehöfte, die Einar nicht kannte. Dicht an dem Weg lag der Hof eines jungen Bauern. Und dessen Sklave und Knecht, war bereits damit beschäftigt, die Kühe auf die Weide zu treiben. Nachdem die Magd, eine Sklavin aus dem Pommernland, diese gemolken hatte. „Da drüben!", machte sie den Knecht auf die Geräusche aufmerksam, und dieser begab sich auf den Weg, um nachzusehen was vor sich ging. Hinter einem Busch hockend, sah den langen Zug der Krieger, die auf die Siedlung zu marschierten. Ohne zu zögern, lief er zurück zum Hof, um seinen Herrn zu wecken.

„Was hast du gesehen?", wollte die Magd neugierig wissen. „Ein Heer fremder Krieger", antwortete er, und lief in das Haus.

Selbst wenn der Bauer hätte fliegen können, wäre es ihm nicht gelungen den Jarl rechtzeitig zu warnen, denn die Ranriker zögerten keine Sekunde, und fielen in die Siedlung ein wie Wölfe in ein Schafsgatter. Das Haus des Jarl war Einars Ziel. Dieses Haus, das einst ihm selbst gehört hatte! Geschrei tönte durch das Langhaus, und die Wachen des Thorsti versuchten das Unmögliche. Doch die drei Männer starben an diesem Morgen, durch die Axt- und Schwerthiebe der Angreifer.
Mit fünfzehn Männern war Einar in das Gebäude gestürmt, um den Jarl von Tautra und sein Weib gefangen zu nehmen. Der Rest seiner Krieger sollte das Langhaus vor der Rückeroberung schützen. Doch es dauerte eine ganze Weile, bis die Trøndner sich zum Angriff gesammelt hatten. Einige aber zögerten, denn sie erkannten frühere Nachbarn, Freunde oder sogar Gesippen unter den Kriegern, die da vor

ihnen standen. „Auf sie!", rief einer der Männer, doch kaum einer schien ihm folgen zu wollen. So entbrannte unter den Kriegern von Tautra, ein Streit was nun zu tun sei. Einige von ihnen traten gar zu den Kriegern die sie kannten, und begannen mit diesen zu sprechen. Man umarmte sich, und die Wiedersehenfreude schien bei manchem groß zu sein.

Währenddessen hatten Einar, Olaf und Raban die Tür zur Schlafkammer des Jarlspaares geöffnet. Und zu Einars Verwunderung stand ihm Thorsti nicht mit dem Schwert gegenüber. Er saß mit freiem Oberkörper auf der Kante des Bettes, in dem sie unbekleidete Alwara lag. „Sei mir gegrüßt, Thorsti!" Dann blickte er die Alwara an, der man ansah, dass sie gerade gerammelt worden war. „Auch dich Grüße ich, Alwara!"
„Du wirst es mir nicht glauben, aber ich freue mich, dich zu sehen, Einar Blutauge", sagte Thorsti ruhig, und ohne Angst. Dies hatten die Männer nicht erwartet, und sahen ihren einstigen Gefährten verwundert an. „Wenn wir schon dabei sind, uns die Verräter vom Hals zu schaffen, machen wir am besten hier weiter", sprach Olaf grimmig und ohne Gnade, doch Einar winkte ab.
„Du vergisst dich, Olaf", sagte Einar grinsend. „Thorsti ist ein Jarl. Er steht weit über dir, und du solltest seine Stellung achten." Nun traf den Anführer ein böser Blick des Blonden. Es schien, als hätte Einar wirklich mit dieser längst vergangenen Geschichte abgeschlossen. Und Olaf gefiel das nicht!
Aber Jarl Einar hatte Recht! Sie hatten genug Probleme, als sich mit Vergangenem zu belasten.
„Du weißt, warum wir hier sind?" Einar schob sein Frankenschwert Blutauge in das Wehrgehäng zurück. Thorsti nickte. „Wir haben nichts damit zu tun", sprach

er, und blieb auf der Kante des Bettes sitzen. „Und man erzählt sich, es ist allein des Borkells Einfall gewesen, euch zu überfallen." Langsam trat Einar heran, und stellte sich neben die Alwara. Er griff nach der Decke, mit der sie sich vor den Blicken schützte, und hob diese kurz an.

„Was erlaubst...?", wollte Alwara protestieren, doch Einar legte seinen Finger auf den Mund, und das Weib schwieg. Sein Blick fiel auf ihren nackten Körper, und er sah, dass dieser immer noch makellos war. Dann ließ er die Decke los und wandte sich wieder dem Thorsti zu.

„Wir kamen nicht hierher, um dich zu bekämpfen. Also gib uns besser keinen Grund dazu", drohte Einar unverhohlen. „Du und sie werden die ersten sein, deren Körper den Krabben als Mahl dienen werden. Und nun zieht euch an, und kommt in den Wohnraum." Die drei Männer verliessen die Kammer, und nahmen an dem Tisch in dem Wohnraum platz. „Du, Mädchen, bring etwas zu trinken", befahl Einar einer Magd, die mit dem anderen Gesinde verängstigt in der Ecke auf einer Bank saß. Sie erhob sich, und lief hinaus. „Schicke einen Boten zu den Schiffen. Sie sollen das Lager abbrechen und in den Hafen segeln", befahl Einar dem Raban, und der Sachse verließ das Haus. Draußen auf dem Platz war es den Umständen entsprechend ruhig. Kein Kampflärm drang in das Haus, als Raban die Tür öffnete. Dies wunderte den Sachsen schon ein wenig.

„Sie kämpfen nicht!" Diese Erkenntnis teilte er dem Jarl mit, als er an den Tisch zurückkehrte.

„Wahrscheinlich haben sie Angst um die da!" Einar zeigte zur Tür der Kammer. „Vielleicht schaffen wir es, dass sich Thorsti aus der Sache heraushält", meinte Jarl Einar.

„Und wenn nicht haben wir eine ganze Insel als Geiseln", grinste Olaf. Da öffnete sich die Tür der Kammer, und das Paar trat heraus. Thorsti trug sogar sein Schwert am Gürtel, sowie Alwara ihr Messer. Und Jarl Einar ließ sie gewähren!

„Du wirst hinaustreten, und deinen Leuten sagen, dass sie sich ruhig verhalten sollen", befahl Einar dem Mann, den man den Schönling nannte, was nach unzähligen Saufgelagen aber nicht mehr zutraf. „Niemandem wird ein Leid geschehen, wenn sie sich an die Anordnungen halten. Wir sind nicht gekommen, um mit euch Krieg zu führen. Wir wollen nur unsere Leute zurück holen!" Da nickte Thorsti, und trat hinaus auf den Platz.

„Und dir Alwara, sage ich: Solltest du versuchen Grjotgard zu warnen, werde ich nicht zögern dich an den Sündenpfahl[23] zu binden. Also zwinge mich nicht dazu!" Jarl Einar sah die Jarlsgattin drohend an, denn er kannte das Weib nur zu gut. Und er wusste, dass sie nicht zögern würde, ihren Gesippen zu warnen. Doch ihre Antwort hatte er nicht erwartet. „Mein Vetter ist mir gleich! Töte ihn wenn du willst", sagte sie mit Zorn in der Stimme. „Hoho, was sind das für Worte?" Einar war tatsächlich erstaunt, und sah der Alwara in ihre schönen Augen, um zu erkennen, ob sie log. „Grjotgard hat mich verraten. Er hat mich diesem Taugenichts Thorsti ausgeliefert." Diese Worte fand Einar doch sehr

---

[23] Sündenpfahl – Ein im Fjord verankerter Pfahl, an den die Verurteilten bei Ebbe angebunden werden. Mit der Flut kommen auch die Krabben.

belustigend. Sie setzte sich dem Jarl gegenüber, und ihre Augen begannen zu leuchten. „Es tut mir leid, was dir widerfahren ist, Einar. Ich meine den Tod deines Weibes." Langsam näherte sich ihre Hand, der des Jarls, und berührte diese dann zaghaft. Olaf sah den Jarl an, und verdrehte seine Augen. Dann erhob er sich, und folgte dem Thorsti. Einar schwieg abwartend. Ihn interessierte, was Alwara im Sinn hatte.

„Du musst wissen", sprach sie, „es gab oft Tage, oder besser Nächte, in denen ich dich vermisst habe." Er ließ sie reden. „Ja, das wird dich wundern, aber ich habe es bereut, was ich dir antat. Denn du warst ein besserer Mann, als es Thorsti je sein könnte." Fragend sah sie den Jarl an. „Du sagst ja gar nichts", sagte sie fordernd, und hoffte auf eine Reaktion des Jarls von Askby. Doch dieser blieb ruhig. Ein Lächeln war seine einzige Antwort.

„Einar? Hast du mich verstanden? Hast du verstanden, was ich dir sagen will?" Sie hatte ihr schönstes Lächeln aufgesetzt, und fuhr sich mit der Hand durch die goldenen Locken. „Du kannst mich haben, wenn du willst! Jetzt, sofort! Hier, oder wo immer du willst!" Einar sah der Alwara in ihre blauen Augen, dann glitt sein Blick an ihrem Körper hinab. Er lächelte, erhob sich, und trat lachend aus dem Langhaus.

Hier vernahm er die Worte des Thorsti, der seiner Gefolgschaft befahl, sich den Ranrikern nicht zu widersetzten. Einar trat neben den Mann, der einst sein Gefolgsmann war, und rief: „Wer den Gedanken hegt, nach Lade zu segeln, um König Grjotgard zu warnen, der sollte daran denken, dass er seine gesamte Sippe in den Fluten des Fjordes wiederfindet!" Der strenge Blick des Einar sollte den Bewohnern der Siedlung, ja, der ganzen Insel Warnung sein. Obwohl doch viele daran zweifelten, dass ihr einstiger Jarl seine Drohung wahr machen würde. Andererseits gab es auch viele, besonders unter den Älteren, die der Anblick des Einar erfreute. Und so blieb es, entgegen Einars Befürchtung, ruhig in der Siedlung Sørhamna.

Jarl Einar und seine Krieger nisteten sich in der Jarlshalle ein, und für Einar war es ein merkwürdiges Gefühl. Er stand vor dem Hochstuhl, der einmal sein Hochstuhl war. Gedanken strömten durch seinen Kopf. Wie konnte dies alles nur geschehen. Plötzlich wurde Einar aus seinen Gedanken gerissen. „Würdest du mir glauben, wenn ich sage, dass mir all das Geschehene Leid tut?" Einar wandte sich um, und sah in das Gesicht des Thorsti. „Es war das Schicksal, welches die Nornen für uns webten. Wir hätten ihm nicht entkommen können, auch wenn wir es gewollt hätten." Erstaunt erkannte der Schönling, dass ihm Einar nichts mehr nachtrug. „Alwara bekam doch meistens was sie wollte, und sie war eine schöne Frau. Und sie ist es heute noch!" Warum lobte er dieses Weib? Einar erschrak vor sich selbst. Plötzlich änderte Thorsti das Thema. „Ich will dich warnen, Jarl Einar", sprach er. „Nimm dich in acht vor Bogtyr. Er ist hier auf der Insel, und er wird es sein, der dich an Grjotgard verrät." Einar stieg auf das Podest, und nahm auf dem Hochstuhl platz. Und dies schien den Thorsti nicht zu stören. Eigentlich kam es ihm normal vor, und ihn durchzog sogar ein wollig, warmes Gefühl. Ein vertrautes Gefühl!

Ihm war, als seien die alten Zeiten zurückgekehrt. „Du brauchst dir um den Rotschopf keine Gedanken mehr zu machen, Thorsti. Er wagte sich in mein Lager, und ich erfüllte das Versprechen, welches ich ihm gab, als er meine Gefolgschaft verließ." Thorsti nickte, denn er verstand sofort. Eigentlich war er gar nicht verärgert, vom Tod des Bogtyr zu erfahren. Er konnte den Kerl noch nie leiden.

„Ich hoffe inständig, dass der Tod des Bogtyr keine Rachegedanken in dir weckt", sprach Einar zu dem Jarl von Tautra, doch dieser schüttelte seinen Kopf. „Nein, das tut es ganz sicher nicht."

„Gut, es ist mir zuwider auf Tautra zu kämpfen!" Einar nickte, und war zufrieden.

*

5. KAMPF AUF TAUTRA

Einige Tage waren vergangen, und auf Tautra war es ruhig geblieben. Die Bauern auf den Höfen interessierte sowieso nicht, was in der Siedlung vor sich ging. Sie waren froh, wenn sie keine Männer des Jarls zu sehen bekamen. Und die meisten Menschen in Sørhamna behandelten ihre Besatzer wie Gäste, denn mit einigen von ihnen, waren sie ja verwandt. So gab es nur wenige auf der Insel, von denen man erwarten konnte, dass sie einen Versuch wagen würden, um nach Lade zu gelangen. Sie könnten irgendwie versuchen dem König eine Botschaft zukommen zu lassen.Und da sich die Nachricht vom Tode des Bogtyr in der Siedlung herumgesprochen hatte, war die Sippe des rothaarigen Kriegers durchaus im Verdacht sich an Einar rächen zu wollen. Es gab hier noch eine Schwester, einen Bruder und natürlich die Mutter Hilgrun. Und genau diese war es, die sich in einer lauen Sommernacht an den Südstrand schlich, um von einem Fischer nach Lade gebracht zu werden.

So erreichte die alte Hilgrun am Morgen den Strand von Lade, und machte sich auf den Weg in die Königsstadt. Doch so einfach wie sich die rothaarige Alte es gedacht hatte, war es nicht, vor den Grjotgard geführt zu werden.

„Verschwinde, du alte Krähe!", maulte der Wächter vor der Königshalle das Weib an. „Der König empfängt heute niemanden!"

„Aber ich habe eine wichtige Botschaft für den König", bedrängte die Hilgrun den Krieger. Dieser aber blieb stur.

„Ich werde mir wegen dir keine Läuse in den Pelz setzen. Also verschwinde."

„Du wirst es sicher bereuen, Mann", fauchte die Alte den Wächter an, worauf dieser vortrat und die Hilgrun mit dem

Schild fortschob. „Es reicht! Verschwinde, oder willst du eine Tracht Prügel?" Da wandte sie sich ab, und zog sich fluchend zurück. „Du wirst noch an mich denken, du sturer Hund!"

„Es ist nicht leicht vor den Grjotgard geführt zu werden." Hilgrun sah sich um, und blickte in das Gesicht eines Weibes, die etwa halb so alt war, wie sie selbst. An der Kleidung erkannte sie, dass die Frau recht arm sein musste. Der Stoff ihrer Schürze war verschliessen, hatte Löcher und kleine Risse. Das rotbraune Kleid darunter, war ebenfalls nicht mehr schön anzusehen. „Du musst warten, so wie ich es tue", sprach das Weib. „Es wird nicht mehr lang dauern, dann verschwindet der Kerl." Fragend sah Hilgrun ihr Gegenüber an, und bemerkte, dass diese gar nicht so hässlich war, wie es ihr Anfangs schien. „Wie ist dein Name?"

„Oh, ich bin Sigi", antwortete die dunkelhaarige Frau. „Ich bin eine Freigelassene." In ihrer Stimme klang ein wenig stolz. „Also, bald ist Wachwechsel! Da kommt ein anderer Wächter an die Tür. Wenn wir Glück haben, lässt dieser uns rein." Da nickte Hilgrun, und wartete.

So wie Sigi es erzählt hatte, geschah es auch. Ein neuer Wächter trat an die Tür, und der andere zog sich zurück. Sofort wollte Hilgrun auf diesen zu stürmen, doch Sigi hielt sie zurück. „Noch nicht! Es ist noch zu früh! König Grjotgard wird jetzt noch niemanden empfangen." Grjotgard war dafür bekannt, gerne lange zu schlafen. Davon hatte auch Hilgrun schon gehört, und so wartete sie. Nun kamen immer mehr Leute zur Königshalle von Lade. Sie alle schienen aus der untersten Schicht der Bevölkerung zu stammen. An den Tagen, an denen der König zur Audienz rief, wurden diese von den Händlern, den Bauern und den Bessergestellten zurückgeschoben, und hatten so kaum Erfolg, vor den König zu gelangen. Darum versuchten sie ihr Glück an den anderen Tagen. Der König wusste dies, und wenn ihm danach war, ließ er sie vor den Hochstuhl bringen.

Und so gelangte Hilgrun tatsächlich in die Königshalle. Ein halber Tag war bereits vergangen, und bald kam die Mittagszeit. Auch diesmal hatten sich einige Männer vorgedrängt, und alles schimpfen der Alten nutzte nichts. Ein kleiner, dicklicher Kerl mit dünnem, rotem Haar stand da, und rief die Bittsteller einzeln vor den König. „Das ist Ingolf", erklärte Sigi. „Er ist ein ehemaliger Sklave wie ich, und kommt von der Insel der Vestmannen[24]. Hat es bis zum Berater und Vertrauten des Königs gebracht." Erstaunt nickte Hilgrun, denn den Kerl kannte sie nicht. Es standen nun noch vier Leute an der Tür der Halle, und die rothaarige Alte war froh ihr Ziel erreicht zu haben, doch da erhob sich der König, und wollte gehen. Nein, das durfte nicht sein!

„König Grjotgard!", entfuhr es der Hilgrun laut, ohne darüber nachzudenken, was sie tat. „Du darfst nicht gehen, ich habe eine wichtige Nachricht für dich!" Der König wandte sich um, und hielt den Ingolf davon ab, nach der Alten zu schlagen. „Lass sie!", befahl er. „Was gibt es so Wichtiges, dass du es wagst, mich am gehen zu hindern." Mit einem Wink, befahl er die Hilgrun heran.

„Ich bin Hilgrun, die Mutter des Bogtyr", begann sie zu sprechen. Da nickte Grjotgard. „Ja, ich glaube den kenne ich."

„Er ist hier!", sagte die Alte. „Wer? Der Bogtyr?", fragte der König, und wusste nicht was daran so wichtig sein sollte. „Nein, der Einar! Jarl Einar ist hier!", rief die rothaarige Frau. „Und mein Sohn ist tot!"

Jetzt wurde Grjotgard hellhörig. „Jarl Einar ist hier im Ladefjord?" Die Hilgrun nickte zustimmend. „Er hat sich in Sørhamna eingenistet, und Jarl Thorsti wagt nicht sich ihm

---

[24] Insel der Vestmannen - Irland

zu widersetzen!" Erstaunt sah Grjotgard den Ingolf an, und wollte gerade etwas sagen, da machte sich sein Weib Andur bemerkbar, denn sie hatte etwas Abseits gestanden, und die Worte der Alten gehört. „Bedenke, dass unsere Tochter in seiner Hand sein könnte." Die warnenden Worte der Königin zügelten den Grjotgard, der gerade seine Befehle herausschreien wollte. Auch wenn Eira wohl freiwillig nach Ranrike zurückgekehrt war, wie es der König vermutete, so war sie immer noch seine Tochter. Und unschuldig war er an ihrer Flucht auch nicht, denn schließlich hatte er seine einzige Tochter aus Rache für ihren Ungehorsam, an einen alten Jarl verheiratet. Würde der Eira ein Leid geschehen, würde sein Weib in dies spüren lassen. Er strich sich über seinen Bart, und sah die Hilgrun an. „Wieviele Krieger hat er bei sich?"

Die Alte wippte nachdenklich mit dem Kopf. „Es sind nicht wenige. Soviel steht fest!" Ernst sah der König das Weib an. „Wieviele?"

„Oh… äh… bestimmt viele Hundert?" Sie sah ihn fragend an. Da trat Andur heran, und blickte zu ihrem Gemahl. „Sie kann sicher nicht weiter zählen, wie sie Finger besitzt." Verschämt senkte Hilgrun ihren Blick. „Gut!" Der König nahm wieder auf seinem Hochstuhl platz. „Ruft mir Borkell her!", befahl er. Da traf ihn ein zorniger Blick der Andur. Doch der König widerstand diesem, und sagte streng: „Er ist mein Hauptmann!" Da nickte Andur und ging.

*

Problemlos hatten die Krieger aus Askby die Siedlung Sørhamna in Besitz genommen. Und alles war friedlich geblieben. Und so kam es, dass an einem Abend die Methalle gut gefüllt war, und sie sich sorglos die Zeit vertrieben. Jarl Thorsti hatte mehrere Fässer Bier spendiert, und so artete die Zusammenkunft in ein Fest aus, welches auch vor der großen Halle gefeiert wurde.

„Hättest du das erwartet?", fragte Ilva, die neben dem Einar an dem langen Tisch saß. Dieser schüttelte seinen Kopf. „Nein, niemals! Darum habe ich Raban den Befehl gegeben, mit zwanzig Männern die Augen auf zu halten." Er grinste die schöne Kriegerin an, und diese nickte.

Und so kam es, dass an diesem Abend der Jarl von Askby in seiner alten Heimat ein Bier nach dem anderen in sich hinein schüttete. Ihm ging es gut, und er hatte das Gefühl wieder zuhause zu sein. Niemals hätte er gedacht, dass sein Herz nach so langer Zeit, immer noch an dieser Insel hing.

Jarl Thorsti zeigte sich seinen einstigen Gefährten gegenüber freundlich, und doch blieb Einar vorsichtig. Aber auch bei Thorsti hatte man das Gefühl, dass er sich wohl fühlte. Er hatte seine Taten in den vergangenen Wintern so oft bereut, und sie lasteten schwer auf seinem Gewissen. Es war wohl so, dass nicht jeder sazu geboren war, ein Jarl zu werden. Er war es jedenfalls nicht, soviel wusste Thorsti inzwischen.

Mit seinem Gesippen, dem König, verband ihn nichts mehr, denn dieser hatte Tautra längst fallen lassen. Von der Insel hatte der König nicht viel zu erwarten. Die Abgaben blieb Jarl Thorsti dem König oft schuldig, so waren die Erwartungen Grjotgards nur noch gering. Und die Spannungen zwischen Tautra und Lade waren wegen der Abgaben sowieso schon groß. Alwara, die Base des Königs, hatte inzwischen gelernt, sich ihrem Gemahl zu beugen. Ihr war nichts anderes übrig geblieben, denn vom König hatte sie keine Hilfe mehr zu erwarten gehabt. So war aus dem Weib, das Grjotgard einst nach Lade holte, um sie dem Jarl von Tautra zu verheiraten, und die von Ehrgeiz zerfressen ihren einstigen Gemahl Einar verriet, ein gehorsames Weib geworden. Doch ein treues Eheweib war sie deshalb noch lange nicht. Und so kam es, dass sie sich in dieser Nacht dem Jarl aus Ranrike auf unzweifelhafte Weise näherte. Dabei schien ihr die Anwesenheit der Ilva völlig egal zu sein. Es dauerte nicht lang, da saß Alwara an der Seite des Einar, und je mehr gesoffen wurde, umso zwangloser wurde die Feier. Dies galt auch für Thorsti, den Schönling. Ungeniert hatte er sich zwei Sklavinnen an seine Seite geholt, die nun halbnackt auf seinem Schoß saßen. Irgendwann war der Jarl von Tautra verschwunden, und auch die beiden Sklavinnen. Bald darauf verschwand auch Ilva aus der Halle, um sich zur Ruhe zurückzuziehen. Nun war der betrunkene Einar nicht mehr zu halten. Seine Gier stieg, und er war ganz und gar in der Gewalt der Alwara. Schon am Tisch fand ihre Hand, wonach sie gierte. Und es schien niemanden zu stören.

Irgendwann erhob sich Einar, sah die blonde Schöne an, und lallte: „Ich muss mal raus!" Wankend bewegte er sich in Richtung Tür, und verschwand in der Dunkelheit.

Ein erlösendes Gefühl durchströmte seinen Körper, als er seine Blase entleerte. Mit einer Hand stützte er sich an der Wand ab, die er sich für seine Notdurft ausgesucht hatte, mit der anderen hielt er sein bestes Stück. Die kühle Nachtluft fand den Weg in seine Lungen, und gerade als er fertig war, vernahm er eine Stimme. „Du solltest ihn nicht einpacken, denn du brauchst ihn noch." Ehe er sich versah, hatte sich Alwara zwischen ihn und die Wand geschoben, und küsste ihn gierig. Dies hatte zur Folge, dass sie mit ihrer Hand kaum etwas tun musste, um ihr Ziel zu erreichen. Einar verstand sofort, zog sie mit sich, um die Ecke der Halle, aus dem Schein der Fackeln in die Dunkelheit. Dort drückte er sie gegen die Wand, öffnete die Fiebel ihres Kleides, so dass er dies herunterstreifen konnte. Und dann vergrub er sein Gesicht, in den schönen Brüsten der Alwara, und küsste dies gierig. Ein leises Keuchen drang in seine Ohren, und dann schlangen sich ihre Beine um seine Hüften. Jetzt stöhnte die Gattin des Thorsti auf, denn Einars Pimmel schob sich mit einem kräftigen Stoss in ihre Möse.

Der nächste Tag begann für Einar erst zur Mittagszeit. Es war sonnig, und kaum eine Wolke war zu sehen. Der Geschmack in seinem Hals war fürchterlich, und so suchte er sich zuerst ein Wasserfass. In dieses tauchte er seinen Kopf, und füllte auch seinen Mund mit dem Nass. Als er wieder auftauchte, gurgelte er und spie das Wasser dann aus. Normalerweise putzte er seine Zähne mit Salz, doch dieses hatte er gerade nicht zur Hand. Seine Erinnerung an die vergangene Nacht war recht blass. Doch er wurde einfach das Gefühl nicht los, etwas getan zu haben, was er bereuen würde. Während sich Einar nun wusch, trat Kjelt grinsend neben ihn. Er hatte die Nacht wesentlich besser überstanden als sein Jarl. „Was grinst du so blöde?", fragte Einar. „Oh, ich frage mich, ob der Ilva gefallen hat, was gestern Nacht geschah?" Einar verstand kein Wort. Was hatte Ilva mit der Sauferei zu tun? „Ich brauche nicht die Erlaubnis der Ilva, wenn ich mich besaufen will!" Da lachte Kjelt auf. „Nein, das sicher nicht! Aber ob es ihr gefällt, wenn du in dunklen Ecken ein anderes Weib rammelst, das bezweifle ich."

„Wer sagt so etwas?", fuhr er den Steuermann zornig an. Dieser lachte immer noch. „Der Thoke hat dich gesehen, als du in der Alwara stecktest." Er zeigte zur Seitenwand der großen Methalle. „Außerdem hast du damit geprahlt, als du wieder an den Tisch getreten bist." Einar fuhr sich verärgert üben den Kopf. „Was sagt Thorsti dazu?"
Kjelt zuckte mit den Achseln. „Der hat davon nichts mitgekriegt. Ist ja selbst mit zwei Weibern verschwunden." Dies ließ den Jarl aufatmen, denn er wollte keinen Streit auf

Tautra heraufbeschwören. Alles hatte bisher so gut funktionicrt.

Der Ilva gefielen die Gerüchte tatsächlich nicht, als sie am Morgen von Einars Torheit erfahren hatte. Und er versuchte die Schildmaid zu besänftigen, schob es auf das viele Bier und den Met, und versprach es gutzumachen. Obwohl Ilva nur sein zweites Weib war, wollte er sie nicht verärgern. Also versprach er, sich fortan von der Alwara fern zu halten. Verwundert stellte Einar fest, dass den Thorsti die Angelegenheit überhaupt nicht störte. Es schien, als sei er dies von seinem Weib sogar gewohnt.
So blieb alles, wie es war. Die durchzechte Nacht, hatte keine bösen Folgen. Nur Alwara zeigte sich ein wenig beleidigt, da der Jarl aus Ranrike ihr in der folgenden Zeit, nur wenig Beachtung schenkte.

*

Zwei Schiffe hatte der König mit jeweils dreißig Kriegern bemannen lassen. So hatte er es mit Borkell besprochen, denn dieser hatte den Grjotgard davon überzeugt, dass Einar mit nicht mehr als einem Schiff nach Tautra gekommen sein konnte. Darum war sich der schwarzgelockte Hauptmann sicher ihnen weit überlegen gegenüber zu treten. So hatte er sechzig Krieger, und die Krieger von Tautra. Dies sollte für die Bande des Einar, wie er die Feinde nannte, sicher ausreichen. „Diesmal werde ich ihn kriegen!", versprach Borkell großmundig, doch Grjotgard winkte ab. „Ich werde selbst nach Tautra segeln", verkündete der König. „Und ich werde dich begleiten, Vater!" Sigurd, der Prinz von Lade, der inzwischen vierzehn Winter zählte, saß auf dem Hochstuhl seiner Mutter. „Ich will den Moment nicht verpassen, wenn wir den Einar zur Strecke bringen."

Zufrieden sah der König zu seinem Sohn, und Stolz durchströmte seine Brust.

Es dauerte noch weitere Tage, bis die beiden Schiffe und die Krieger bereit waren. Warum Grjotgard zögerte, war dem Borkell ein Rätsel, und auch ein Dorn im Auge. Schon lange fühlte sich der Hauptmann dem König nicht mehr so verbunden, wie er es einst einmal war. Vielleicht lag es am Einfluss der Königin, die Borkell zu hassen begann.

Jarl Thorsti hatte den Jarl von Askby und einige der Männer, besonders die, denen er einst in Freundschaft verbunden war, an den Mittagstisch geladen. Auch Alwara hatte in der Methalle an dem großen Tisch Platz genommen. Und wer darauf achtete, bemerkte durchaus, dass ihre Blicke oft auf dem Antlitz des Jarl Einar lagen. Die Stimmung war tatsächlich gelöst, und ließ nicht darauf schließen, dass hier Besatzer und Besetzte an einem Tisch saßen. Da wurde die fröhliche Runde unerwartet unterbrochen. Ein alter Mann humpelte in die Halle, direkt vor den Tisch. Er wandte sich nicht an Jarl Thorsti, wie dieser es erwartet hatte, sondern sah Jarl Einar an. „Der König kommt!", sagte er ruhig. Fragend sah Einar den Alten an. „Was soll das heißen, Gudbrand?", fragte da Olaf, der den Alten erkannt hatte.

„Ihr kennt euch?" Erstaunt blickte Thorsti den Alten und den blonden Krieger an. Olaf nickte nur. „Bist du einfältig, Langer?", beleidigte Gudbrand den großen Blonden, sprach aber sofort weiter, ohne eine Reaktion des Olaf zu dulden.

„Gestern kam mein Sohn aus Lade zurück, und heute Morgen erzählte er seinem Weib von zwei Schiffen und Kriegern, die sich bereit zum Aufbruch machten."

„Aber wer sagt denn, dass diese hierher kommen", blaffte Olaf den Alten an. „Weil er auch erzählte, dass er die Hilgrun in Lade gesehen hat." Schweigend sahen die

Anwesenden den Gudbrand an, und er verstand, dass sie nicht wussten, von wem er sprach. „Die alte Hilgrun! Die Mutter des Bogtyr!" Nun begriff Jarl Einar! Er erhob sich, und gab seine Befehle. „Olaf, alle Krieger sollen sich kampfbereit machen. Verteilt euch im Hafen, so dass sie euch nicht gleich sehen!" Dann wandte sich Einar dem Thorsti zu. „Sobald einer deiner Krieger die Waffe gegen uns erhebt, werdet ihr alle sterben!" Er sah den Jarl und sein Weib eindringend an. „Das sind harte Worte, Einar. Haben wir dir nicht gezeigt, dass du hier auf Tautra keine Feinde hast?" Da nickte Einar zustimmend. „Wer weiß wie das aussieht, wenn der König und seine Krieger hier erscheinen", sprach Thoke misstrauisch. „Sollte es jemand wagen, sich gegen euch zu stellen, so tut er das nicht auf meinen Befehl hin. Der König ist uns schon lange nicht mehr wohlgeonnen, und dies beruht auf Gegenseitigkeit!" Es zeigte sich, dass Einar tatsächlich keinen Grund zur Sorge hatte. Kaum hatte es sich herumgesprochen, kamen Krieger von Tautra auf ihn zu, und boten an, für ihren alten Jarl zu kämpfen. Und Thorsti versicherte, sich aus dem Krieg zwischen Einar und dem König herauszuhalten. Dreißig Krieger hatte der Jarl von Askby im Hafen von Sørhamna Stellung beziehen lassen. Eher unauffälig hatten sie Fässer und Kisten gestapelt, um dahinter Deckung zu finden. Die Schiffe hatte Einars die Südküste entlang segeln lassen, und bei der Fischerhütte des Gudbrand auf den Strand gesetzt. Zwar konnte dies die Angreifer warnen, doch dem Einar waren seine Schiffe wichtiger. Außerdem wusste der König ja längst von seiner Anwesenheit. Hier stellte sich also nur noch die Frage, wie sie dem Grjotgard entgegen traten.

Zwei große Schniggen des Trøndnerönigs machten sich an einem sonnigen Morgen auf den Weg zu der kleinen Insel,

die nordöstlich der Königsstadt im Fjord lag. Eigentlich
hätten die Ranriker keine Aussicht auf einen Sieg gegen die
Krieger des Königs gehabt. Wäre dieser nicht so hochnäsig
von seinem Erfolg überzeugt gewesen. Er verzichtete auf
die Hilfe seiner Jarls, und deren Krieger. Und so meldete
der Bote aus dem Hafen nur zwei Segel, die auf Sørhamna
zu steuerten. „Sag das noch mal, Junge!", forderte Olaf den
Burschen aus dem Hafen auf, seine Nachricht zu
wiederholen. „Es sind zwei Segel, die sich Sørhamna
nähern." Da grinste der blonde Krieger. „Ist der Grjotgard
närrisch geworden?" Einar zuckte mit den Achseln. „Ich
weiß nicht! Wir lassen es aber nicht darauf ankommen, von
ihm überrumpelt zu werden. Schicke Reiter in die Bucht an
der Nordküste." Olaf nickte, und verstand sofort die
Befürchtung seines Jarls, dass sich weitere Schiffe von
Norden der Insel nähern könnten. Doch diese bestätigte sich
nicht. Die beiden Schniggen waren tatsächlich die Einzigen
die auf Tautra zu segelten.
Einar schickte vierzig Männer ein Stück die Küste entlang.
Sie sollten sich hinter den Büschen des Hochufers, die an
den Strand grenzten, versteckt halten und erst bei dem
Hornsignal hervorstürmen. So wäre Grjotgard der
Überraschte!
Die restlichen Krieger, hielt Einar auf dem Platz vor der
Methalle zurück. Sie sollten ihm als Reserve dienen.
  „Bringt Pfeile in den Hafen", befahl der Jarl, sah dann den
Thorsti an. „Wo habt ihr eure Pfeile und Bögen?" Er war
sich sicher, dass der Jarl für seine Krieger irgendwo einen
Vorrat an Waffen hatte. „Im Lager des Hauses meiner
Wache", antwortete der Jarl von Tautra, als die Männer auf
dem Platz vor der Halle standen. Da wandte sich Einar
einem der Krieger des Thorsti zu. „Bringt die Pfeile in den
Hafen! Ich will das meine Bogenschützen den Feind lange
mit Pfeilen eindecken können." Der Mann sah seinen Jarl

an, und dieser nickte. „Bringt die Pfeile zu den Barrikaden, Yngvar!"

Raban hatte den Befehl über die Krieger im Hafen erhalten. Und er war sehr erfreut über die vielen Wundbienen, die man ihnen brachte. „Damit werden wir sie uns lange vom Hals halten können", sagte er, und Thoke grinste überlegen: „Und wir werden ihr Heer verkleinern!"

Plötzlich trat eine Gruppe von Kriegern auf den Platz. Angeführt wurden die Krieger von Rotger, dem jungen Krieger in den Reihen Thorstis. Sie traten vor ihren Jarl, und Rotger sprach: „Wir haben entschieden mit dem Einar zu kämpfen!" Thorstis Blick verriet dem Jarl von Askby, dass ihm dies nicht wirklich recht war. Doch Rotger wusste den Jarl zu überzeugen. „Wir werden sowieso in Ungnade fallen. Der König wird uns vorwerfen, dass wir die Ranriker nicht von Tautra vertrieben haben. Darum haben wir entschieden gegen den König und Borkell zu kämpfen. Seite an Seite mit unseren vertriebenen Gesippen!" Es hatte sich gezeigt, dass Rotger ein Neffe des Kjelt gewesen war, den Kjelt hatte noch eine Schwester auf der Insel gehabt. Und bei dieser hatte er sogar für einige Tage Unterschlupf gefunden. So wie auch andere Krieger aus Askby Geschwister, Onkel, Tanten und andere Gesippen wieder getroffen hatten.

„Das kannst du nicht erlauben, Thorsti", sprach Alwara, und man sah ihr die Angst an. „Der Grjotgard ist mein Gesippe, und er ist unser König. Er wird sich fürchterlich rächen!" Da wandte sich Jarl Einar an seine einstige Gemahlin. „Das wird er sowieso tun. Dein Krieger hat es doch schon gesagt. Er wird euch zur Verantwortung ziehen. Nein, es ist besser wenn wir ihn schlagen! Danach können wir besser verhandeln!"

So schickte Thorsti seine Krieger in den Hafen, doch Olaf trat neben seinen Jarl. „Wie willst du den König des

Trøndelag schlagen? Er wird die Schlacht verlieren. Vielleicht! Aber dann kommt er mit einem großen Heer zurück!" Einar fuhr sich mit der Hand über den Bart, und nickte zustimmend. „Ja, das wird er wohl. Aber nicht wenn er unser Gefangener ist." Da platzte ein zynisches Lachen aus dem Olaf heraus, und er schüttelte seinen Kopf. „Du willst Grjotgard gefangen nehmen? Wie soll denn das gehen?"

„Wir finden einen Weg!" Jarl Einar schlug dem großen Krieger auf die Schulter, und schloß sich den Männern des Thorsti an.

Als sie in den breiten Weg zum Hafen hinunter gingen, sahen sie die beiden Segel der Kriegsschniggen des Königs, die nicht mehr weit des Hafens von Sørhamna durch die Wellen pflügten. „Du kommst gerade noch rechtzeitig", rief Raban dem Jarl entgegen. „Ich dachte schon, du willst den Tanz verpassen!"

„Nein, Raban, das lasse ich mir sicher nicht entgehen." Der Jarl begab sich zu den Kriegern hinter die Barrikaden. So hatte er hier schon einmal gekämpft, doch dies war lange her. „Möge Odin uns die Kraft für einen Sieg verleihen. Und möge er alle diejenigen freudig in Asgard empfangen, denen das Schicksal heute den Weg in die Walhalla weist." Und plötzlich begann es!

Zu beiden Seiten des breiten Steges legten die Schniggen an. Die Segel hatten die Stevenhauptmänner bereits einholen lassen, und so vertrauten sie nun auf die Erfahrung der Steuermänner. Und tatsächlich reichte der Schwung, um die Schiffe genau an den Steg zu bringen. Krieger sprangen auf über Bord, und vertäuten die Schniggen. Borkell, der auf dem einen Schiff den Befhl hatte, ließ seine Krieger sofort auf den Steg stürmen. Der Grjotgard hielt seine Männer noch zurück.

„Wartet noch!", zügelte Einar die Bogenschützen hinter den Barrikaden. Die Feinde mussten über die Stege auf den Strand, und dann über den Platz an dem die Hütten des Hafens standen. „Lasst sie erst näher heran kommen!" Nun machte sich auch König Grjotgard mit den Kriegern auf seinem Schiff auf den Weg, den Strand hinauf. An seiner Seite ging ein junger Bursche, der, wie sein Vater auch einen Helm auf dem Kopf trug. Mit der einen Hand hielt er einen Schild in den Farben des Königs von Lade. In der anderen Faust hielt er ein Schwert. Da plötzlich brüllte der König den Borkell an, und dieser befahl seinen Kriegern zu warten. „Was erlaubst du dir? Hier habe ich den Befehl!", schrie Grjotgard den Hauptmann an. Langsam ging der Schwarzgelockte zurück. „Bist du sicher, dass Einar hier ist?", fragte der König ein wenig verwirrt. „Es müsste doch sein Schiff im Hafen liegen." An den Stegen lagen nur kleinere Skuder[25] und Knarren. „Ach was, der hat es versteckt. Einar ist hier, ich kann ihn riechen!"
„Ich weiß nicht", zweifelte der König. „Siehst du irgend jemanden?", fragte Borkell, und es war in der Tat so, dass nirgendwo ein Mensch zu sehen war. Der Hafen war menschenleer. „Die Ratten haben sich versteckt, als sie unsere Schiffe sahen", antwortete der junge Sigurd, doch Borkell widersprach. „Hätten sie einen Grund dazu, wenn sie nicht das schlechte Gewissen plagen würde?"
Da hob der König sein Schwert. „Angriff!", rief er, und lief los.
Nun stürmten die Krieger über den Steg, den Strand hinauf. Doch kaum hatten sie den Rand des Platzes erreicht, gab Einar den Befehl zum Gegenangriff. Das Hornsignal erschallte, und die Bogenschützen ließen den Pfeilregen auf

[25]Skuder/Skuta – Leichte Segler mit 4-8 Riemen, wurden zum Fischen und befahren der Fjorde, sowie entlang der Küste

die Angreifer nieder prasseln. „Schildwall!" Der Befehl hallte immer wieder über den Platz, und die Krieger des Königs rauften sich zusammen, um sich zu schützten. Vor allem den König, deckten sie mit ihren Rundschilden. Krachend schlugen die Pfeile in das Holz, aber manchmal erschallten Schreie, die den Bogenschützen bewiesen, dass ihre Wundbienen ihr Ziel getroffen hatten. Sigurd, der Prinz des Trøndelag versuchte sich an der Seite seines Vaters zu halten. Er hielt seinen Schild in den Schildwall, und sah die Spitzen der Pfeile, die durch das Holz drangen.

Ein Aufschrei, und er sah in das Gesicht des Mannes zu seiner Rechten. Der Pfeil ragte aus dessen Gesicht, und der Mann fiel nach Hinten. Sofort trat ein anderer Krieger über den Kerl und schloss die Lücke in dem Wall. „Vorrücken!", rief Borkell, und sein Schildwall bewegte sich auf die Barrikaden zu. Als der König dies sah, zeigte er sich über die Eigenwilligkeit des Hauptmannes verärgert, folgte aber seinem Beispiel. Nun sah man die Ausbeute des Pfeilregens. Verletzte und tote Krieger der Trøndner blieben auf dem Strand zurück. „Sie schlachten uns ab, wie Vieh!", rief Borkell wütend. „Es reicht! Macht sie nieder! Schildwall öffnen!" Die Besatzung der Schnigge spritzte auseinander, und stürmte nun auf die Barrikaden zu. Grjotgards Zorn auf seinen Hauptmann wuchs, denn dieser nahm ihm die Befehlsgewalt.

Jetzt gab auch Raban den Befehl zum Kampf, und die Krieger verließen ihre Deckung der Barrikaden. Sie rissen ihre Schwerter und Äxte empor, und stürmten dem Feind entgegen. Auch Jarl Einar, und die Krieger von Tautra stürmten den Feinden entgegen, und der König musste erkennen, dass er von den Menschen auf der Insel keine Hilfe zu erwarten hatte. Lauthals fluchte er über den Jarl Thorsti und dessen Weib Alwara. „Thorsti, du elender Verräter! Sollen dich die Trolle fressen!"

In wilder Wut trafen die Kämpfer aufeinander, und zufrieden glaubte der König seine Krieger in der Überzahl. Nach dem ersten Ansturm, zogen sich Verwundete zurück, und lagen Erschlagene im Sand des Platzes. „Raban!", rief Einar den Sachsen. „Wo ist Borkell?" Der kahlköpfige Sachse wirbelte seine Axt, und bedrängte einen Kämpfer aus Lade. „Dort drüben!", antwortete er, konnte aber nicht in die Richtung zeigen, denn seine Axt war beschäftigt. Und eine Unachtsamkeit, hätte den Jarl beinahe die Gesundheit gekostet, denn ein Schwertstreich wischte an seinem Ohr vorbei. Erschrocken sah er den Krieger des Königs an. „Du bist nicht der, den ich will!" So ließ er den Mann stehen, und verschwand im Getümmel, um an den verhassten Hauptmann heran zu kommen. Und genau dieser hielt Ausschau nach Jarl Einar, was ihm im Kampf aber genau so schwer fiel, wie Einar.

Und dann endlich, erblickte Jarl Einar den Kerl, der ihm schon soviel Leid gebracht hatte. Sein Hass wuchs unendlich, und nichts hätte er in diesem Moment lieber getan, als diesem Kerl, mit dem Schwert den Kopf zu spalten. „Borkell, du Trollschiss", brüllte Einar dem Schwarzhaar entgegen. „Komm, und lass es uns beenden!" Mit einem Seitenhieb entledigte sich Einar eines Feindes, der ihn bedrängte, und rannte dann auf den Borkell zu. Dieser erkannte, wer da auf ihn zu stürmte. „Einar! Komm, ich schicke dich zu deinem Sklavenweib!"

Mit beiden Händen umklammerte der Mann, den man Blutauge nannte, den Griff des gleichnamigen Schwertes, hob dieses über den Kopf, und sprang auf den großen Hauptmann zu. Das Frankenschwert senkte sich herab, und schlug auf den Schild, denn der Hauptmann des Ladekönigs hochgerissen hatte. Die große Wucht, und die Schärfe des Schwertes ließen den Schild in zwei Teile zerbrechen. Erstaunt sah der Borkell auf die Reste, und warf diese von sich. Doch schon kam die Klinge des Einar ihm wieder zu nahe. Mit seinem Schwert werte er den Schlag ab, doch Einar wirbelte sein Blutauge im Kreis und ließ die Klinge erneut niederfahren. Der Jarl aus Ranrike war so mit dem verhassten Hauptmann beschäftigt, dass er nicht sah, wie die Krieger des Königs begannen den Kampf zu dominieren. Er wollte nur noch eines: den Tod des Borkell!

„Los, komm und räche dein Weib!", rief Borkell dem Gegner lachend entgegen, um diesen zu reizen. Und dies gelang ihm durchaus. „Du wirst den Tag verfluchen, an dem deine Mutter dich geworfen hat!" Zornig schlug er nach dem Trøndnerhauptmann, verfehlte diesen aber um Haaresbreite. Da plötzlich ertönte das Signalhorn des Raban, und die Männer horchten auf. Die Gegner sahen sich suchend um, denn sie mussten wissen, was vor sich ging. Von Osten stürmten nun die anderen Krieger des Jarl Einar über den Strand heran. Dieser Anblick versetzte die Angreifer in große Aufregung. Raban war der erste, der verstand, und um den König an der Flucht zu hindern, ließ der Sachse einige Bogenschützen Brandpfeile auf die Schniggen schießen.

Borkell erkannte sofort die Gefahr. „Die stinkenden Schweine schießen unsere Schiffe in Brand!", rief der Hauptmann wütend, und ließ das Signal zum Rückzug blasen. Doch als er sich vom Einar abwandte, traf ihn das Frankenschwert auf dem Rücken. Sein lederner Schutzpanzer war aufgeplatzt, und Blut färbte seinen Rücken dunkel. Ein brennender Schmerz durchfuhr seinen Körper, doch mehrere Krieger deckten seinen Rückzug, so dass Jarl Einar ihn ziehen lassen musste.

Auch Grjotgard hatte die Gefahr erkannt, und befahl den Rückzug zu den Schniggen. „Schildwall!", brüllte der König, und die Krieger rückten wieder zusammen. „Schritt für Schritt zurück", befahl Grjotgard laut, doch die Krieger des Einar setzten nach. So hatten die Trøndner alle Hände voll zu tun, um den Steg zu erreichen. Dann aber ließen die Krieger von den Königstreuen ab. Und unter dem Jubel der Sieger, stießen die beiden Schiffe des Ladekönigs ab, und trieben in den Fjord hinaus.

*

Die Toten hatten sie noch an demselben Tag auf große Scheiterhaufen gelegt, und es war ihnen gleich, ob Freund oder Feind. Und auch unter den Verwundeten fanden sich Krieger aus Lade, denen Einar nicht die Hilfe der Kräuterweiber verweigerte. Und diese hatten wahrlich alle Hände voll zu tun. Nun war auch Jarl Thorsti, entgegen Einars Befehl, an den Strand gekommen. Die Nachricht vom Ende der Schlacht hatte der junge Krieger Birk in die Methalle gebracht. „Die Krieger des Königs sind vom Schlachtfeld geflohen!" Dies hatte er lauthals und voller Stolz verkündet, als er in die Methalle kam. Da ließ sich Thorsti nicht mehr von Einars Befehl zurückhalten.

„Habt ihr Grjotgard getötet?", fragte der Jarl von Tautra aufgeregt, als er neben den Einar trat. Dieser sah den Jarl von Tautra zuerst böse an, schüttelte dann aber seinen Kopf, und antwortete: „Nein, er ist uns entwischt." Da wurde Thorsti ein wenig blaß. „Was wird jetzt? Er wird sicher nicht aufgeben."

„Nein, das wird er sicher nicht. Er wird seine Jarls um Krieger bitten, und dann zurückkommen!" Die Worte Einars bedeuteten für alle das Ende. Auch für die nur geduldete Herrschaft des Jarl Thorsti. Jarl Einar erkannte sofort die Gedanken seines einstigen Gefolgsmannes, und legte ihm eine Hand auf die Schulter. „Wir werden einen Weg finden, um Sørhamna vor der Zerstörung zu bewahren!" Und Einar wusste gar nicht wie Recht er hatte. Denn als hätten die

Götter seine Worte vernommen, kam da Olaf heran. Und er war nicht allein!

„Schau mal, wen ich hier gefunden habe", grinste Olaf, und schob einen jungen Burschen vor sich her. „Der saß dahinten zwischen den Kisten, und hoffte nicht entdeckt zu werden. Wahrscheinlich hat er sich in die Beinkleider geschissen. Kommt er dir bekannt vor?"

Erstaunt blickte Jarl Einar in das blutverschmierte Gesicht, und er erkannte den Burschen. „Sigurd, der Sohn des Grjotgard!"

*

6. DIE ZUSAMMENKUNFT

Keiner wusste wie, aber die Nachricht von der Niederlage des Königs auf Tautra, verbreitete sich in Lade wie ein Lauffeuer, noch ehe die beiden Schiffe im Hafen anlegten. So erhielt auch Königin Andur die schreckliche Botschaft. Von ihren Gefühlen für den Jarl aus Ranrike, den sie mochte wie einen Bruder, und der Liebe zu ihrem Gemahl hin und hergerissen, bangte sie vor allem um das Leben ihres Sohnes Sigurd. Aber sie kannte auch den Zorn ihres Gemahls, und so entschied sie, die Kinder des Einar, Thorvi und Ulf, unter ihren persönlichen Schutz zu nehmen. Niemand sollte es wagen, die Kinder anzufassen! Auch nicht der König!
So gab es nur eine ihrer Leibsklavinnen, die eingeweiht war. Und diese Sklavin hatte sie beauftragt, die Magd Sif mit den Kindern zu verstecken. Und das tat diese gut!

Andur saß auf ihrem Hochstuhl, als Grjotgard mit einigen Männern in die Halle gestürmt kam. Zornig brüllte er die Krieger an, und besonders Hauptmann Borkell bekam dabei die Wut des Königs zu spüren. „Wenn du glaubst, du kommst mir so davon, dann hast du dich getäuscht, Borkell!", schnauzte er den Schwarzhaar an, und dessen Blick war voller Zorn auf den König. Niemand sollte es wagen, so mit Borkell zu sprechen. Auch nicht der König! Keiner der Anwesenden in der großen Halle sprach mehr ein Wort. Alle starten sie die Rückkehrer an. Schweigend sah auch die Königin dem Schauspiel zu. Und sie musste sich eingestehen, es freute sie, das Borkell die Wut des Grjotgard abbekam. In hohem Bogen flog der Rundschild des Grjotgard durch die Luft, und landete krachend vor dem Hochstuhl des Königs von Lade. Noch während er auf das

Podest trat, schnallte der König sein Wehrgehäng ab, und ließ auch dies achtlos zu Boden fallen.

„Bier!", rief er laut. „Bringt mir Bier!" Hatte sie sich gerade noch innerlich gefreut, so durchfuhr sie nun der Schreck. Andur bemerkte, dass eine Person fehlte. „Wo ist Sigurd?" Das schöne Gesicht der Königin verlor nun alle Farbe. „Wo ist mein Sohn?", schrie sie ihren Gemahl an. Nun wurde auch dieser ganz bleich. Er hatte den Verlust seines Sohnes erst auf dem Schiff bemerkt, hatte die Trauer aber verdrängt, und sich über Borkell geärgert, dem er die Schuld für dieses Debakel zu schob. „Er… er ist fort."

„Was bedeutet er ist fort? Ist er tot?" Hatte sie gerade noch voller Entsetzen geschrien, so waren ihre Worte nun leise und zaghaft. „Sage mir, dass Sigurd lebt!", forderte sie ihren Gemahl auf. „Ich weiß es nicht", sprach der König nun kleinlaut. „Aber wenn er starb, ist er mutig gestorben, und hat sich einen Platz in Walhalla verdient!" Andur sprang auf. „Ich habe dir gesagt, er ist noch zu jung." Wieder schrie die Königin, und brach dann weinend vor ihrem Hochstuhl zusammen. Schluchzend lag sie auf den Knien. Nun hatte sie beide Kinder verloren. Zuerst ihre Tochter Eira, und nun ihren Sohn.

„Weib, reiß dich zusammen. Du bist die Königin!", verlangte Grjotgard mit ruhiger Stimme. Doch Andurs Trauer war zu groß. Sie weinte ohne Scham vor den Menschen in der Halle. „Ich bin eine Mutter", blaffte sie den Grjotgard an. „Er ist ein schlauer Bursche", versuchte der König seine Gemahlin zu beruhigen. „Sigurd, ist doch nicht dumm! Er wird sich versteckt halten, und einen Weg finden, nach Lade zurückzukehren."
Endlich kam eine Sklavin und brachte dem König seinen Becher Bier, denn der Mann in einem Zug leerte. „Mehr!", befahl er, und die Sklavin schenkte aus einem Krug nach. Gierig sahen die Männer, die mit dem König gekommen

waren, die Sklavin an. Doch der Grjotgard dachte gar nicht daran, ihnen einen Trunk anzubieten. Dafür war er viel zu wütend! So standen die Männer stumm vor dem Podest mit den Hochstühlen, und sahen die Königin weinen.

„Ich werde nach Tautra segeln, und nach Sigurd suchen. Das verspreche ich dir!" Langsam half Grjotgard seinem Weib wieder auf den Hochstuhl. „Ruft meine Jarls nach Lade! Jeder soll mit mindestens drei Schiffen hierher kommen", befahl der Ladekönig. „Ich will Einars Kopf! Jetzt umso mehr!" Und dann wandte er sich dem Borkell zu.

„Und nun zu dir, Borkell, den man den Schwarzen nennt!" Mit zornigem Blick sah er seinen Hauptmann an. „Was hast du dir dabei gedacht, meinen Befehlen vorzugreifen?"

„Ich bin dein Hauptmann", verteidigte sich Borkell.

„Aber ich bin der König, und ich befehle, nicht du", blaffte Grjotgard den Krieger an. „Und du hast meinen Befehlen zu gehorchen! Darüber solltest du nachdenken, wenn du mein Hauptmann bleiben willst!" Ein wütender Blick traf den König. Wie konnte er es wagen? Hier vor all den Bücklingen und Hofschranzen!

Wütend blickte er die Königin an. Sie war der Keil, der sich zwischen ihn und den König drängte. Sein Einfluß auf Grjotgard schmolz dahin, und dies gefiel dem Borkell überhaupt nicht. Er wollte noch einmal gegen die Vorwürfe des Königs sein Wort erheben, doch dieser fuhr ihm über den Mund. „Halt dein Maul, Borkell, und geh mir aus den Augen! Und ihr auch!" So trollten sich die Männer, die mit dem König die Halle betreten hatten.

Nach einigen Tagen hatte sich Grjotgard beruhigt. Der Hauptmann hatte sich nicht in die Methalle gewagt, und würde diese wohl auch erst wieder betreten, wenn der König nach ihm rief. Königin Auch Andur hatte sich beruhigt, schien sich mit dem Verlust ihres Sohnes abzufinden.

Allerdings klammerte sie sich an einen kleinen Funken Hoffnung. Denn war Sigurd nicht im Kampf gefallen, und nun in Gefangenschaft, wusste sie, ihm würde kein Leid geschehen. Und um dieses zu erfahren, hatte sie einen Mann nach Sørhamna geschickt. Er war ein Händler, der oft für den König spionierte, und er würde sicher nicht auffallen, wenn er den Markt von Tautra betrat.

*

„Thorsti, du Verräter! Mein Vater wird dich vierteilen lassen, wenn du ihm in die Hände fällst", keifte Sigurd den Jarl von Tautra an. „Nun beruhige dich, Sigurd von Lade", sprach Einar dazwischen. „Jarl Thorsti ist genauso Gefangener wie du!" Eigentlich war dies tatsächlich die Wahrheit, auch wenn sich der einstige Gefolgsmann Einars den Besatzern fügte.
Sie saßen in der gut gefüllten Jarlshalle, tranken, aßen und man bemerkte kaum, was hier wirklich vor sich ging. Und Einar musste sich eingestehen, dass an jedem Tag den er hier verbrachte, seine Verbundenheit zu Tautra wuchs. Hier war sein Zuhause. Und das spürte er nun deutlich!
„Höre mir gut zu, Sigurd", versuchte der Jarl von Askby nun dem Prinzen sein Vorgehen zu erklären. „Ich bin nicht dein Feind! Ich bin auch nicht der Feind deiner Mutter! Dein Vater hat mich zum Feind der Trøndner erklärt, doch ich bin immer noch einer von euch!" Der junge Bursche sah den Jarl wütend an. „Und darum hast du meine Schwester getötet?" Da staunte Einar nicht schlecht, und die Männer an dem Tisch begannen sogar zu lachen. „Wie kommst du darauf? Niemand hat deine Schwester getötet. Eira lebt, und ihr geht es sehr gut! Sie wird die Gemahlin des Sohnes eines Jarls in Ranrike. Denn das ist ihr eigener Wille!"
„Das ist nicht wahr!"

Einar grinste. „Doch! Es ist wahr! Du weißt doch, was dein Vater seiner Tochter angetan hat." Der Blick des jungen Sigurd, zeigte dem Jarl, dass er zu begreifen begann.

„Warum hältst du mich dann gefangen, wenn du nicht mein Feind bist?"

„Nun, Sigurd, du bist mein Pfand! Dieser Borkell entführte viele meiner Leute, und diese werde ich zurückholen. Aus keinem anderen Grund bin ich hier", erklärte Einar. „Und für den Tod meines Weibes und meines Kindes, wird Borkell büßen!"

„Und du glaubst mein Vater wird auf diesen Handel eingehen?" Sigurd begann zu lachen. „Du vergisst, dass er deine anderen Kinder in seiner Gewalt hat." Diese Worte trafen Einar, wie der Schlag mit einem Hammer. Daran hatte er in der Hochstimmung des Sieges nicht gedacht. Für einen Moment verstummte der Jarl, sprach dann aber in das grinsende Gesicht des jungen Prinzen: „Darüber solltest du dich nicht freuen, Sigurd, denn dann wirst du ihr Schicksal teilen. Und jetzt iss etwas." Nun verstarb das Grinsen im Gesicht des Königssohnes. „Aber mach dir keine Sorgen, er wird auf den Handel eingehen. Denn du bist sein einziger Sohn und Erbe!"

Nach einer Weile wandte sich Thorsti an den Mann, der einst sein Jarl war. „Du weißt, dass er Recht hat." Einar hatte gedankenverloren auf einer der Bänke gesessen, als Thorsti sich im Gegenüber niederließ. „Was?" Er hatte nicht auf die Worte gehört, und der Jarl von Tautra musste sie wiederholen. „Er wird damit drohen, deine Kinder zu töten!" Da nickte Einar, wollte etwas entgegnen, doch die Ilva fuhr dazwischen. „Du musst ihn freigeben. Hörst du, Einar? Du musst den Sigurd nach Lade schicken!" Aufgeregt bedrängte sie den Jarl. Doch Einar sah die schöne Kriegerin nur mit leerem Blick an. Es war Raban, der ihr

antwortete. „Ilva, das kann er nicht! Dann sind wir alle tot!"
Und Olaf fügte hinzu. „Der Sigurd ist unser einziges Pfand,
und der Grund warum nicht Tausende von Kriegern auf die
Insel stürmen werden."

„Aber ich will meine Tochter zurück!", schrie sie die
Männer an. Da erst sprach Jarl Einar. „Du wirst Thorvi, und
auch den kleinen Ulf zurückbekommen. Das verspreche ich
dir!"
Eigentlich wusste der Jarl nicht, wie er dieses Versprechen
halten sollte, denn der Ladekönig hatte die weit bessere
Position. So glaubte es Einar, doch die Götter waren auf
seiner Seite. Er wusste es nur nicht!
Dem Sigurd hatte Einar zwei Männer an die Seite gestellt,
die ihn bewachten. Ansonsten konnte er sich frei bewegen.
Und schon am zweiten Tag versuchte er dies zur Flucht zu
nutzen. Es war Markttag, und auf dem Platz vor der großen
Halle in Sørhamna drängten sich die Bewohner der
Siedlung, und all diejenigen, die gekommen waren, um zu
verkaufen oder zu kaufen. Dieses Treiben wollte Sigurd
nutzen. So wartete er auf einen günstigen Moment, um
seinen Wächtern zu entkommen. Und dies gelang ihm
sogar.
Der Weg führte ihn geradewegs zum Hafen, denn er hoffte
hier auf eine Überfahrt nach Lade. Und während die beiden
Wächter verzweifelt nach dem Sigurd suchten, sprach dieser
im Hafen die Händler und Fischer an, ihn nach Lade zu
bringen.
Die Sonne hatte den Zenit bereits überschritten, als die
beiden Krieger reumütig in die Halle traten. Es war an der
Zeit dem Jarl ihr Missgeschick einzugestehen. Und ihnen
war durchaus bewusst, dass dieser ganz und gar nicht
glücklich über die Nachricht sein würde. „Was habt ihr!",
brüllte Jarl Einar ausser sich vor Zorn. „Wie konnte das
passieren?"

„Es war auf dem Markt", sprach einer der Männer kleinlaut. „Plötzlich war er verschwunden!"

„Wisst ihr eigentlich, was das bedeutet?" Einar ging auf die beiden Männer zu. „Wir sind jetzt dem Ladekönig ausgeliefert. Uns bleibt nur noch die Flucht, bevor sein Heer die Insel überrennt!"

„Das sind wir nicht!" Die Stimme des Raban drang an Einars Ohr, und der Jarl wandte sich dem Sachsen zu, der die Halle betreten hatte. Grinsend schob er den jungen Sigurd vor sich her. Mit der Pranke des kahlköpfigen Sachsen in seinem Nacken, wagte er nicht, sich zu streuben. „Sucht ihr den hier?", fragte Raban grinsend und schubste den Prinzen vor den Jarl. „Ich fand ihn im Hafen! Mir war nach einem frischen Fisch. Darum ging ich in den Hafen, denn er sollte wirklich frisch sein. Ich kaufe nicht den stinkenden Abfall auf den Tischen der Markthändler. Und wie ich da so bei dem Fischer am Strand stehe, kommt der Bursche und fragt nach einer Überfahrt." Raban kratzte seine blanke Platte. „Und er besaß auch noch die Frechheit, mich zu unterbrechen!" Da begann Thoke zu lachen. Er hatte sich gerade zu den Männern gesellt, als Raban zu erzählen begann. „Sag mal, Sigurd, hast du den Raban nicht erkannt?" Der Prinz stierte nur trotzig schweigend auf den Boden. „Es scheint, dass der Prinz von Lade sich das Gesicht eines freigelassenen Sklaven nicht merken will", grinste Raban. „Sein Hochmut wurde ihm zum Verhängnis." Da ergriff Einar wieder das Wort. Er sah die beiden Männer an, die er dem Sigurd zur Seite gestellt hatte.

„Die Götter waren mit euch. Doch noch einmal werden sie euch nicht vor der Strafe bewahren. Ihr bürgt mit eurem Kopf dafür, dass Sigurd nicht entkommt. Sperrt ihn dort hinten in eine Kammer!" Unsanft packten die beiden Kerle den Königssohn, und schleppten ihn fort. Der Jarl schlug dem Sachsen freundschaftlich auf die Schulter. Dieser hatte ein großes Unglück abgewandt.

*

Es war der Tag an dem Sigurd die Flucht misslang, als ein Skuder aus Lade in den Hafen von Sørhamna einlief. Wäre dies einen halben Tag früher geschehen, hätte dem Sigurd die Flucht vielleicht gelingen können. Doch so saß er nun in einer Kammer in dem großen Langhaus. Der Bote der Königin, hatte den Skuder an die Küste gesegelt, und diesen auf den Strand gesteuert. Gemeinsam zogen die vier Männer, die mit dem Boten reisten, den Skuder den Kies hinauf. Eigentlich wunderten sich die Kerle, denn ihnen hatte man von der Besetzung der Insel erzählt. Hier aber schien alles seinen normalen Gang zu gehen. Händler aus dem ganzen Fjord legten mit ihren Booten an. Handelsgüter wurden verladen, und es gab kaum Hinweise auf eine Bedrohung. Die vielen bewaffneten Krieger, die sich unter das Volk gemischt hatten, waren das einzige Zeichen für eine veränderte Lage. „Nach einer Besetzung sieht es hier nicht aus", sprach einer der Männer aus Lade, und ein anderer stimmte ihm zu. „Jeder kann kommen und gehen, wie es ihm beliebt. Wo ist das denn eine Besetzung?" Der Anführer zuckte nur die Schulter. „Ich habe einen Auftrag zu erledigen. Ihr mischt euch unter die Leute. Vielleicht könnt ihr etwas in Erfahrung bringen." Sein Befehl wurde von den Männern nur zu gerne ausgeführt, und er selbst machte sich auf den Weg in die Siedlung.
Auch auf dem Platz in der Siedlung drängten sich die Menschen an den aufgebauten Tischen, mit den Waren vorbei. Vor der großen Jarlshalle standen mehrere Krieger,

und zwei Wächter vor dem Eingang. An diese trat er heran, und sprach: „Ich muss Jarl Einar sprechen."

„So, musst du das? Und was willst du ihm sagen?", fragte der Krieger grinsend. „Bist du Jarl Einar?", fragte der Bote frech, und der Krieger sah ihn erstaunt an. „Ich habe eine Botschaft von Königin Andur für ihn!" Da trat der andere Krieger heran. „Geh, und sag es ihm." Der Wächter nickte. „Du wartest!" Er hatte sich dem Mann aus Lade zu gewandt, während der andere Wächter in die Halle trat. Es dauerte nicht lang, da kam er mit dem Olaf heraus.

„Komm!", befahl der blonde Krieger, und führte den Mann in die Halle. Die beiden Hochstühle waren verwaist. Doch eine Gruppe von Männern und Frauen saß an einem der Tische. Zu diesen brachte Olaf den Boten der Königin.

„Einar, er behauptet ein Bote der Andur zu sein", sprach der große Blonde zu seinem Jarl. Nun schwiegen die Leute um den Jarl von Askby. Einar wandte sich dem Mann zu.

„Ich hoffe, es sind gute Nachrichten, denn es würde mir gar nicht gefallen, wenn ich der Königin ein Leid zufügen müsste."

„Oh, es sind gute Nachrichten, denn die Andur lässt dir übermitteln, dass sie nicht hinter den Taten ihres Gemahls steht", verkündete der Mann. „Vorher sage mir: lebt der Sigurd?" Da nickte der Jarl. „Ja, er lebt!"

„Die Königin bittet dich ihrem Sohn kein Leid anzutun, und lässt dir sagen, dass sie deine Kinder vor ihrem Gemahl versteckt hat. Und Grjotgard wendet sich langsam von Borkell ab. Du wüsstest schon was dies bedeutet!" Da machte sich ein Grinsen auf dem Gesicht des Jarls aus Ranrike breit. „Oh ja, das weiß ich. Und wie sehr ich das weiß!", lachte Einar erfreut. Die Götter hatten sich ihm wieder zugewandt, und gaben ihm sein Heil zurück.

„Sage der Königin, ich danke ihr, und freue mich, dass sie mir immer noch gewogen ist", sprach Einar. „Und sage ihr auch, dass es dem Sigurd gut geht, und ich ihm nicht schaden werde, wenn mich Grjotgard nicht dazu zwingt. Sobald ich meine Kinder, und alle anderen Gefangenen zurück bekomme, wird der Sohn des Königs von Lade wieder frei sein."

„Und die Rache für den Verlust deiner Frau und des Kindes?", stellte der Bote zögerlich seine Frage. Da atmete Einar tief ein. „Ich lege den Tod der Alma und meines neugeborenen Kindes dem Borkell zu lasten. Solange ich nicht vom Gegenteil erfahre, werde ich den Grjotgard dafür nicht zur Rechenschaft ziehen." Da nickte der Bote zufrieden, denn dies war die Nachricht, die er der Königin gerne überbrachte. Noch einmal sah er den Jarl misstrauisch an. „Und Sigurd lebt wirklich?"

„Glaubst du meinen Worten nicht? Willst du mich erzürnen", wurde Einar böse. „Olaf, zeige ihm, dass Sigurd sich bei bester Gesundheit befindet."

Das Gespräch war nun beendet. „Komm!", befal Olaf dem Boten, und führte ihn zu der Kammer, in der Sigurd auf dem Schlaflager lag, und gelangweilt an die Decke starrte.

Noch am selben Tag, schoben die Männer ihren Skuder in die Fluten, und segelten zurück nach Lade.

*

„Mein König, ich konnte deinen Befehl nicht ausführen", sprach Ingolf, der Leibsklave und Berater des Königs, als er in der Methalle vor den König trat.

„Was soll das heißen?", fragte Grjotgard erstaunt. „Nun, die Kinder sind nicht mehr da." Die Antwort des dicken Iren ließ den König aufhorchen. „Willst du mich zum Narren halten, Mann?"

„Nichts liegt mir ferner, König Grjotgard. Aber die Kinder des Jarl Einar sind nicht mehr bei den Gefangenen."

Das was Einar befürchtet hatte, war tatsächlich eingetreten. Dem Ladekönig war eingefallen, dass er ja die Kinder des verhassten Jarls in seiner Gewalt hatte. Nun hoffte der König, den Spieß umdrehen zu können, und sein Sohn würde bald wieder frei sein. Und dann würden seine Krieger die Insel Tautra von allem Lebenden befreien. Doch nun?

„Sucht sie!" Wütend schrie Grjotgard seinen Vertrauten an. „Ich will, dass ihr ganz Lade durchsucht. Und wage es nicht ohne die Bälger zu erscheinen."

Von dem Geschrei angelockt, erschien Königin Andur in der großen Halle des Langhauses, das inmitten der Burg erbaut war. „Warum brüllst du hier so herum?", fragte sie, und zeigte sich verärgert.

„Die Kinder des Einar sind verschwunden!" Beim Anblick seines Weibes, wurde Grjotgard sofort ruhiger. „Was heißt das?", tat Andur unwissend.

„Sie sind fort! Nicht mehr bei den anderen Gefangenen!"

„Aber wie ist das möglich?" Andur konnte sich ein Grinsen kaum noch verkneifen.

„Ich werde herausfinden, was hier vor sich geht", sprach der König drohend.

„Ich will meinen Sohn zurück! Hörst du?", wurde Andur nun böse. „Du nahmst mir meine Tochter, und nun nimmst du mir auch noch meinen Sohn!" Ihre Stimme wurde nun immer lauter und schriller. Die Anwesenden in der Halle, sahen die Königin verwundert an. Denn so kannten sie die ruhige, meist sanfte Königin nicht. Und Streit zwischen dem Paar gab es nur selten, denn eines stand fest. Das Königspaar liebte einander!

„Aber was soll ich tun? Wenn wir gegen die Insel ziehen, wird man Sigurd sicher töten!" Zum ersten Mal verspürte der König einen Hauch von Angst. Angst um seinen Erben!

Ohne dass Einar es ahnte, hatte Königin Andur den Boden für Verhandlungen geebnet. Und während die Königin den Borkell, und seinen schlechten Einfluß vom König fernhielt, sandte Jarl Einar einen Boten in die Burg von Lade.

Die Wahl war auf Ubbe gefallen, der sich auf den Weg nach Lade machte. Es bedurfte keines großen diplomatischen Geschicks, denn es ging nur darum dem König ein Treffen vorzuschlagen. Mit einem Skuder ließ er sich zur Königsstadt des Trøndelag übersetzen, und fiel so kaum auf. Der großgewachsene Mann erreichte den Hafen von Lade, am Fluß Nid gelegen, und machte sich sofort auf den Weg zur Burg. Inmitten der Stadt, erhob sich eine Hügelwehr auf der eine Palisade errichtet war. Zwei Toreingänge, einer zum Hafen und einer zum Landesinneren, waren mit Wehrgängen gesichert. Da die Burg von unzähligen Häusern und Hütten umgeben war, erkannte man sie nicht mehr als solche.

Durch eines der Tore betrat Ubbe die Burg, und war verwundert, dass dieses unbewacht und weit geöffnet war. Mit interessierten Blicken ging er durch die Burg. Sah Häuser, Stallungen und Koppeln, auf denen viele Pferde grasten. Und dann sah er das große Langhaus, dem die Königshalle gegenüber stand. Zwei Krieger standen zu beiden Seiten der mit Schnitzereien verzierten Türen. Auf einen dieser Krieger ging er zu. „Was willst du?", fragte einer der Männer recht unfreundlich. Doch Ubbe ließ sich nicht aus der Ruhe bringen. Er trat langsam an den Wächter heran, und sah auf diesen herab, denn Ubbe überragte ihn um mehr als eine Kopfeslänge. „Ich will mit dem König sprechen!" Da begannen die beiden Wächter lauthals zu lachen. „Was willst du?"

„Bist du taub? Mit dem König sprechen, will ich", sagte Ubbe ruhig.

„Mann für wen hältst du dich?", blaffte der zweite Wächter den Krieger an, und schüttelte ungläubig seinen Kopf.

„Für einen Boten des Jarl Einar von Askby!"
Nun sahen sich die beiden Wächter erstaunt an. „Äh... ja... geh und frage den König", sagte der eine, und der andere nickte. Dann verschwand er in der großen Halle. „Du wagst dich was!", stellte der Wächter fest.

„Ich führe einen Befehl aus. Mehr nicht!" Natürlich wusste Ubbe, was der Mann damit meinte, denn man hätte ihn sicher auch unfreundlicher empfangen können. Plötzlich erklang eine tiefe Stimme in Ubbe Rücken. „Das glaube ich nicht. Was sehen meine Augen denn da? Einen Krieger des Einar Hundsfott. Zieht es dich nach Walhalla, Ubbe?"
Der Krieger Jarl Einars drehte sich um, und sah in das Gesicht des schwarzhaarigen Borkell. „Borkell, du Rattenschiss!", grüßte Ubbe den Hauptmann unfreundlich, und seine Hand glitt auf das Blatt der Axt, die an seinem Gürtel hing.

„Was führt dich denn hierher?", fragte Borkell ohne den Krieger aus Ranrike aus den Augen zu lassen.

„Du nicht! Leider!", sprach Ubbe, denn es wäre ihm sicher ein Leichtes gewesen, dem verhassten Kerl den Schädel zu spalten. Doch dies war heute nicht seine Aufgabe.
Nun mischte sich der Wächter ein. „Borkell, halte dich zurück! Er ist als Bote gekommen."

„Für dich immer noch Hauptmann Borkell", fuhr er den Wächter schroff an. Dann fiel sein Blick wieder auf Ubbe.

„Schade, Ubbe! Aber der Tag wird kommen!"
Der große Krieger Jarl Einars nickte nur, denn in diesem Moment öffnete sich die Tür. Es hatte gar nicht lang gedauert. „Komm", sprach der andere Wächter. Der König will dich sehen. Ubbe wandte sich noch einmal um, und zeigte mit dem Finger auf Borkell, dann folgte er dem Wächter in die Königshalle.

Die Halle war gut besetzt, und es ging scheinbar recht lustig zu. Die Hofschranzen des Grjotgard füllten die Halle mit Leben. Immer wieder liefen Leute zu dem Königspaar, das auf ihren Hochstühlen saß. Ubbe vermutete, dass dies wohl nur zu seinen Ehren geschah, denn normalerweise würden der König und die Königin sicher bei den Hofschranzen an den Tischen sitzen. Der Wächter übergab den Ubbe dem dicken Leibsklaven Ingolf. „Wie ist dein Name?", fragte der Kerl mit dem roten Ziegenbart. Der Krieger des Jarls von Askby sah fast mitleidig auf den Iren herab, gab aber Antwort. „Ich bin Ubbe, und wurde von Jarl Einar gesandt."
„Sag mir, was du vom König willst!"
Langsam wurde Ubbe ungeduldig. „Ich soll ihm ein Zusammentreffen mit meinem Jarl vorschlagen. Und jetzt führe mich zu ihm, bevor mein Laune noch schlechter wird." Ingolf verstand, und nickte. „Komm!" Mit einer Geste ihm zu folgen, ging er voran.
Vor dem Podest machten sie halt. Wo vorher noch Stimmen und Gelächter die Halle füllten, war nun Ruhe eingekehrt. Niemand wollte verpassen, was nun vor sich ging.
Eine ganze Weile besah sich der Grjotgard schweigend den großgewachsenen Krieger. „Was willst du?", fragte er plötzlich streng. Doch Ubbe wandte sich zuerst der Königin zu, und nickte zum Gruß. „Jarl Einar lässt dir Grüße übermitteln, Königin Andur." Ein Lächeln huschte über ihr Gesicht. Dann sah Ubbe den König an. „Mein Jarl schickt mich zu dir, um dir eine Zusammenkunft vorzuschlagen. Er denkt, du würdest deinen Sohn gerne zurück haben wollen. So wie wir unsere Leute zurück wollen."
„Ich sage dir, wenn ihr Sigurd auch nur ein Haar ge...", fauchte Grotgard, wurde aber von Ubbe unterbrochen. „Du musst keine Sorge haben, dem Sigurd geht es gut! Er isst, und scheisst, und vor allem atmet er!" Da mischte sich

Andur ein. „Tu es!", forderte sie von ihrem Gemahl, und er
legte seine Hand beruhigend auf die ihre.
„Gut, ich bin dazu bereit. Vielleicht wird es wirklich Zeit,
den Streit beizulegen." Der König sprach die Worte zu
Ubbe, sah dabei aber sein Weib an.
„Ich werde nicht nach Tautra kommen. Das kannst du
Einar bestellen", sprach der König unfreundlich. „Mein Jarl
lässt dir sagen, du kannst den Ort bestimmen, und auch die
Bedingungen überlässt er dir."
Der Ladekönig überlegte eine Weile, und grinste dann
überlegen. „So soll er hierher kommen, wenn er reden will.
Hierher nach Lade!" Und dann bekam Grjotgard die
Antwort, mit der er nicht gerechnet hatte. „Wenn das dein
Wunsch ist, wird Jarl Einar erscheinen. Du musst uns aber
dein Wort geben, dass wir hier sicher sind, und dass uns hier
kein Hinterhalt erwartet." Die Übermacht des Königs war
überall groß, nicht nur in Lade. Ubbe wusste genau, er
konnte den König nur bei seiner Ehre packen. Grjotgard
nickte. „Ja, das tue ich!"
„Sprich es aus! Hier vor deinem Hofstaat. So dass es jeder
hört!", forderte Ubbe vom König. Dieser sah plötzlich
verärgert drein, und kratzte sich den Bart. Dann erhob er
sich. „Ich gewähre Jarl Einar für die Zeit unserer
Zusammenkunft einen Waffenstillstand und freien Abzug.
Er soll in Lade sicher sein!", riefe er laut in die Halle.
„Reicht dir das?"
Ubbe nickte. „Ja, das reicht mir. Ich vertraue auf dein Wort.
Es geht um deine Ehre! Hältst du dich nicht an deine Worte,
wird man dich fortan Grjotgard den Ehrlosen nennen!"
Verärgert sah der Knig den Krieger an, denn eine scharfe
Zunge hatte er von diesem nicht erwartet. „Gut, sage dem
Einar, beim nächsten Vollmond erwarte ich ihn in meiner
Halle. Ich gewähre ihm zehn Männer als Leibwache." Dem
stimmte Ubbe zu. Dann verabschiedete er sich, nickte

nocheinmal der Königin zu, und verließ die große Königshalle von Lade.

*

Acht Tage mussten vergehen, bis sich der Mond in seiner vollen Rundung am Himmel zeigte. Und als Ubbe einen Tag nach dem er in Lade vor den König getreten war, in der Halle von Sørhamna dem Einar berichtete, zeigte sich dieser Anfangs recht erbost. „Was hast du ihm zugesagt? Das wir nach Lade kommen? Bist du völlig von Sinnen?", maulte er den Ubbe an. Doch dieser blieb ruhig. „Er gab dir sein Wort, dass dir nichts geschehen wird."

„Aber Ubbe, du kennst Grjotgard doch. Er ist eine Schlange, sein Wort ist nichts wert", rief nun Olaf dem Boten verärgert entgegen. Dieser aber, blieb weiterhin ruhig, und ließ sich auf keinen Streit ein. „Überlegt doch! Er ist der König! Wenn er uns töten will, kann er das überall und zu jeder Zeit tun. Ob in Lade, oder an jedem anderen Ort. Er ist uns überlegen. Ich konnte ihn nur bei seiner Ehre packen!"

„Ubbe hat Recht", mischte sich nun Ilva ein. „Wir müssen auf sein Wort, und seine Angst den Sigurd zu verlieren hoffen." Jetzt erst, sahen die anderen ein, dass Ubbe richtig entschieden hatte. „Nun gut, fahren wir nach Lade", bestimmte nun der Jarl.

Schon am nächsten Tag machten sie den Wellenwolf seeklar. Dreißig Krieger und Schildmaiden nahm Einar an Bord. Dazu noch Jarl Thorsti und die Alwara, die darum gebeten hatten den Jarl von Askby begleiten zu dürfen. So legten sie im Hafen von Sørhamna ab, und segelten nach Südwesten. Bald schon sahen sie an Backbord die Häuser und Hütten der Siedlung an der Küste. Da Lade aber etwas landeinwärts lag, mussten sie in den Fluß Nid hinein segeln. Raban, als Stevenhauptmann, ließ das Segel einholen, und nun tauchten zu beiden Seiten des Schiffes die Ruderpinne in das dunkle Wasser des Flusses.

Langsam ruderten die Krieger die Schnigge in den Hafen der Königsstadt, und Raban, der am Vordersteven stand, fand einen geeigneten Anlegeplatz. „Ruderpinne einholen", rief der Stevenhauptmann, und die Ruderer zogen die hölzernen Stangen aus dem Nass. Nun steuerte Kjelt die Schnigge an den Steg. Zwei Männer sprangen über die Reling und vertäuten den Wellenwolf. Jarl Einar hatte sechs Männer als Leibwache ausgewählt. Alle anderen sollten im Hafen an Bord des Wellenwolfes bleiben. „Wir gehen jetzt in die Burg", sprach Einar. „Olaf, Thoke, Thorberg, mein Schwager, Thure, Ubbe und Helgi kommen mit mir. Sollten wir bis zum Sonnenuntergang nicht zurückgekehrt sein oder einen Boten geschickt haben, verschwindet ihr von hier." Dann sah er Raban streng an. „Du weißt, was dann zu tun ist!" Der glatzköpfige Sachse nickte, doch gefiel ihm die Vorstellung nicht, den Sigurd töten zu müssen. So hoffte Raban auf erfolgreiche Verhandlungen.

Thorsti sah sein Weib an, denn er wusste, was die Worte des Einar bedeuteten. Er und sein Weib hatten sich dem Jarl Einar angeschlossen, um das Schicksal von Tautra, und somit sein eigenes, bei dem König zu klären. Vielleicht war es ja von Nöten, den Jarl aus Askby um Aufnahme zu bitten. Denn König Grjotgard konnte recht nachtragend sein. Eine Vorstellung, die besonders der Alwara nicht zusagte, denn ihre Annäherungsversuche, nach dem sie es mit Einar getrieben hatte, verliefen kläglich im Sand. Sie hatte sich Einar von ihrer besten Seite gezeigt. Nicht einmal als man sie damals vermählt hatte, war sie so freundlich zu ihm gewesen. Sie geizte auch nicht mit ihren Reizen, denn Alwara war ein schönes Weib. Doch der Jarl von Askby zeigte keinerlei Interesse an dem Weib. Er hatte sie im Suff nur benutzt wie eine Hure, mehr nicht!

Gemeinsam traten der Jarl und sein Gefolge nun den Weg in die Königsstadt Lade an, wo Grjotgard der Herrscher des Trøndelag auf sie wartete.
Es dauerte nicht lang, und sie erreichten die ersten Hütten, die der Stadt vorgelagert waren. Lade wuchs ständig, und so verschwammen die Stadtgrenzen immer wieder. Dann erreichten sie einenTorbogen, der die Straße überspannte. Der Schädel eines Keilers prangte in der Mitte, und neben diesem, zu beiden Seiten, hingen zwei Rundschilde in den Farben des Königs. Nun wurde die Bebauung immer dichter. An Wegen, die von der Hauptstraße abgingen, lagen nun Hütten, Häuser und Werkstätten. Und dann endlich erreichten sie eine Palisadenmauer mit dem großen Tor. Weiter und weiter gingen sie in die Stadt, und unzählige Augen verfolgten sie dabei. Kinder liefen ihnen hinterher, lachten und machten ihre Späße. „Da ist sie, die Burg des Grjotgard", sagte Thorsti, und zeigte auf den hohen Erdwall mit der hölzernen Palisade darauf. Ein großes Tor, mit einem Wehrgang darüber, lag vor ihnen, auf das sie zu marschierten. Zwei Wächter standen an dem weit geöffneten Tor, und als sie die Gruppe sahen, begann einer von ihnen zu grinsen. Noch bevor Jarl Einar etwas sagen konnte, sprach der Mann: „Jarl Einar, nehme ich an!"
 „Ja, ich bin Jarl Einar Blutauge!", antwortete der Angesprochene. „König Grjotgard erwartet uns!" Da nickte der Wächter. „Das ist mir bekannt. Ihr könnt eintreten. Den Weg zur Königshalle kennt ihr ja!" Jarl Einar nickte, und ging voran.
Spielte ihm sein Verstand einen Streich? Überall wo er hinsah, standen bewaffnete Krieger. Natürlich war dies für die Burg eines Königs nichts besonderes, aber heute fiel es

ihm besonders auf. Er wandte sich um, und sah zu dem Thoke hinüber. „Ich sehe viele Speere", sprach dieser leise. Einar war also nicht der Einzige, dem dies aufgefallen war.

„Einar", sprach Olaf, und zeigte zu dem großen Tor, das nun geschlossen wurde. Sollte Grjotgard ihnen eine Falle stellen, so war diese nun zugeschnappt.

„Diese hinterlistige Schlange", fauchte Ubbe verärgert. „Er wird sich wohl nie ändern!"

„Warten wir es ab! Wir müssen jedenfalls vor zum König. Und er wird uns nicht hier draußen schlachten, denn seinen Triumph wird er uns unter die Nase reiben wollen. Sollten sie es tatsächlich wagen uns anzugreifen, wird er mit uns gehen!" Die Worte des Einar Blutauge bewiesen, dass er gewillt war, den Streit zu beenden. Auf die eine oder andere Weise! „Ich werde heute seine Blutlinie beenden, wenn er mich hintergeht. Das schwöre ich, bei Odin und allen Göttern in Asgard!"

Auch vor der Königshalle standen zwei Krieger, die genau wussten, wer da auf sie zu kam. Einer von ihnen, öffnete die Tür und rief in den Vorraum: „Hey, sage dem König, dass sie da sind!" Daraufhin lief ein junger Sklave sofort in die Königshalle, und noch ehe die Angekündigten die Tür erreichten, trat Ingolf, der Berater und Leibsklave Grjotgards heraus ins Freie. Fast gleichgültig sah der dicke Mann die Abordnung um Jarl Einar an. „Der König erwartet euch. Folgt mir!" Und so betraten alle das große Langhaus von Lade. Sie gingen durch den kleinen Vorraum und kamen in die große Königshalle. Auf dem Podest standen die Hochstühle, auf denen das Königspaar saß, deren Blicke auf die Ankömmlinge fiel. Plötzlich sagte Ingolf ruhig: „Nur zwei dürfen vortreten!" So fiel Einars Wahl auf Olaf, mit dem er zusammen vor die Hochstühle trat. Mit strengem Blick sah der König die beiden Männer an. „Sei gegrüßt,

Jarl Einar, und auch du, Olaf." Die beiden Männer erwiderten den Gruß, und dann wandte sich Einar der Königin zu. „Ich grüße dich, Königin Andur. Es ist mir eine Freude dich wiederzusehen." Seine Stimme war ruhig und freundlich, und Andur spürte, dass es Einar genau so meinte, wie er es sagte. „Auch ich freue mich dich zu sehen, Einar Blutauge. Es gibt vieles, das ich von dir erfahren will", sagte sie freundlich. Da mischte sich Grjotgard ein. „So, genug geturtelt! Später kann er dir Antwort geben." Dann wandte sich der König wieder seinen Gästen zu. „Du kannst dir denken, dass ich dich unter normalen Umständen nur in Ketten vor meinen Hochstuhl gelassen hätte. Also, wo ist mein Sohn?"

„Unter normalen Umständen, würde ich versuchen dich zu töten, Grjotgard von Lade, mein Gesippe", sprach Einar kalt, und spielte auf die Verbindung mit Alwara an, die Grjotgard eingefädelt hatte. Dann aber lächelte er. „Doch es sind keine normalen Umstände! Willst du, dass deine Blutlinie weitergeführt wird, wirst du dich mit uns einigen müssen." Da wollte der König aufbegehren, doch Olaf fuhr ihm über sein Maul. „Du kannst uns glauben, dass es uns gar nicht gefiel, wenn dem Sigurd ein Leid geschähe. Doch dies liegt allein in deinen Händen." Da ergriff Einar das Wort. „Ich habe Nachrichten für euch, die eure Tochter Eira betreffen." Er lächelte. „Eira geht es sehr gut! Sie hat sich entschieden Gisli Borkasson zum Gemahl zu nehmen. Er ist der Sohn Jarl Borkas. Eines Tages wird sie die Gemahlin eines Jarls in Ranrike sein." Nun lächelte Einar wieder der Königin zu, wandte sich dann aber wieder an den König.

„Vielleicht würden dich Handelsbeziehungen nach Ranrike ja reizen, König Grjotgard? Es gibt viele gute Waren im Süden." Das Gesicht des Königs aber zeigte, dass er wenig von dem Vorschlag hielt. Und dass ihm seine Tochter gleichgültig war. „Ich habe keine Tochter mehr!"

Mit sturem, kaltem Blick sah er den Jarl an. „Aber ich habe eine Tochter", fuhr Andur ihren Gemahl an. „Es reicht mir, dass du unsere Familie zerstörst. Und dies nur, weil du auf dieses Scheusal Borkell hörst. Damit muss endlich Schluss sein!" Da sprang der König auf. „Fällst du mir etwa in den Rücken, Weib? Willst du mich zu Fall bringen?"

„Oh, Grjotgard", begann Andur mit mitleidiger Stimme. „Dies schaffst du doch ganz allein, wenn du weiterhin auf Borkell hörst, und den Krieg mit Einar nicht beendest. Gehe in dich! Und frage dich, was dir Jarl Einar getan hat, dass er solchen Hass verdient! Es kommt der Tag, da werden dich die Götter bestrafen!"

„Er wird den Borkell nicht bekommen!", rief der König trotzig.

Erstaunt sahen sich Olaf und der Jarl an. Das sie in der Königin eine solche Fürsprecherin hatten, war ihnen nicht bewusst. „Höre, König von Lade! Gib mir meine Gefolgschaft zurück, und des Friedens wegen, sehe ich über den Verlust meines Weibes und des Kindes hinweg!" Da starrte Olaf seinen Jarl ungläubig an. „Borkell! Borkell muss uns übergeben werden! Borkell ist Schuld, und muss bestraft werden", forderte Olaf von seinem Jarl. Doch Einar schüttelte seinen Kopf. Er legte dem großen Krieger seine Hand auf die Schulter. „Der Zeitpunkt wird kommen, mein Freund. Doch nicht jetzt!"

Da rief Grjotgard nach dem Ingolf, der etwas Abseits stand. „Was soll ich tun? Ich brauche deinen Rat, Vestmann."

„Gib die Gefangenen heraus, mein König", empfahl der irische Mann, und zwirbelte seinen langen, roten Spitzbart. Und da er die Gedanken des Königs erriet, fügte er noch hinzu: „Sigurd ist ein Prinz, und er gleicht die Masse der Bauern sicher aus!" Nun nickte der König von Lade. „Ja, dies ist wohl wahr!" Grjotgard nahm wieder auf seinem Hochstuhl platz. „Gut, Jarl Blutauge! Ich bin bereit die

Gefangenen auszutauschen." Doch nun ergriff Einar noch einmal das Wort. „So schnell geht es nicht, Grjotgard. Ich will, dass Jarl Thorsti keine Nachteile davon hat, dass er mein Gefangener war. Die Insel Tautra bleibt unbehelligt!" Der König sah zu dem Thorsti und der Alwara hinüber, die ja immer noch seine Gesippen waren. Er sah zu dem dicken Iren, und dieser zuckte mit den Achseln.

„Von mir aus! Es wäre eine gute Möglichkeit gewesen, diesen faulen Hund und seine Hure loszuwerden. Seit sie dort herrschen, bringt Tautra mir nicht mehr viel an Steuern ein." Plötzlich schossen ihm Gedanken durch den Kopf, die er vorher nicht hatte. Er dachte er an die Zeit, als Einar auf Tautra der Jarl war und ihm, dem König, seine Geldtruhe gefüllt hatte. Ihm wurde klar, dass er einen großen Fehler begangen hatte. Einen Fehler, der ihn viel gekostet hatte. Grjotgard strich sich schweigend über den Bart, sah nachdenklich drein, und seine Gedanken bewirkten ein Umdenken. War es nicht sowieso Alwaras Schuld, dass alles so gekommen war? Er biss sich verärgert auf die Lippen, und wiederholte die Worte die Einar gesprochen hatte. „Der Zeitpunkt wird kommen. Aber nicht jetzt!" Dann nickte er, sah Jarl Einar Blutauge an und sagte: „Wir werden unseren Streit beenden, Jarl Einar! Hier und jetzt! Nimm dein Gefolge und gib mir meinen Sohn zurück."

„So soll es sein, König von Lade!" Jarl Einar hielt dem Grjotgard seine Hand entgegen, und dieser schlug ein.

Auf dem Weg zum Hafen musste Einar erzählen, was geschehen war, denn außer Olaf hatte ja niemand etwas mitbekommen. So erzählte der Jarl, und die meisten waren mit dem Ausgang der Verhandlungen zufrieden. „In drei Tagen werden wir die Gefangenen austauschen. Und zwar auf Tautra!"

Alle schienen froh zu sein, nur Thoke machte ein Gesicht, als würde er Blut pissen. „Thoke, mein Freund, sag mir was dir nicht gefällt?" Einar hatte sich neben den Zimmermann geschoben. „Ach, ich weiß nicht. Ich kann dem Grjotgard einfach nicht trauen. Er ist ein falsche Schlange!"

*

7. DER AUSTAUSCH

Die Nachricht vom Wiederaufbau des Dorfes Askby war an den Hof von Älvsborg getragen worden. Und diese schien König Ragnar gar nicht zu gefallen. „Darf ich dich fragen, warum du diesem Jarl so gram bist?" Königin Aslaug saß auf dem Platz, den vor ihr Königin Lagertha den ihren nannte. „Ich hörte, er soll mehr als nur dein Jarl gewesen sein. Man sprach von Freundschaft, die ihn hierher geführt hat!" Mit grimmigem Blick sah der König sein schwangeres Weib an. „Er hat mich verraten! Ja, er ist mir in den Rücken gefallen. Ist mit meinem Feind auf Wikingfahrt gegangen!"

„Aber das ist doch kein Verrat", widersprach Aslaug. „Ist es nicht so, dass freie Krieger sich jedem Seekönig zur Raubfahrt anschließen können?" Obwohl diese Frau ihr bisheriges Leben, mit dem Namen Kraka, als einfache Magd auf einem Hof im Inland verbracht hatte, kannte sie sich doch gut aus. Ragnar begann zu grinsen. „Du erstaunst mich immer wieder mit deinem Wissen, mein schönes Weib." Da lächelte die Frau, die von sich behauptete die Tochter des Drachentöters Sigurd und der Königin Brynhild zu sein. Ragnar schüttelte seinen Kopf. „Ich habe das Vertrauen zu Einar Blutauge verloren."

„Ist er ein so schlechter Jarl?", wollte die Königin wissen.

„Hm… das eigentlich nicht", musste Ragnar sich kleinlaut eingestehen. „Seine Abgaben kommen pünktlich, und er ist mir meinen Anteil an seinen Raubfahrten nie schuldig geblieben. Bis auf das letzte Mal."

„Oh, das wundert dich doch nicht etwa?", grinste Aslaug.

„Solltest du ihn vertreiben, wird er seine Beute dringend brauchen." Sie legte ihre Hand auf die seine. „Wie ich hörte, ist dass Dorf Askby sowieso in Flammen aufgegangen", sprach der König von Ranrike."

„Ja, davon hörte ich auch, mein Gemahl", entgegnete sie nun ernst. „Du hattest sicher deine Gründe, als du die Feinde des Jarls das Dorf Askby verwüsten liest." Ragnar musste erkennen, dass Aslaug sehr gut informiert war. Mehr als ihm in diesem Moment lieb war. Er hatte nicht damit gerechnet, dass sie sich in seine Angelegenheiten mischen würde. Doch nun schien sie genau dies zu tun. „Mir scheint, du machst mir Vorwürfe!", stellte Ragnar Sigurdsson fest, und dies gefiel ihm gar nicht. Da schüttelte Aslaug energisch ihren Kopf. „Nein, nein, mein Gemahl. Doch frage ich mich, wie lange es wohl dauern wird, bis die Gauten über die Grenze kommen, umd sich den gesammten Osten deines Reiches zu holen?"

Jetzt musste auch Ragnar grinsen. „Du weißt sehr viel, und ich weiß nicht, ob mir dies gefällt. Aber ich gebe dir Recht! Jarl Skögul hockt in seiner Stadt Gullspång und wartet nur darauf, dass ich einen Fehler mache, damit er sich den Osten meines Landes einverleiben kann."

„Nun, dann solltest du deinen Umgang mit Jarl Einar Blutauge noch einmal überdenken. Ich denke, die Wälder des Ostens sind wichtig für uns."

Und die Worte der Aslaug hatten ihre Spuren im Kopf des Königs hinterlassen. Und schon am nächsten Tag befahl er einem seiner Leibsklaven, eine Abordnung von Arbeitern nach Askby zu schicken, die bei dem Aufbau des Dorfes helfen sollten.

Währenddessen wurde in Askby fleißig gearbeitet. Gisli, der Sohn des Jarl Borka, und der alte Harald, trieben die Arbeiter an. Es war schließlich bereits Spätsommer geworden, und das Jahr 834 befand sich längst in seiner zweiten Hälfte. Die Nächte wurden nun spürbar kälter, und der nahende Herbst würde die Arbeiten an den zerstörten Häusern nicht einfacher machen. Täglich gingen einige Männer in den Wald, um Bäume zu schlagen. Während die Zimmermänner diese spalteten, und mit den Äxten zu recht schlugen. Den größten Fortschritt hatte die Jarlshalle gemacht. Der Teil der Halle der niedergebrannt war, war wieder aufgebaut worden, und an manchen Stellen standen bereits neue Hütten. An anderen Stellen war der Schutt weggeräumt worden, und man hatte Platz geschaffen, für neue Hütten. Doch an einem Tag kamen die Holzfäller ohne einen Stamm zurück.

„Es sind Gautenkrieger im Wald", sprach der Anführer der Holzfäller. „Und sie marschieren hierher!"

„In unserem Wald?", fragte Harald überrascht, und sein Gegenüber nickte. „Sie haben sicher von dem Überfall erfahren", mutmaßte Gisli, und sein frischangetrautes Weib Eira stimmte ihm zu. „Es war doch nur eine Frage der Zeit, wann die Gauten hier erscheinen!"

„War es das, was König Ragnar wollte, als er uns seine Hilfe verweigerte?" Harald war äußerst verärgert. „Wenn Jarl Skögul es darauf anlegt, wird er uns hier vertreiben, und der Osten von Ranrike fällt zurück an die Gauten."

„Dann war all unsere Arbeit umsonst!", fügte Eira verärgert hinzu. Sie hatte das Dorf Borkasvik bereits einige Tage, nach dem Gisli fortgeritten war, in Richtung Askby verlassen, und sich nun den Arbeitern angeschlossen. Sofort schickte Gisli einige Späher aus, denn überraschen lassen, wollte der Jarlssohn sich nicht. Und er befahl, dass jeder seine Waffen griffbereit halten sollte. „Wir werden unsere Arbeit fortsetzen, bis sie kommen."

Graue Wolken hatten die Sonne verdrängt, und es war merklich abgekühlt. Es begann leicht zu regnen, doch die Arbeit an den Hütten ging weiter.

Und dann geschah es!
Über den breiten, sandigen Weg, der von hohen Sträuchern mit Nüssen und Beeren gesäumt war, und direkt in den Wald führte, kamen die Gauten heran marschiert. Anschleichen war nicht möglich, denn um das Dorf herum, gab es nur weitüberblickbare Wiesen. Es war nicht möglich sich dem Dorf unbemerkt zu nähern. Außerdem hatten die Späher die Angreifer längst entdeckt und gemeldet. So hatten die Arbeiter ihre Werkzeuge niedergelegt, und zu den Waffen gegriffen. Ein Pfeilhagel begrüßte die Gauten, als sie den Schutz der mannshohen Büsche verließen. Ein Hornstoß, und die Krieger des Jarl Skögul stürmten vor. Die Krieger aus Borkasvik, die zum Schutz der Arbeiter in Askby waren, und die Arbeiter selbst, warteten nicht ab, sondern stürmten den Gauten entgegen. Schilde schlugen gegeneinander, als die Körper aufeinander trafen. Eisen traf auf Eisen, Speere suchten nach Fleisch und Knochen, die sie durchstoßen konnten. Pfeile schlugen in Leiber ein, und Schreie hallten über die Wiese. Es dauerte nicht lange, da forderte ein Hornstoß die Gauten zum Rückzug auf. Sie zogen sich darauf hin, bis zu den Büschen zurück. Und die Ranriker ließen sie ziehen.
Sie begannen sofort ihre Verletzten und Toten in das Dorf zu schaffen. Doch der Rückzug der Gauten sollte nur von kurzer Dauer sein. Sie hatten geglaubt ein leeres Dorf vorzufinden, oder nur wenige Bewohner. Ihnen war zu Ohren gekommen, dass Jarl Einar mit den Kriegern das Dorf verlassen hatte. Und daher hielten sie die Einnahme des Dorfes und der dazugehörigen Ländereien für ein Leichtes. Nun aber war der Widerstand groß, unerwartet groß. Doch so schnell wollte der Hauptmann der Gauten nicht aufgeben. „Los, ihr seid nicht zum Ausruhen hier!" Nur die Verletzten blieben zurück, alle anderen griffen

wieder zu ihren Schilden und Schwertern und sammelten sich. Dann erklang das Horn, und sie marschierten vorwärts.

„Sie kommen", stellte Eira fest, und Gisli rief laut: „Rückt zusammen! Schildwall! Bildet einen Schildwall!"

Doch plötzlich drang ein Hornsignal an sein Ohr, doch dies gehörte nicht zu den Gauten. Es kam vom See!

„Dort, sieh doch, Gisli!" Eira zeigte zum Hafen hinunter, wo sich zwei Schniggen und ein Knarr den Anlegestegen näherten. „Das sind Schiffe König Ragnars." Der Sohn Jarl Borkas hatte das Rabenbanner der Schiffe erkannt. Und auch den Mann, der am Vordersteven stand. „Das ist Thorsten, der Hauptmann des Königs!"

Nicht nur Eira und Gisli hatten das Hornsignal erkannt, sondern auch die Gauten, die ihren Angriff sofort abbrachen. Sie zogen sich bis an die Büsche zurück, und wollten abwarten, was geschehen würde. Doch Gisli wollte die Gauten nun nicht mehr ziehen lassen, denn mit den Kriegern des Königs im Rücken, fühlte er sich umso stärker.

„Los, jagen wir sie über den Hügel zurück in das Gautenland!" Der Jarlssohn hob sein Schwert und lief brüllend los. Seine Krieger folgten ihm!

Mit dem Angriff der Ranriker hatten die Gauten nicht gerechnet, und da sie sich nun in der Unterzahl sahen, zogen sie die Flucht vor. Noch ehe Gisli und seine Krieger den Feind erreichten, hatte sich dieser in den in großer Hast in den Wald zurückgezogen.

*

„Schicke ein Schiff mit den Gefangenen darauf", hatte Einar zu dem Ladekönig gesagt. „Nur ein Schiff! Ohne Krieger darauf! Nur Besatzung und meine Leute!" Ein strenger Blick hatte Einar getroffen, denn es gefiel dem Grjotgard keineswegs, dass ihm plötzlich der Jarl die

Bedingungen diktierte. Bisher hatte der König geglaubt, er hätte die Fäden der Verhandlung in der Hand. Nun musste er erkennen, dass ihr Handel nur mit gegenseitigem Vertrauen funktionierte. „Du kannst mit dem Schiff nach Tautra kommen, und deinen Sohn in Empfang nehmen. Du kannst es aber auch lassen", sagte Jarl Einar ruhig, denn er wollte den König nich provozieren. „Sigurd wird auf deinem Schiff nach Lade zurückkehren. Darauf gebe ich dir mein Wort!" Da legte Andur ihre Hand auf die ihres Gemahls. „Tue es!" Grjotgard nickte, und stimmte zu.

Nach dem die drei Tage vergangen waren, saßen die meisten Männer und Frauen aus Einars Gefolgschaft in der Jarlshalle von Sørhamna und warteten. Jeder hatte die Hoffnung, dass sich König Grjotgard Herlaugsson an die Abmachungen hielt. Olaf, Raban und Thoke aber hatte es in den Hafen gezogen, wo Raban hinter den Barrikaden einige Bogenschützen postiert hatte. Zur Vorsicht, wie er sagte. Es war zu der Zeit, als die Sonne im Zenit stand. Da sahen sie, was sie nicht zu sehen gehofft hatten. Drei Schiffe kamen auf den Hafen von Sørhamna zu gesegelt. „Dieser elende Mistkerl", schimpfte Olaf verärgert. „Ich habe es doch geahnt", sprach Thoke wissend. „Er ist und bleibt eine falsche Schlange!" Raban sah sich um, und erblickte einen jungen Burschen, den er heran rief. „Lauf zur Jarlshalle, und sage Jarl Einar, dass es drei Schiffe sind." Der Bursche nickte, und lief los, während auf dem Schiff in der Mitte, ein Mann von Reling zu Reling lief. Es war der König selbst, der über die See brüllte. „Zurück mit euch! Das war nicht mein Befehl!" Das Schiff mit den Gefangenen, und dem Königspaar an Bord, hatte den Hafen von Lade allein verlassen. Doch als sie die Münding des Flusses Nid in den Ladefjord erreichten, schlossen sich zwei weitere Schniggen an. Anfangs hatte Grjotgard diese nicht bemerkt, und als er dies tat, dachte er, die Schiffe würden einen anderen Weg nehmen. Doch irgendwann fiel ihm auf, dass die Schniggen seinem Schiff folgten.

„Was, beim Arsch des Thor erlauben die sich?" Grjotgard war äußerst erbost, und Andur sprach: „Einar wird glauben, dass wir ihn hintergehen. Er wird mein Kind töten!"

Da die beiden Schiffe sich hinter der Schnigge des Königs hielten, konnte Grjotgard nicht erkennen, wer auf ihnen segelte. Er lief zum Heckstand, und brüllte mal zu der einen Seite, mal zu der anderen, die Schiffe sollten abdrehen. Doch nichts geschah!

Währenddessen hatte Jarl Einar mit seinen Kriegern den Hafen von Sørhamna erreicht. Ungläubig schüttelte er seinen Kopf und sah die Ilva enttäuscht an. „Das hätte ich nicht erwartet. Er ist doch sein einziger Sohn, sein Erbe."

„Wirst du Sigurd nun töten?", fragte die schöne Schildmaid, und Einar fuhr sich mit der Hand über den Bart. Seine Gedanken waren bei der Königin. Wäre es nur um Grjotgard gegangen, hätte er sicher nicht gezögert. Aber konnte er dies der Andur antun?

Da trat Olaf heran. „Was werden wir tun?", wollte dieser wissen. „Nach einem freundschaftlichen Besuch sieht das nicht aus!" Jarl Einar konnte dem Freund keine Antwort geben. Er wusste es nicht! Er war ratlos!

Nun hatte sich auch Königin Andur auf den Heckstand begeben. Auch sie rief nun zu dem einen Schiff hinüber, dass es verschwinden solle. Doch da niemand am Vordersteven der Schnigge stand, wurde die Königin nicht gehört. Und dann geschah, was der König erhofft hatte. Die Schniggen holten auf.

„Dieser Scheißkerl", entfuhr es ihm, denn er hatte einen Mann an Bord der Verfolger erkannt. Es war Borkell, der Schwarze!

„Borkell!", rief er nach dem Mann, doch dieser rührte sich nicht. Zwar hatte er bemerkt, dass der König ihn gesehen hatte, denn schließlich hatte er sich auch provozierend an den Vordersteven begeben. Und dort stand er nun, die eine Hand am Holz. Der Wind fuhr ihm durch sein schwarzes Haar, und er starrte stur voraus.

„Es ist Borkell! Dieser Hundeschiss missachtet meine Befehle!", rief Grjotgard zornig. Immer wieder brüllte er über die See, doch der schwarzhaarige Hauptmann reagierte nicht auf die Rufe seines Herrn. Da trat Grjotgard an den Feuerkob, der neben dem Mastfisch[26] stand, und in dem ein Feuer brannte. „Gib mir einen Bogen und einen Pfeil!", befahl der König einem seiner Leibwächter, die natürlich mit an Bord waren. Und der Mann gehorchte! Der König riss den Saum seiner Tunika ab, und wickelte diesen um den Pfeil. Dann führte er die Spitze des Pfeiles zum Feuer. Als der Stoff brannte, trat er zur Reling, legte den Pfeil an die Sehne, und schoß diesen treffsicher in das Segel der Schnigge, auf der Borkell fuhr. Es dauerte eine Weile, in der die Reisenden auf der Königschnigge, ob Gefangene oder Königspaar, erwartungsvoll hinüber blickten. Und dann plötzlich loderte das Feuer auf, und in kurzer Zeit stand das Segel der Schnigge in hellen Flammen. Schnell fiel nun die Schnigge des Borkell zurück, und auch der andere Verfolger drehte ab. Jubel brach auf der Königsschnigge aus. Königin Andur küsste ihren Gemahl, und dieser sprach zu seinem Berater Ingolf: „Erinnere mich daran, den Borkell an einen dicken Ast zu hängen!"

„Jarl Einar!", rief Raban. „Das solltest du dir ansehen!" Jetzt wurde der Jarl aufmerksam, und trat zu den anderen auf den großen Anlegesteg. Zwar waren die Schiffe noch

---

[26] Mastfisch – schwerer Holzblock in dem der Mast steckte

weit entfernt, doch konnte man von Land aus gut erkennen, was auf See geschah. Eines der Schiffe brannte, ein anderes änderte seinen Kurs, und segelte nach Westen. „Was beim Auge Odins geht da vor sich?" Jarl Einar versuchte sich einen Reim auf das Gesehene zu machen. „Es scheint, als hätte sich Grjotgard doch an unsere Abmachungen gehalten", vermutete Olaf. „Nur jemand anderes wollte die Abmachung verhindern." Da nickte der Jarl. „Ich kann mir auch denken, wer der Störenfried ist." Olaf wusste sofort wen sein Jarl damit meinte. „Aber das würde bedeuten, dass sich Grjotgard und der Borkell entzweit haben."

„Nach dem was ich dort sehe, scheint es so zu sein." Jarl Einar konnte sich ein Grinsen nicht verkneifen, wandte sich um, und sprach zu Thorsti, der auch in den Hafen gekommen war. „Ich glaube, den Borkell seid ihr los!"

„Vielleicht kehrt dann der Verstand unseres Königs endlich zurück", sprach der Jarl von Tautra hoffnungsvoll, und sah der Schnigge entgegen, die auf seine Insel zu hielt.

*

Lange hatte es gedauert, bis Gisli und die Krieger nach Askby zurückgekommen waren. Sie hatten die Gauten bis in den Wald verfolgt, um sicher zu gehen, dass diese auch wirklich den Heimweg antraten.

Die Suche nach den Feinden im dichten Wald blieb erfolglos, und so brachen die Krieger die Suche ab. Gisli war sicher, dass die Gauten sich über den Hügel zurückziehen würden.

Als die Krieger das Langhaus erreichten, hatten es sich die Schiffsbesatzungen aus Älvsborg bereits gemütlich gemacht. Hauptmann Thorsten begrüßte Gisli, und Harald rief laut: „Sie sind gekommen, um uns beim Aufbau zu helfen." Doch Gisli schien die Begeisterung des Alten nicht zu teilen. „So? Hat sich König Ragnar seines Verrats besonnen? Wo war er, als die Trøndner die Flammen nach Askby brachten?"

Da sah Thorsten den jungen Krieger streng an. „Ich teile deine Meinung, Gisli Borkasson, doch rate ich dir diese für dich zu behalten. Ragnar könnte sie falsch verstehen!"

„Was gibt es denn da falsch zu verstehen? Sieh dich doch nur hier um", sprach Gisli verärgert. „Niemand ist den Menschen hier zu Hilfe geeilt. Der König hat sie schutzlos dem Feind überlassen." Dann atmete Gisli kräftig ein, und versuchte sich zu beruhigen. „Ich bin nicht Jarl Einar, und ich weiß nicht, wie er darüber denkt. Doch wir werden es erfahren, wenn er mit den Geraubten zurückkehrt."

Da nickte der Hauptmann des Königs, und sprach leise, mehr zu sich selbst: „Ich glaube, dieses Band ist zerrissen."

Die Zeit verging, und die Bauarbeiten in der Siedlung schritten voran. Außer an den Schäden im Hafen, sah man nicht mehr viel von dem Überfall auf die Siedlung. Und das Leben im Dorf ging nun fast wieder seinen gewohnten Gang. Die Geflohenen waren in ihre Häuser zurückgekehrt, und Harald sorgte dafür, dass sie ihren Arbeiten nachgingen. Nach acht Tagen verliessen die Krieger des Königs die Siedlung, ohne das Wissen, dass Askby immer noch von gautischen Spähern beobachtet wurde. Jarl Skögul hatte seinen Männern strenge Befehle aufgetragen, denn er wusste, solange Jarl Einar nicht in Askby weilte, hatte er Aussicht auf Erfolg.

Gisli und Harald hatten waren im Glauben, dass die Gauten sich über die Grenze davongemacht hatten. Doch sie irrten! Und keiner ahnte, dass diese gar nicht weit entfernt, ihr Lager aufgeschlagen hatten.

„Die Krieger Ragnars sind abgezogen", sprach einer der Krieger zu seinem Anführer, als sie am Feuer in dem Lager saßen. „Wir sollten jetzt zuschlagen!" Doch der Anführer der Gauten schüttelte ruhig seinen Kopf. „Nein, noch nicht!"

„Aber warum? Sollen wir hier noch länger tatenlos im Wald rumhocken, Grimnir?"

„Ja, das werden wir. Und zwar so lange bis auch die anderen Krieger verschwunden sind", sprach der Anführer, denn er hatte erkannt, dass ein Teil der Krieger und Arbeiter nicht nach Askby gehörte. „Hast du den jungen Kerl gesehen, der das Kommando führt?" Der Krieger nickte.

„Ja! Kennst du ihn?"

Da nickte Grimnir. „Das tue ich! Sein Name ist Gisli, und er ist der Sohn des Borka. Ein Jarl in einem Dorf weiter westlich." Erstaunt sah der Krieger seinen Anführer an.

„Woher kennst du ihn?"

Da zuckte der Anführer mit den Schultern. „Der Handel hat mich einmal nach Borkasvik geführt. Aber da gibt es nicht viel zu holen. Doch dort sah ich den jungen Kerl, und erfuhr wer er ist."

„Aber was treibt der Kerl dann hier, wenn er doch nach Borkasvik gehört?"

„Was weiß ich? Er ist nunmal hier, und zwar nicht allein. Und darum warten wir noch!"

„Aber wir sind mehr als die", beschwerte sich der Krieger weiter. „Lass uns endlich angreifen, und sie fortjagen!"

Doch der Anführer blieb stur. „Nein, wir warten, und jetzt halt dein Maul!"

*

Das Schiff des Trøndnerkönigs war langsam an den Steg von Sørhamna geglitten. Männer sprangen über die Reling und veträuten die Schnigge. Jarl Einar, Jarl Thorsti und einige wenige Männer waren an den Strand gegangen, um den König zu begrüßen.

Die Krieger hatte Raban abgezogen, um den König nicht zu brüskieren. Langsam ging König Grjotgard, gefolgt von Königin Andur, auf die beiden Jarls zu. „Ich habe deine Leute an Bord. Wo ist mein Sohn?"

„Er erwartet euch in der Jarlshalle", sprach Jarl Thorsti ein wenig vorlaut. Einar sah ihn nur kurz verwundert an, und wandte sich dann der Königin zu. „Königin Andur, ich freue mich, dich zu sehen!" Die Angesprochene lächelte, und erwiederte den Gruß. „Ich danke den Göttern, König Grjotgard, dass wir einen friedlichen Ausweg gefunden haben."

„Jaja, ich will meinen Sohn sehen!" Die Stimme des Königs war wenig freundlich. „Folgt uns in die Jarlshalle", bat Thorsti, und wieder sah ihn Einar überrascht an. Es schien, als hätte der Jarl von Tautra vergessen, dass er selbst auch Gefangener war. Misstrauisch sah der Ladekönig die beiden Männer an. „Wenn ihr versucht mich zu hintergehen, werdet ihr es bereuen", drohte er unverhohlen, doch Jarl Einar schüttelte seinen Kopf. „Du solltest mich besser kennen, Grjotgard. Ich gab dir mein Wort!"

Der König wandte sich um, und gab den Befehl, die Gefangenen an Land zu holen und zur Halle zu bringen. Dann schritt er voran, den Strand hinauf in die Siedlung.

Groß war die Freude der Königin, als sie ihren Sohn in die Arme schloß. Auch Grjotgard umarmte den Sigurd. „Wie ist es dir ergangen? Hat man dich misshandelt?" Diese Frage verneinte der Prinz, und schüttelte seinen Kopf. „Man hat mich gut behandelt", sagte er, und es schien, als würde ihm dies gar nicht gefallen. „Da sah Kjelt ihn streng an, und sprach: „Danke den Göttern, du darfst noch ein wenig in Mitgard verweilen, Ladeprinz!"

Dann wurden die Gefangenen aus Askby in die Halle
geführt, und auch hier war die Wiedersehensfreude groß.
Die Kinder Thorvi und Ulf stürmten auf ihren Vater zu, und
Einar schloß die Kinder in seine Arme. Die Magd Sif und
auch der Knecht Polk traten heran, und grüßten den Jarl mit
traurigen Blicken. Da aber überkam den Jarl von Asky die
Trauer um sein Weib und das Kind. Er übergab die Kinder
der Sif, und während sich alle an die Tische setzten, und von
Sklavinnen bedient wurden, zog sich Einar nach draussen
zurück. Olaf hatte dies bemerkt und wollte Einar folgen,
doch Ilva hielt ihn am Arm. „Lass ihn, er will allein sein."
Da nickte der große Blonde und setzte sich an dem Tisch.
Eine Person aber konnte Ilva nicht zurückhalten. Königin
Andur hatte gesehen, wie der Jarl mit traurigem Blick aus
der Halle verschwand, und sie folgte ihm.
Suchen musste sie den Jarl nicht, denn Einar hockte auf der
obersten Stufe der Treppe, die in die Halle führten. „Ich
kenne deine Gedanken, Jarl", sagte sie mit sanfter Stimme,
und setzte sich neben den Mann. Sie sah, dass sich seine
Augen mit Tränen gefüllt hatten, und das Mitleid ließ auch
ihre Augen feucht werden. „Ich habe mein Bestes gegeben,
um Alma und das Kind zu retten"; sagte sie leise. „Doch sie
war zu schwach. Die Nornen hatten ihr Schicksal bestimmt,
und es gab kein entrinnen." Da sah Einar die Königin von
Lade an. „Ich hatte gehofft, dass du dich ihrer annimmst."
   „Für Alma konnte ich nichts mehr tun, aber für deine
beiden Kinder Thorvi und Ulf. Ich habe sie vor meinem
Gemahl versteckt." Die Königin begann zu grinsen, obwohl
ihr die Tränen die Wangen herabliefen. „Aber du weißt,
dass du deinem Gemahl damit die Möglichkeit nahmst, die
Freigabe Sigurds zu erzwingen."
   „Oh ja, das weiß ich! Aber ich war mir sicher, dass
meinem Sohn nichts geschieht", sagte Andur. „So, wie auch
meiner Tochter Eira nichts in deiner Gefolgschaft geschehen

ist." Da nickte Einar, und ließ die Königin in dem guten Glauben. Plötzlich begann Andur zu lachen. Einar sah sie überrascht an. „Warum lachst du, Königin?"

„Kannst du dir den dummen Gesichtsausdruck meines Gemahls Grjotgartd vorstellen, als Thorvi und Ulf heute Morgen von mir und deiner Magd Sif zum Schiff geführt wurden?" Da musste auch Einar grinsen.

„Jetzt ist die Zeit gekommen, Jarl von Askby, das du mit meinem Gemahl reden solltest, wenn du den Frieden willst. Der Borkell ist in Ungnade gefallen", sprach Andur eindringlich. „Er hat sich den Befehlen meines Gemahls widersetzt, und wollte die Übergabe der Gefangenen verhindern. Doch Grjotgard schoß sein Segel in Brand. So musste der Schwarzhaar abdrehen. Die Wut des Königs auf den Hauptmann ist groß!"

„Wir sahen es vom Strand aus", bestätigte Einar die Worte der Königin. „"Er hat mir viel angetan, dein Gemahl. Ich weiß nicht, ob ich den Frieden mit ihm will!" Da wurde der Gesichtsausdruck der Andur düster. „Ich habe all dies getan, damit wieder Frieden zwischen euch herrscht, Jarl von Askby. Und nun weist du mich zurück?" Beschämt sah Einar auf den Boden.

„Die Schuld am Tode deines Weibes trägt allein Borkell. Grjotgard gab niemals den Befehl dein Weib zu entführen." Andur hatte immer auf Einar Seite gestanden, schon damals, als man ihm die Base des Königs als Gemahlin gab.
Sie hatte aus ihrer Abneigung zu dem schönen Weib aus der Sippe König Grjotgards nie ein Geheimnis gemacht. Nein, Andur wollte Einar nicht kränken!

„Ich werde es tun", sprach er ruhig. „Ja, ich spreche mit deinem Gemahl über einen Frieden zwischen uns." Da war Königin Andur zufrieden.

Die königliche Familie hatte Thorsti in seinem Jarlshaus untergebracht. Dieses bewohnte er sowieso nicht, denn er zog es vor im hinteren Teil der großen Jarlshalle zu wohnen. So wie es Jarl Einar zu seiner Zeit auf Tautra auch getan hatte. Man hatte an dem Tag noch kräftig gefeiert, und König Grjotgard hatte sich über Thorstis Bier- und Metvorräte hergemacht. Nun lag er schwer verkatert auf dem Schlaflager, und verbat sich jegliche Störung.

Königin Andur und Sigurd aber mischten sich unter das Volk. Und zur Mittagszeit saßen sie gemeinsam mit Jarl Einar, der Ilva, dem Jarlspaar von Tautra, und einigen anderen am großen Tisch, und ließen sich ein Mahl auftragen. Königin Andur genoss es sichtlich mit Jarl Einar reden zu können. Dies konnte man von Sigurd nicht sagen. Hätte man ihn gefragt, würde er seinem Vater von einem Frieden mit Einar abraten. Er fühlte sich gedemütigt, und war immer noch beleidigt, wegen seiner Gefangenschaft. So hielt er sich erst einmal zurück. Aber wenn sein Vater erscheinen würde, dann wollte er ihn zur Rache drängen.

„Du denkst, es ist dir übel ergangen?" Es war die Stimme einer Frau, die an Sigurds Ohr drang, und als er sich umdrehte, sah er in das schöne Gesicht der Ilva.

„Du fühlst dich schlecht, weil du nicht als Held aus dem Kampf hervorgegangen bist. Wolltest du doch deinem Vater beweisen, dass du ein ganzer Mann und Krieger bist!" Stumm starrte der Sohn des Königs die Schildmaid an.

„Sigurd, du warst Gast, kein Gefangener", sagte sie lächelnd. „Zumindest wurdest du so behandelt. Sehe dich doch an, junger Prinz. Fehlen dir irgendwelche Gliedmaßen oder hast du andere Wunden davongetragen? Wärest du ein echter Gefangener gewesen, würdest du jetzt hier nicht unbeschadet und gut genährt herumsitzen." Sie wandte sich ab, und wollte zu ihrem Platz gehen, auf dem es sich nun ihre Tochter Thorvi gemütlich gemacht hatte. Doch sie sah den Prinzen noch einmal an. „Hast du die Menschen gesehen, die Borkell aus unserem Dorf geraubt hat? Hast du ihre Wunden gesehen? Hast du gesehen, wie sie sich hungrig über die Nahrung hergemacht haben?" Verärgert machte sie den Prinzen auf den Zustand der Gefangenen aus Askby aufmerksam, die Grjotgard keineswegs wie Gäste behandelt hatte. Einzig den Kindern Thorvi und Ulf, sowie der Magd Sif und dem Knecht Polk war es gut ergangen, weil sich die Königin ihrer angenommen hatte. „Denke darüber nach, und danke den Göttern! Sollte es keinen Frieden geben, und du fällst Jarl Einar erneut in die Hände, wird es dir anders ergehen!" Sigurd sah der Schildmaid nach, die zu ihrem Platz ging. Das Grinsen auf ihrem Gesicht, sah er nicht.

Am Abend war es dann soweit. König Grjotgard war ausgeschlafen und ernüchtert in die Halle gekommen. Hatte er gestern noch mit den Männern und Frauen aus Askby gefeiert, so hielt er nun wieder Abstand. Mit seinem Weib, seinem Sohn und den Männern seiner Leibwache, sowie dem Ingolf, hatte er einen Tisch besetzt, der am anderen Ende der Halle stand. Eigentlich stand ihm als höchsten Würdenträger sogar der Hochstuhl zu, aber darauf verzichtete Grjotgard. Manchmal sah er zwar zu dem Tisch des Einar hinüber, tat aber uninteressiert.

„Ohne Met ist er nicht mehr so gesellig", stellte Olaf grinsend fest. „Ich glaube nicht, dass ihm heute nach Met ist", grinste Einar zurück, behielt den König aber ebenfalls im Auge. Einar fiel es schwer dem Ladekönig zu trauen. Wer wusste schon, ob die ganze Geschichte mit dem Borkell nicht doch eine hinterhältige Falle war? Darum hatte Einar rund um Sørhamna seine Späher verteilt, die sofort warnen sollten, sobald sich Schiffe näherten. Doch es geschah nichts dergleichen!

Königin Andur redete auf ihren Gemahl ein. Wieder und wieder! Bis dieser nickte, er zu seinem Berater sprach, und sich Ingolf erhob, um an den Tisch Einars zu treten. Mit seiner ihm eigenen überheblichen Art, baute sich der kleine, dicke Ire vor dem Jarl auf und sprach: „Mein König ist bereit mit dir zu sprechen, Jarl. Es ist der Wunsch der Königin, welcher sich der König beugt!" Ingolf begann seinen roten Kinnbart zu zwirbeln, wandte sich um, und ging wieder. Noch bevor sich jemand über den Leibsklaven lustig machen konnte, drohte Einar: „Wer lacht oder auch nur ein Wort der Häme verliert, rudert uns allein nach Hause!" Er wollte die gute Stimmung des Königs nicht durch das Gelächter über seinen Leibsklaven vergiften lassen.

Einar sah zu dem König, und nickte. Dieser nickte zurück, und erhob sich. Allein trat Grjotgard auf das Podest und setzte sich auf den Hochstuhl von Tautra. Diesen Thron, den einst hatte Jarl Ingvert bauen und beschnitzen lassen, hatte Einar einmal sein Eigen genannt. So erhob auch er sich, und trat hinüber.

„Setz dich", forderte der König ihn auf, und zeigte auf den zweiten Hochstuhl, der zur Zeit der Alwara gehörte. Was dem König aber völlig egal war.

Einar zögerte. Er war als Jarl dem König untergeordnet, und es stand ihm eigentlich nicht zu an dessen Seite zu sitzen. Auch wenn Grjotgard nicht mehr sein König war, hielt ihn im Inneren etwas zurück. „Los, setz dich endlich", befahl der König erneut. Da gab Einar nach, und nahm Platz.

„Mein Weib Andur drängt mich Frieden mit dir zu schließen", sprach der König des Trøndelag ernst. „Ich will meine Silbermine zurück. Sorge dafür, und ich will vergessen, was zwischen uns war."

Da sah Einar den König fragend und erstaunt an. Dann aber lachte er auf, erhob sich und ging wortlos. Nun war es

Grjotgard der ihm verdutzt nachsah. Diese Reaktion hatte er nicht erwartet. Er sprang auf. „He, Jarl, ich habe dich nicht entlassen! Was erlaubst du dir?" Da wandte Einar sich um, und rief: „Es ist dir nicht ernst, König Grjotgard. So wäre es verschwendete Zeit!"

Waren es bisher nur einige neugierige Blicke die auf den Verhandelnden lagen, so hatten die beiden Männer nun die volle Aufmerksamkeit aller Anwesenden. Besonders die der Königin, die sich endlich Frieden zwischen den beiden Männern gewünscht hatte. „Bleib stehen, Jarl Einar!" Der König war nun äußerst verärgert, und seine Leibwache wollte Einar am weitergehen hindern. Dies aber hatte zur Folge, dass die anwesenden Krieger der Ranriker ihre Schwerter zogen, und sich den Trøndnern entgegen stellten. Nun schien die Situation doch noch außer Kontrolle zu geraten. Da rief Andur zornig" „Schluß damit! Steckt eure Schwerter wieder ein." Sie trat auf Einar zu. „Was soll das, Jarl Einar?", fragte sie böse. „Er verlangt, was ich ihm nicht geben kann. Sein Angebot ist eine schlechte Posse. Die Verhandlungen sind beendet!"

*

8. VON EINER VERSÖHNUNG

Laut ging es zu in der Unterkunft des Königs von Lade. Doch es war nicht die Stimme Grjotgards die durch das Langhaus schallte, sondern die der Andur. Ihr Gemahl hatte seine Bedingung der Andur eingestanden, denn diese hatte nach Einars Andeutung von Grjotgard eine Erklärung verlangt. Nun musste der König den Zorn seiner Gemahlin über sich ergehen lassen. „Ich wollte Frieden, und du wolltest nur das Silber! Wo ist der Grjotgard, den ich einst zu lieben lernte? Es scheint mir, du bist wirklich die hinterhältige Schlange, die man dir nachsagt!" Andur war außer sich vor Wut, und schreckte nicht einmal davor zurück den König zu beleidigen. „Halte dich zurück, Weib", sprach Grjotgard, wie er noch nie mit seiner Gemahlin gesprochen hatte. Doch Andur ließ sich in ihrem Zorn nicht mehr halten. „Du solltest mit Einar endlich Frieden schließen, doch du denkst gar nicht daran." Und dann plötzlich wurde sie ruhiger, sie rang kurz nach Luft. „Dass du auch mich hintergehen würdest, habe ich nicht erwartet." Sie wandte sich ab, und zog sich wütend in die Schlafkammer zurück.

König Grjotgard saß auf einem Hocker, und fühlte sich sehr schlecht. Ihm war ein wenig übel, und auf seiner Stirn stand Schweiß. Er hätte natürlich zurückbrüllen können, doch sein Gewissen sagte ihm, dass Andur Recht hatte. Er war wie Borkell geworden. Hasserfüllt, gierig, und skrupellos! Zu lange hatte er auf die Einflüsterungen des Schwarzhaars gehört, und nun war er ein Ebenbild seines Hauptmannes geworden. Es war die Stimme des Sigurd, die ihn aus seinen Gedanken holte. „Ist es Recht, dass dich Mutter so behandelt? Warum lässt du dir das bieten?" Da sah Grjotgard seinen Sohn an. „Weil sie genau weiß, wovon sie redet. Ich habe den Wunsch deiner Mutter für meine Zwecke ausgenutzt", gestand er sich ein. „Ich will keinen Frieden mit Einar. Und ich weiß nicht einmal warum."

„Aber das ist einfach, denn er ist dein Feind!"

„Ach was", schnauzte er seinen Sohn an. „Er war einmal einer meiner besten Jarls. Tautra brachte mir immer viel an Abgaben, als er der Jarl dort war. Und ich habe ihn vertrieben."

„Du hattest doch deine Gründe", versuchte Sigurd das Handeln seines Vaters zu entschuldigen.

„Ja, die hatte ich", sprach der König mit leerem Blick, und wollte seine Gründe aufzählen. Doch nun stellte er fest, dass ihm kein einziger Grund mehr einfiel. Er wusste nicht mehr, warum er mit Einar stritt. Plötzlich waren es nur noch die guten Dinge, die ihm über den Jarl einfielen. Dass Einar ihm durch seine Raubfahrten die Schatztruhe füllte, und er ihm sogar das Silber der Gauten brachte Dass er einst der Gemahl der Alwara war, und diese geheiratet hatte, weil Grjotgard es so wollte. Denn er wollte den Jarl fester an sich binden, und zwar als seinen Gesippen.

Und wie hatte er, Grjotgard Herlaugsson, König des Trøndelag, ihm das gedankt?

Der König erhob sich. „Bei allen Göttern, deine Mutter hat Recht! Los, lauf zu Jarl Einar. Ich will ein erneutes Treffen!"

„Aber ich bin doch kein Bote", empörte sich der Prinz, über den Befehl seines Vaters. Da sah ihn Grjotgard mit strengem Blick an. „Gut, ich gehe!" So verschwand der Prinz aus dem Langhaus, und Grjotgard trat in die Schlafkammer, wo sein Weib immer noch weinend auf dem Schlaflager lag.

„Wir haben, was wir wollten. Also verschwinden wir von hier", schlug Olaf vor, nachdem Einar von den

Verhandlungen mit Grjotgard erzählt hatte. Die meisten hatten sich über Grjotgards Dreistigkeit aufgeregt, doch Einar hatte seine Ruhe zurückgefunden. „So hat er mir nur wieder einmal bewiesen, was von Verhandlungen mit dem Ladekönig zu halten ist." Doch Einar wusste genau, dass sich viele in seiner Gefolgschaft einen Frieden mit dem Herrscher des Trøndelag gewünscht hätten. Sie alle hatten noch Verwandtschaft auf Tautra oder in Lade, und genossen es, wieder hier in der Heimat zu sein. „Olaf hat wohl Recht", stimmte der Jarl zu. „Es ist sicher besser, wenn wir hier verschwinden." Er wandte sich dem Raban zu. „Du weißt was zu tun ist, Raban." Der glatzköpfige Sachse nickte nur, und wollte die Halle verlassen, als Prinz Sigurd eintrat.

„Ich will zu Jarl Einar", sprach dieser ihn an. „Na, wenn das so ist, dann komm mal mit!" Der Sachse machte kehrt, und führte den Sohn des Königs zu seinem Jarl. „Einar, hier ist jemand für dich." Erstaunt nahm Einar nun den Prinzen wahr. „Sigurd, was führt dich zu mir?"

„Mein Vater schickt mich. Ich soll dir sagen, er will dich noch einmal sehen!"

Dies war eine Überraschung mit der der Jarl aus Ranrike nicht gerechnet hatte. „Was will er denn noch? Sein Angebot war eine Beleidigung!"

"Es gab eine Unterredung mit meiner Mutter", sagte Sigurd knapp. Ein Grinsen auf den Gesichtern der Anwesenden zeigte, dass alle wussten, was gemeint war. Nur Einar versuchte ernst zu bleiben. Er überlegte kurz.

„Gut, ich tue es für die Königin!"

Der Jarl sah sich zu den Kriegern um, die in seinem Rat saßen. Olaf, Kjelt und Ubbe nickten, und auch Raban zeigte sich einverstanden. Nur Thoke und Ilva zögerten. „Ihr seid dagegen?", fragte Einar überrascht.

„Nicht direkt", sprach die Schildmaid. „Aber wenn dies wieder eine Falle ist?" Thoke nickte. „Den gleichen Gedanken hatte ich auch. Vielleicht will er uns auf der Insel halten, bis seine Krieger hier sind." Plötzlich fiel ein anderes Licht auf das Ansinnen des Königs. Und keiner grinste mehr!

Da wandte sich Einar dem Prinzen zu, und lächelte freundlich. „Sigurd! Du wirst als Pfand des Friedens hier bleiben, und mich an der Seite meiner Krieger begleiten!" Da verfinsterte sich der Blick des Prinzen, doch er wusste, dass er nichts tun konnte. Er war nun wieder die Geisel des Jarls von Askby.

*

Die Begrüßung König Ragnars hatte sich Thorsten anders vorgestellt. Denn als der Hauptmann die Frage, ob Einar zurückgekehrt sei verneinte, wurde der König zornig. „Ich dachte mein Befehl sei eindeutig gewesen. Ihr solltet beim Aufbau helfen, und die Grenze schützen bis Jarl Einar mit seinen Kriegern zurückkehrt!" Thorsten sah den König betreten an. An den Befehl in Askby auf die Rückkehr des Jarls zu warten, konnte er sich nicht erinnern. „Du bemannst erneut zwei Schiffe, und segelst sofort wieder an die Grenze des Gautenlandes."

Thorsten nickte, und verließ die Halle. „Es erfreut mich, dass dir plötzlich wieder so viel an dem Jarl gelegen ist, mein Ragnar", sprach Königin Aslaug, doch Ragnar schüttelte seinen Kopf. „Wie kommst du darauf? Es gilt die Grenze zu schützen, sonst wird dieser Gautenjarl Skögul die Gelegenheit wahrnehmen, und sich den Osten meines Landes einverleiben." Der Blick der Aslaug zeigte ein wenig ihre Enttäuschung, doch König Ragnar war nun mal ein ehrlicher Mann. Er sprach meist aus, was er dachte.

So hatte Thorsten nur wenige Stunden in Älvsborg verbracht, und musste seine Männer zurück auf die Schiffe schicken. Es dauerte jedoch eine Weile, bis die Krieger sich wieder im Hafen versammelten.

Die Sonne senkte sich bereits dem Horizont entgegen, als die beiden Schniggen in den großen See hineinsegelten. Thorsten hatte den Befehl gegeben, die Nacht hindurch zu segeln. Sie würden Askby dann am Morgen des nächsten Tages erreichen.

Ruhig lag das Dorf Askby in der Morgensonne eines Spätsommertages des Jahres 834 n.Chr. und schon als der erste Hahn in der Dämmerung zu krähen begonnen hatte, füllte sich die Siedlung mit Leben. Der größte Teil der Arbeit an den Häusern war erledigt, und so hatte Gisli für den heutigen Tag seine Abreise angekündigt. Fast einen vollen Mond hatten sie nun in Askby verbracht, und nun war es an der Zeit nach Borkasvik zurückzukehren. An diesem Morgen sammelte der Jarlssohn seine Gefolgschaft, um zurück in das Dorf seines Vaters zu reiten. Er verabschiedete sich von dem alten Harald, und Eira suchte einige Bewohner auf, die sie inzwischen gut kannte. Danach machten sie sich auf den Weg, und verließen Askby.

Ferun, das Weib Thorbergs, stand an ihrem Webrahmen, und ließ das Schiffchen durch die gespannten Fäden gleiten, als ihr ein Jaulen in die Ohren drang. „Freki", vermutete sie, denn der große Hund ließ es sich nicht nehmen, an jedem Morgen in der Siedlung herum zu strommern. Ferun trat zur Tür und öffnete diese, und erschrak, als der große Hund in die Hütte humpelte. In seinem linken Hinterlauf steckte ein Pfeil.

„Freki, mein Guter, was ist geschehen?" Das große Tier legte sich am Feuer nieder, und leckte sich die Wunde.

Ferun trat ins Freie, und lief zu der Hütte Thorhalls. Er war einer der Krieger, die mit ihr aus Tautra nach Askby gekommen war. Thorhall trat heraus. „Was ist geschehen, Ferun?"

„Komm schnell, es ist Freki."

Auch Thorhall war überrascht, denn ihm fiel niemand ein, der auf den Hund einen Pfeil abschießen würde. Alle kannten Freki inzwischen, und sie mochten ihn. Plötzlich strich er sich über seinen langen Bart. „Sie sind noch hier", sagte er leise zu sich selbst. Doch Ferun hatte ihn natürlich gehört. „Wer ist noch hier?"

„Die Gauten!", antwortete er. „Sie sind nicht abgezogen, sondern warten im Wald auf den geeigneten Moment, um Askby zu erobern! Ich muss sofort zu Harald!"

„Aber was ist mit Freki?" Da atmete der Krieger tief ein, und folgte der Ferun in ihr Haus. Es dauerte eine Weile, bis der Pfeil entfernt war. Zwar hatte der Hund gejault, aber er hielt still, als ihm Thorhall den Pfeil, den er vorher zerbrochen hatte, durch das Bein trieb. „So, nun kannst du die Wunde behandeln", sagte er zu dem Weib des Thorberg, strich dem Hund noch einmal über den Kopf, und lief dann eilig aus dem Haus.

„Bist du dir sicher?", fragte der Alte. „Natürlich nicht! Aber ich denke, es ist besser den Gauten schon im Wald zu begegnen, als sie hier im Dorf zu bekämpfen. Und wenn ich mich irre, umso besser."

„Was denkst du, wo sie stecken?", wollte Harald wissen.

„Ich glaube nicht, dass Freki sehr weit in den Wald gelaufen ist, als ihn der Pfeil traf", sprach Thorhall. „Daher können sie nicht sehr weit weg sein. Ich könnte mir die Quelle in der kleinen Senke vorstellen. Dort gibt es frisches Wasser und viele Büsche, die guten Sichtschutz bieten."

Die Worte Thorhalls erschienen dem Harald durchaus überzeugend. „Gut, dann rufen wir die Krieger zusammen."

Schon kurze Zeit später hatten sich die Krieger, die sich noch im Dorf befanden, auf dem Platz vor der Halle versammelt. Neben Thorhall und Godwin, den beiden Männern die aus Tautra gekommen waren, kam der Dorfälteste auf achtzehn Kämpfer. Vier von ihnen waren junge Burschen die kaum sechzehn Winter erlebt hatten. Dazu drei einstige Schildmaiden, denen mit ihren Familien die Flucht nach Borkasvik gelungen war.

„Wir könnten Gisli und die Krieger jetzt gut gebrauchen", beklagte Godwin den Abzug der Männer aus Borkasvik.

„Wir müssen ohne sie auskommen", sprach Thorhall, und ärgerte sich seinerseits über den schnellen Abzug der Krieger des Königs. „Wir müssen auf das Heil der Götter hoffen."

„Und darauf, dass wir die Gauten überraschen!" Dies war die Stimme eines der jungen Krieger. „Möge Odin deine Worte gehört haben, Søde." Der alte Harald legte dem Burschen seine Hand auf die Schulter, und gab dann den Befehl zum Aufbruch.

Über den Weg der nach Osten führte, zog die Horde Krieger auf den Wald zu, bog aber dann ab nach Süden, zur Küste des Vänern. Hier gingen sie soweit es das Ufer zuließ, nach Osten. Und als eine Gruppe von Felsen den Weg versperrte, sie zudem der Meinung waren, die Gauten hinter sich gelassen zu haben, schwenkten sie zurück in den Wald. Harald vermutete, dass die Gauten nicht allzu weit von der Straße entfernt waren, die durch den Wald nach Osten führte. Und dort wurde sie immer schmaler. Langsam schritten die Kämpfer voran, und dann kam einer der Späher zu dem Harald zurück. „Sie sind dort drüben", zeigte er mit der Hand nach Westen. „Bei der kleinen Quelle in der Senke, haben sie ihr Lager aufgeschlagen." Da erschrak der Alte ein wenig. „So nah sind sie dem Dorf?" Der Späher nickte. „Aber sie machen keine Anstalten einen Angriff führen zu wollen."

„Wie viele sind es noch?"

Der Späher wiegte seinen Kopf. „Nicht viel mehr, als wir, denke ich." Da sah der Dorfälteste den Krieger Thorhall an.

„Dann hat sie der Kampf mehr Krieger gekostet, als ich dachte."

„Gut für uns. Danke den Göttern", sprach der Mann aus Tautra, und grinste. Dann prüfte er mit dem Daumen die Schärfe seiner langstieligen Axt.

„Dann wollen wir ihnen mal den Heimweg versüßen", lachte Godwin, und erhielt einen Schlag, von Harald.

„Mann, nicht so laut!"

Doch es wurde laut, als sich die Krieger aus dem Dorf an den Rand der Senke vorgeschlichen hatten, und auf den Befehl des Harald hin, auf die Gauten niederstürzten. Und sie erreichten tatsächlich ihr Ziel, denn die Gauten waren völlig überrascht von dem Angriff. Damit hatten sie nicht gerechnet, und ihren Spähern war nicht aufgefallen, dass es nur Alte, Frauen und Kinder waren, die sie im Dorf sahen. Das Gebrüll der Angreifer hallte durch den Wald, und mischte sich bald schon mit dem Geschrei der Überfallenen. Doch der Zustand der Überraschung währte natürlich nicht lange, und die Gauten begannen sich zu sammeln. Soweit dies ihnen noch möglich war, denn die meisten hatten bereits einen Gegner der sie beschäftigte oder war von einem Pfeil getroffen.

Zwei Gauten lagen erschlagen auf dem Waldboden. Andere zogen sich blutend zurück. Doch nun spürten auch die Angreifer das Eisen der Feinde. Ausgerechnet den alten Harald erwischte ein Axthieb. Er hatte sich noch seitlich drehen können, so dass ihn der Hieb nicht richtig traf. Doch das Axtblatt fuhr in den Waldboden, und der vordere Teil seines Fußes wurde abgetrennt. Ein Aufschrei des Alten, ließ Godwinn dazwischenfahren, und sein Schwerthieb zwang den Gauten zum Rückzug. Da sah der Godwin zu Boden und begann zu lachen. „Sei froh, diese Zehen kannst du dir nicht mehr abfrieren, Harald!"

Der Dorfälteste war aber gar nicht zu Späßen aufgelegt, und humpelte blutend zu dem kleinen Feuer der Gauten. Er nahm ein brennendes Scheit, und drückte den Fuß gegen die Glut. Sein gellender Schrei fand die Aufmerksamkeit von Freund und Feind. Und dann geschah es, dass der Anführer der Gautenkrieger durch Thorhalls Axt den Tod fand. Der Hieb war ihm in die Schulter gefahren, und ein zweiter in den Kopf, so dass er Helm und Haupt fest verbannt. Und dies schien wie ein Zeichen zu sein, denn nun ergriffen die Gauten die Flucht.

*

Es war Raban, der die Aufgabe des Boten übernahm, denn den Prinzen ließ Einar nicht mehr fort. Er sollte den Tag in der Jarlshalle verbringen, bis sein Vater erschien.

Von den Spähern, die der Jarl auf der Südinsel verteilt hatte, gab es bisher keine Meldungen von Schiffen oder Kriegern auf der Insel. Doch dies konnte sich schnell ändern.

Sigurd hatte jetzt begriffen, welche Rolle ihm zu kam, und er hasste es schon wieder als Pfand für das Wort seines Vaters zu dienen. Ihn überkam auch etwas Angst, denn er hatte inzwischen verstanden, dass das Wort seines Vaters nicht immer von großem Wert war. Es ging hier um nicht weniger, als sein eigenes Leben.

„Wo ist mein Sohn?", fragte Grjotgard streng, und der kahlköpfige Krieger, der vor ihm stand, lächelte freundlich.

„König der Trøndner, kannst du dir das nicht denken? Er ist unser Gast, bis die Verhandlungen beendet sind."

„Ihr elenden Lumpen", begann der König eine Schimpftirade, die der Raban stoisch über sich ergehen ließ. „So soll ich mit euch verhandeln?" Erst als der König geendet hatte, ergriff der Sachse wieder das Wort. „Worüber regst du dich so auf? Du wirst doch verstehen, dass Einars Vertrauen dir gegenüber in letzter Zeit etwas getrübt wurde." Der Sachse begann zu kichern, was den Ladekönig erstrecht ärgerte. „König Grjotgard, du kannst jederzeit hinüber in die Jarlshalle kommen, wo dich Jarl Einar erwartet. Aber zögere nicht zu lange, uns zieht es in die Heimat." Da erhob sich der Trøndner. „Ich werde dich begleiten. Sofort!" Da zuckte der Sachse mit den Schultern. „Mir soll es Recht sein, König! Der Jarl erwartet dich."

Wieder standen sich die beiden Männer gegenüber. „Was willst du noch, Grjotgard", sprach Einar streng, und ohne Respekt. „Hast du mir nicht schon gesagt, was du von mir erwartest? Und ich sagte dir, dass ich das nicht will, und auch nicht kann. Was gibt es dann noch zu sagen?" Der Ton des Jarls ärgerte den König, doch er dachte an sein Weib Andur, und an seinen Sohn. „Ich habe noch einmal über meine Forderungen nachgedacht", sprach er ruhig, und Einar hätte laut herauslachen mögen, denn er kannte ja den wahren Grund. „Es ist nicht gut solche Forderungen zu stellen, wenn man Frieden will." Da lenkte Einar ein. „So ist es wohl, König Grjotgard! Wir sollten unseren Streit endlich begraben, schließlich waren wir Gesippen!"
„Damit du nicht etwas Falsches denkst, Jarl", sprach Grjotgard ernst. „Ich tue dies, weil mein Weib an dir einen Narren gefressen hat." Er zuckte seine Achseln. „Nur die Götter wissen warum. Aber es ist so! Nur darum schließe ich Frieden mit dir! Würde es nach mir gehen, würde ich die Scheiße aus dir herausprügeln lassen, und dich dann dem Henker übergeben." Nun war es Jarl Einar der die Achseln

zuckte, und er wollte damit ausdrücken, dass es ihm egal war. „Tue was du für richtig hältst, König der Trøndner. Mir ist es gleich! Zwar ist mir der Frieden lieber, denn viele meiner Leute haben Gesippen auf Tautra, und wollen diese wiedersehen, doch kann ich auch im Streit mit dir leben." Er grinste frech. „Und auch ich bin bereit, dafür zu sorgen, dass du in das Totenreich einziehst. Allerdings in mehreren Teilen!" Nun war es Einar, der den Spieß umdrehte.

„Es gibt noch einen Mann, der zwischen uns steht! Und ich habe geschworen ihn zu töten. Du solltest es nicht persönlich nehmen, wenn dein Hauptmann unter meiner Klinge stirbt. Doch dies schulde ich meinem Weib Alma und dem Kind, die wegen ihm den Tod fanden." Eigentlich wollte Grjotgard für seinen Hauptmann das Wort ergreifen, doch da fiel ihm der Vorfall bei der Überfahrt nach Tautra wieder ein. War Borkell überhaupt noch einer seiner Männer? Oder hatte sich der ungehorsame Hauptmann schon aus dem Staub gemacht?

Plötzlich nickte der König. „Wenn es dir gelingt, töte ihn. Mir ist es gleich!" Verwundert sah Einar den Grjotgard an, und nickte dann. „Wir sind uns also einig, Grjotgard. Es herrscht nun kein Zwist mehr zwischen uns."

„So soll es sein", sprach der König, und reichte dem Jarl seine Hand.

Jetzt mischte sich Thorsti ein. „Dann sollten wir das begießen." Doch da wurde der König auf den Jarl aufmerksam. „Nun zu dir, Thorsti. Ich frage mich, ob du nicht mit Einar paktiert hast? Ich hörte nichts von Kämpfen hier auf Tautra." Thorsti verstand sofort worauf Grjotgard hinaus wollte. Doch bevor er etwas sagen konnte, mischte sich Einar ein. „Ich sage es dir noch einmal, Grjotgard. Wir sind gute Krieger! Wir sind schnell, und können lautlos sein. Es gab für die Männer von Tautra nichts zu kämpfen! Wir hätten sie geschlachtet. Einen nach dem anderen!" Streng sah der König erst Einar, und dann Thorsti an. Da meldete sich Alwara zu Wort. „Mein Vetter und König, sage mir, hat das noch Gewicht? Schließlich hast du mit Einar Frieden geschlossen." Da nickte der König. „Gut! Begraben wir den Zwist endgültig. Und du wirst deine Vorratskammern öffnen, Jarl Thorsti. Die dürften doch gut gefüllt sein!" Die Anspielung auf die wenigen Abgaben von Tautra überhörte Thorsti absichtlich.

„Dann lasst uns die Übereinkunft begießen." Er wandte sich einem seiner Leibsklaven zu, und befahl Bier und Met heranzuschaffen.

Sigurd wurde aus seiner Gefangenschaft entlassen, und ein Sklave wurde geschickt, die Königin zu holen. Und der König befahl, den Tisch mit Mahlzeiten zu füllen, denn dies sah er als Rache an dem Jarl, der sein Gesippe war.

Der nächste Tag kam, und er war wie jeder Tag, der auf ein Gelage folgte. Nur langsam erwachte das Leben, rund um die Jarlshalle und das Haus des Jarls, in dem der König weilte.

Es war eine Schnigge, die in den Hafen von Sørhamna einbog und an einem Steg anlegte. Ein Mann sprang über die Reling, und hielt einen der Arbeiter am Arm zurück.

„Wo finde ich den König?" Der Sklave sah den Mann fragend an. „Den König?", wiederholte der Mann. Jetzt verstand der Sklave, und zeigte hinauf in die Siedlung.

„Elender Narr! Das hätte ich auch allein gewusst!" Eilig machte sich der Mann auf den Weg. Auf dem Platz angekommen, fragte er erneut, und diesmal erhielt er eine Antwort. „Die königliche Familie bewohnt das Haus des Jarls." Das Weib zeigte über den Platz zu dem Gebäude mit dem Pferdekopfgiebel. „Aber er wird sicher nicht erfreut sein, wenn er jetzt Besuch bekommt." Lachend ging die Frau ihres Weges. Der Bote verstand durchaus, worauf das

147

Weib anspielte. Er kannte ja Grjotgards Vorliebe für süßen, am besten heißen Met. Trotzdem wollte er nicht warten. So wandte er sich an Ingolf, den Leibsklaven. Und dieser war wenig verwundert, über die Nachricht. „Mir scheint fast, du hast so etwas erwartet", sagte der Bote, und Ingolf nickte.

„Nun, es wundert mich nicht. Aber warum konntest du mit dieser Nachricht nicht warten, bis wir wieder in Lade sind?" Da zuckte der Mann mit den Schultern. „Ich führe nur Befehle aus."

Da nickte der dicke Ire, und schickte den Boten zurück. Ingolf aber kannte Grjotgard gut, und so wartete er, bis der König sich wieder besser fühlte. Erst am Abend trat er zu diesem, und sprach: „Ein Bote aus Lade war hier." Erwartungsvoll sah der König den Mann an, der vor vielen Wintern als Sklave in das Trøndelag gekommen war, und der nun sein Berater war. „Ja, und? Was wollte er?"

„Borkell ist fort!"

„Was soll das heißen, Ingolf?"

„Er kam nach Lade, um sich ein neues Segel zu holen. Dann hat er die Männer aufgewiegelt, und es gelang ihm einige zu beschwatzen, ihm zu folgen", erzählte der Ire. „Er bemannte zwei Schiffe, mit denen er Lade verließ. Der Kerl hat es tatsächlich gewagt, zwei Schiffe zu rauben!"

„Und keiner ist ihm gefolgt, um meine Schiffe zurückzuholen?" Der König war erbost von der Bank auf der er saß aufgesprungen. „Sie haben ihn einfach so ziehen lassen?" Ingolf nickte.

„Macht die Schnigge klar, wir segeln nach Lade zurück. Jetzt sofort!"

Von der eiligen Abreise des Königs erfuhr der Jarl erst spät am Abend von Thorsti. Dieser hatte sein Haus wieder bezogen, und kam in die Jarlshalle. Dort berichtete er, was der König erzählt hatte. „Ich rate euch, gebt gut Acht, wenn ihr den Heimweg antretet. Borkell hat zwar nicht viele Krieger in seinem Gefolge, aber es reicht um zwei Schiffe zu bemannen."

„Dies kann er schon mit zweimal zehn Männern", wandte Olaf ein. „Und wenn er uns auflauert, umso besser. Wir reißen dem Haufen Wieseldreck den Arsch auf!"

Doch Einar sah die Angelegenheit nicht so einfach wie Olaf. Schließlich würden sie viele Frauen und Kinder an Bord haben. Es wäre besser, dem Borkell nicht zu begegnen.

„Ach, der Kerl hat sich aus dem Staub gemacht", wandte nun Raban ein. „Er muss sich doch erstmal vor dem König in Sicherheit bringen. Was glaubt ihr wohl, warum dieser es plötzlich so eilig hatte?"

„Er wird den Borkell jagen! Das glaube ich auch", sprach nun Thoke. „Grjotgard will sicher seine Schiffe zurück!"

„Dann denke ich, wir sollten in die Heimat aufbrechen", sprach Jarl Einar, und Thoke sah ihn mit traurigem Blick an. „Was ist mir dir, Zimmermann?"

„Verzeih mir, Jarl, aber unsere Heimat ist hier! Das habe ich in den letzten Tagen deutlich gespürt." Erstaunt sah Einar den Thoke an. „Heißt das, du willst hier bleiben?" Da schüttelte der Zimmermann seinen Kopf. „Nein, mein Jarl! Das nicht, denn ich gehöre an deine Seite." Thoke wandte sich ab, und ging nocheinmal auf den Marktplatz.

So begannen sie mit den Vorbereitungen für die Heimfahrt. Sie bunkerten Proviant, verabschiedeten sich von ihren Gesippen, und auch von Thorsti und Alwara.

Noch am selben Tag liefen der Wellenwolf und das Knarr Asenzorn aus dem Hafen von Sørhamna aus, und nahmen Kurs auf die offene See.

*

Drei Tage waren vergangen, seit dem Kampf im Wald, der dem alten Harald die Zehen seines linken Fußes gekostet hatte. Da kamen zur Mittagszeit zwei Schniggen in den Hafen von Askby. Wie schon einmal!

Es waren Schiffe des Königs, denn sie trugen sein Rabenbanner. Diesmal war es Thorhall, der die Männer aus Älvsborg begrüßte. Er erkannte den Thorsten natürlich sofort. „Sag, Hauptmann, hast du was vergessen?"

„Nun ja, so kann man es wohl auch nennen. Dem König ist es lieber, wir schützen die Grenze, falls die Gauten es noch einmal versuchen" sprach der Hauptmann, und dem Thorhall war, als würde sich der Thorsten darüber ärgern. Schon auf der Überfahrt hatte er sich überlegt, wie klug es doch war, dem König nichts vom Überfall auf Askby zu erzählen. Auch wenn Gisli und seine Männer den Feind verjagt hatten, wäre es ihm als Hauptmann sicher schlecht bekommen. „Wo ist eigentlich Harald?" Thorsten sah sich um, konnte den alten Dorfvorsteher jedoch nirgends entdecken.

„Oh, der liegt auf dem Wundlager. Du kommst nämlich zu spät, Thorsten", sprach Thorhall ruhig. „Sie haben es bereits versucht!" Fragend sah der Hauptmann den Krieger an.

„Was? Wer?"

„Na, die Gauten! Sie wollten uns erneut angreifen", erklärte Thorhall, und nun stieg in ihm ein wenig Ärger auf. Denn hätte Thorsten seinen Befehl richtig ausgeführt, hätten es die Gauten sicher kein zweites Mal gewagt. „Aber wir haben ihnen gehörig in die Suppe gespuckt."

„Sie haben euch angegriffen?" Erstaunt sah Thorsten den Mann an, und konnte seine Worte kaum glauben.

„Hörst du mir nicht zu, Hauptmann? Doch diesmal kamen wir ihnen zuvor. Nur leider hat es uns einen Mann gekostet, und der Harald hat dabei einige Zehen eingebüßt!"

Jetzt hatte Thorsten erst begriffen, was ihm Thorhall da gerade erzählt hatte. Und eines war sicher. Wenn Ragnar davon erfuhr, dann würde dies ganz bestimmt für den Hauptmann Übles nach sich ziehen. Er sah den Thorhall an, und sagte dann. „So wie es aussieht, wart ihr ihnen überlegen. Es können also nicht mehr viele gewesen sein. Und es scheint, als waren die Götter mit euch."

„Die, ja", entfuhr es dem Krieger verärgert, der mit Einars Ziehschwester Ferun aus Tautra gekommen war. Doch Thorsten reagierte nicht auf die Rüge, stattdessen wandte er sich um, und rief Befehle in Richtung der Schiffe. „Ihr braucht euch nicht mehr zu sorgen, denn wir bleiben jetzt hier, bis Jarl Einar zurückkehrt." Wenn der Hauptmann von dem Thorhall Dank erwartete, irrte er sich. Denn dieser wandte sich nun seinerseits ab, und ging in die Siedlung.

So verging mehr als ein voller Mond, in dem nichts mehr geschah. Die Gauten hatten sich über die Hügelkette zurückgezogen, und mussten den Zorn des Jarl Skögul über sich ergehen lassen. Und die Männer des Königs machten es sich in Askby bequem, und fraßen die Vorratskammern leer. Und dann kam der Tag, an dem der Harald davon genug hatte. Auf eine Krücke gestützt, suchte er den Thorsten auf.

„Ah, Harald. Was gibt es? Ich sehe, du kannst wieder gehen", rief der Hauptmann vergnügt. Denn in der Jarlshalle, wo man sie untergebracht hatte, oder besser, wo sie sich eingenistet hatten, ging es meist recht lustig zu. Mit bösem Blick sah sich Harald um. Die Jarlshalle glich nun einem Saustall!

Langsam humpelte Harald auf Hauptmann Thorsten zu, dabei schüttelte er verärgert seinen Kopf. Es stank fürchterlich, denn die Krieger schliefen hier auf den Bänken und Tischen. Kübel standen herum, in die die Männer hinein pissten, wenn sie in der Nacht zu faul waren ins Freie zu

151

gehen. Die wenigen Mägde, sowie Sklaven und Sklavinnen, die noch in Askby waren, mussten in der Jarlshalle den Kriegern aus Älvsborg zu diensten sein. Und sie kamen nicht damit nach, die große Halle vom Schmutz zu reinigen.

„Sieh dich um, Thorsten!" Harald konnte seinen Zorn kaum unterdrücken. Und er wollte es auch nicht!

„Ihr haust hier wie die Schweine. Und ihr fresst unsere Vorräte auf. Es wird Zeit, dass ihr verschwindet!"

Da lachte Thorsten auf. „Hört ihr, Männer. Er will uns nicht mehr hier haben!" Gelächter brach los. Dann sah der Hauptmann den Dorfältesten streng an. „Ist das etwa der Dank für unseren Schutz? Wir sind hier, auf Befehl des Königs. Und wir werden erst gehen, wenn der Jarl hier vor mir steht!" Da sah sich Harald noch einmal um, und begann nun seinerseits zu lachen. „Das wünsche dir besser nicht, Hauptmann." Er humpelte noch ein Stück auf Thorsten zu, hob seine Krücke, und zeigte damit auf den Krieger des Ragnar Sigurdsson. „Ihr benehmt euch wie Besatzer!" Dann wandte er sich um, und brüllte laut: „Alle Mägde und Sklaven raus hier!" Er sah den Thorsten noch einmal an.

„Wir brauchen sie im Dorf, ihr werdet euch leider selbst behelfen müssen." Dann ging er. Doch kurz vor der großen doppelflügeligen Tür rief er laut: „Und, bei Odin, lasst endlich Luft in den Bau!"

Noch einmal waren sieben Tage vergangen, als der Mann auf dem Turm im Hafen von Askby in sein Horn stieß. Zwei Segel hatte er im Westen entdeckt, die auf den Hafen zu steuerten. Und bald erkannte er die beiden Schiffe. Eine Schnigge und ein Knarr!

Er beugte sich über die Brüstung, und rief einem jungen Burschen zu: „Geh, hol Harald, der Jarl kommt zurück!"

*

Die Meeresgöttin Ran[27] war den Seefahrern gnädig gewesen, und schenkte ihnen eine ruhige Überfahrt. Kein Sturm, der sie bedrohte und die Schiffe auseinander trieb. Dazu das schönste Spätsommer Wetter, welches sie bis in das Kattegat begleitete. Und nun stand Jarl Einar neben Raban, in der Morgensonne, am Vordersteven des Wellenwolfes. Und mit Freude sahen sie den Hafen von Askby.

Es war noch recht früh am Tag, denn sie hatten ihr Nachtlager in der Dämmerung abgebrochen, und waren in den Vänern gesegelt. Doch der Hafen füllte sich trotzdem mit Menschen. Das Signalhorn des Mannes auf dem Wachturm nahe den Anlegestegen, war für die meisten ein Zeichen, um nachzusehen wer nach Askby kam. Und da sie alle sehnsüchtig auf ihren Jarl warteten, gab es keinen Grund nicht zum Hafen zu laufen.

Nur die Männer des Königs hatten von der Aufregung nichts mitbekommen. Die meisten schliefen noch, denn der vorangegangene Abend war lang gewesen.

Groß war die Freude des Wiedersehens, und diese wurde erst getrübt, als sich die Nachricht vom Tode der Alma herumsprach. Doch das Glücksgefühl die eigenen Gesippen lebend zu sehen, war zu groß, um lange zu trauern.

Auch Harald war an den Steg gehumpelt, um den Jarl zu empfangen. „Sei gegrüßt, Jarl Einar", rief er freudig. „Es ist schön, dich endlich wiederzusehen!" Da nickte Einar und trat auf den Dorfältesten zu. „Mir geht es nicht anders, Harald", entgegnete der Jarl. „Aber was ist dir geschehen?"

---

[27] Ran - düstere Meeresgöttin, zieht die Seefahrer bei Sturm mit ihrem Netz in die Tiefe, gebietet über die Seelen der Ertrunkenen, Weib des Ägir

„Nun, es gibt viel zu berichten. Davon, dass zweimal die Gauten ihr Glück versuchten, was mich die Zehen an meinem Fuß kostete." Da sah Einar den Raban an. „Sie sollen die Schiffe entladen, und auf den Strand ziehen." Sein Blick fiel auf die beiden Schiffe des Königs. „Ich sehe ihr hattet Hilfe", stellte der Jarl fest, doch Harald begann bitter zu lachen. „Das täuscht, mein Jarl!"

Da sah Einar den Alten fragend an. „Ich denke, wir sollten uns in mein Haus zurückziehen, und ich erzähle dir, was geschah."

„Aber warum reden wir nicht in meiner Halle? Ihr habt sie doch wieder aufgebaut, oder nicht?"

„Doch, doch! Natürlich! Das Dorf ist wieder hergestellt, so wie es war", antwortete Harald. „Doch damit hängt es auch zusammen. Komm mit mir, und du wirst verstehen!"

So folgten der Jarl, die Ilva und ihre Kinder dem Alten in dessen Haus. Und dort erfuhr der Jarl von alldem, was während seiner Abwesenheit geschehen war.

Und Einar traute seinen Ohren nicht. „Das kann doch nicht wahr sein!"

„Oh doch, mein Jarl. Jedes Wort ist wahr!"

Zornig sah Einar den Olaf an, der ihnen gefolgt war. „Geh, und rufe die Krieger zusammen. Alle! Sie sollen sich vor der Jarlshalle sammeln, Und zwar mit ihren Waffen!"

Dies gefiel dem Harald. Ja, darauf hatte er lange gewartet. Nun würde der Jarl die große Halle auskehren!

Einar machte sich auf den Weg zum großen Platz, und Harald humpelte ihm hinterher. Einige Krieger des Jarls waren bereits auf dem Platz vor der Halle, als Einar diese erreichte. Das Haus des Alten stand etwas Abseits, und so hatte es ein wenig gedauert. „Was tun wir hier?", fragte Thoke neugierig. „Und warum treffen wir uns nicht in der Halle?"

„Das wirst du gleich erleben", sprach Einar. „Macht die Tür auf." Zwei Krieger kamen dem Befehl nach, und es kam ihnen ein Schwall stinkender Luft entgegen, so dass sie sich fast übergeben mussten. Der Jarl trat durch die Tür, und rümpfte die Nase. Harald und einige Krieger folgten dem Einar. Mit Entsetzen sah er, was die Krieger des Königs aus seiner gerade erst neu aufgebauten Methalle gemacht hatten.

„Was ist denn hier los?", brüllte Einar in die Halle. „Wer hält Schweine in meiner Halle?" Und dann erblickte er den Thorsten. Dieser sah gar nicht gesund aus!

Mit rotunterlaufenen Augen blickte er dem Jarl entgegen. Und dieser stampfte auf den Hauptmann zu. „Treibt sie raus! Alle!", rief der Jarl zornig, und seine Krieger taten, was er befohlen hatte. Ohne Rücksicht zu nehmen, trieben sie die Krieger des Thorsten hinaus auf den Platz. Und keinem gelang es, nach seinen Waffen zu greifen, um sich den Befehlen zu widersetzen. „Was erlaubst du dir?", ereiferte sich Hauptmann Thorsten, doch Einar hatte vor diesem Kerl sicher keinen Respekt.

„Dasselbe könnte ich dich fragen, Thorsten! Du verwandelst meine Jarlshalle, mein Heim, in einen Schweinestall, und führst dich auf, als hättest du hier etwas zu sagen!", brüllte Einar Blutauge den Hauptmann an, der auf seinem Hochstuhl saß. „Und nun raus mit dir!" Er zog das Schwert, welches den gleichen Namen trug wie er selbst. „Du wagst es, einen Hauptmann des Königs mit dem Schwert zu bedrohen?" Da nickte Einar. „Ich wage sogar noch mehr, du ehrloser Lump! Wie wäre es, wenn ich Ragnar nur deinen Kopf zurück nach Askby schicke?" Nun schwand der Hochmut des Hauptmannes und auch er kam in Bewegung.

Der Platz füllte sich, und wie eine Herde Schafe, trieben die Krieger von Askby die Männer des Königs in den Hafen, wo sie sofort ihre Schiffe bestiegen.

„Und bestelle dem Ragnar, auf diese Art von Hilfe können wir verzichten!" Der Jarl stand auf dem Steg und sah den beiden Schniggen hinterher, als sie aus dem Hafen in den See ruderten.

*

9. DES KÖNIGS FORDERUNG

König Ragnar konnte nicht glauben, was er hörte. „Was hat er getan?", fragte er erbost, und sah dann sein Weib an. „Da hörst du, warum unsere Freundschaft zerbricht. Was bildet er sich ein, wer er ist?"

„Ja, so ist es, Ragnar! Er hat uns fortgejagt, und sogar mit Gewalt gedroht. Als wären wir seine Feinde." Die Stimme des Hauptmannes klang erschüttert und mitleiderhaschend.

„Ich stand stets auf der Seite des Jarls, doch nun…!"

„Ich schicke ihm meine Krieger, und Einar jagt sie fort." Der König schüttelte seinen Kopf. „Will er es auf einen Streit ankommen lassen. Das wird ein Nachspiel haben!" Er sah den Thorsten an. „Du kannst dich jetzt zurückziehen." Der Hauptmann grüßte die Königin, wandte sich ab, und verließ die Königshalle von Älvsborg.

Dass Thorsten die Wahrheit für sich zurechtgebogen hatte, und dem König die Wahrheit verschwieg, konnte Ragnar natürlich nicht wissen. Zumal er den Hauptmann immer auf Einars Seite wähnte. „Dieser elende Trøndner!", rief er wütend.

„Und was wirst du nun tun, mein Gemahl?" Die Frage der Aslaug überraschte den König nicht, denn er wusste, dass sie an allem was im Reich vor sich ging regen Anteil nahm. Außerdem wollte die Königin keinen Zwist zwischen dem König und seinen Jarls. Sie überlegte einen Moment, und sprach dann zu ihm: „Vielleicht solltest du zuerst hören, was Jarl Einar zu den Vorfällen zu sagen hat. Mein Ragnar, es reicht nicht, nur eine Seite anzuhören!" Da begann der König zu nicken. „Ja, du hast wohl Recht. Du bist ein schlaues Weib!" So rief Ragnar nach einem Boten, den er nach Askby schicken wollte. Dieser sollte den Befehl überbringen, dass Einar unverzüglich in der Königshalle erscheinen sollte.

Doch bevor der Bote Älvsborg verlassen konnte, trat ihm Thorsten in den Weg. „Was wollte Ragnar von dir?" Da antwortete der Mann wahrheitsgemäß: „Ich überbringe dem Jarl von Askby eine Nachricht." Genau dies hatte Thorsten befürchtet. Er zog ein Stück Hacksilber aus seiner Geldkatze[28], und hielt es dem Boten entgegen. „Was soll ich dafür tun?"

„Du wirst die Nachricht nicht überbringen. Reite in das nächste Dorf, und betrinke dich", forderte der Hauptmann, und der Bote sah ihn verwundert an. „Wenn du es so willst, Thorsten." Er griff nach dem Silber, schwang sich in den Sattel seines Pferdes, und verließ die Stadt.

Zur gleichen Zeit hatte in Askby der Jarl seinen Rat um sich gescharrt. Und er hatte auch Harald und den Thorhall hinzugerufen. Lange hatten der Rat und Jarl Einar in der Methalle gesessen und gesprochen. Alle Vorkommnisse wurden berichtet. Vom Kampf, den Gisli mutig angeführt hatte. Und von der zweiten Schlacht, die die Bewohner von Askby allein führten. Natürlich war das Verhalten der Männer aus Älvsborg das führende Thema. Der Alte hatte ausführlich über den Zustand im Dorf, nach dem Eintreffen der Krieger des Königs berichtet. Und der Jarl konnte kaum glauben, was in seine Ohren drang. Doch der Zustand der Jarlshalle bestätigte ihm, dass dies die Wahrheit war. Und auch einige Sklavinnen, die nun Schwanger gingen, taten dies. Einar war stolz auf jene, die er zurückgelassen hatte. Sie hatten, mit Hilfe der Männer aus Borkasvik, das Dorf wieder aufgebaut. Und sie hatten die Gauten vertrieben! Dazu hatten sie sich keineswegs von Hauptmann Thorsten unterkriegen lassen, als dieser sich im Dorf breit machte.

---

[28] Geldkatze – kleines Ledersäckchen, meist am Gürtel befestigt

„Wir sollten nach Älvsborg segeln, um dem König zu berichten, wie es wirklich war", schlug Ilva vor. Sofort stimmten einige zu. Andere hielten sich zurück. „Ich glaube nicht, dass uns der König Glauben schenkt", wandte Raban ein. „Nur die Götter wissen, was dieser Thorsten ihm für Lügen aufgetischt hat."

„Genau aus diesem Grund müssen wir nach Älvsborg", bestand Ilva auf ihren Vorschlag. Da nickte Einar zustimmend. „Ilva hat Recht! Wir müssen es tun, doch vorher will ich nach Borkasvik reiten, um dem Gisli meinen Dank auszusprechen." Dem stimmten alle Anwesenden zu. Da wandte sich Einar an die schöne Schildmaid. „Du wirst uns diesmal nicht begleiten!" Erschrocken sah Ilva den Jarl an. „Ich will, dass du hier bleibst, und dich um die Kinder kümmerst. Alma ist nicht mehr unter uns, und somit musst du die Mutterstelle einnehmen."

„Das ist nicht gerecht", beschwerte sich Ilva trotzig, doch Einar sah sie an und lächelte nur. „Was hat das mit Gerechtigkeit zu tun? Nein, Thorvi und Ulf brauchen dich hier." Da blickte Ilva den Jarl böse an, doch sie schwieg. Einar wusste natürlich, dass Ilva mehr Kriegerin war, als eine Mutter. Und so sprach er ruhig: „Ich glaube, es ist an der Zeit, dass wir die Götter um ihren Segen bitten. Ich möchte daher, dass du mein Weib wirst! Sobald ich zurückgekehrt bin, werden wir vor den Göttern Mann und Frau!" Da erhellte sich das Gesicht der Ilva. Sollte es wirklich so sein, dass sie endlich Einars Gemahlin würde? Die Einzige! Die Jarlsgattin von Askby!

„Und wir feiern ein großes Fest?"

Einar nickte, und lächelte. „Ja, wir feiern ein großes Fest!"

Das Wetter hatte nun endgültig umgeschlagen. Der Sommer des Jahres 834 war Vergangenheit. Der Herbst färbte die Blätter der Bäume bunt, und der Himmel öffnete seine

Schleusen nun immer öfter. Auch mehrten sich die Stürme, die mit großer Kraft über das Land zogen.
An einem Tag, der dem Einar geeignet erschien, wollte er sich auf den Weg in das Hinterland machen, doch soweit kam es nicht.

*

Es war ein windiger, aber trockener Tag, an dem sogar manchmal die Sonne durch die Wolken brach, als der Bote seine Nachricht in Askby dem Jarl vortrug. Schon kurz nachdem er die Königsstadt verlassen hatte, nagten das Gewissen, und auch die Angst, an dem Mann. Ja, er hatte das Silber von dem Hauptmann angenommen, doch was könnte geschehen, wenn der König erfahren würde, dass er den Befehl nicht ausgeführt hatte?
Und er war sich sicher, dass der Hauptmann dann ihm die Schuld zuschieben würde, um seinen eigenen Kopf zu retten. Nein, dieses Risiko war ihm zu hoch, und so hatte er sich entschieden, lieber doch den Befehl des Königs auzuführen.
Die Pferde des Jarls, sowie seine Leibwache, hatten bereit gestanden, für den Ritt nach Borkasvik, als der Bote das Dorf erreichte. Er ritt durch das Dorf bis vor die Jarlshalle, wo die Reiter des Einar auf ihren Anführer warteten.
   „Ich glaube, unser Besuch in Borkasvik muss noch warten", vermutete Olaf, als der Reiter vor ihnen sein Pferd zügelte, und nach dem Jarl fragte. „Du findest ihn in der Halle." Dann stieg der große Blonde aus dem Sattel, und folgte dem Boten, der sein Pferd an einen Pfosten gebunden hatte, und eilig die Halle betrat.

Eigentlich war Einar gar nicht erstaunt, diesen Boten in seiner Halle zu sehen. Er winkte den Dorfältesten Harald heran, der sich wegen des Rittes nach Borkasvik in der Halle aufhielt. Während sich Einar auf seinen Hochstuhl setzte, trat der Alte neben ihn. Der Bote blieb vor dem Podest stehen, und überbrachte die Nachricht, die er laut dem Willen des Thorsten, für sich behalten sollte.

Einar gefiel gar nicht was er hörte, doch der alte Harald sprach zu ihm: „Es ist der Thorsten! Er wird dem König eine schöne Lügengeschichte aufgetischt haben. Schließlich musste er bei seiner Rückkehr ja etwas berichten. Und sein Zorn, für die Demütigung war groß!"

„Aber er hätte Ragnar doch von meiner Rückkehr berichten können", wandte Einar ein. „Das würde dem König sicher reichen, als Grund für die Rückkehr seiner Krieger." Harald schüttelte seinen Kopf. „Die Geschichte, wie sich die Krieger Ragnars hier benommen haben, zieht doch bereits seine Kreise im Gau. Zuerst nach Borkasvik, und sicher bald auch in die Königsstadt. Da wäre es besser für den Hauptmann, wenn du in einem schlechten Licht vor Ragnar da stündest." Einar nickte. So war es wohl. Doch er würde dem König mitteilen, was wirklich geschah. „Nun, ich war gerade im Begriff nach Borkasvik zu reiten. Doch stattdessen werde ich nach Älvsborg reisen. Wenn Ragnar mich sehen will, werde ich seinem Ruf folgen. Es gibt einiges zu berichten." Nun verstand der Bote, warum dem Hauptmann so daran gelegen war, dass der Jarl beim König in Ungnade fallen würde. Und dies würde passieren, wenn der Jarl dem Ruf des Königs nicht folgte. „Sage dem Ragnar, ich werde noch in diesem Monat vor seinen Hochstuhl treten", sprach Einar zu dem Mann. „Und nun stärke dich, bevor du den Rückweg antrittst." Er wandte sich der Ilva zu. „Sorge dafür, dass er zu Essen und Trinken erhält." Das Weib nickte, und rief nach einer Magd.

„Du wirst mich begleiten, Harald", befahl Einar. „Und auch Thorhall soll sich fertig machen. Er kommt ebenfalls mit uns!" Sofort lief ein Sklave los, den Thorhall zu holen. Harald aber runzelte seine Stirn. „Ich habe schon einige Winter nicht mehr auf einem Pferd gesessen", wandte er ein. „Und mein Fuß sagt mir, ich soll nicht auf den Rücken eines Tieres steigen." Da begann Einar zu grinsen, denn er wusste nur zu genau, dass Harald nicht nach Älvsborg wollte. Er hatte eine Abneigung gegen den König, und konnte gut darauf verzichten, vor diesen zu treten. Doch Einar brauchte Harald in der Königshalle. „Holt den Wagen", befahl er. Da sah Harald den Jarl entsetzt an. „Die Kutsche der Weiber!" Er winkte ab. „Niemals! Da gehe ich lieber zu Fuß!"
Gelächter brach unter den Reitern aus, und der Jarl rief den Knecht zurück. Dieser reichte dem Harald stattdessen die Zügel des Pferdes. Murrend schwang sich der Alte, mit Hilfe des Knechtes in den Sattel.

Einige Tage vergingen, die der Jarl und sein Gefolge im Sattel verbrachten. Dazu kam, dass Regen und Wind den Ritt erschwerten. Dies ließ natürlich die Laune des Harald auch nicht besser werden, und er begann mit seinem Gemaule die anderen zu verstimmen.
Hätten sie besser den Weg über den See gewählt, fragte sich Einar verärgert. Doch die beiden Schiffe des Jarls lagen bereits auf den Schiffsrollen, und wurden von Thoke und den anderen Zimmerleuten repariert. Und dies hatten sie nach der langen Reise wahrlich nötig. Es blieb ihnen also nur der Weg über das Land.
Auch konnte Einar so doch noch einen Abstecher nach Borkasvik machen. Denn er hatte Grüße zu überbringen, und wollte dem Gisli auch seinen Dank aussprechen.

Eingehüllt in ihre Umhänge, die Köpfe bedeckt, um sie so gut es ging vor dem Regen zu schützen, erreichten sie die Siedlung des Jarl Borka.
Der alte Jarl und sein Weib Sigve saßen in der Jarlshalle, als ein junger Bursche hereinstürmte, und rief: „Reiter!" Aufgeregt lief er zu dem Jarl, der an einem der Tische saß.
„Jarl Borka, es kommen Reiter!" Der ergraute Jarl sah den Burschen an. „Wieviele sind es?"
„Soviele wie ich Finger an den Händen habe."
Da sah Sigve ihren Gemahl an, und fragte: „Wer könnte das sein?" Der Mann, der um viele Jahre älter war als sein Weib, zuckte mit den Schultern. „Wir werden es sicher bald erfahren. Gehen wir sie begrüßen." Mit einem Wink befahl er der Leibwache zu folgen. Die beiden erhoben sich, und traten zum Eingang der Halle, wo sie die Reiter herankommen sahen. Erst als die Fremden schon auf dem Platz waren, erkannte Sigve wer da auf sie zu kam. „Das ist Einar", stellte sie beruhigt fest. Und jetzt war die Freude groß, nachdem man wusste wer die Reiter waren.
„Was, bei Odins Auge, führt euch bei diesem Wetter hierher?", rief Borka seinen Gästen lachend entgegen. Einar zügelte sein Pferd, und stieg aus dem Sattel. „Wir sind auf dem Weg nach Älvsborg. Ragnar verlangt nach mir!"
Da nickte Borka, denn er hatte bereits einiges von den Vorfällen in Askby gehört. Auch davon, wie sich die Krieger Ragnars dort benommen hatten. „Dann kommt erst einmal herein, und trocknet euch." Und einem Sklaven rief Borka zu, er solle für die Pferde sorgen.
Triefend begaben sich die Männer in die große Halle, und es zog sie sofort an das große Feuer, das in der länglichen Feuerstelle brannte. Kaum hatten sich die Männer den Flammen genähert, begannen sie auch schon zu dampfen. Dies sah für die Anwesenden äußerst erheiternd aus. Da sprach Sigve grinsend: „Ich denke, es ist besser, wenn ihr

euch entkleidet." Einar nickte, und befolgte den Rat seiner einstigen Heilerin, denn dies war Sigve gewesen, bevor sie Jarl Borka bat sein Weib zu werden. „Also, ihr habt sie gehört", rief Einar. „Runter mit der nassen Kleidung!" Nach einer Weile saß die ganze Reiterschar dampfend auf dem fellbedeckten Boden vor der Feuerstelle. Und auf den Befehl der Sigve hin, spannten zwei Sklavinnen eine Leine in der Halle, an der sie die nasse Kleidung der Männer zum trocknen aufhingen.

„Sag, Borka, wo ist Gisli? Ich wollte ihm meinen Dank aussprechen", fragte Einar den Jarl, der sich zu den Männern aus Askby gesetzt hatte. „Gisli hat mit Eira ein Haus bezogen. Es liegt am Rand der Siedlung, etwas weiter im Norden." Nickend sah der Jarl von Askby seinen alten Freund an. „Das ist gut so. Er gründet eine Familie."

„Wenn du willst, lasse ich ihn rufen", bot Borka an, was Einar gerne annahm, denn er hatte ja auch einiges zu berichten. Besonders der Eira!

Langsam flachten die Gespräche ab, denn die Wärme des Feuers, und der heiße Met, den Sigve von einer Sklavin hatte bringen lassen, machte die Männer müde. So wurde es immer ruhiger in der Jarlshalle. Einige schlossen ihre Augen und schliefen sogar ein. Und das Jarlspaar ließ sie ruhen. Bis die große Tür geöffnet wurde, und zwei Personen eintraten. Ihre tropfende Kleidung wies darauf hin, dass es immer noch heftig zu regnen schien. Sie schoben die Kapuzen ihrer Umhänge in den Nacken, und grüßten freundlich. Es waren Gisli und Eira die näher traten. Eira begann vergnügt zu grinsen, denn der Anblick der nackten Kerle erheiterte sie doch ein wenig. Nicht dass sie Unbekanntes erblickte, sondern die Anzahl und ihre Unterschiedlichkeit erheiterte sie.

Die Freude des Wiedersehens war groß, und völlig ohne Scham erhob sich Einar und trat auf Gisli zu. „Endschuldigt, aber die Nässe trieb mich aus meiner Kleidung", sprach er erheitert. Dann reichte er dem Gisli die Hand, und bedankte sich für dessen Arbeit und Einsatz bei der Verteidigung seiner Siedlung. Beim Anblick des nackten Jarls, wurde es der Eira aber nun doch peinlich, und sie wandte sich ab. Was aber nicht viel Nutzen brachte, denn egal wo sie hinsah, überall sah sie nackte Männer. Da trat Sigve heran, und reichte wenigstens dem Einar eine Decke, die er sich dankend um die Schultern schwang. Nun trat er auf die Eira zu. „Es gibt viel aus deiner Heimat zu erzählen. Und ich überbringe dir Grüße von deiner Mutter, deinem Bruder, und auch von deinem Vater. Ihnen allen geht es gut."

In die Decke gehüllt nahm Einar an einem der langen Tische Platz, und Gisli, Eira, Borka und Sigve folgten ihm. Auch Raban und Olaf kamen dazu, nachdem sie sich ihre immer noch klammen Beinkleider angezogen hatten. Sie wollten nicht nackt an einem Tisch sitzen.

Jetzt begann der Jarl von Askby zu berichten, was im Ladefjord geschehen war. Die junge Eira nickte zufrieden, als sie hörte, dass der Trøndnerkönig seinen Zwist mit Einar begraben hatte. Auch gefiel ihr die Nachricht, dass nun zwischen Borkell, dem Schwarzen, und ihrem Vater keine Freundschaft mehr bestand. „Und Hauptmann Borkell ist tatsächlich aus Lade verschwunden?", fragte sie ungläubig, und Einar nickte. „Ja, das ist er! Und er hat zwei Schiffe deines Vaters gestohlen, und einige Männer überredet ihm zu folgen! Er wird auf Wiking ausfahren, schätze ich. Wahrscheinlich schließt er sich einem Seekönig an."

Plötzlich sah Eira den Jarl besorgt an. „Das glaube ich nicht. Borkell wird sicher etwas gegen meinen Vater im Schilde führen. Der Kerl ist rachsüchtig!" Prinzessin Eira hatte es am eigenen Leib erleben müssen.

Daran hatte Einar bisher noch nicht gedacht. Aber die Prinzessin von Lade hatte Recht. Doch dies war nicht Einars Angelegenheit. Damit musste sich der Trøndnerkönig allein auseinandersetzen. Diese Laus hatte sich Grjotgard selbst in den Pelz gesetzt.

Dann kam der Ritt nach Älvsborg zur Sprache. Und auch die Befürchtung, die Einar hatte, warum ihn der König vor den Thron befahl. Darüber zeigte sich Gisli sehr verärgert, und er bot an, den Jarl nach Älvsborg zu begleiten. „Ja!", rief da Eira erfreut. „Ich war schon lange nicht mehr in einer großen Stadt." So hatte sich der Jarlssohn dies zwar nicht vorgestellt, doch er konnte sein Weib auch gut verstehen. Schließlich kam sie aus Lade, und die Königsstadt des Trøndelag war der größte Handelsplatz im Oben im Norden. Außerdem konnte er der jungen Frau nur schlecht etwas abschlagen.

Als nach zwei Tagen der Regen endlich nachließ, machte sich Jarl Einar mit seinem Gefolge auf den Weg in die Königsstadt von Ranrike. Und nun waren die Götter ihnen hold, denn es folgten einige schöne Herbsttage, die ihnen den Ritt nach Westen erleichterten. Entlang der Nordküste des riesigen Sees, folgten sie einem Händlerpfad der sie direkt zum Svanefjord führen sollte.

Es war Hauptmann Thorsten selbst, der die Reiterschar begrüßte. Und dies tat er mit größter Verwunderung. Der Bote hatte ihn hintergangen, soviel war ihm jetzt klar, und er wusste nun, dass er ein großes Problem hatte.

Mit kaltem Blick grüßte Einar den Krieger, und dieser entgegnete den Gruß eben so kühl. „Der König hat nach mir gerufen! Also, hier bin ich!"

Der Hauptmann musste sich Räuspern bevor er sprechen konnte. „Ja, das sehe ich."

Eigentlich ließ Einar die Untergebenen nur selten seinen höheren Rang spüren, doch bei diesem Hauptmann machte er eine Ausnahme. Dessen geringschätziges Verhalten hatte dafür gesorgt, dass Jarl Einar nun von ihm den Respekt einforderte, der ihm als Jarl zustand. „Dann sorge für ein Quartier, und melde mich König Ragnar an." Thorsten holte tief Luft, wollte etwas sagen, schließlich war er Hauptmann und kein Sklave, doch er schwieg lieber. Stattdessen nickte er. „Wartet hier", bat er, und entfernte sich. Den erstaunten Blicken der Männer hatte Einar keine Aufmerksamkeit geschenkt. Stattdessen ging er ein paar Schritte, um seine Beine zu vertreten, nach dem langen Ritt. Er sah sich um, denn der Platz war gut mit Menschen gefüllt. Obwohl es kein Markttag war, gab es Verkaufsstände der Bauern und Fischer, die ihre Waren für den täglichen Bedarf anboten. An Markttagen kamen auch noch Händler von Auswärts dazu. Er wandte sich Olaf zu. „Vielleicht sollten wir etwas Nahrung einkaufen. Wer weiß, ob man uns bewirten wird." Da nickte der große Blonde. „Wir hätten Thoke mitnehmen sollen." Der Zimmermann war als ausgezeichneter Koch bekannt, und versorgte die Männer auf ihren Reisen immer sehr gut. „Ja, dass hätten wir wohl tun sollen", antwortete der Jarl. „Aber Thoke hat mit dem Wellenwolf alle Hände voll zu tun. Es geht auch ohne ihn." Doch die Sorge war unbegründet, denn noch bevor Olaf sich auf den Weg machte, kam ein Sklave aus der Königshalle zu den Gästen. „Herr, ihr mögt mir folgen", sprach der Mann mit gleichgültiger, eintöniger Stimme. „Der König hat befohlen euch ein Mahl herzurichten. Heute Abend wird er dich vor seinen Thron rufen. Folgt mir nun." Einige Stallknechte kamen, und nahmen den Männern die Zügel der Pferde aus den Händen. Während die Krieger aus Askby dem Sklaven folgten.

Er führte sie zu einem großen Gästehaus, wo man bereits damit beschäftigt war, hölzerne Teller und Becher auf den Tisch zu stellen. „Hier werdet ihr bleiben, bis euch der König ruft", sagte der Sklave, nun in einem Ton, der einem Befehl gleichkam. „So hat es der König befohlen!" Dann wandte er sich ab, und ging zu den Mägden, die um die Tische liefen.

„Dann wollen wir also erst einmal speisen", sagte Olaf, und machte sich auf dem Weg zu den Tischen. Kjelt sah den Jarl an, zuckte mit den Schultern, und folgte Olaf. Und auch Harald humpelte auf seiner Krücke dem langen Blonden hinterher. Kurz darauf saßen die Männer aus Askby an der Tafel und ließen sich bewirten.

Das große Langhaus war zweigeteilt. Im hinteren Bereich, der durch eine breite Tür zu erreichen war, gab es an den Wänden Podeste, die als Schlafplätze dienten. Doch meist lagen die Schlafenden in ihren Schlafsäcken auf dem Boden, da die Podeste nur für höchstens zehn Schlafende ausreichten.

Nachdem die Männer gesättigt waren, nahmen die meisten diesen Raum in Gebrauch. Lediglich Olaf, Gisli und Eira, Raban und Kjelt, sowie der Jarl selbst blieben wach. Sie machten sich auf den Weg, die Königsstadt zu erkunden.

*

Es war bereits dunkel geworden, und die meisten Männer aus Askby saßen in dem Raum des Langhauses. Da kam ein Krieger des Königs durch die Pforte. Er stand am Eingang und sah in den großen Raum. „Der König erwartet euch in der Halle!" Ohne sich dabei an eine bestimmte Person zu wenden, rief er die Worte in den Raum. Dann wandte er sich ab, und ging hinaus. Einige der Männer sahen sich verwundert an, denn ihnen missfiel die Art, wie der Mann sie in die Halle rief. Schließlich war ihr Anführer ein Jarl. Doch Einar blieb ruhig. „Thorberg", sprach er zu seinem Schwager. „Geh, und wecke Gisli und Eira."

Auch das einzige Weib in der Gefolgschaft des Jarls, hatte die Erschöpfung erreicht. So hatten sich Eira und Gisli, nachdem sie aus der Stadt zurückgekehrt waren, für ein Schläfchen zurückgezogen. Thorberg trat in den Raum, und ging von einem zum anderen, um die Schlafenden zu wecken. So auch das Paar aus Borkasvik!

Doch es dauerte noch eine Weile, bis sie sich auf den Weg machten, um vor den König zu treten. Jarl Einar gab den Befehl aus, dass sich seine Krieger an seiner Seite aufhalten sollten. Und so betraten sie die große Königshalle von Älvsborg.

Die Halle war gut gefüllt. Die Tische waren von Menschen besetzt, die zum engeren Kreis des Königs gehörten. Und als die Krieger aus Askby eintraten, fielen alle Blicke auf sie. Wo vorher in der Halle gesprochen und gelacht wurde, war es nun schlagartig ruhig geworden. Auf dem Podest saß der König auf seinem Hochstuhl, und winkte Einar heran. Und dieser machte sich mit seinem Gefolge auf den Weg durch die Halle. „Einar", sprach der König von Ranrike ruhig. „Ich grüße dich!" Und Jarl Einar entgegnete den Gruß, sowie auch seine Krieger. Da trat plötzlich die Königin in die Halle. Sie trat schweigend auf das Podest und setzte sich auf ihren Hochstuhl, der einst der Lagertha gehört hatte. Es war ein befremdlicher Anblick, statt der Lagertha nun die Aslaug auf dem Thron zu sehen. „Jarl Einar von Askby, ich grüße dich", sprach die Königin freundlich, und lächelte sogar.

Dann aber sprach wieder der König. „Genug der Freundlichkeiten! Jarl Einar, mein Hauptmann erhebt schwere Vorwürfe gegen dich. Du sollst ihn, unter Androhung von Gewalt, aus Askby gejagt haben." Da wollte Einar etwas sagen, doch dazu kam er nicht, denn Ragnar erhob sich, und wurde laut. „Nicht nur, dass du mit meinem Feind auf Raubfahrt gehst, stellst du dich jetzt auch gegen meine Krieger, die ich dir schickte, um dein Dorf zu schützen!" Ragnar trat von dem Podest hinunter und stellte sich dem Mann gegenüber, den er einmal als Freund sah.

„Ich gab dir und den deinen eine neue Heimat, und das ist der Dank dafür?"

Nun war es der alte Harald, der erzürnt das Wort ergriff, und rief: „Dein Hauptmann hat sich benommen, als gehöre ihm das Dorf Askby!"

König Ragnar sah den Alten an. „Was soll das heißen?"

„Nun, das heißt genau was Harald sagt", sprach der Jarl mit ernstem Blick. „Dein Hauptmann hat sich in meinem Haus schlecht benommen. Er hat sich wie ein König aufgeführt, und meine Vorräte aufgefressen. Und keiner deiner Männer hat auch nur einen Finger gekrümmt." Da konnte auch Gisli nicht mehr Schweigen und ergriff verärgert das Wort. „Keiner deiner Krieger hat gegen die Gauten gekämpft. Wir Krieger aus Borkasvik waren es, die den Feind fortgejagt haben!"

„So ist es", rief Harald. „Und beim zweiten Angriff waren wir es allein, die die Gauten über den Hügel jagten! Deine Männer kamen nur in unsere Siedlung, um uns zu demütigen! Und sie haben gehaust wie die Schweine!"

Da schweifte Ragnars Blick zuerst zu seinem Weib, die wissend nickte, und dann zu seinem Hauptmann. „Diese Worte hören sich anders an, als die deinen", sprach der König zu dem Hauptmann. „Es… es ist…", stotterte Thorsten, und senkte dann seinen Blick zu Boden. Zornig sah Ragnar den Mann an. „Wir werden uns noch einmal sprechen, Hauptmann. Doch nun ziehe dich erst einmal zurück." Hauptmann Thorsten nickte schweigend, und

verließ dann die Königshalle. „Wie ich dir sagte", sprach Aslaug lächelnd. „Jede Münze hat zwei Seiten!"
Jetzt sah Ragnar den Mann an, den er vor vielen Jahren im Land der Sachen kennengelernt hatte. Damals, als er noch ein Prinz war. Den Mann, der durch einen ehrenhaften Pferdehandel sein Vertrauen erworben hatte. „Es gibt noch etwas, das wir bereden müssen, Jarl Einar."
Und der Jarl von Askby wusste auch schon, was nun kommen würde. Sein Raubzug mit König Horik, dem Dänen, in das Land der Friesen. „Der Sommer war recht erträglich für dich, wie ich hörte", begann Ragnar ruhig. Da nickte Einar. „Ja, ich kann nicht klagen. Die Wikingfahrt hätte schlechter ausfallen können."

„Und dabei hat es dich nicht gestört, mit wem du auf Wiking ausgefahren bist?" Die Stimme des Ragnar wurde nun spitzer, und scharf wie die Klinge eines Messers. Doch Einar wusste was Ragnar wollte. „Ich bin ein freier Krieger, und so habe ich mich dem Horik angeschlossen, um im Friesenland zu rauben. Wenn du das meinst?"

„Ja, genau das meine ich", rief Ragnar wütend aus. „Er ist mein Feind, und du bist mein Gefolgsmann!" Einar aber blieb ruhig. „Wir befinden uns nicht mit dem Jütländer im Krieg. Darum steht es mir frei, mit wem ich auf Raubfahrt gehe!" Diese Worte gefielen dem König zwar nicht, aber sie besagten wie es war. Da aber blitzten die Augen des Königs von Ranrike auf. „Doch du hast etwas vergessen, Jarl!"

„So, was kann das wohl sein?", fragte der Jarl von Askby, als wüsste er nicht, wovon der König da sprach.

„Nun, ich bin dein König! Wo ist mein Anteil an deiner Raubfahrt?"

„Der Überfall der Trøndner hat meine Siedlung zerstört!" Die Worte des Einar waren nicht zornig gesprochen, doch sie waren streng, und sie sagten, was er von dem König erwartet hatte. „Niemand kam, um meine Gefolgschaft zu retten. Mein Weib und mein neugeborenes Kind fanden den Tod. Du wirst verstehen, dass ich meine Siedlung wieder aufbauen musste, und dies war teuer."

Da sprang Ragnar auf. „Nein, das verstehe ich nicht! Und ich will es auch nicht! Du bist mir die Abgaben schuldig geblieben!"

Und nun wurde auch Einar laut. „Eine Abgabe willst du? Von meiner Beute soll ich dir etwas abgeben? Als Lohn dafür, dass du die Feinde zu meinem Dorf hast segeln lassen? Wo war der Schutz des Königs, als meine Leute ihn brauchten? Wo war mein Freund Ragnar?"

„Was wagst du dich? Ich bin der König?" Ragnar konnte seine Wut kaum noch bändigen, denn sein Gegenüber ließ sich wenig von ihm beeindrucken. Ähnlich ging es nun dem Jarl. „Warum hast du meine Leute dem Feind überlassen, Ragnar?"

„Ich muss mich nicht rechtfertigen. Ich bin der König!" Ragnar wandte sich um, und setzte sich wieder auf seinem Hochstuhl nieder. „Ich erfuhr erst zu spät vom Eindringen der Feinde in den Vänern." Doch mit dieser Ausrede ließ sich Einar nicht abspeisen. „Dein Hauptmann Thorsten kam ins Dorf, um die Meinen zu warnen. Doch dies tat er zu spät, denn der Feind erreichte zur selben Stunde den Hafen." Ragnar sah seine Gemahlin an, und sprach leise: „Schon wieder dieser Thorsten."

Dann lehnte er sich ruhig zurück. „Ich erwarte noch in diesem Monat den Anteil, den du mir schuldig bist, Jarl von Askby. Bringe ihn mir, und ich vergesse, dass du mit meinem Feind auf Raubfahrt warst. Wenn nicht,…!"

*

172

10. VERMÄHLUNG

Im großen Fjord des Trøndelag zeigte sich schnell, dass der einstige Hauptmann König Grjotgards ein rachsüchtiger Kerl war. Und so wie zuvor den Jarl von Askby, sah Borkell nun auch den Ladekönig als seinen Feind an. Und dies sollte Grjotgard durchaus zu spüren bekommen.

Es begann damit, dass Schiffe, welche Lade zum Ziel hatten, von dem Wikinger abgefangen wurden, und ihre Ladung verloren. Oft sogar mehr als das!

In diesem Herbst wurde schnell spürbar, dass die Auswahl der Waren auf dem großen Markt der Königsstadt Lade geringer wurde. Und der König bekam die Wut der Handelsfahrer immer öfter in seiner Halle zu hören. Die Händler zahlten schließlich dafür, hier sicher Handel treiben zu können. Und dies war nun nicht mehr möglich. So schickte Grjotgard drei seiner Schiffe in den Fjord hinaus, um nach dem Borkell zu suchen. Doch dies blieb ohne Erfolg!

Manchmal gelang es die beiden Schiffe des Borkell zu sichten, doch immer wieder schaffte es der schwarzhaarige Schiffsführer seinen Häschern zu entkommen. Der Fjord war riesig, und es gab genügend kleine Buchten und Fjorde, in die sich der Seeräuber flüchten konnte.

„Ich will diesen elenden Dreckskerl endlich in meine Finger bekommen", schnauzte der Trøndnerkönig verärgert, als er wieder einmal seine Hauptleute um sich versammelt hatte.

„Das ist leider nicht so einfach, König Grjotgard", sprach einer der Männer beschämt. „Wie du siehst, gelingt es ihm immer wieder zu verschwinden." Und dann begannen die Mutmaßungen, wohin der Borkell wohl verschwinden würde. Einige Anwesende behaupteten Beweise dafür zu haben, dass Borkell mit seinen Schiffen den Fjord verlassen würde. Andere waren der Meinung, er hätte Verbündete, die ihm Schutz boten, wenn die Schiffe des Königs näher kamen. Dieser Aussage schloß sich auch Ingolf, der Berater des Königs an. „Es gibt einige Jarls, die man sicher als Freunde des Borkell bezeichnen kann", sprach der dicke Mann mit dem schütteren, roten Haar. Und auf die Worte des Iren hörte der König normalerweise. „Sollte ich erfahren, dass einer meiner Jarls dem Borkell Hilfe leistet, werde ich ihn nach Nàströnd[29] schicken. Doch vorher wird er von Dorf zu Dorf gebracht, damit man ihn demütigen kann", sprach der König böse, und meinte dies auch wirklich ernst.

„Lass einen Boten an die Höfe der Jarls schicken, und genau dies verkünden, dass wer dem Schwarzen zur Seite steht, auch mit ihm den Kopf verliert!" Ingolf nickte, und noch am selben Tag, machte sich ein Bote auf den Weg.

Nun war man aber noch nicht weiter gekommen, was die Gefangennahme des abtrünnigen Hauptmannes anging. In den Reihen der Krieger hielt man sich lieber zurück, was die Suche anging, denn bei vielen war Borkell noch Freund und Gefährte, oder doch zumindest ein Mann von Ehre. Oder sie hatten schlicht Angst vor ihm!
Davon erfuhr der König von Lade natürlich nichts. So beschloß Grjotgard sofort acht seiner Schiffe abzustellen, und auf die Suche zu schicken. Nichts anderes sollten sie tun, außer nach Borkell zu suchen. Bis sie ihn gefunden hatten.
Einen vollen Mond kreuzten die Schniggen durch den Fjord, fanden aber nichts.
Es war der elfte Vollmond des Jahres 834, der die Händler aus ganz Norwegen in den Ladefjord zog. Sie kamen aus

---

[29] Nàströnd – Ein Teil des Totenreiches Hel, in dem Meineidige, Mörder, Verräter und Ehebrecher bestraft werden

Hardanger und aus Vestfold in den Norden, um an dem großen Markt teilzunehmen, den der König in Lade stattfinden ließ. Manche kamen aus dem Helgeland im Norden in das Trøndelag, und brachten vor allem Felle und Silber mit. Und auch die Sami kamen von dort und brachten das Fleisch und Fell der Rentiere mit.

Und der König hatte die Hoffnung, dass all diese Händler den Wikinger Borkell aus seinem Versteck locken würden. Und so war es auch.

Bald schon kamen die ersten Nachrichten, dass man die beiden Schiffe des Borkell gesichtet hatte. So nahmen die Jäger die Fährte auf. Sofort liefen die Schiffe des Königs aus, und segelten über den Fluß Nid in den Fjord hinaus. Sie nahmen Kurs nach Nordwesten, dorthin, wo sich der Fjord einem Fluß ähnlich in Richtung des Nordmeeres schlängelte. Diesen Weg mussten die Händler passieren, um nach Lade zu gelangen. Und hier lauerte auch der Feind!

Bald schon verbreitete sich die Nachricht in der Königsstadt, dass ein reisender Händler die Besatzung eines anderen Knarrs aufgenommen hatte. Das Schiff war Leck geschlagen, einige Männer der Besatzung waren verletzt, und die Ladung war zur Gänze gestohlen. Das erste Opfer!

Als die Schiffe des Königs die Stelle erreichten, fanden sie nur das zergeschlagene Schiff. Von den Wikingern aber, gab es keine Spur. So segelten sie bis zur Mündung, und machten dann kehrt. Und wieder meldeten sie dem König, dass sie Borkell nicht finden konnten.

Es war kein Tag vergangen, nachdem die Schiffe im Hafen von Lade festgemacht hatten, da kam eine kleine Flotte von Händlern den Nid herunter gesegelt. Auch sie waren überfallen worden, und hatten ein Schiff verloren. Da sie sich aber zur Flotte zusammengetan hatten, waren sie äußerst wehrhaft.

Die Wut des Königs war groß, und traf die Schiffsführer der acht Schniggen. „Es kann doch nicht sein, dass ihr den Kerl nicht findet", rief er erzürnt. „Der Borkell kann doch nicht aus Midgard verschwunden sein."

Da ergriff Ingolf das Wort. Misstrauisch sah er die Schiffsführer an. „Es scheint mir, als hätte der Borkell mehr als nur einen Freund in unseren Reihen!" Da begannen die Schiffsführer laut zu schimpfen. Doch der König sorgte schnell für Ruhe. „Was willst du damit sagen?", fragte er den Iren, und dieser antwortete: „Du weißt doch, ich traue den Jarls nicht über den Weg!"

„Vielleicht sollten wir den Jarls noch einmal eine Warnung zu kommen lassen", sprach der König nickend.

*

„Was erlaubt er sich? Das ist unsere Beute!", keifte Kjelt wütend. „Hast du etwas anderes erwartet?" Olaf sah den Steuermann streng an, blieb aber ruhig. „Er ist der König, und er verlangt was ihm zusteht."

„Aber nicht von dieser Beute! Er hat es nicht verdient!" Trotzig sah der Steuermann sein Gegenüber an. „Hört auf", fuhr nun Einar dazwischen. „Es ist müssig, sich darüber zu streiten, was ihm gebührt oder nicht. Ihr habt ihn gehört. Ragnar will seinen Anteil an der Beute."

„Als Lohn dafür, dass er unsere Siedlung in Stich ließ", grunzte Kjelt verärgert.

„Und du willst sie ihm einfach so geben?" Olaf zeigte sich enttäuscht. Er hatte eigentlich mehr Widerstand von seinem Jarl erwartet. Schon alleine, weil dieser geschworen hatte, dass der König leer ausgehen sollte, als Strafe für seinen Verrat. Jarl Einar zuckte mit den Schultern. „Du hast gehört, was er uns versprochen hat, sollte er seinen Anteil nicht bekommen. Willst du gegen den König in den Krieg ziehen?"

„Soll das heißen, du hast Angst vor ihm?" Nun wurde der Steuermann laut. Doch Olaf forderte ihn auf endlich zu schweigen. Da riss Kjelt beleidigt die Zügel seines Pferdes herum, und ließ sich zurückfallen. Gisli und Eira hatten den Streit schweigend mitangehört, und der Jarlssohn aus Borkasvik folgte dem Kjelt. Als er diesen erreicht hatte, reihte er sich neben dem Steuermann ein, und zügelte sein Pferd, so dass er mit ihm Schritt hielt. „Du bist sehr zornig", begann er zu sprechen.

„Er verrät uns, genau wie uns vorher Ragnar verraten hat." Die Worte des Steuermannes klangen bitter und enttäuscht. Doch Gisli schüttelte seinen Kopf. „Ich verstehe ja deinen Zorn, aber du weißt, dass Einar mit König Ragnar einen Freund verliert."

Das wusste Kjelt natürlich, aber es war ihm egal. Die Abgabe an den König schmällerte seinen Anteil, und dass ärgerte den stämmigen Krieger. Trotzig sah er den Gisli an. Doch dieser war noch nicht fertig. „Du weißt auch, was geschehen wird, wenn Einar sich den Wünschen des Königs verweigert?" Nun sah Kjelt Gisli fragend an. Was sollte diese Frage? Natürlich wusste er das. Sie würden kämpfen!

„Der König wird seine Krieger schicken!", sprach Gisli ruhig.

„Na und? Sollen sie nur kommen!"

„Weißt du, welche Krieger er schicken wird?", fragte der Sohn des Jarl Borka ernst. Da schüttelte Kjelt seinen Kopf.

„Er wird die Krieger aus der Götaburg schicken. Denn dafür hat er die Burg bauen lassen." Na und, wollte Kjelt trotzig antworten, doch da verstand er plötzlich, worauf Gisli hinaus wollte. „Breka!", entfuhr es ihm.

„Ja, Breka!", bestätigte der jüngere Sohn des Jarl von Borkasvik. „Mein Bruder wird der Gegner sein, dem ihr euch stellen müsst."

„Dann würde Jarl Einar einen weiteren Freund verlieren", begriff der Steuermann, und nickte langsam mit seinem Kopf.

„So ist es, Kjelt! Und diesmal einen weitaus wichtigeren, als Ragnar Sigurdsson!"

Nein, dies war die Beute des Friesenzuges nicht wert. Das sah auch Kjelt ein. So nickte er enttäuscht. „Dann muss Einar dem König geben, was dieser verlangt!"

„Ja, das wird er wohl müssen!"

Nachdenklich saß Einar auf dem Stuhl mit der hohen Rückenlehne, in der großen Halle. Seine Laune war nicht die Beste, seit sie zurückgekehrt waren. Die Drohung des Königs hing über ihm, wie ein Damoklesschwert. Der Wiederaufbau der Siedlung hatte große Teile der Beute verschlungen, und der Anteil den der König verlangte, würde die Reserven des Jarls gänzlich verschlingen. Außerdem würde er von den Kriegern einen Teil ihres Anteils zurückverlangen müssen.

Was ihm sehr widerstrebte. Doch welche Möglichkeit blieb ihm schon? Auch Jarl Einar wusste, was es bedeuten würde, wenn er sich dem Willen des Königs verweigerte. Man würde sie aus Askby verjagen. Breka würde dies tun, denn ihm blieb keine Wahl. Dann würden sie ihre neue Heimat verlieren, und eigentlich gefiel es ihm hier sehr gut. Seine Entscheidung war gefallen!

Doch noch etwas geisterte ihm durch den Kopf. Ließ ihn schlecht einschlafen und belastete sein Gewissen. Er hatte ein Versprechen abgegeben, und dieses galt es nun einzuhalten. Es war zwar nicht so, dass ihn Ilva bedrängte.

Sie hatte bisher eigentlich kein Wort mehr darüber verloren, doch gerade dies machte Einar große Gewissensbisse. Also rief er einige Frauen in die Halle, von denen er wusste, dass sie Freundinnen der Ilva waren. Und auch Thoke, Olaf und seinen Schwager Thorberg ließ er in die Jarlshalle kommen. „Es gibt etwas, dass es zu tun gilt", begann der Jarl, und dann erzählte er von seinem Vorhaben. Lange besprachen sie, was Einar im Schilde führte. Und all dies taten sie unter dem Siegel der Verschwiegenheit.

Es vergingen wenige Tage, in denen sie die Vorbereitungen für das Fest trafen. Und all dies taten sie so, dass Ilva nichts davon bemerkte. Und an einem späten Nachmittag bestieg Olaf ein Pferd, und machte sich auf den Weg nach Borkasvik. Dies war recht befremdlich, denn es würde bald dunkel werden, und so war es eine seltsame Zeit, um fortzureiten. Ilva fiel das natürlich auf. „Wo will den Olaf hin?", fragte sie neugierig, als sie an einem der Tische bei Einar und Thorberg in der Halle Platz genommen hatte. Gerade als der Reiter das Dorf verließ, hatte sie nämlich mit der kleinen Thorvi das Haus der Ferun verlassen, um zum Langhaus zu gehen. Hier war sie nun öfter, denn die Ziehschwester des Einar war ihr eine liebgewonnene Freundin geworden. So wie es einst die Alma gewesen war, hatte diese Stelle nun die Ferun eingenommen. Außerdem verband auch die Kinder Thorvi und Hrana eine Freundschaft. Diese spielten gerne mit dem Hund Freki.

„Ich weiß nicht, wohin es ihn zieht", antwortete Einar, und tat unwissend. „Vielleicht will er zu einem Weib", mutmaßte Thorberg, obwohl er ja genau wusste, wohin es den Olaf zog. Diese Vermutung gefiel Ilva sehr, und sie beschloß, dass es so sein sollte. Olaf ritt zu einem Weib!

Schnell lenkten die beiden Männer von dem Thema ab, und Ilva gab tatsächlich Ruhe.

Es war noch früh am Morgen, als einige Frauen der Siedlung, unter ihnen auch Ferun, in die Schlafkammer des Jarls traten. Ilva erschrak, denn damit hatte sie natürlich nicht gerechnet. „Was soll das? Was wollt ihr?"
„Du, meine liebe Ilva, kommst jetzt mit uns", befahl die Ferun grinsend. „Und stelle keine Fragen!"
„Aber… aber Einar?"
„Du hast sie gehört", sprach der Jarl grinsend, und dann zogen sie Ilva aus dem Bett, und verschwanden mit ihr aus dem Langhaus. Gemeinsam brachten sie sie in das Haus der Ferun. „Was geht hier vor sich?" Immer wieder stellte die Schöne die Frage, bis sie im Haus der Ferun angekommen waren. „Heute ist der Tag, an dem du heiraten wirst!" Die Ziehschwester des Einar lachte fröhlich auf, während Freki an der Ilva hochsprang, um diese zu begrüßen. Jetzt erst musste sie an das Versprechen denken, dass der Jarl ihr gegeben hatte, und an dessen Erfüllung sie kaum geglaubt hatte.
Und nun wurde es in Askby richtig lebendig. „Geht in das Dorf, und erzählt allen, dass es heute eine Vermählung geben wird", sprach Einar zu dem Gesinde. „Wir werden feiern!" Von überall her kamen jetzt Menschen auf den Platz, und begannen diesen festlich zu schmücken.

Dunkle Wolken zogen über den Himmel, doch noch fiel kein Regen herab. Mit bedenklichem Blick sah Ubbe nach oben. „Ich hoffe, es bleibt trocken."
„Es wird!" Kjelt sah den grossgewachsenen Kerl an. „Die Götter werden uns gnädig sein. Warte es nur ab!"
Ubbe zog eine Augenbraue hoch, nickte dann aber. „Wenn du das sagst." Die beiden Männer standen an dem großen

Feuer, dass sie entfacht hatten. Es war eine langgezogene Feuerstelle, über der zwei Spieße drehten. Auf jedem hing ein großes Schwein, die sie in der Früh geschlachtet hatten. Es galt ja ein ganzes Dorf zu verköstigen, und jeder sollte etwas davon abbekommen. Auch Hühner und Enten brieten über einem anderen Feuer, welche vor nicht allzu langer Zeit, noch über die Wiese gelaufen waren.

Die Ilva durfte das Haus der Ferun nicht verlassen. Erst wenn man sie zu ihrem Gemahl führen würde, sollte sie sehen, was draußen vor sich ging. Doch noch gab es genug zu tun, für die Frauen. Denn es galt ja die Braut herauszuputzen.

Dann kam ein Zug Reiter ins Dorf. Es war Olaf der zurückkehrte, und mit ihm kamen Jarl Borka, Gisli und Eira, und natürlich die Völva Sigve. Sie sollte die Zeremonie vollziehen, und den Segen der Götter für das Paar erbitten. Und es schien, als würden diese tatsächlich befürworten was der Jarl zu tun gedachte. Denn als sich der Tag seiner Mitte näherte, rissen die grauen Wolken auf, und die Sonne zeigte ihr Antlitz.

Nun füllte sich der Platz vor der großen Jarlshalle von Askby mit Menschen. Angelockt vom Duft der bratenden Schweine, Hühner und Enten kamen sie näher, denn es gab keine Einladung. Nur ein Gerücht, dass durch das Dorf geisterte, und jetzt die Bestätigung durch die Sklaven,die überall von der Vermählung des Einar mit der schönen Ilva erzählten.

Eine Magd war in die Kammer des Jarls gekommen, und verlangte das Schwert Blutauge. „Die Völva schickt mich, dein Schwert zu holen, Jarl Einar."

Einar kannte natürlich die Zeremonie, trat zu der Wand, an der das Schwert hing, nahm es, und reichte es der Magd. Diese dankte und ging.

Der Jarl hatte seine beste Kleidung angezogen. Eine Hose, die er nur sehr selten trug, und die dadurch ohne Makel war. Auch eine neue Tunika hatte man ihm auf sein Schlaflager gelegt. Sie war hell und hatte an den Ärmeln und dem Kragen eine schwarze, gold bestickte Borte. Darüber legte er sich eine rote, zum Umhang gefaltete Decke über die Schultern, und verschloß diesen mit einer silbernen Fibel.

„Es wird Zeit, Einar!" Jarl Borka war in die Kammer getreten, und mit ihm sein Sohn Gisli. Dieser nickte anerkennend, denn in solch prächtiger Gewandung sah man Einar selten. „Gut, gehen wir!"
Gemeinsam traten sie in die geschmückte Jarlshalle hinaus, wo noch andere Männer aus der Gefolgschaft warteten. Erstaunt sah der Jarl, wie sich die Halle verändert hatte. Die Tische waren mit Geschirr gedeckt. Mehrere große Fässer standen in der Halle verteilt, und verströmten den Duft frischen Bieres. Kellen hingen an den Fässern, mit denen man die Becher und Hörner der Gäste füllen konnte.

Auf dem Platz, nahe dem großen Baum mit den Göttergesichtern, hatte man einen herausgeputzten Bogen aus Birkenstämmen errichtet, und daneben einen kleinen Tisch aufgebaut. Auf diesem standen Schüsseln für das Blut des Götteropfers, welches natürlich nicht fehlen durfte. Der Bräutigam und sein Gefolge traten in das Freie hinaus, und begaben sich zu dem Hochzeitsbogen. Jubel brach aus, denn der Platz hatte sich nun zum Bersten gefüllt. Jetzt hatte es sich endgültig herumgesprochen, dass der Jarl heute Hochzeit hielt.
Und dann erklangen Schellen und Trommeln, und ein Zug von Frauen kam den Weg entlang. Angeführt von der Völva Sigve, wurde die Braut zu dem Bogen geführt. Alle trugen sie Kränze auf ihren Haaren. Herbstliche Kränze, mit bunten Blättern und roten Samenkapseln, die wie Perlen aus den

Kränzen herausstachen. Neben der Ferun gingen die beiden Mädchen Thorvi und Hrana, und auf dem Arm der Magd Sif wurde der kleine Ulf zu der Zeremonie getragen.

*

Die Braut wurde neben den Bräutigam geführt, und nun sah sie Einar ein wenig überrascht und fragend an. Er lächelte. „Ich versprach es dir. Und nun will ich mein Versprechen auch einlösen!"

„Ich glaubte, du willst noch warten… wegen Alma", sprach Ilva leise, und Einar sah wie sich ihre Augen mit Tränen füllten. „Nein, denn ich weiß, dass dies auch der Wunsch der Alma gewesen wäre. Du bist nun das einzige Weib an meiner Seite. Und so soll es auch bleiben!" Diese Worte verwunderten die Ilva, schließlich war sie nur die Zweitfrau, die Konkubine des Jarls gewesen. Nun aber zeigte sich Einar bereit, mit nur einer Frau leben zu wollen. War dies der Dank dafür, dass sie den Jarl ohne zu murren mit Alma geteilt hatte?

Jetzt trat die Völva vor die beiden, und gerade als sie das Wort erheben wollte, ertönte das Signalhorn vom Hafen herüber. Erstaunt sahen sich alle an. Unruhe kam auf! Das Horn kündigte ein fremdes Schiff an.

„Ich glaube, die Zeremonie muss noch einen Moment warten", unterbrach Einar die Sigve, dann wandte er sich ab und rief einige Befehle. Krieger sammelten sich. Männer und Frauen kamen, und brachten Waffen heran. Kjelt reichte dem Jarl eine kurzstielige Axt, die dieser sich in den Gürtel schob. Olaf warf dem Jarl einen Speer zu. „Gehen wir zum Hafen, und sehen nach, wer uns stört", rief der Jarl, und mehr als zwanzig Männer folgen dem Mann in seinem Hochzeitsgewand zum Hafen.

Schon von weitem sahen sie das große Schiff mit dem Rabenbanner an seinem Mast im Hafen liegen. König Ragnar hatte tatsächlich seine Krieger geschickt! Und damit hatte er nicht lange gewartet.

Es war eine große Skaid[30] die am Anlegesteg festgemacht hatte. So schnell hatte Jarl Einar gar nicht mit einem Angriff aus Älvsborg gerechnet. Ungefähr dreißig Krieger kamen über den breiten Anlegesteg an Land. Noch einmal zwanzig Krieger blieben an Bord des Schiffes.

Auf dem Platz am Hafen trafen die Krieger aufeinander. Nicht einmal einen Speerwurf voneinander entfernt, hatten sich die Krieger gesammelt. Diese Situation gefiel Jarl Einar keineswegs. Und dem Anführer auf der Gegenseite würde es genauso ergehen. Das wusste Einar!

Langsam traten die beiden Anführer aufeinander zu.

„Ragnar hat es aber eilig", sprach Einar streng. Jarl Breka nickte. „Er hat wohl Angst, dass ihm seine Beute entgeht. Man erzählt sich, dass der Raubzug des Horik im Friesenland ziemlich lohnenswert war." Nun war es Einar der nickte. „Oh ja, das war er! Die Friesen sind bekannt für ihre Münzen." Nun fiel dem Jarl der Götaburg natürlich der Aufzug seines Freundes auf. „Einen merkwürdigen Helm trägst du da." Er zeigte auf den Hochzeitskranz den Einar auf seinen Haaren trug. In der Aufregung hatte dieser vergessen den Schmuck abzulegen. „Oh, das kannst du ja nicht wissen. Ich löse heute das Versprechen ein, die Ilva zu freien. Ich hätte gerne gehabt, dass du und Astrid meine Gäste sind. Aber dazu war die Entscheidung zu spontan. Übrigens befindet sich deine Familie im Dorf. Dein Vater wird sich sicher freuen dich zu sehen. Vorausgesetzt dies sollte noch möglich sein."

---

[30] Skaid Langschiff mit bis zu sechzig Riemen

Diese Nachricht erstaunte den Breka doch sehr. Ihm hatte der Befehl des Königs sowieso widerstrebt. Doch er war nun mal der Jarl der Götaburg, die der König genau für solche Zwecke hatte erbauen lassen. So hatte er sein Schiff bestiegen, um den Befehl des Königs auszuführen. Und nun stand er vor seinem besten Freund, dem Mann der ihn einst aus der Sklaverei befreit hatte, und musste ihm mit Gewalt drohen.

„Du weißt, warum ich hier bin", sagte er ruhig, aber mit einem strengen Ton in seiner Stimme. „Werden die Waffen sprechen, oder wirst du dem Befehl des Königs folgen?" Ein wenig verwundert war Einar schon über den Ton seines Freundes. Würde er wirklich kämpfen, wenn sich Einar weigern sollte die Beute zu teilen? Nein, soweit wollte es der Jarl von Askby nicht kommen lassen. „Was bleibt mir anderes übrig?", sagte Einar ein wenig verärgert. „Ich muss die Gier des Königs befriedigen. Unserer Freundschaft wegen, bin ich bereit dem Ragnar seinen Teil zu geben. Er hat genug Elend über mein Dorf gebracht. Es reicht! Wir wollen hier in Frieden leben, und eine Fehde mit dem König wäre dazu nicht dienlich."

Breka verstand die Worte des Einar gut, und hätte sicher nicht anders gehandelt als dieser. Doch König Ragnar hatte ihn zum Jarl gemacht, damit er solche Probleme für den König löste. Also hatte Breka keine andere Wahl gehabt! Er dankte den Göttern, dass sie Einar Einsicht schenkten, und so sollte alles ein gutes Ende nehmen. Er konnte an der Vermählung seines Freundes teilnehmen.

„Gut", rief Jarl Einar. „Heute wird hier nicht gekämpft. Heute wird hier gefeiert. Lasst uns zum Götterbaum gehen." Verwundert sahen sich die Krieger aus der Götaburg an, denn die meisten hatten ja von dem Gespräch der beiden Anführer nichts mitbekommen. Nur langsam sprach sich in ihren Reihen nun herum, dass sie statt zu kämpfen, nun

Trinken, Essen und Feiern würden. Breka gab den Befehl aus, dass seine Krieger ihre Waffen zum Schiff bringen sollten. Niemand sollte unter Waffen an der Feier teilnehmen. Doch einige Krieger weigerten sich ihre Waffen abzulegen. So entschied Jarl Breka, dass diese Männer als Schiffswache auf der Skaid bleiben sollten. Alle anderen waren von Jarl Einar eingeladen, mit den Bewohnern von Askby zu feiern.

Die anfängliche Furcht und die Bedenken der anwesenden Hochzeitsgäste lösten sich schnell in Wohlgefallen auf, als sie erkannten, wer da mit Jarl Einar den Weg hinauf auf den Dorfplatz kam. Besonders Jarl Borka freute sich seinen ältesten Sohn zu sehen. Und er zeigte sich glücklich, dass es keinen Kampf gegeben hatte. Er trat vor den Einar und sprach leise: „Danke!" Dann wandte er sich ab, um seinen Sohn zu begrüßen, der gerade seinen Bruder Gisli umarmte.

Es dauerte eine ganze Weile, bis die Sigve für Ruhe gesorgt hatte, und das Brautpaar wieder unter dem Birkenbogen stand. Nun konnte die Völva mit der Zeremonie beginnen. Eine Ziege wurde heran geführt, in dessen Hals sie ein Messer stieß. Deren Blutwurde in den Schalen auf dem Tisch aufgefangen.

Mit einem aus Birkenästen zusammengebundenen Strauß tauchte sie in das Blut und spritzte dieses gegen den Götterbaum. Danach benetzte sie dem Brautpaar die Gesichter. Sigve nickte dem Einar zu, und dieser reichte der Ilva ein Messer, auf dessen Spitze ein Ring steckte. Die Braut nahm den Ring, und auch das Messer, und steckte dieses in die lederne Scheide an ihrem Gürtel. Gleiches tat die Braut nun mit dem Schwert Blutauge. Und auch Einar nahm den Ring von der Spitze und schob ihn auf den Finger. Dann schob er das Schwert in die Scheide an seinem Gürtel. Die Sigve sprach noch einen Segen, und dann war die Zeremonie beendet. Die tote Ziege wurde im Feuer zu den Göttern gesandt, und die Gesellschaft begab sich auf den Weg in die Jarlshalle.

Vor den Hochstühlen des Jarlspaares stand nun ein Tisch. Einar und Ilva nahmen daran Platz. Und auch die kleine Thorvi sollte dort sitzen. Um den kleinen Ulf kümmerte sich die Magd. Er war noch zu klein, um an dem Fest teilzunehmen. Lange hielt es Einar aber nicht auf dem Podest aus, und nachdem sie gegessen hatten, fand das Paar einen Platz am Tisch Jarl Borkas. Hier saßen auch Breka, Gisli, Eira und Sigve. Und nun konnte gefeiert werden. Was schnell in einem Kampf hätte enden können, wurde zu einer lockeren und fröhlichen Feier.

Sogar den Schiffswachen im Hafen, die sich hartnäckig geweigert hatten ihre Waffen abzulegen, ließ der Jarl von Askby Fleisch und Bier bringen. „Heute soll es keinen Groll zwischen uns geben. Alle sollen feiern!"

So brachten Sklaven große Platten mit Fleisch und ein Fass in den Hafen auf die Skaid. Und die Krieger König Ragnars zeigten sich erfreut.

*

11. HANDELSFAHRT NACH HEDEBY

Bis zum nächsten Mittag hatte die Feier in Askby gedauert. Und wie meist, war sie spät in der Nacht immer mehr ausgeartet. Es gab Prügeleien unter den Kerlen, und auch unter den Frauen. Und es wurde schamlos der Samen verteilt. Als befände man sich in Upssala auf dem großen Fest für die Götter, zeigte man sich zügellos und unersättlich, was den Rausch und die körperliche Liebe anging. Sicherlich würden einige Sklavinnen, und auch freie Frauen nach dem Fest schwanger gehen. Das kam nicht selten vor. Davon konnte sich auch Einar nicht freisprechen, denn nachdem sich Ilva irgendwann mit den Kindern zurückgezogen hatte, feierte er fröhlich und sturzbetrunken weiter. Und seine Erinnerung sagte ihm, dass ein nacktes Weib die Nacht auf seinem Schoß verbracht hatte. Und später zeigte sich, dass genau diese Sklavin ein Kind unter dem Herzen trug. Ob aber Einar der Erzeuger war, ließ sich nie feststellen, und es interessierte auch niemanden.

„Es ist an der Zeit über den Anteil des Königs zu reden", sprach Breka am Abend, als er in die gereinigte Halle kam, und sich zu Einar an den Tisch setzte. „Ja, das müssen wir!" Die Antwort des Freundes war wenig erfreut, doch beruhte dies auf der Tatsache, dass Einar noch unter den Folgen der Feier litt. „Ich muss erst einen Teil der Beute von meinen Leuten zurückfordern, bevor ich dir geben kann, was der König durch dich erzwingt."
Der Vorwurf in der Wahl der Worte störte Breka nicht, denn nach dem sich Einar und er über die Gründe von Einars Weigerung ausgiebig unterhalten hatten, verstand er

durchaus das Ragnar keinen Anteil von der Raubfahrt verdient hatte. Doch er selbst konnte dagegen nichts tun.

„Ich werde morgen alle Krieger, die an der Raubfahrt teilgenommen haben, in die Halle rufen. Dann werde ich einen Teil ihrer Beute zurückverlangen. Genauso werde ich auch meinen Anteil verkleinern. So denke ich, wird für den König einiges abfallen. Das sollte ihn beruhigen und zufrieden stellen." Damit zeigte sich der Jarl der Götaburg einverstanden. „Du wirst aber noch ein wenig warten müssen", fügte Einar hinzu. „Sie werden sich nicht damit beeilen!"

Das machte Breka nichts aus. So konnte er noch einen Tag länger mit seiner Sippe verbringen, und das gefiel ihm natürlich gut. Allzu oft sah er seinen Vater und seinen Bruder nicht. Von der Vermählung des Gisli mit Eira, der Prinzessin von Lade, erfuhr er auch erst an dem Tag seiner Ankunft in Askby.

Thorberg, als Gesippe des Jarls, bekam nun immer öfter wichtige Aufträge, und wurde in den Kreis derer gezogen, die dem Einar nahe standen. So war er es, der den Auftrag erhielt, all jene in die Halle zu holen, die von der Beute einen Anteil bekommen hatten. Und das waren nicht wenige, denn eigentlich bekam jeder etwas ab.

Auch diejenigen, die nicht an dem Raubzug teilgenommen hatten. Schließlich sorgten sie in der Heimat dafür, dass im Winter genügend Nahrung vorhanden war.

Und Thorberg machte seine Aufgabe gut. Am Abend erschienen all diejenigen in der Jarlshalle, die von der Beute etwas abbekommen hatten. Den ganzen Tag über hatte Einar gegrübelt wem er wie viel wegnehmen müsse, damit es gerecht blieb.

Natürlich war der Anteil der Daheimgebliebenen merklich kleiner, als derjenigen die gekämpft hatten. Und keiner gab gerne etwas zurück, soviel war auch sicher.

Doch Jarl Einar fand die richtigen Worte, um die meisten zu überzeugen. Er stellte eine hölzerne Truhe auf den Tisch, und offnete den Deckel. Dann nahm er den Anteil seiner Beute, den er bereit war dem König zu überlassen. Einige Gegenstände aus Silber und Gold. Becher, Kerzenständer, Krüge, und natürlich auch einige Münzen. „Hier seht alle her. Ich will der Erste sein, der etwas in die Truhe legt. Gebt den zehnten Teil, von dem was ihr bekommen habt. Und bedenkt dabei, dass wir hier eine neue Heimat gefunden haben. Wenn wir uns dem König verweigern, werden wir diese sicher verlieren. Und vielleicht sogar mehr!"
Olaf, Thoke und Ubbe kamen ohne zu zögern an den Tisch, und legten ihren Teil in die Kiste. Sie hatten den Zehnten schon vorher von ihrer Beute abgezogen. Andere hielten sich zurück. Die meisten mussten erst holen, was Einar von ihnen verlangte. Mancher hatte gedacht, dass der Jarl sich nur bei ihnen bedienen würde, und seinen Anteil an der Beute behalten würde. Dies kam sicher nicht selten vor, wenn es darum ging, dem König seinen Anteil zu überlassen. Doch der Jarl von Askby hatte den Zweiflern den Wind aus den Segeln genommen. Ihnen blieb keine Wahl. Sie mussten gehorchen, wollten sie nicht ihr Gesicht verlieren!
So erlebte Breka mit, wie sich in den nächsten zwei Tagen die Truhe füllte. Der Jarl der Götaburg war sichtlich zufrieden. Er konnte dem König bringen, wonach dieser verlangt hatte.
„Ich wünsche mir, dass Ragnar den Streit mit dir endlich wieder begräbt", sprach Breka, als sie sich auf dem Anlegesteg verabschiedeten. „Ja, das wäre gut", antwortete Einar, doch glauben wollte er es nicht so recht.

*

Der Herbst zog über das Land, und in der Mitte des Monats den die Christen November nannten, kam der erste Schnee. Mit dem Knarr war Einar nach Hedeby[31] gereist, um mit den Münzen aus der Beute des Raubzuges Nahrung für den kommenden Winter einzukaufen. Es fehlte an Getreide und vielem anderen, was bei dem Überfall des Borkell den Flammen zum Opfer gefallen war. Durch die Abgabe an Ragnar hatte sich der Teil der Beute natürlich verringert. Es galt also gut zu verhandeln.

Als sie in die Mündung der Slie[32] einbogen, fragte Olaf grinsend: „Ob wir der Lagertha begegnen?"

Einar zuckte mit den Schultern. Bisher hatte er gar nicht an die ehemalige Königin von Ranrike gedacht, doch jetzt gingen ihm angenehme Gedanken durch seinen Kopf. „Es wäre sich eine große Freude", antwortete er. „Und dann treffen wir sicher auch Thordis." Fügte Ubbe hinzu. Ob Einar so erpicht darauf war seiner Ziehschwester zu begegnen, wusste er nicht so genau. Thordis hatte sich sehr verändert. Sie war hart und unnachgiebig geworden. Eine gefürchtete Kämpferin, die keinen Streit scheute. Und sie interessierte sich nicht für die Familiebande.

„Wir werden sehen. Noch sind wir nicht in Hedeby." Einar zog sich zum Heck zurück.

Es dauerte nicht lange, und an Steuerbord tauchte die kleine Bucht mit dem Hafen auf. Hier herrschte der Holstenjarl Sieghard. Zumindest hatte er dies getan, als sie im letzten Jahr hier waren. „Nun, soll ich den Hafen ansteuern?", wollte Kjelt wissen. Da nickte Einar. „Ja, warum eigentlich nicht? Ich würde gerne meine Schwester, und auch die

---

[31] Hedeby, Haithabu - dänische Handelsstadt an der Schlei (Schleswig Holstein)

[32] Slie – Schlei, Fluss in Schleswig Holstein

191

Lagertha wiedersehen." So drückte der Steuermann die Stange des Seitenruders von seinen Körper, und das Knarr bog an Steuerbord in die kleine Bucht. Die Schnigge Blutdrachen, das Schiff der Thordis, sahen sie diesmal nicht. Kjelt legte den Asenzorn an einen der beiden Anlegestege, und zwei Männer machten das Knarr fest. Hier im Hafen wurde gearbeitet. Zwar lagen nur wenige Schiffe hier, meist Skuder und kleine Segelboote, doch wie es schien, gab es genug zu tun.

Einar war über die Reling gesprungen, und trat auf einen der Männer, der auf eine Boot arbeitete, dass dem Asenzorn gegenüber lag. „Sag mir, wo finde ich die Thordis?"

Der Mann sah den Jarl unwissend an. „Ich kenne keine Thordis."

„Sie kam mit der Lagertha. Ist eine ihrer Kriegerinnen", versuchte Einar das Gedächtnis des Mannes anzuspornen. Doch dieser schüttelte seinen Kopf. „Ach, die meinst du!" Der Mann spuckte verächtlich aus. „Die ist weg! Und das ist auch gut so! Hat nur Ärger gemacht, das Miststück!"

Ein wenig enttäuscht war Einar schon, über diese Nachricht. Und die Worte des Mannes zeigten ihm, dass Thordis sich wohl nicht geändert hatte. Plötzlich sagte der Mann: „Die Lagertha findest du aber sicher in der Jarlshalle."

Da zog Einar seine Augenbrauen empor, denn das erstaunte ihn doch. Lagertha war also nicht mit Thordis gegangen. Er wählte Olaf und Thoke als Begleitung, und machte sich auf den Weg in das Innere des Dorfes.

Ein Krieger mit Speer und Rundschild stand vor dem Eingang der Jarlshalle, einem großen Langhaus, dessen Dach zu beiden Seiten bis fast auf den Boden reichte. Der Eingang befand sich mittig auf der Längsseite, in einem kleinen Vorbau. „Was wollt ihr?", fragte der Wächter an der Tür.

Jarl Einar stellte sich vor, und verlangte vor Jarl Sieghard geführt zu werden. Der Wächter nickte, und ging voran. „Folgt mir!" Erstaunt sahen sich die drei Männer an. Man ließ sie nicht warten.

Sie gingen in die große Halle, wo sie schon im letzten Jahr gewesen waren. Auf der kurzen Wand zu ihrer rechten Seite, befand sich der Hochstuhl des Jarls. Davor standen Tische und Bänke, auf denen Sieghard und einige Männer saßen. Sie unterhielten sich ausgiebig, und es dauerte einen Moment, bis der Blick des Jarls auf die Gäste fiel. Sofort erhob sich der Jarl, und rief den Namen des Gastes aus Ranrike. „Jarl Einar! Was für eine Überraschung!" Der Holstenjarl zeigte sich freundlich, und kam auf seine Gäste zu. „Was führt euch zu mir?"

„Sei mir gegrüßt, Sieghard", sprach nun Einar freundlich.

„Eine Handelsfahrt nach Hedeby ist der Grund. Doch diese wollte ich zum Anlass nehmen, meine Schwester Thordis zu sehen, und natürlich auch Lagertha. Doch wie mir scheint, habe ich kein Glück."

„Nun, leider nicht", antwortete Sieghard. „Sie ist fort!"

„Wohin es sie gezogen hat, ist dir nicht bekannt?" Einar hoffte zu erfahren, wo er Lagertha und seine Schwester finden würde. Einar wandte sich dem Olaf zu, denn hatte der Kerl im Hafen nicht gesagt, er würde die einstige Königin von Ranrike hier in der Halle finden?

„Nun, ich denke, du hast erfahren was du wissen wolltest, Jarl", sprach Sieghard. „Du musst mich entschuldigen, denn es gibt für mich vieles zu tun." Ohne ein weiteres Wort wandte sich der Däne ab, und begab sich wieder zu seinen Beratern. Die drei Männer aus Ranrike sahen sich verwundert an. Da trat der Wächter an sie heran. „Kommt!", befahl er, und führte die Männer aus dem Langhaus hinaus.

„Das war ein recht kurzer Besuch", stellte Thoke überrascht fest. „Hier stimmt doch was nicht", fügte Olaf hinzu. So abweisend hatte er den Jarl der Holsten nicht erwartet. Auch Einar kam es vor, als würde er sie schnell wieder loswerden wollen. „Gehen wir zurück zum Hafen." Einar wollte gerade losgehen, da kreuzte eine Magd ihren Weg. „He, wo finden wir Lagertha?" Thoke hatte nicht gezögert, und auch nicht darüber nachgedacht. Er hatte einfach gefragt. Und die Antwort verwunderte die Männer umso mehr. „Oh, die Gemahlin des Jarls ist auf dem Hof. Sie ist nur selten in der großen Halle."

Was ging hier vor sich? Warum log Jarl Sieghard sie an?

„Wo finden wir den Hof?", wollte Thoke wissen, und das Weib zeigte ihnen den Weg. Erst jetzt begriff der Wächter vor der Tür, was da vor sich ging. Sofort mischte er sich ein.

„He, du dummes Weib, geh weiter!" Erschrocken folgte die Magd dem Befehl, doch die drei Männer wussten, was sie wissen wollten. „Und was nun?" Olaf sah den Jarl fragend an. „Ich will wissen, was hier vor sich geht. Irgendetwas stimmt hier nicht!"

*

„Sei mir gegrüßt, Jarl Stendal", sprach der Bote aus Lade, als er in die Halle von Steinkjer getreten war. Der Jarl saß auf seinem Hochstuhl, umringt von seinen Söhnen und einigen Kriegern. Er winkte den Mann heran. „Was willst du von mir?"

„Ich bin ein Bote des Königs, und überbringe dir eine wichtige Nachricht", sprach der Mann. „Sicher hast du gehört, dass der König nach Borkell, dem Schwarzen, sucht." Und dann begann er zu erzählen, was er schon so viele Male in anderen Langhäusern erzählt hatte. Die Siedlung Steinkjer lag an der Ostküste des Beitstadfjordes, welcher durch eine Seestraße mit dem großen Ladefjord verbunden war. Hier oben im Nordosten des großen Fjordes, hatte Jarl Stendal vor dem König meist seine Ruhe, denn Steinkjer war die Siedlung, die am weitesten von der Königsstadt entfernt lag. Ruhig hörte sich der Jarl die Worte des Boten an. „Du kommst hierher, um mir zu drohen?" Er erhob sich und begann zu lachen. Und alle lachten mit ihm. Auch der Bote begann zu grinsen, obwohl dies ein gezwungenes Grinsen war. „Bei Odin, Jarl Stendal, ich bin nur der Bote des Königs. Dies sind nicht meine Worte! Ich überbringe, was der König mir aufgetragen hat. Mehr nicht!"

„Ja, das weiß ich. Andernfalls wärest du bereits tot, Mann."

Der Bote entschied nun, dass es besser war, Steinkjer so schnell es ging wieder zu verlassen. So sprach er: „Ich habe meine Aufgabe erledigt, Jarl Stendal. Mehr gibt es nicht zu sagen, und darum begebe mich zurück auf mein Schiff." Der Jarl nickte nur, und ließ den Boten ziehen.

„Hole ihn her!" Der Befehl des Jarls ließ einen der anwesenden Männer sich erheben, und die Halle verlassen. Bald darauf kam er mit zwei Männern zurück.

„Man sucht nach dir!" Die Stimme Jarl Stendals klang streng. „Na und?", kam die trotzige Antwort. „Man wird mich nicht finden!" Der große Kerl mit den schwarzen, langen Locken schüttelte grinsend den Kopf.

„Da wäre ich mir nicht so sicher", bezweifelte einer der Männer des Jarls die dreisten Worte des Abtrünnigen. „Der König setzt nun alles daran dich zu erwischen. Und er hat mir gedroht!"

„Natürlich tut er das", sprach Borkell, der Schwarze, herausfordernd, „doch ich bin noch lange nicht mit ihm fertig!" Der einstige Trøndnerhauptmann wandte sich an den Jarl, der ihm Unterschlupf gewährte.

„Und wenn du weiterhin dein Maul hältst, kann er suchen bis er schwarz wird. Ich werde immer einen Schritt schneller sein, als Grjotgard Herlaugsson." Nun begann Borkell laut zu lachen. Jarl Steinkjer schien die Situation weniger lustig zu finden.

„Du solltest ihn nicht unterschätzen, mein Freund, er ist der König."

„Ach was! Er tanzt nach der Flöte seines Weibes", zeigte Borkell wenig Respekt vor seinem einstigen Herrn. „Der Bote von dem du erzählt hast, ist doch der beste Beweis, dass er ratlos ist."

„Kein anderer Jarl wird dir Schutz gewähren", mahnte Steinkjer, und sah Borkell ernst an. Und er selbst tat es nur, weil ihm die Raubzüge des Abtrünnigen die Schatztruhen füllten.

„Das müssen sie auch nicht", antwortete der Kerl mit dem schwarzen Haar abfällig. „Ich finde immer irgendwo einen Unterschlupf. Der Fjord ist riesig!" Er lief einige Schritte durch das Langhaus, und steuerte dann auf einen Tisch zu, an den er sich setzte. „Ich werde ihn solange bekämpfen", rief er dem Jarl entgegen, „bis er seinen Fehler einsieht!"

Doch Borkell sollte sich irren, denn er war es, der nun eine Schlappe erlitt. Mit beiden Schiffen, die er inzwischen mit Kerlen aus dem ganzen Fjord bemannt hatte, segelte er an der Nordküste mit Kurs nach Westen. Er hoffte, dort wo er bereits fette Beute errungen hatte, wieder auf Händlerschiffe zu treffen. Diesmal aber, waren die Götter gegen den Wikinger Borkell. Ein großes Knarr begegnete ihnen dort, wo sich der Fjord weit öffnete. Er zögerte nicht, und gab den Befehl zum Angriff. Die Schniggen versuchten sich zu beiden Seiten dem Händler zu nähern. Und als sie diesen fast erreicht hatten, und die Enterhaken fliegen sollten, erschallte der Ruf: „Schiffe an Steuerbord!"

Es waren drei Kriegsschniggen, die sich mit großer Geschwindigkeit näherten. Und es bestand kein Zweifel, wer ihr Ziel war. „Kappt die Seile!", rief Borkell. Und die Schniggen der Wikinger gaben das Knarr wieder frei. Die Kriegsschniggen des Königs trieben sie weiter nach Westen, in den schmaleren Teil des Fjordes, der zur Mündung in das Nordmeer führte. Und zornig musste Borkell erkennen, dass die Schniggen des Königs schnell näher kamen. Und als sie nah genug heran waren, flogen Branntpfeile durch die Luft. Und es wurden immer mehr, die drohten den Schniggen das Feuer an Bord zu bringen. Borkell erkannte, dass es nicht gut für ihn stand, und er trieb den Steuermann und die Männer an dem großen Segel an. Und das Schiff des abtrünnigen Hauptmannes wurde tatsächlich schneller, denn dem Steuermann gelang es den Wind bestmöglich zu nutzen. Ein solch guter Steuermann fehlte auf der zweiten Schnigge der Wikinger, und so fiel diese bald zurück. Mit großem Zorn sah Borkell wie das Segel des Schiffes von den Branntpfeilen der Königstreuen getroffen wurde, und schon bald in Flammen aufging.

Während der Schnigge des Borkell die Flucht in das offene Nordmeer gelang, kämpften die anderen Krieger auf dem brennenden Schiff um ihr Leben. Viele Männer sprangen über die Reling in die dunklen Fluten. Doch die Krieger des Königs stachen mit ihren Speeren nach den Feinden, und so wurden sie getroffen oder ersoffen im eisigen Wasser. Kaum einem von Borkells Männern waren die Götter gewogen, und nur wenigen gelang es sich schwimmend an Land zu retten. Einige Wikinger wurden von Grjotgards Kriegern aus dem Wasser gefischt. Doch das Leben sollte ihnen dies nicht retten.

Und dann sahen sie, wie die Schnigge in den Wellen des Fjordes versank. Die Krieger des Königs jubelten!

Trotzdem war der Ärger groß, als die Schiffsführer
erkannten, dass dem Borkell erneut die Flucht gelungen
war.

*

Der Hof des Holstenjarls lag etwas außerhalb der Siedlung.
Hier waren sie bei ihrem letzten Besuch nicht gewesen.
Doch die drei Männer fanden schnell den Weg dorthin. Der
Hof war recht groß, und zeigte, dass Sieghard kein armer
Mann war. Er war sicher einer der Jarls, die ihr Wohl vor
das aller anderen stellte. Einer der ohne Rücksicht verlangte
und nahm was ihm seiner Meinung nach zu stand. Langsam
gingen sie an einer hüfthohen Mauer aus Feldsteinen
entlang, bis sie einen Torbogen erreichten. An dessen
höchster Stelle hing ein Rundschild mit dem Muster und in
den Farben des Jarl Sieghard. Ohne zu zögern betraten die
Männer den Hof, folgten einem breiten Weg, und erreichten
das Langhaus des Jarls.
Ein Knecht, der auf dem Hof seiner Arbeit nachging, sah die
Männer und kam näher. „Wer seid ihr?", fragte er barsch.
Die drei Männer sahen sich verwundert an. „Das ist eine
ziemlich rüde Begrüßung!" Einar trat auf den Kerl zu. „Wo
ist Lagertha?"
Der Knecht zählte etwa dreißig Winter, und er war groß!
Größer als Einar. Außerdem war er auch kräftiger gebaut.
Von der Statur glich er dem Olaf.
  „Ich fragte, wer ihr seid?", blieb der Kerl stur. Doch da
erschallte eine Stimme von der Tür des Langhauses. „Es ist
schon gut, Dragomir. Das sind Freunde!" Lagertha trat die
zwei Stufen herunter, und begann zu lächeln. Doch Jarl
Einar erkannte sofort, dass etwas nicht stimmte. Das Gesicht
der schönen Lagertha erzählte dem Einar, dass sie wohl eine
schwierige Zeit durchmachte. Doch dies versuchte sie zu

verbergen. „Jarl Einar!", rief sie erfreut. „Oh, wie schön ist es, dich zu sehen!" Sie kam heran und umarmte den Jarl von Askby. „Was führt dich hierher?"

„Nun, wir sind auf einer Handelsfahrt und unser Knarr liegt im Hafen. Da wollten wir dich und meine Schwester besuchen. Doch es gehen merkwürdige Dinge vor. Der Sieghard erzählte uns, du seist mit deinen Schildmaiden davongesegelt."

„Doch wir erfuhren, dass wir dich auf diesem Hof finden würden", fügte Thoke hinzu. Da blickte Lagertha den großen Knecht an. „Du kannst gehen, Dragomir!" Doch der Knecht zögerte, und es kam dem Jarl vor, als sei dieser nicht nur Knecht, sondern auch Wächter. Da trat Olaf vor den Mann, der von Geburt ein Slawe war. „Hast du nicht gehört was deine Herrin dir befohlen hat, Knecht?" Böse sah der Kerl den blonden Krieger an. Sah wie dessen Hand sich um den Griff des Schwertes legte. Da nickte er stumm, und ging. „Jetzt hat er was zu erzählen", sprach Lagertha abfällig. „Mir scheint, als seist du hier eine Gefangene", bemerkte Olaf düster. Da nickte die einstige Königin, und gefürchtete Schildmaid. „Es ist leider nicht so, wie ich es mir erhofft habe, Olaf. Doch kommt erst einmal herein." Gemeinsam betraten sie das Langhaus und nahmen an einem Tisch platz. Eine junge Sklavin brachte Brot und Bier. Dann begann Lagertha zu berichten. „Es ist wohl wahr, die Schildmaiden sind fort. Thordis hat sich mit Jarl Sieghard überworfen, und entschieden mit dem Blutdrachen fortzusegeln. Alle Schildmaiden folgten ihr. Nur ich und Björn sind geblieben."

„Aber warum?", fragte nun Thoke, während Einar schweigend zu hörte. „Weil ich die Gemahlin des Jarl Sieghard bin!" Nun sahen sich die Männer erstaunt an. „Ich dachte, dies wäre für mich und meinen Sohn das Beste. Doch kaum war ich seine Gemahlin, veränderte sich der freundliche und gutmütige Jarl Sieghard." Da wunderte sich Einar, denn eigentlich hatte ihm der Holstenjarl recht gut gefallen. „So kann man sich in einem Menschen täuschen", sagte er ruhig. „Wo ist Björn?"

„Er arbeitet in einem der Ställe", antwortete die Jarlsgemahlin, die hier das Leben einer einfachen Bäuerin fristete. „Er ist eines meiner Probleme", sprach sie. Da trat plötzlich der Knecht in die Halle. Ohne ein Wort zu sagen, setzte er sich an einen der leeren Tische. „Ist es hier so Sitte, dass die Sklaven bei der Herrschaft sitzen?", fragte Thoke verärgert. „Auch Dragomir ist eines meiner Probleme. Er ist Sieghards Spitzel auf dem Hof. Seine Augen und Ohren. Nichts geschieht hier, ohne dass es mein Gemahl erfährt."

„Darum diese Dreistigkeit", erkannte der Zimmermann.

„Ich mag es aber nicht, wenn man mich bespitzelt." Da wollte sich Olaf erheben, doch Thoke legte ihm seine Hand auf die Schulter, damit er sitzen blieb. „Ich mache das!" Thoke erhob sich, und ging langsam zu dem Sklaven hinüber. Verärgert sprach er: „Was erlaubst du dir, Sklave? Verschwinde sofort aus dem Haus! Niemand hat dich gerufen!"

„Du hast ein großes Mundwerk, kleiner Mann!" Da wollte sich der Kerl erheben, doch dazu kam er nicht. Blitzschnell zog Thoke seine kurzstielige Axt aus dem Gürtel und schlug zu. Er wollte den Mann nicht töten, so war es die flache Seite des Blattes, die den Slawen gegen seinen Kopf traf. Er stöhnte, verdrehte die Augen, und fiel von der Bank. Thoke ließ seine Axt wieder in den Gürtel gleiten, und kehrte an den Tisch zurück. „Nun hört er nicht mehr zu."
Zufrieden nickte Lagertha dem Zimmermann zu.

„Mein Sohn wollte mit Thordis gehen, doch ich verbot es", sagte die einstige Kriegerin, von der man sich im Norden immer noch Geschichten erzählte. „Ich hielt ihn für zu jung, um auf Wiking zu fahren. Jetzt bereue ich es, denn Björn ist hier in größerer Gefahr."

„Wie das?", fragte nun Jarl Einar, und sah die Lagertha fragend an.

„Eigentlich kommt ihr gerade zur rechten Zeit. Euch haben die Götter gesandt", begann sie ihre Erklärung, und lächelte.

„Denn mein Sohn hasst Sieghard, und ich befürchte eines Tages wird einer der beiden sterben müssen. Ihr sollt Björn mit euch nehmen, und zu seinem Vater bringen."

„Wenn dies dein Wunsch ist, werden wir ihn zu Ragnar bringen", versprach Jarl Einar, und sprach noch weiter:

„Vielleicht solltest du uns auch begleiten."

Da schüttelte die schöne Frau ihren Kopf, „Nein, ich gab mein Wort, als ich mich mit Sieghard vermählte. Ich bleibe, und wir werden sehen, welches Schicksal die Nornen für mich gewoben haben."

Lagertha rief die Magd herein. Diese erschrak, als sie den Dragomir auf dem Boden liegen sah. Doch dann grinste sie ein wenig. „Er wird es überleben", sprach die Herrin zu der jungen Sklavin. „Leider", entfuhr es dieser leise.

Lagertha schickte die Magd, um den Björn zu holen. Diese nickte und verschwand. „Ich denke, es ist besser, wenn ihr so schnell es geht von hier verschwindet. Wenn der da erwacht", die Jarlsgemahlin zeigte auf den Spitzel ihres Gemahls, „wird er sofort zu Sieghard laufen, um diesem zu berichten."

„Nein, wir kamen nicht um Krieg zu führen!" Jarl Einar zeigte sich einverstanden. Als Björn kam und die Männer sah, war seine Freude groß. Dies waren Krieger seines Vaters, den er sehr vermisste. Lagertha begann ihrem Sohn zu erklären, was nun geschehen würde. Doch der junge Bursche weigerte sich. „Nein, ich lasse dich nicht mit diesem Scheusal allein", sprach Björn, der nun fast fünfzehn Winter zählte. Doch Lagertha gab nicht nach, und nach einer Weile, willigte der Sohn des Ragnar ein. Er ging, um sein Hab und Gut zusammen zu suchen. Und dies passte, wie es schien, in ein einziges ledernes Bündel hinein. Ein Messer, eine kurzstielige Axt, und ein Schwert gehörten außerdem noch zu Björns Eigentum. Und dies war nicht wenig, denn ein Schwert besaß nicht jeder. Da plötzlich begann sich der hünenhafte Sklave zu regen. Er schien sein Bewusstsein zurück zu erlangen. Da trat nun Olaf zu dem Kerl. Er drehte sich zur Lagertha um. „Jetzt könntest du ihn loswerden, Lagertha. Für immer!" Er zog seine Axt aus dem Gürtel. Doch sie schüttelte den Kopf. „Nein, lass ihn leben!" Ein Schlag gegen den Kopf, schloß dem Sklaven wieder seine Augen.

„Jetzt müssen wir uns sputen, denn einen dritten Schlag überlebt er nicht", sagte Olaf grinsend. Er verstand nicht, warum die Lagertha das Leben dieses Mannes verschonte. Er hätte auch die scharfe Seite der Axt benutzt.
Der Abschied von Mutter und Sohn war herzzerreißend. Und danach verabschiedeten sich auch Olaf, Thoke und Einar. Diesen umarmte Lagertha, und flüsterte in sein Ohr:
„Eine Nacht hätte uns vergönnt sein können. Schade."
Einar lächelte, und folgte den anderen.

Sie gingen geradewegs zum Hafen. Björn kannte einen Weg, der Abseits der Siedlung dorthin führte. Nachdem was Einar nun wusste, wollte er dem Sieghard nicht begegnen. Bald schon setzten sie das Segel, und der Asenzorn fuhr in den Fluß hinein, mit dem Ziel Hedeby.

*

Drei Tage hielten sich die Männer aus Ranrike in der dänischen Handelsstadt auf. Am ersten Tag machten sie ihre Geschäfte, und am Abend betranken sie sich in einem

Hurenhaus. Die beiden anderen Tage waren sie damit beschäftigt ihr Schiff zu beladen. Doch als sie damit fast fertig waren, erlebten sie eine unschöne Überraschung. Jarl Sieghard kam mit einer Gruppe von Kriegern nach Hedeby geritten. Und sie fanden schnell, wonach sie suchten. Mit Björn waren sie nun zehn Männer an Bord des Knarrs. Der Holstenjarl brachte aber doppelt so viele Krieger mit sich. Und diese sammelten sich nun auf dem Steg vor dem Asenzorn.

„Ich hätte nicht gedacht, dass wir uns so schnell wieder sehen, Jarl Sieghard", sprach Einar ruhig. Doch er bemerkte, dass er den Holstenjarl nun mit ganz anderen Augen sah. Nur zu gerne hätte er sein Schwert aus dem Wehrgehäng gezogen, und dem Kerl den Schädel gespalten. Doch er tat es natürlich nicht.

„Einar Blutauge! Du weißt genau, warum ich hier bin", fauchte der Jarl herüber. „Gib Björn heraus, und wir ziehen unseres Weges." Da begann Einar lauthals zu lachen.

„Sieghard, das kann ich nicht tun", erwiderte der Einar amüsiert. „Björn ist auf seinen eigenen Wunsch hier. Und ich kann ihn nicht zu dir schicken, wenn er dies nicht will."

„Oh, er will, Blutauge. Er will! Sonst…!"

„Was sonst?" Der Ton des Einar hatte sich nun geändert. Er war nicht mehr gutgelaunt, sondern scharf wie seine Klinge. „Was willst du dann tun, Holstenjarl? Bist du gekommen um zu sterben? Denn das wirst du!"

Die Krieger des Einar hatten sich inzwischen hinter ihrem Jarl versammelt. „Du wirst es sein, den ich zuerst töte, bei allen Göttern, das schwöre ich!"

Nun trat Einar vor und sprang auf die Reling. Da wichen die Krieger des Dänen einen Schritt zurück. „Björn ist der Sohn meines Königs. Und ich bringe ihn zu ihm. Willst du ihn, musst du ihn dir holen. Jetzt und hier! Doch bedenke, wir sind Handelsfahrer. Du brichst den Handelsfrieden, wenn du uns angreifst, Sieghard."

Nun wurde der neue Gemahl der Lagertha ein wenig blass. Und er beruhigte sich. Sieghard wurde nun klar, dass ihn sein Temperament mitgerissen hatte.

Er würde den Handelsfrieden brechen, und dies würde ihm König Horik sicher vorhalten. Außerdem hatte der Mann auf der Reling seinen Ruf sicher nicht umsonst. Einar Blutauge war als guter Kämpfer bekannt. Sein Versprechen würde er bestimmt einhalten.

„Nun, Sieghard, wie soll es weitergehen? Wir haben nicht ewig Zeit." Einar hatte sich lässig auf die Reling niedergelassen, und hatte sein Schwert gezogen, mit dem er nun herumspielte. „Wenn König Ragnar zu Ohren kommt, dass du seinen Sohn gefangen hältst, wird er dich besuchen. Er wird deine Siedlung dem Erdboden gleich machen. Willst du das?"

Da lachte Sieghard auf. „Ha, das wird ihm König Horik nicht durchgehen lassen." Nun nickte Einar. „Ja, da könntest du Recht haben. Das würde dann wohl bedeuten, dass Horik gegen Ragnar in den Krieg zieht. Doch dieser hat ihn schon einmal geschlagen."

Plötzlich drängte sich ein Mann durch die Menge der Schaulustigen, und die der Krieger Sieghards. „Was ist hier los, bei Odin?", rief der Mann. Er hatte das Treiben im Hafen unter sich. War ein Hauptmann des Jarls von Hedeby, und trat nun zwischen den Sieghard und den Einar, der immer noch auf der Reling des Asenzorns saß. „Oh, Jarl Sieghard will einen meiner Männer, und ich gebe ihn nicht heraus." Björn trat an die Reling heran, und Einar zeigte auf ihn.

„Er ist der Sohn meines Weibes", rief Sieghard wütend.

„Und er ist der Sohn meines Königs Ragnar", fuhr Einar dazwischen. „Und zu diesem werde ich ihn bringen."

„Das ist mir alles völlig gleich", rief der Hauptmann
verärgert. „Hier herrscht Handelsfrieden, und wer diesen
bricht, endet an einem Strick."

„An uns soll es nicht liegen, denn wir werden heute
auslaufen, um in die Heimat zu segeln." Jarl Einar war von
der Reling gesprungen, und hatte Blutauge zurück in die
lederne Scheide geschoben. Da sah der Hauptmannn den
Björn an. „Was sagst du?"

„Ich werde meinen Vater wiedersehen!" Die Worte des
Björn reichten dem Hauptmann. „Nun, was sagst du nun,
Jarl Sieghard?" Die Stimme des Hauptmannes klang streng,
und die Nennung des Namens zeigte, dass er den Jarl aus
dem Nachbargau erkannt hatte. Die Blässe in Sieghards
Gesicht, war nun einer Wutröte gewichen. „Ich rate dir,
Einar Blutauge, wage dich nicht mehr in meinen Gau, sonst
werde ich dich töten!" Da lachte Einar auf, trat langsam auf
den Sieghard zu. „Ich nehme deine Worte als Einladung,
Holstenjarl. Ich werde zurückkommen, um zu hören wie es
Lagertha geht. Behandele sie schlecht, und ich hole dich."
Er wandte sich um, und ging an Bord zurück.

„Los, arbeiten wir weiter! Ich will heute noch weg", rief
Einar, und die Männer taten was der Jarl befal.
Noch eine Weile stand Sieghard mit seinen Männern auf
dem Steg. Es schien als überlege er, ob er nicht doch den
Angriff wagen sollte. Doch dann wandte er sich ab. „Los!",
rief er, und die Männer gingen zurück zu ihren Pferden.

*

12. heimkehr des sohnes

Der Asenzorn segelte gut beladen und mit ziemlichem Tiefgang, bei leichtem Schneefall die Slie hinunter Richtung Ostseemündung. Als sie in Höhe der Siedlung des Holstenjarls Sieghard Männer auf einer Landzunge sahen. „Einar, das solltest du dir ansehen", rief Olaf der Stevenhauptmann seinem Schiffsführer zu. Dieser eilte zum Bug des Knarrs, und als er neben Olaf stand, sah er, was dieser meinte. „Sieghard, du elender Dreckskerl", raunzte er. Auf der Landzunge, die in die Slie hineinragte, hatten sich Krieger des Holstenjarls versammelt. Feuer brannten, und man erkannte, dass die Krieger mit Pfeil und Bogen bewaffnet waren. Es waren die Männer, die ihnen nach Hedeby gefolgt waren, allen voran der Sieghard selbst. Und es bestand kein Zweifel daran, was der Holstenjarl im Schilde führte. „Jede freie Hand greift sich einen Kübel und füllt ihn mit Wasser", befahl Olaf laut. Einar rief einige Namen. „Greift euch eure Bögen!" Er hatte die besten Bogenschützen seiner Mannschaft gewählt. Leider bestand diese nur aus zehn Mann. „Ich sollte vielleicht besser wieder an Land gehen, bevor ihr euer Schiff verliert", sprach Björn, der sich zu Jarl Einar und Olaf gestellt hatte. „Rede nicht dumm daher", raunzte ihn der Jarl an. „Ich versprach deiner Mutter dich zu Ragnar zu bringen. Und genau das werde ich tun. Und wenn dieser Sieghard es weiter darauf anlegt, wird deine Mutter heute noch zur Witwe!" Er zeigte auf einen großen Kübel, der mit Getreidekörnern gefüllt war. „Suche dir einen Sack, und leere den Kübel", befahl er dem Prinzen von Älvsborg. „Dann fülle den Kübel mit Wasser. Wir werden es brauchen, befürchte ich."

Vier Männer der Besatzung stellten sich an die Backbordreling. In ihren Händen hielten sie ihre Bögen, und an die Reling lehnten sie die Pfeilbündel. „Sobald sie beginnen, ihre Pfeile in Brand zu stecken. Werdet ihr auf sie schießen", befahl der Jarl, und holte sich selbst einen Bogen und Pfeile. Die anderen sollten mögliche Brände sofort löschen, bevor sie sich ausbreiten konnten.

Und dann kamen sie in Schussweite. Sieghard rief Befehle und die Bogenschützen hielten die mit Reisig und Stoff umwickelten Pfeile in das Feuer.

„Los, schießt!" Jarl Einar war auch der erste, der seine Wundbiene auf den Weg schickte. Seine Männer folgten dem Beispiel, und einer der Holstenkrieger jaulte getroffen auf. Ein Pfeil hatte sich in seinen Oberschenkel gebohrt. Nun aber schossen die Krieger des Sieghard zurück, und es dauert nicht lang, da steckten die ersten brennenden Pfeile in dem großen Segel. Sofort eilten die Männer mit den Wasserkübeln herbei, und versuchten die Brände zu löschen. Kjelt wollte den Asenzorn zum rechten Ufer steuern, doch Einar forderte genau das Gegenteil zu tun.

„Bring mich näher rann", rief er dem Steuermann zu. Dann legte er einen Pfeil an die Sehne, und suchte nach seinem Opfer. Langsam glitt der Asenzorn an der Landzunge vorüber. Und dann sah Einar den Jarl der Holsten. Der Pfeil schoß von der Sehne, und flog auf den Sieghard zu.

„Elender Rattendreck!" Einar fluchte, denn sein Pfeil hatte einen Krieger getroffen, der sich genau in diesem Moment vor den Sieghard gestellt hatte. Diesen Mann aber traf der Pfeil direkt in sein Gesicht. Immer noch flogen Brandpfeile herüber, doch sie richteten kein Unheil an, denn die Männer mit den Kübeln waren flott, und löschten die Brände noch bevor sich die Flammen festfressen konnten. Außerdem begann es nun fester zu schneien.

Einar und die Bogenschützen liefen nun zum Heckstand, denn das Knarr hatte die Landzunge bereits passiert, und würde bald außer Gefahr sein. „Sieghard, du Lump", rief

Einar zornig. „Wir werden uns wiedersehen! Meine Klinge lechzt nach deinem Blut!"

Der Holstenjarl rief etwas zurück, doch Einar konnte die Worte kaum noch verstehen. Ich warte, war das einzige, was noch an sein Ohr drang.

Das Segel war zum Glück kaum beschädigt. An einigen Stellen etwas angesenkt, doch nichts was ihre Heimreise gefährdet hätte.

„Ich möchte mir nicht vorstellen, wie es Lagertha jetzt ergeht", sprach Einar, als er mit Olaf auf dem Mastfisch saß.

„Sorge dich nicht um sie. Sie ist ein starke Frau", entgegnete der Blonde. „Mann, sie ist Lagertha, die berühmte Schildmaid!" Dann sah Olaf den Jarl an. „Warum besorgt es dich denn so?" Er sah den Freund eindringlich an.

„Du hast doch nicht etwa…?"

Olaf begann zu grinsen. „Doch, du hast!"

Er begann klauthals zu lachen. „Und da wunderst du dich, dass dir Ragnar nicht mehr wohlgesonnen ist." Plötzlich näherte sich Björn, und Einer stieß Olaf seinen Ellenbogen in die Rippen, damit er schwieg. Dieses Thema, war nicht für die Ohren von Ragnars Sohn gedacht.

Bald schon segelten sie in das offene Meer. Vorbei an den unzähligen kleinen Inseln des Dänenreiches. Zuerst nach Osten, vorbei an der Küste Seelands, und hinüber an die Gestade von Schonen. Diesen folgten sie nun hinauf nach Norden. Immer noch schneite es heftig, und der Wind wehte stärker und stärker. Doch nach einer Weile wurde aus dem Wind ein richtiger Sturm. Und dann brach der Schneesturm so stark über sie herein, dass Einar dem Kjelt befahl, den Asenzorn an Land zu bringen. „Wo sind wir überhaupt?"

„Götaland! Glaube ich!", schrie der Steuermann dem Jarl entgegen.

„Suche eine Bucht" rief Einar, doch Kjelt entgegnete: „Zu spät!"

Es war ein gefährliches Manöver, denn Kjelt sah nicht mehr, wo das Ufer war. Er wusste auch nicht, ob es felsig oder steinig, oder doch ein Sandstrand war. Er steuerte den Asenzorn blind auf die Küste zu. Ihm blieb nichts anderes übrig. Olaf hatte sich an den Vordersteven begeben, und versuchte dem Kjelt die Augen zu ersetzen. Was nicht einfach war, denn der Sturm peitschte ihm die Schneeflocken wie Glassplitter in sein Gesicht, dass es schmerzte. Björn lief vom Bug zum Heck, um dem Steuermann die Befehle des Stevenhauptmannes zu überbringen. Rufen, war bei diesem Sturmgeheule sinnlos. War dies der Tag, an dem Ran den Jarl und seine Gefährten in ihr Netz zog?

Doch die anderen Götter hielten ihre Hände schützend über die Seefahrer, und so fanden sie einen flachen Sandstrand, auf den sie den Asenzorn setzten konnten. Und dies geschah sehr heftig. Donnernd und kreischend rutschte der Kiel des Knarrs auf den verschneiten Strand.

Die Rahe war mit dem Segel herunter gekracht, denn Thoke hatte die Seile gekappt, um das Tuch und auch den Mast zu retten. Nun lag die Rahe quer über dem Schiff.

Einar klopfte dem Zimmermann dafür auf die Schulter.

„Das war knapp!"

Thoke nickte und wandte sich um. „Los, macht das Segel ab, wir brauchen ein Zelt!" So lösten sie das Segel von der Rahe, und legten diese über das Gestell, auf dem die Ruderpinnen lagerten. Dann zogen sie das Tuch darüber und befestigten es zu beiden Seiten an der Reling. Irgendjemand schleppte den Feuerkob unter das Zelt, und versuchte ein Feuer zu entfachen. Dann schlossen sie das Zelt und warteten darauf, dass das Unwetter vorüber zog.

So verstrichen der ganze Tag, und ein großer Teil des
Abends. Bis der Sturm endlich nachließ. „Diesen Sturm
hätte der Asenzorn auf See nicht überlebt", sagte Kjelt
erleichtert. Und alle nickten zustimmend. „Ja, diesmal hat es
die Ran ernst gemeint!" Einars Worte klangen eher
bedrückt, als froh darüber, dass sie den Sturm überlebt
hatten. Bald schon waren die ersten Männer eingeschlafen,
und so kehrte Ruhe ein, unter dem Segeltuch.

*

Die dunklen Tage des Herbstes schienen manchen
Menschen das Leben zu erschweren. Ihr Gemütszustand
änderte sich, und dies nicht zum Besten. So erging es auch
der jungen Eira. Je trüber die Tage wurden, umso dunkler
wurden ihre Gedanken.
Sie, die einmal eine Prinzessin gewesen war, hatte einen
Mann geheiratet, der nicht einmal ein Häuptling oder Jarl
war. Sollte sie dies bereuen? Nein! Schließlich wollte sie
frei sein. Fort von dem alten Jarl, den Grjotgard ihr zum
Mann gegeben hatte. Doch irgendetwas nagte an ihr. Und
eines Nachts, als sie wieder keinen Schlaf fand, da erkannte
sie es. Ihre Gedanken waren viel zu oft in ihrer Heimat. In
der Königsstadt, in der sie aufgewachsen war. In der Halle,
in der sie gespielt hatte. Bei ihrem Bruder, und auch bei
ihrem Vater. Und vor allem vermisste sie ihre Mutter
Andur. Eira quälte das Heimweh!
Aber wie konnte das sein? Sie wurde schlecht behandelt,
und erst dies hatte sie überhaupt hierher nach Borkasvik
gebracht. Plötzlich begann sie sogar an ihrem Gemahl Gisli
zu zweifeln. War er der Richtige? Oder hatte sie ihn nur
geheiratet, um ein Zuhause zu finden? Aber Gisli war ein
guter Mann, auch wenn er um einige Winter älter war. Und

so kämpfte sie gegen diese Gedanken an. Vielleicht hätte er sogar Verständnis für sie, und könnte ihr helfen.
Da entschied Eira, ihren Gemahl, der ruhig atmend neben ihr lag, ihn ihre Gedanken einzuweihen. Schon morgen! Doch diesen Gedanken hatte sie noch nicht ganz ausgedacht, da hörte sie, wie sie seinen Namen aussprach.
„Gisli!"
Der Schlafende reagierte nicht sofort. „Gisli", wiederholte sie seinen Namen, und legte ihm die Hand auf die Brust.
„Wach auf!" Es war wohl die Berühung, die den jungen Mann erwachen ließ. Langsam öffnete er seine Augen.
„Was… was ist geschehen? Warum weckst du mich?" Er rieb sich die Augen, und blickte die Eira an. Doch er erkannte nicht viel. Es war schließlich noch dunkel in der Kammer.
Der jungen Frau war aber nicht mehr wohl dabei, ihre Gedanken mitzuteilen. „Ach, es ist nichts. Schlaf weiter!"
Da richtete sich Gisli auf. „Du weckst mich, um mir zu sagen, dass nichts ist? Nun rede schon." Er beugte sich zu seinem Weib, strich ihr über das Haar und küsste sie. „Ich… ich glaube, ich habe Heimweh. Mir fehlt meine Mutter."
„Heimweh?" Er runzelte die Stirn. „Hm… aber deine Zuhause ist nun hier. Hier, bei mir!"
„Ja, natürlich. Aber heißt das, ich werde meine Familie nie wieder sehen?"
Nachdenklich nickte Gisli. Dann sagte er mit sanfter Stimme. „Mach dir keine Gedanken, Eira, wir finden eine Lösung. Ich verspreche es dir!" Dann beugte er sich zu seinem jungen Weib, nahm diese in die Arme und küsste sie innig.

Schon am nächsten Morgen begab sich Gisli zum Haus seines Vaters. Er berichtete von Eiras Gemütszustand, und erzählte von den Worten in der Nacht. Borka hörte sich zwar an, was sein Sohn zu sagen hatte, doch er schüttelte den Kopf. „Dies ist nun ihre Heimat. Das muss sie verstehen!" Diese Worte halfen Gisli natürlich nicht bei seinem Problem. Doch Sigve hatte mehr Verständnis für die junge Frau, denn sie kannte diesen Zustand. Ihr war es ähnlich ergangen, als sie die Gefolgschaft von Jarl Einar verlassen hatte, um das Weib Jarl Borkas zu werden.

„Du musst etwas tun, sonst wird sie dich eines Tages verlassen, Gisli", sprach die rothaarige Frau ruhig. „Ich rate dir zu einer Reise in das Trøndelag. Stille ihr Verlangen, nur so kannst du Eira helfen."
Da nickte Gisli, denn die Worte der Sigve ergaben Sinn.

„Doch wie sollen wir nach Lade kommen? Wir besitzen keine Schiffe, die auf das Meer hinaussegeln könnten?"

„Aber Jarl Einar hat sie", sprach Sigve grinsend. „Du könntest ihn fragen."

„Du glaubst…?"

„Aber natürlich! Er hat doch seinen Streit mit König Grjotgard beigelegt. Außerdem mag er dich und die Eira. Ich glaube nicht, dass er dir den Wunsch abschlagen wird."

„Ja, du hast Recht! Ich glaube Einar würde mir helfen."
Da nickte auch Sigve. „Oh, da bin ich mir sicher!"

*

Am nächsten Morgen war Olaf einer der ersten, die erwachten. Er sprang über die Reling und öffnete seinen Gürtel. Diesen ließ er in den Schnee fallen. Dann zog er seinen Klappenantel, und auch seine Tunika aus. Nun begann er sich mit dem frisch gefallenen Schnee abzureiben, und gründlich zu waschen. Und dies tat er nicht gerade lautlos. Als er damit geendet hatte, sah er, wie Einar über die Reling kletterte. Jetzt erst besah sich Olaf das Schiff genauer. Zwar hatte der Schneefall in der Nacht nachgelassen, und schließlich geendet, doch das änderte nichts daran, dass der Asenzorn einem großen Schneehügel glich. „Das müssen wir erst einmal wegräumen", sagte er zu seinem Jarl, der neben ihn getreten war. Dieser nickte nur verschlafen, und unterzog sich der gleichen Prozedur, wie zuvor sein blonder Stevenhauptmann.

Und so wie Olaf es gesagt hatte, geschah es!

Nachdem alle geweckt worden waren, begannen sie damit, das Knarr vom Schnee zu befreien. Thoke begann damit nach Schäden zu suchen, aber wie durch ein Wunder war der Asenzorn unbeschädigt geblieben. Sie hatten den Sturm gut überstanden, und bis auf drei Fässer, die wohl über Bord gegangen waren, fehlte nichts.

„Die Götter waren tatsächlich mit uns", hatte Thoke seinen Bericht begonnen, als er dem Jarl seine Erkenntnis mitteilte.

„Gut", sagte Einar. „Dann werden wir das Segel wieder an die Rahe knüpfen, und in See stechen. Weiß jemand wo wir sind?"

Der Schneesturm hatte jegliche Orientierung unmöglich gemacht. Sie wussten nicht, wie weit sie die Küste von Schonen befahren hatten. „Ich schätze wir sind bereits in Götaland", sprach Kjelt ruhig, „aber wir können auch noch in Schonen sein."

„Hm... beides wäre nicht gut für uns", entgegnete Olaf ernst. „Wir sollten wirklich sehen, dass wir hier weg kommen."

Gemeinsam schoben sie das Knarr zurück in die Fluten, und bald hatten sie wieder salziges Wasser unter dem Kiel.

Am Nachmittag wurde es merklich wärmer. Nun war auch der letzte Schnee geschmolzen, der noch auf dem Knarr gelegen hatte. Und auch an Land sahen sie, wie der Schnee weniger wurde, und das Braun der Erde, sowie das Grün der Wiesen wieder sichtbar wurde. Kjelt blieb mit dem

Asenzorn nah an der Küste, und endlich wussten sie auch wieder wo sie waren. Es war nicht mehr weit, bis zur Mündung des Flusses, der sie in den Vänern bringen würde.

„Machen wir bei Breka halt?", fragte Kjelt, als Einar auf die kleine Erhöhung am Heck trat. Da schüttelte der Jarl seinen Kopf. Er wollte den Freund nicht sehen. Einar war nach ihrer letzten Zusammenkunft klar geworden, dass Breka nicht mehr der Mann war, denn er früher gekannt hatte. Er war nun ein Jarl König Ragnars, und würde es notwendig werden, stünde er gegen Einar. Die Zeiten hatten sich geändert, und der Jarl musste sich eingestehen, dass ihm dies nicht gefiel. „Gut, dann segeln wir heim", holte Kjelt den Jarl aus seinen Gedanken.

Plötzlich trat Björn heran, und sah den Jarl an, der sich an die Reling gehockt hatte. „Nun Björn, du siehst nicht besonders glücklich aus." Einar sah zu dem Sohn des Ragnar auf.

„Es ist die Sorge um meine Mutter", sprach der junge Bursche, der für sein Alter schon recht groß war. Auch sproß langsam der Flaum über seiner Lippe. Björn wurde nun zum Mann. „Sieghard wird sie dafür bestrafen, dass sie mich fortschickte."

„Ach, Björn, glaube mir, um deine Mutter musst du dir keine Sorgen machen. Sie ist die berühmte Lagertha und wird einen Weg finden, sich zu wehren." Besonders beruhigt schien Björn nicht durch die Worte des Jarls, schließlich war sie seine Mutter. Die Frau, die ihn geboren hatte, und die er liebte, wie keinen anderen Menschen in Midgard. Doch er konnte nichts tun!

„Dein Vater wird sicher überrascht sein."

Björn sah Einar an, und nun wurde ihm klar, dass er gar nicht wusste, ob er in Älvsborg willkommen war. Er schwieg einen Moment, dann sprach er: „Was ist, wenn Ragnar gar nicht will, dass ich komme?"

„Oh, da mache dir mal keine Sorgen", grinste Einar. „Das will er bestimmt. Du bist schließlich sein Erstgeborener!" Diese Worte beruhigten den Burschen, der ja eigentlich ein Prinz war. Er wandte sich ab, und gesellte sich zu den Männern der Mannschaft.

Der Blick auf den Hafen der Götaburg, brachte die Gedanken an Breka noch einmal zurück in Einars Kopf. Er dachte an Astrid und die Kinder, und er hätte Breka lieber in seinem Dorf gehabt, als hier in der Festung am Fluss. Doch König Ragnar hatte gewusst, wie er den jungen Krieger ködern konnte. Die anderen Jarls hatten geahnt, dass dies eine undankbare Aufgabe war, und so lehnten sie dankend ab. Nicht einmal der Bau der neuen Burg hatte einen von ihnen umstimmen können. Doch Breka, dem jungen Gauten, hatte es den Jarlstitel gebracht. Er war nun dem Einar gleichgestellt, und er hatte inzwischen einen beträchtlichen Besitz angehäuft. Denn der Hafen und auch das Dorf, welches mit der Zeit, um die Burg entstanden war, waren immer weiter gewachsen. Und mit ihnen der Markt, der wegen seiner günstigen Lage an der Mündung der Götaälv, die Siedlung in kürzester Zeit zu einem beliebten Handelsplatz gemacht hatte. Die Händler, die über das Kattegat kamen, mussten nun nicht mehr in den Vänern hineinsegeln. Sie konnten ihre Geschäfte mit den Händlern aus den Siedlungen rund um den Vänern auch gleich hier tätigen.
So war der Handel in den Städten und Dörfern rund um das riesige Binnenmeer stark zurückgegangen. Auch der in der Königsstadt Älvsborg, was den Ragnar natürlich ärgerte. Dem Breka aber füllte es die Taschen, und so nahm Einar an, dass auch ein Befehl des Ragnar gegen Askby vorzugehen, von dem Freund ohne Widerspruch ausgeführt würde. Eigentlich hatte Breka bereits bewiesen, dass dies so

war. Nun überkam Einar eine gewisse Trauer, denn er wusste, dass es nie wieder so werden würde, wie es früher einmal war.

Es war kurz vor Sonnenuntergang, als der Asenzorn in den Svanefjord einlief, und im Hafen von Älvsborg einen Anlegeplatz suchte. „Thoke, Raban, Thure und Helgi", rief der Jarl einige Krieger zusammen. „Ihr werdet mich begleiten." Dann wandte er sich an Olaf. „Passt auf! Bleibt an Bord, und schützt unsere Ladung! Ich will kein weiteres Korn verlieren!"
Der Stevenhauptmann nickte mit dem Kopf, und mit Ubbe und Kjelt an seiner Seite, sowie den beiden jungen Burschen Ivar und Brogi, sollte dies gut möglich sein.
Die beiden Burschen, die mit ihren sechzehn Wintern ihre erste Seereise hinter sich gebracht hatten, hatte Einar für die Reise ausgewählt, um ihre Seetauglichkeit zu prüfen. Dies tat er meist, wenn es auf See ging. Nicht jeder kräftige, junge Bursche im Dorf, war dafür geeignet. Auch wenn sie es alle wollten!
Es wurde dunkel, als die sechs Männer den Hafen verließen, und sich auf den Weg zur Burg machten. „Nun, Björn, wie fühlst du dich?", fragte Thoke den Sohn des Ragnar. „Hm… ich weiß nicht so recht. Jedenfalls ist dies mein Zuhause, daran gibt es keinen Zweifel." Je näher sie der Burg kamen, umso ruhiger wurde Björn. Viele Fragen gingen ihm durch den Kopf. War er wirklich willkommen? Was würde die neue Gemahlin des Königs sagen, die er noch nicht kannte? Und immer noch der Zweifel, ob es richtig war, mit Einar zu gehen?
Das Tor in dem Wehrring, der die großen Gebäude im Inneren der Burg umgab, war weit geöffnet. Und doch tönte eine Stimme von oben, aus dem Wehrgang über dem Tor.

„Wohin wollt ihr?" Ein behelmter Kopf kam hinter der hölzernen Brüstung zum Vorschein. „Ich bin Jarl Einar, und dies ist Björn Ragnarsson." Er zeigte auf den Prinzen. „Wir wollen zu König Ragnar!" Da beugte sich der Wächter weiter vor, und rief plötzlich erfreut: „Björn! Du bist zurück! Ich bin es Sven, der Knurrer! Erkennst du mich noch?" Es gab eine Zeit, da hatte sich der Knabe Björn bei den Kriegern herumgetrieben, und so kannten die älteren Männer den Sohn des Königs natürlich.

„Sven! Ja, natürlich erkenne ich dich!", rief Björn erfreut hinauf. Ohne Probleme konnten sie das Tor passieren und in die Burg eintreten. Der Weg zum Langhaus des Ragnar war nicht besonders weit, und als sie den Platz vor der großen Halle erreichten, wiederholte sich die Begrüßung des Prinzen immer öfter. Viele Krieger erkannten Björn, und so auch der Wächter vor dem Eingang in die Königshalle. Nun war es Björn der fragte: „Ist mein Vater in der Halle?" Der Krieger sah den Fragenden überrascht an. „Björn?" Er trat einen Schritt vor. „Ja, Björn! Du bist zurückgekehrt!" Wie vor ihm die anderen Männer, so freute sich auch dieser Krieger darüber, dass Björn heimgekehrt war. „Ja, dein Vater ist drinnen." Er trat zu der Pforte, und öffnete eine der beiden Türen. Die Männer traten ein.

Sie gingen durch die große Halle, bis vor die breite Feuerstelle, die sich vor dem Podest von einer Seite zur anderen zog. Auf dem Podest saßen der König und sein Weib. Diese spielte mit einem kleinen Jungen, während Ragnar einen Säugling auf seinem Arm schauckelte. Doch plötzlich rief der König den Namen seine Erstgeborenen laut aus. Er konnte seinen Augen kaum glauben. „Björn!", rief er erneut, und reichte der Aslaug den Säugling. Dann sprang er von dem Podest, auf dem die Hochstühle standen, und umarmte seinen Sohn. „Wie kann es sein?", fragte er

immer noch ungläubig. „Das fragst du besser Jarl Einar!"
Nun wandte sich der König von Ranrike dem Jarl zu.
„Einar?", fragte er knapp.

„Nun, wir waren auf einer Handelsfahrt nach Hedeby, und
ich wollte meiner Schwester einen Besuch abstatten, die ich
immer noch bei dem Holstenjarl Sieghard vermutete. Dort
traf ich Lagertha, und erfuhr, dass sie nun die Gemahlin des
Jarls ist. Bald aber zeigte sich wohl, dass dies keine gute
Entscheidung von ihr war, und sie bat mich, Björn zu
seinem Vater zu bringen. Sie bangte um sein Leben!" Er
wandte sich dem Björn zu. „Und diesen Wunsch konnte ich
ihr natürlich nicht abschlagen." Nach diesen Worten traf
Einar ein kurzer, scharfer Blick. Es schien, als hätte der
König dem Einar die Nacht mit der Lagertha nicht
vergeben. Doch der Anblick seines ältesten Sohnes ließ den
König wieder lächeln.

„Das war gut! Ja, das war eine gute Tat, die ich dir nicht
vergesse, Einar!" Dann legte er seinen Arm um Björns
Schulter. „Komm, ich stelle dir deine neuen Brüder vor."
Gemeinsam traten sie auf das Podest. Aslaug hatte den
Säugling der Amme gereicht, die sich im Hintergrund
aufgehalten hatte. Auch sie begrüßte Björn.
Und dies tat sie, als kenne sie den Prinzen vom Tag seiner
Geburt an. Dann sprach sie: „Sieh Björn, dies ist dein
Bruder Ubbe", und zeigte auf den Knaben, der neben ihr
stand. „Und dies ist Sigurd Drachenauge." Björn beugte sich
vor, und besah sich den Säugling. In seinem grünlichen
Auge sah er eine längliche Pupille. Es glich tatsächlich dem
Auge eines Drachen. „Seid mir gegrüßt, meine kleinen
Brüder", sprach Björn freundlich, und nahm der Amme den
Sigurd aus dem Arm.
Da sprach Einar: „Ich sehe, dass Björn angekommen ist, und
werde mich jetzt zurückziehen. Das wärmende Feuer
meines Hauses ruft nach mir."

Da trat Ragnar noch einmal die Stufen es Podestes hinab. Er legte seine Hände auf die Schultern des Jarls. „Ich danke dir, Jarl Einar. Und ich danke dir auch dafür, dass du dein Wort gehalten hast, und mir meinen Anteil geschickt hast. Es war tatsächlich eine lohnende Raubfahrt." Einar nickte, und hätte am liebsten vor Ragnar ausgespuckt. Wortlos wandte er sich ab, und verließ mit seinen Männern die Halle von Älvsborg.

Als sie auf den Platz hinaustraten, konnte Thoke nicht mehr an sich halten. „Er hat vergessen zu erwähnen, dass er die Herausgabe der Beute mit einer Kriegsdrohung erzwungen hat."
„Natürlich wusste er, dass wir nicht gegen Breka kämpfen!" Nun spuckte Einar tatsächlich aus, und er fühlte plötzlich eine große Abneigung gegen den König, von dem er einmal glaubte, dass dieser sein Freund sei.

*

Es war eine schwierige Heimfahrt, denn der Vänern war vom Sturm aufgewühlt. Die Wellen schlugen gegen die Bordwände, und kein Fetzen Stoff blieb trocken. Doch dem Einar war es egal! Er wollte nur noch Heim, zu seinem Weib und zu seinen Kindern. So jagte das Knarr mit geblähtem Segel die Nordküste des riesigen Sees entlang. Lachend stand Einar am Vordersteven. Der Wind peitschte ihm den Regen in sein Gesicht, die nassen Haare wehten, und der Jarl von Askby fühlte sich lebendig und frei. Einen knappen Mond waren sie fortgewesen, und sie hatten nun genügend Nahrung, um das ganze Dorf den Winter über zu versorgen. Wenn sich die Vorratshäuser weiterhin mit Fleisch füllten, bräuchte niemand Hunger leiden.

Es regnete leicht, mit einigen Schneeflocken dazwischen, als sie in den Hafen einbogen, und Kjelt das Knarr an den Anlegesteg steuerte. Das Segel war nun an die Rahe gebunden, und diese lag auf dem Gestell. Und doch reichte die Fahrt des Knarrs aus, um dieses direkt an den Steg zu bringen. Dies war der Erfahrung und dem Können des Kjelt zu verdanken.

Durch den Klang des Signalhorns auf dem Turm am Hafen, wusste man bereits von der Ankunft des Asenzorns. Und so hatten sich viele Bewohner von Askby im Hafen gesammelt, um den Jarl und seine Mannschaft zu begrüßen. Niemand störte sich an dem schlechten Wetter, und hätte deshalb auf die Begrüßung der Heimkehrer verzichtet.

So waren natürlich auch Ilva und ihre Tochter Thorvi zum Hafen gekommen. Neben der schönen Kriegerin stand wie immer Sif, die Magd, mit dem kleinen Ulf auf dem Arm. Sie hatten sich hinunter auf den Steg begeben, so dass Einar sie sofort erblickte. Und obwohl Ilva in einen langen Umhang gehüllt war, und die Kapuze über dem Kopf trug, hatte er seine Gemahlin, und auch die Kinder, sofort erkannt. Mit einem mächtigen Satz sprang er über die Reling, und umarmte freudig sein Weib. Diese küsste ihn innig. „Es war zwar nur ein Mond, den du fort warst, doch ich habe dich sehr vermisst", hauchte sie ihm in sein Ohr.

„Ich bin froh, wieder bei dir zu sein, und ich denke dies war die letzte Fahrt", sprach Einar, und beugte sich dann zu der kleinen Thorvi hinab. „Und du, hast du mich auch vermisst?" Das kleine Mädchen nickte, und fiel dem Einar um den Hals. „Ja, ich habe dich vermisst, Vater."

Olaf hatte die Aufsicht über das Entladen des Knarrs übernommen, schließlich war er als Stevenhauptmann auf dem Asenzorn gefahren. Er rief Knechte und Sklaven aus dem Dorf heran, die die Waren tragend und mit Karren in die Vorratshäuser schafften.

Jarl Einar dagegen, saß bereits in einem großen Zuber, der mit heißem Wasser gefüllt war. Diesen hatten Sklaven mitten in dem Wohnraum aufgestellt. Das heiße Wasser tat ihm gut, und er genoß es. Auch gefiel ihm, dass Ilva ihn mit einem weichen Schwamm abrieb. Das Wasser schwappte über, sie lehnte sich vor, rieb sich mit voller Absicht an Einars nassem Körper. Das weiße Leinenunterkleid, ihr gutes Überkleid und die Schürze hatte sie abgelegt, blieb dabei natürlich nicht trocken. Der Stoff klebte an ihrem schönen Körper, und zeigte, was sonst verborgen blieb. Sie alberten herum, küssten sich und genossen die Berührungen. Da sprach Sif, die mit den Kindern an dem Tisch saß: „Ich denke, wir gehen in die Halle. Komm Thorvi!"

„Aber warum sollen wir in die Halle gehen? Es ist doch gerade so lustig." Das Kind hatte natürlich ihre Freude, an dem Wassergeplansche der Eltern und quietschte immer wieder vor Vergnügen. Nur zu gerne hätte sie sich daran beteiligt, doch dies verhinderte die Magd. Sif hatte natürlich bemerkt, was sich anbahnte, und wusste, was zu tun war.

„Thorvi, du sollst mir gehorchen. Also komm!" Die Magd erhob sich, und verließ, mit dem kleinen Ulf auf dem Arm, den Wohnraum. Und Thorvi folgte ihr mürrisch. „Und Thorvi, schließ die Tür!"

Der hölzerne Boden des Raumes stand, um den Zuber herum, bereits unter Wasser. Ilva beugte sich zu ihrem Gemahl hinunter, und küsste ihn. Und der Kuss wurde immer heftiger. Einar spürte das Verlangen seines Weibes.

„Komm", sagte er leise, und Ilva verstand. Sie streifte ihr nasses Unterkleid über den Kopf, und kletterte zu Einar in den Zuber. Nun schwappte das Wasser vollends über den Rand und platschte auf den Boden. Die rotblonde Schöne setzte sich auf ihren Gemahl, tastete mit der Hand im warmen Wasser, und fand sofort wonach sie suchte. Das rhytmische auf und ab, sorgte nun dafür, dass bald kaum noch Wasser in dem Zuber war. Einar sah über den Rand. „Da können die Mägde mit dem Wasser gleich die Räume reinigen!" Beide begannen zu lachen, ohne ihr Treiben zu unterbrechen, und dieses wurde nun immer heftiger. Ilva krallte sich in die muskulösen Schultern ihres Mannes, und nach einer Weile entfuhr ihr ein unterdrückter Schrei. Erschöpft sank sie auf Einar herab, knabberte an seinem Ohr, und hauchte. „Ich habe dich so vermisst."

Die Zeit verging, und es war nun nicht mehr lang bis zum Fest der Wintersonnenwende. Einen halben Mond nach ihrer Ankunft war das Wetter endgültig umgeschlagen. Und dies mit großer Wucht. Es wurde eisig, und in nur einer Nacht sorgte ein Schneesturm dafür, dass sich das Land in eine Winterlandschaft verwandelte.
Einars Vieh hatte man in die Ställe gebracht, denn der Jarl besaß mehrere Kühe, Schafe und Schweine. Diejenigen, die keine Ställe besaßen, und dass waren eigentlich alle, brachten das Vieh in ihre Häuser. Dort diente nun ein Teil des Hauses als Stall für die Familienkuh oder die Ziegen. Sie gaben Milch und spendeten Wärme. Allerdings stanken sie auch fürchterlich. Davon blieb die Familie des Jarls verschont.
Für das nahende Julfest[33] hatte Einar angeordnet, noch einmal Fleisch heranzuschaffen. So machten sich die Jäger des Dorfes auf den Weg in den Wald. Doch es war nicht mehr so einfach Wild zu finden, und so gingen die Jäger immer weiter nach Osten. Einige von ihnen aber gingen

---

[33] Julfest – Fest zur Mittwinternacht, wurde drei Tage lang gefeiert

dann nach Süden, den Hügel hinauf, denn sie glaubten, dass das Wild sich dorthin zurückgezogen hatte.

Und dann geschah es, dass einer der Jäger aus Askby, auf eine Gruppe Gauten traf. Diese packten den Jäger, und zeigten keine Gnade. „Du jagst unser Wild", warf der Anführer dem Jäger vor. „Du wärest besser vorsichtiger gewesen."

„Dafür werden wir dich bestrafen", drohte einer. „Das erinnert mich an unsere Fehde, wegen der Bäume", sprach er zu seinem Anführer.

„Ja, es reicht uns mit euch", rief ein anderer, und lachte hämisch auf. Der Anführer nickt, und zwei Krieger drückten den jungen Mann aus Askby, der nicht Älter als siebzehn Winter war, mit Gewalt zu Boden. „Du wirst jetzt vor die Hel treten, dass wird euch Ranrikern eine Warnung sein!" Da rief der junge Bursche den Namen des Göttervaters so laut er konnte. Raben erhoben sich krächzend aus den Bäumen in den Himmel, als der Anführer der Gauten seine Axt hob.

Jarl Einar saß mit einigen Männern in der Jarlshalle an einem der Tische. Sie unterhielten sich, tranken dabei Bier und versuchten ihre Langeweile zu besiegen. Ilva saß an seiner Seite, und schmiegte sich an den Mann den sie liebte. Da trat der Sklave Polk an den Tisch. „Einar, die Jäger sind zurückgekehrt. Es gibt schlechte Nachrichten!" Verwundert sah der Jarl den Sklaven an. „Was soll das heißen?" Da traten zwei der Jäger in die Halle. Sie klopften den Schnee von ihren Schultern, und sahen sich suchend um. Als sie den Jarl erblickt hatten, kamen sie heran. Einer der Jäger, der Anführer der Gruppe, begann dem Jarl vom Verlust des Gefährten zu erzählen. Sofort wurde es ruhig an dem Tisch. „Wir hörten wie jemand den Namen Odins rief", sprach er. „Da machten wir uns auf die Suche.

Welcher Jäger macht schon ohne Grund so einen Lärm? Auf einer Lichtung fanden wir den jungen Ole. Man hatte ihm den Schädel eingeschlagen!"

Kjelt wollte gerade beginnen zu schimpfen, doch Einar hob seine Hand, um ihm zu zeigen, dass er noch Schweigen sollte. „Wo fandet ihr ihn?", wollte der Jarl in seiner ihm angeborenen Ruhe wissen.

„Oben auf dem Hügelkamm", sprach der Anführer der Jäger etwas kleinlaut. „Auf Gautenland?", fragte Einar weiter. „Oh, das kann ich nicht genau sagen. Aber er hat sich schon weit hinauf gewagt." Der Jäger war sichtlich unsicher.

„Sage es mir Björn! War Ole auf Gautenland?"

Da nickte der Jäger. „Es ist möglich!" Nun aber meldete sich Ubbe zu Wort. „Na und! Ist das ein Grund ihn gleich zu töten?" Der große Krieger wurde wütend. Nun schloß sich auch Kjelt an. „Das können wir dem Skögul nicht durchgehen lassen."

„So? Willst du einen Krieg entfachen, Kjelt?", fragte Einar den Steuermann seiner Schnigge. „Ole, hat sich in das Gautenland gewagt, und hat dafür mit seinem Leben gezahlt!"

„Aber er ist einer von uns!", beharrte der hitzige Steuermann auf seiner Meinung.

„Du willst ihn nicht rächen?", empörte sich nun auch Ubbe. Einer schüttelte den Kopf. „Willst du für den Fehler des jungen Burschen sterben, Ubbe?" Da sah der Krieger seinen Jarl nachdenklich an, und schüttelte dann sein Haupt.

„Ich denke Einar hat Recht", mischte sich nun auch Olaf ein, und Thoke stimmte ihm zu. Und auch Thorberg, der mit dem Hund zu seinen Füßen am Tisch saß, nickte und sprach:

„Ich verstehe Kjelt und Ubbe, denn eigentlich sollten wir uns solche Frechheiten nicht bieten lassen. Das könnte für die Zukunft gefährlich werden. Doch ich verstehe Einars

Gründe. Und was würde König Ragnar sagen, wenn wir mit den Gauten einen Krieg beginnen?"

„Wenn wir die Gauten angreifen, wird es weitere Tote geben. Und das wegen des Fehlers eines Jünglings. Nein, ich brauche meine Männer, und werde sie nicht opfern!" Wurde Einar nun doch laut!

„Errichtet auf dem Platz einen Scheiterhaufen. Und heute, nach Sonnenuntergang, sollen sich alle versammeln. Dann schicken wir Ole zu den Göttern!"

So wie es Einar befohlen hatte, geschah es. Jeder im Dorf, gab etwas von seinem trockenen Holz, so dass sie einen Scheiterhaufen errichten konnten. Brennende Fackeln erhellten den Platz, als sich die Bewohner von Askby dort versammelten. Ole lag auf dem Scheiterhaufen. Sie hatten ihm seine beste Kleidung angezogen. Jarl Einar hatte dem Burschen ein Schwert als Beigabe auf den Körper gelegt. Es war nicht von bester Machart, aber dieses Schwert, war nun das erste, das der junge Bursche sein Eigen nennen konnte. Auch einen Schild und eine Axt gab man ihm mit in die andere Welt. Dann sprach der Jarl einige Worte, und Ilva reichte ihm eine Fackel. Mit dieser entzündete er den Scheiterhaufen. Er hätte auch nicht länger warten können, den es begann zu schneien.

*

13. Ein neues Versteck

Der Winter neigte sich langsam seinem Ende zu. An manchen Tagen wurde es schon richtig warm. Es war der vierte Mond nach der Wintersonnenwende, und es schien, als käme der Frühling recht schnell in diesem Jahr. Ilvas Bauch zeigte inzwischen eine deutliche Rundung, denn bei den Feierlichkeiten zum Mitwinterfest, hatte sie Einar die frohe Nachricht in sein Ohr gehaucht. Es war wohl das Wassergeplansche in dem Zuber, welches ihnen ein weiteres Kind bescheren sollte. Und der Jarl war glücklich wie schon lange nicht mehr. Er liebte die kalte Jahreszeit im Kreise seiner Familie. Nun fand er die Zeit, um im Wald auf die Jagd zu gehen. Und er genoss die Ruhe, die dort herrschte. Dies half ihm, dass die Trauer um Alma langsam schwand. Natürlich war seine Liebe zu ihr immer noch groß, und er vermisste das schöne Weib aus dem Sachsenland. Doch er musste sich auch eingestehen, dass ihr Bild vor seinem inneren Auge immer mehr verblasste.

Das Eis auf dem Vänern war gebrochen, und schmolz nun an jedem Tag ein wenig mehr dahin. Die Frühlingssonne strahlte ihre Wärme auf ihn herab, und ließ die dicke Eisschicht immer mehr schwinden. In der Mitte des vierten Monats wurde es dann doch noch einmal kälter, und es begann heftig zu schneien. Doch dies war nur das letzte Aufbäumen des Winters gewesen. Danach ging es schnell, die wärmende Kraft der Sonne nahm zu. Und der Schnee und das Eis verschwanden endgültig. Die Wiesen wurden wieder grün. Büsche und Bäume trieben neue Blätter aus. Das Vieh wurde auf die Weiden gebracht, und manche Kuh führte einen Freudentanz auf, als sie die Dunkelheit des Stalles verlassen durfte.

Nun begannen die Männer Pläne zu schmieden, was sie in diesem Sommer anstellen würden. Wohin sollte die Reise gehen?

„Ich hörte von einem Händler, dass es auf Borgundarholm[34] einige sehr reiche Bauern geben soll", schlug Ubbe vor. „Die wären sicher ein lohnendes Ziel."

„Das sind Jarlssippen, die sehr viele Krieger in ihren Reihen haben. Die sind äußerst wehrhaft", hielt Olaf wenig von dem Vorschlag. Er hielt sowieso wenig davon, gegen Nordleute zu kämpfen. Es gab genug andere Völker, die man ausrauben konnte.

„Dann doch besser wieder zu den Ranen[35]. Da gibt es immer was zu holen", meinte Thoke grinsend. Die Ranen waren für ihre Ambersteine[36] bekannt, und somit versprach ein Überfall immer große Beute. Es wurden noch viele Angriffsziele genannt, doch Jarl Einar wollte sich noch nicht festlegen. Im Gegensatz zu den meisten anderen Männern, zog es ihn noch nicht hinaus auf das Meer. Er hatte große Freude daran, seine Kinder aufwachsen zu sehen. Und nun, da Ilva schwanger war, sträubte sich etwas in ihm, das Dorf zu verlassen. Vielleicht war es ja der Überfall des Borkell, der ihn daran hinderte, sich auf die Raubfahrt zu freuen, so wie es die anderen taten.

So blieben sie noch in Askby, obwohl beide Schiffe bereits wieder am Steg vertäut lagen, und darauf warteten in See zu stechen.

Einar saß vor dem Langhaus in der Mittagssonne. Auf seinem Schoß saß der kleine Ulf, und brabbelte vor sich hin. Nicht das Einar irgendetwas davon verstand, und doch

---

[34] Borgundarholm – Bornholm
[35] Insel der Ranen - Rügen
[36] Amberstein – Bernstein, engl. Amber

antwortete er dem Kind, als führten sie eine Unterhaltung unter Männern. Das war es, worauf sich Einar wirklich freute. Mit seinem Sohn, von Mann zu Mann sprechen zu können. Ihm all das beizubringen, was er als Mann und Krieger wissen musste. Da fiel seine Aufmerksamkeit auf einen Reiter, der sich dem Platz vor der Jarlshalle näherte. Der Jarl erkannte den Mann sofort, und seine Freude war groß diesen zu sehen.

Vor dem Jarl zügelte er sein Pferd. „Sei mir gegrüßt, Einar!" Und der Angesprochene erwiderte den Gruß. „Ich grüße dich auch, Gisli! Es ist schön dich zu sehen."

„Ich soll auch Grüße von meinem Vater und der Sigve überbringen", sprach der Sohn des Borka, und stieg von seinem Pferd. „Und von der Eira sollst du nicht grüßen?", wunderte sich Einar, denn die Tochter des Ladekönigs mochte die Menschen in Askby sehr, das wusste der Jarl.

„Nun ja, dies sollte ich sicher tun, wenn sie wüsste, dass ich hier bin. Doch das weiß sie nicht", erklärte Gisli geheimnisvoll grinsend.

„Also, was treibt dich nach Askby, mein Freund?" Nun war Einar aber doch neugierig geworden. Gisli setzte sich neben den Jarl auf die Bank, und nahm ihm den kleinen Ulf ab, den er sich selbst auf den Schoß setzte. „Hallo, kleiner Ulf. Na, wie geht es dir? Du bist ja mächtig gewachsen", begann er mit dem Kind zu sprechen. „Und, wie ist es bei euch? Trägt Eira ein Kind?", fragte Einar den Gisli, denn er kannte dessen Herzlichkeit und Liebe zu Kindern. Doch Gisli schüttelte traurig den Kopf, und blickte betroffen zu Boden. „Nein, Freya[37] hat uns bisher nicht mit einem Kind beschenkt. Obwohl wir es oft genug versuchen. Vielleicht hat der Grund meiner Anwesenheit hier etwas damit zu tun." Er wandte seinen Blick dem Einar zu.

---

[37] Freya – Göttin aus dem Geschlecht der Vanen, Göttin der Liebe und Fruchtbarkeit junger Leute, Schwester des Frey

„Ich komme mit einer Bitte zu dir", begann Gisli zu sprechen. „Es geht um mein Weib! Ich weiß, dass dir genau so viel an ihr gelegen ist, wie mir. Sie plagt großes Heimweh. Es belastet sie sehr, das weiß ich, auch wenn sie es nicht sagt. Immer öfter spricht sie von ihrer Heimat. Von ihrer Familie, und vor allem von ihrer Mutter Andur." Ein bisschen erstaunt sah Einar den Gisli schon an, doch er ließ ihn reden. „Du weißt, wir besitzen keine Schiffe mehr. Zumindest keine, die auf die offene See hinaus fahren können. Darum will ich dich bitten, mit uns in das Trøndelag zu segeln." Nun verstand Jarl Einar endlich. „Ihr wollt König Grjotgard einen Besuch abstatten!"
Gisli nickte grinsend. „Ja, ich will mein Weib damit überraschen." Nachdenklich fuhr sich Einar mit der Hand über seinen Bart. „Es ist eine weite Reise!" Besonders erfreut war er nicht über Gislis Anliegen. Doch er mochte den Bruder seines Freundes Breka zu sehr, als dass er ihm eine Bitte abschlagen könnte. Trotzdem war es nicht leicht, die Männer zu überzeugen, denn eine Seefahrt, die nichts einbrachte, war für viele nur vergeudete Zeit. Einar holte tief Luft, und sein erstes Wort, das er sprach, glich einem heftigen Seufzer. „Ich werde die Männer zusammenrufen, und sie fragen, wer bereit ist mir zu folgen." Er lachte Gisli an. „Wir werden sicher eine Mannschaft zusammen bekommen."

*

An der gleichen Stelle die Einar bevorzugte, wenn er unbemerkt nach Tautra kommen wollte, hatte nun Borkell seine Schnigge auf den Strand gesetzt. Es war reiner Zufall, dass er die Stelle an der Ostküste auf der Nordinsel entdeckt hatte. Hier hinter einer schmalen, bewaldeten Landzunge, war das Schiff kaum aus dem Fjord zu erkennen. So konnten sie unbemerkt ein neues Versteck auf Tautra nutzen.

Am Waldrand schlugen die Piraten ihr Lager auf, und nach zwei Tagen des Ruhens, machte sich Borkell auf den Weg nach Sørhamna. Der Verlust der einen Schnigge, hatte den Borkell tatsächlich tief getroffen, und so mancher in seinem Gefolge, musste darunter leiden. Und zu allem Überfluss hatte im Jarl Stendal erklärt, dass er ihn nicht mehr in Steinkjer haben wollte. Der Jarl fürchtete sich davor, dass König Grjotgard ihm einen Krieg aufzwingen könnte. So musste Borkell sein sicheres Versteck im Nordosten verlassen. Da fiel ihm Tautra ein. „Ich weiß, dass Alwara, die Gemahlin von Jarl Thorsti, einer Bezahlung nicht abgeneigt ist", sprach Borkell zu seinem Stevenhauptmann.

„Eigentlich tut die gierige Hure für ein paar Münzen alles. Vielleicht finden wir hier einen neuen Unterschlupf?"

„Aber wir sind hier doch recht nahe an der Königsstadt. Das beunruhigt mich schon", antwortete dieser zweifelnd.

„Ach was, du Hasenfuß! Gerade darum wird uns Grjotgard hier niemals suchen." Borkell war sich sicher, und nun hieß es nur noch den Jarl von Tautra zu überzeugen, dass es sein Schaden nicht sein würde, wenn er ihm hier Unterschlupf gewähren würde. Doch zuerst wollte er bei dessen Weib Alwara vorfühlen, denn bei der war er sicher, dass sie eine gute Bezahlung nicht verschmähen würde. Also schickte er einen Mann namens Vestein nach Sørhamna. Dieser war schon etwas Älter, und als schlauer Kerl bekannt. Er sollte die richtigen Worte finden, um Alwara zu überzeugen.

„Höre mir gut zu", sprach Borkell eindringlich. „Es ist sehr wichtig, dass du die Jarlsgattin überzeugst. Hast du das verstanden, Vestein?"

„Natürlich, ich bin ja nicht schwer von Begriff."

Dann reichte ihm Borkell eine goldene Münze. „Was soll ich damit?", fragte Vestein ein bisschen überrascht. „Die gibst du der Alwara. Wenn es stimmt, was man über sie erzählt, wird die Münze ihr die Entschcidung crlcichtcrn." Borkell begann zu grinsen. Nun verstand der Bote, und machte sich auf den Weg. Ein Fremder fiel in diesem Teil der Insel natürlich immer auf, darum hatte Vestein noch vor Sonnenaufgang das Lager verlassen. Doch die Sorge war unbegründet. Er begegnete keinem Menschen! Sah er einen Hof, machte er einen großen Bogen darum.

In Sørhamna angekommen, suchte er in der Nähe des Jarlshauses nach einem Sklaven. Und diesen fand er schnell, denn es war inzwischen hell geworden, und die Sklaven kamen ihrer Arbeit nach. Vestein hatte die Tür des Langhauses beobachtet, und den jungen Mann verfolgt, der sich auf den Weg zur Quelle gemacht hatte. Er war derjenige, der für das Wasser zuständig war. Der Mann des Borkell folgte dem Sklaven, und musste feststellen, dass an der Quelle nun reges Treiben herrschte. Viele kamen jetzt, um Wasser zu holen. So musste er ein wenig warten. Dann aber, als der Sklave sich auf den Rückweg machte, sprach er ihn an. Doch der Mann war nicht allein. Ein junges Weib ging neben ihm, und sprach auf den Sklaven ein. Fragend sahen sie den Fremden an, und dieser zischte die junge Sklavin an: „Verschwinde!" Das Weib schüttelte entsetzt ihren Kopf, und ging.

„Du bist Sklave im Haus des Thorsti?" Der Bursche nickte stumm. „Das ist gut! Ich will, dass du der Alwara eine Nachricht überbringst. Nur der Alwara! Verstehst du?" Der Mann nickte erneut.

„Sage ihr, ich erwarte sie hier an der Quelle. Wenn die Sonne im Zenit steht. Und sage ihr, es wird ihr Schade nicht sein!" Er zeigte dem Sklaven die glänzende Münze, und dieser nickte. „Und sie soll allein kommen!" Der Sklave nickte ein wenig eingeschüchtert, und Vestein ließ ihn gehen.

Nach dem der Bursche aus seinem Blickfeld verschwunden war, machte sich auch der Mann des Borkell wieder auf den Weg in die Siedlung. Hinter einem Schuppen mit Kisten und Körben fand er einen Platz, an dem er sich niederlegte. Er war schon lang auf den Beinen, und der Weg über die Insel war lang und anstrengend. So dauerte es nicht lange, und Vestein war eingeschlafen. Und er schlief tief und fest!

„He, was soll das?" Eine Stimme drang dem Schlafenden in die Ohren. „Das ist mein Schuppen, und du hast hier nichts zu suchen!" Der Alte hatte langes, ergrautes Haar, und er schien nicht erfreut zu sein, dass Vestein seinen Schuppen als Schlafstätte genutzt hatte.

Langsam begriff der Krieger. Er räusperte sich, und fragte den Alten: „Steht die Sonne schon im Zenit?" Langsam schüttelte dieser seinen Kopf, obwohl er den Sinn dieser Frage nicht verstand. „Nein, noch nicht. Aber es dauert nicht mehr lang. Was soll die Frage?"

Wortlos erhob sich der Krieger, und trat auf den Alten zu. „Das geht dich gar nichts an. Aber ich danke dir, für die Unterkunft." Dann machte er sich auf den Weg.

Bei der Quelle angekommen, suchte er sich eine Deckung, denn er wusste ja nicht ob er dem Sklaven trauen konnte. Doch dieser hatte getan, was Vestein von ihm verlangt hatte. Jarl Thorsti lag noch auf dem Schlaflager, als der Sklave zurückgekehrt war. Doch Alwara lief bereits durch das Haus. So trat er zu dieser, und berichtete, was ihm an der Quelle widerfahren war. Erstaunt sah die blonde Schöne den Sklaven an. „Kanntest du den Kerl?" Der Sklave schüttelte den Kopf. „Nein, ich habe ihn noch nie in Sørhamna gesehen."

Alwara sah den Sklaven stumm an. Da erzählte dieser von dem glänzenden Goldstück, dass ihm der Vestein gezeigt hatte. „Er sagte, es wird dein Schaden nicht sein. Doch du sollst allein erscheinen." Da lachte die Alwara auf. „Ha, ist der Kerl von Sinnen? Ich begebe mich sicher nicht in Gefahr." Doch nach einem Moment, schien ihre Gier ihre Vorsicht bereits besiegt zu haben. „Ein richtiges Goldstück, sagst du?" Der Sklave nickte. „Gut, bring das Wasser weg", befahl sie, und der Sklave ging. Nun kämpften Gier und Vorsicht in Alwaras Kopf, doch sie wusste bereits, wer gewinnen würde.

Langsam kam die Jarlsgattin den Weg zwischen den Bäumen herunter geritten, und sie erblickte auch schon den Tümpel mit der Quelle. Doch sie sah niemanden!
Alwara musste sich eingestehen, dass ihr nicht wohl war in ihrer Haut. Ja, sie hatte Angst!
Bei der Quelle, aus der das frische, kalte Wasser in einen kurzen Bachlauf plätscherte, der zu dem Tümpel führte, zügelte sie das Pferd und stieg ab. Suchend sah sie sich um. Dass bereits ein Augenpaar auf ihrem Antlitz lag, bemerkte sie nicht. Vestein begann zu grinsen. Alwara gefiel ihm, und sie waren hier scheinbar allein. Kurz kam ihm der Gedanke, dass er mit dem Weib doch seinen Spaß haben könnte. Dann aber fiel ihm ein, was Borkell dazu sagen würde. So verwarf er den Gedanken, dieses Weib zu besteigen schnell wieder. Denn dies wäre sicherlich das letzte Mal, dass er einem Weib nahe käme. Er trat hinter dem Busch hervor, und grüßte die Jarlsgattin freundlich. Misstrauisch sah Alwara den Mann an. „Wer bist du? Was willst du von mir?"
„Ich komme, um dir ein Geschäft anzubieten, Jarlsgattin Alwara", sprach Vestein ruhig. „Und dazu rufst du mich in diese Wildnis? Ich bin das Weib eines Jarls. Warum kommst du nicht in die Jarlshalle, wie es sich gehört?"
„Dies ist eine Angelegenheit, die nur dich und mich etwas angeht. Darum bist du hier!"
Die Neugierde besiegte die Eitelkeit des Weibes, und sie fragte: „Was für ein Geschäft schlägst du mir vor?" Da

krammte Vestein die Goldmünze hervor, und reichte sie dem Weib. „Was ist das?"

„Nun, das ist eine Goldmünze, geprägt im Friesenland", antwortete der Bote des Borkell. Sie entstammte der Beute, die der Borkell in Askby gemacht hatte. „Und davon gibt es noch mehr", versuchte er die Alwara zu locken. „Und was muss ich dafür tun?", fragte sie ungläubig. Da grinste Vestein. „Nichts!"

Da lachte sie hämisch auf. „Du gibst mir Gold für nichts?"

„Nun ja, nicht ganz", sprach er. „Wir suchen eine Bleibe. Einen Unterschlupf in dem wir ungestört, und sicher vor dem König sind."

„Was heißt wir?"

Nun musste Vestein Farbe bekennen. „Mein Anführer ist Borkell, der Schwarze!"

„Du willst, dass ich Borkell Unterschlupf gewähre? Bist du närrisch?" Sie lachte auf. „Ich bin die Base des Königs…"

„…mit dem du im Streit liegst. Richtig?", unterbrach Vestein das Weib. Der Bote hatte durchaus Recht, denn die Beziehung zu Grjotgard war mehr als erkaltet. Es grenzte schon an ein Wunder, dass Thorsti überhaupt noch der Jarl von Tautra war. „Da hast du nicht unrecht", gab sie zu. Nun wusste Vestein, dass er die Jarlsgattin da hatte, wo er sie haben wollte. „Borkell bietet dir den zehnten Teil von allem, was wir erbeuten. Du musst uns nur deinen Gemahl vom Hals halten."

„Aber dazu muss ich wissen wo ihr seid." Doch Vestein schüttelte seinen Kopf. „Noch nicht! Erst wenn wir sicher sind, dass wir dir trauen können."

Alwara sah den Vestein lange schweigend an. Doch dann willigte sie ein. „Gut! In drei Tagen, werde ich hier an der Quelle auf dich warten, um dir deinen ersten Anteil zu bringen", versprach er. „Sei zur gleichen Zeit hier. Ach, und ein Pferd wäre nicht schlecht."

„Gut, nimm meines", sprach sie, und machte sich zu Fuß auf den Weg zurück in die Siedlung. Vestein bedankte sich, und stieg grinsend in den Sattel.

*

Einer voller Mond war vergangen, seit Gisli in Askby war, und seine Bitte vorgetragen hatte. Und nun segelte der Asenzorn durch das Kattegat mit Kurs nach Nordwesten. Von der Stammbesatzung fehlte nur Ubbe, der sich geweigert hatte, und es vorzog nach Älvsborg zu gehen, um sich einem Wikingfahrer anzuschließen. Zwar gefiel dem Jarl die Entscheidung nicht, aber Ubbe war ein freier Krieger.

„Gisli, nun sage mir schon, wohin wir reiten", drängte Eira ihren Gemahl immer wieder. Doch dieser blieb standhaft! Da wandte sie sich an die Sigve. „Du weißt doch sicher, was Gisli vor hat. Sage es mir, ich verspreche dir, er wird es nicht erfahren, dass du es mir verraten hast." Doch die rothaarige Völva grinste nur. Dann wandte sie sich ab, und ließ Eira stehen. Genauso erging es ihr bei dem Versuch von Jarl Borka etwas zu erfahren. Ihr blieb nichts anderes übrig, als sich überraschen zu lassen.

„Ich schwöre dir, es ist etwas Gutes", versuchte Gisli sein junges Weib zu beruhigen, denn die Unwissenheit war bei der Trøndnerin nun in Ärger umgeschlagen. Beleidigt weigerte sie sich auf ein Pferd zu steigen. Da nahm Gisli sie in die Arme. „Sei ein gutes Weib, Eira, und vertraue mir. Es wird dein Schaden nicht sein. Und erzürne mich nicht. Steige auf das Pferd!" Dass es so schwierig werden würde, ihr eine Überraschung zu bereiten, hatte Gisli sich im Traum nicht gedacht. Sie verabschiedeten sich, und verließen Borkasvik.

Die Freude der Eira war groß, als sie begriff, dass Gisli mit ihr nach Askby ritt. Er hatte ihr ja mit keinem Wort verraten, was er dort geplant hatte. Heimlich packte er zusammen, was sie benötigen würden, und verstaute dies in einem Sack auf seinem Pferd.

Jeder dem sie begegneten, als sie durch das Dorf ritten, grüßte sie freundlich. „Du hättest mir ruhig sagen können, dass wir nach Askby reiten", sagte Eira grinsend. „Ich hätte mich auch gefreut, wenn du nicht so ein Geheimnis daraus gemacht hättest." Gisli lächelte, aber er schwieg.

Sie waren den breiten Weg entlang geritten, der von Nordwesten in die Siedlung führte. Auf dem Platz vor dem großen Langhaus zügelten sie ihre Pferde und stiegen ab. Polk, der Sklave, kam gerade mit einem großen Stamm auf der Schulter, umd die Ecke der Jarlshalle. Der Mann, dessen Gesicht von Sommersprossen übersät war, grüßte die beiden Ankömmlinge. „Schön, dass ihr da seid. Der Jarl erwartet euch schon." Nun sah Eira ihren Gemahl überrascht an.

„Was meint Polk damit?"

Gisli grinste. „Warte es einfach ab."

Sie betraten mit dem Sklaven das große Haus, und während Polk den Stamm in die lange Feuerstelle legte, so dass die Funken sprühten, nahmen sie an einem der Tische Platz. Da kam Sif heran. „Ihr seid sicher hungrig, von der Reise. Ich bringe euch etwas zu essen." Und schon war die kleine Frau wieder verschwunden. Es dauerte eine Weile, bis Einar und Ilva aus dem hinteren Teil des Hauses in die Halle traten. Polk hatte die Ankunft der Gäste gemeldet. „Gisli! Eira! Wie schön euch zu sehen!", rief Einar, und Ilva umarmte die junge Frau. Diese sah auf den Bauch der schönen Kriegerin und fragte: „Wie lange wird es noch dauern?"

„Vier Monde! Es wird Sommer sein!", antwortete Ilva lächelnd. Einar hatte Gisli die Hand gereicht, und ihn gefragt: „Weiß sie es schon?" Da schüttelte der Sohn des

Borka seinen Kopf. „Nein, sie denkt immer noch, dass der Besuch hier in Askby die Überraschung ist."

Da lachte Einar. „Dann wollen wir sie nochein wenig in diesem Glauben lassen." Nun kam Sif zurück, und mit ihr die junge Thorvi, die einen Laib Brot trug. Ihnen folgte stolpernd der kleine Ulf, der inzwischen das Laufen gelernt hatte.

Gemeinsam setzten sie sich an den Tisch, und Sif stellte eine Schüssel mit Grütze darauf. Dann nahm sie der Thorvi das Brot ab, und legte es neben die Schüssel. Hölzerne Teller hatten bereits auf dem Tisch gestanden, und diese verteilte die Ilva nun. Sif verschwand noch einmal, und kam mit einem Krug Wasser zurück. Dann ging sie endgültig.

„Lasst uns etwas essen. Ihr seid doch sicher hungrig. Der Weg ist weit", sagte Einar, und schöpfte Grütze aus der großen Schüssel auf einen Teller, und stellte diesen vor die Thorvi. Dann riss er ein Stück von dem Brot ab, und reichte es seiner Tochter. Gleiches tat Ilva für den kleinen Ulf. Dann nahmen sie sich selbst von der Grütze, auf der Fettaugen und kleine Speckstücke schwammen. Nun aßen sie gemeinsam, und Gisli musste erzählen, was es Neues aus Borkasvik zu berichten gab.

Nach dem sie das Mahl beendet hatten, sah Einar den Gisli an. „Ich denke, es ist an der Zeit dein Weib zu erlösen, mein Freund." Da wurde Eira hellhörig. „Was soll das heißen?", fragte sie in die Runde. Einar grinste. „Das wird die Gisli nun erzählen, denke ich."

Dieser strich sich mit der Hand über den Bart, und begann dann. „Unsere Reise hierher nach Askby ist nur ein Teil meiner Überraschung. Ein kleiner Teil!" Er begann zu lächeln. „Deine Sehnsucht nach den Eltern und der Heimat, hat mich sehr bewegt. Und natürlich auch deine schlechte Laune und die Kratzbürstigkeit, in letzter Zeit."

Da begannen alle zu lachen. „Nun, so habe ich entschieden etwas dagegen zu tun. Wir reisen in das Trøndelag, um deine Sippe zu besuchen." Da entfuhr der Eira ein kurzer Schrei. „Wir segeln nach Lade?" Gisli nickte. „Ja, ich bat Jarl Einar um diesen Gefallen, und er hat eingewilligt." Die Freude der Eira war groß. Sie erhob sich und umarmte zuerst ihren Gemahl, und dann auch den Jarl. „Morgen, nach Sonnenaufgang werden wir in See stechen", sagte dieser, und es gefiel ihm sichtlich der Eira eine Freude bereitet zu haben. „Ich habe mit deinem Vater Frieden geschlossen. Darum sehe ich keinen Grund, Gisli seinen Wunsch abzuschlagen." Er wischte der Prinzessin von Lade eine Träne von der Wange. „Ausserdem freue ich mich auch darauf, deiner Mutter einen Besuch abzustatten."

Der Wellenwolf war bereits seit zwei Tagen seeklar, und wartete nur darauf den Kiel in die Wellen des Vänern zu tauchen. Früh am Morgen hatten sich die Männer an der Schnigge gesammelt, die ihren Jarl begleiten wollten. Unter ihnen war auch Thorberg, der Schwager des Jarls. Zwar hatte er ein mulmiges Gefühl im Magen, denn er traute Grjotgard noch nicht über den Weg. Doch andererseits freute er sich darauf, seine Heimat wiederzusehen. Und dann kamen der Jarl, seine Familie, Gisli und Eira, und auch Ferun, sowie der Hund Freki in den Hafen.
Jarl Einar verabschiedete sich von seinem Weib und den Kindern, die die Ilva an den Händen hielt. Und auch von seiner Schwester wollte sich der Jarl verabschieden, doch diese trat, mit der kleinen Hrana an der Hand, zu der Jarlsgattin. Sie kniete sich zu ihrer Tochter nieder, und umarmte das Kind. „Sei ein braves Kind, und höre auf das was Ilva sagt. Und du beschützt die Kinder!" Ihr Blick traf den des großen Hundes. Sie strich ihm mit der Hand über

den Kopf. Dann küsste sie die kleine Hrana und wandte sich dann an den Jarl. „Wir sollten jetzt ablegen."
Ein wenig verwirrt sah Einar seine Schwester an. „Du willst uns begleiten?" Da nickte Ferun. „Ja, auch ich will meine Heimat wiedersehen!" Da zuckte der Jarl mit den Schultern. „Na dann, alle Mann an Bord! Wir legen ab!"
Die Männer, die zum Rudern eingeteilt waren, stellten sich, mit den Ruderpinnen in Händen vor ihre Seekisten[38] und warteten auf die Befehle. Langsam entfernte sich der Wellenwolf vom Steg. „Ruder senken!", rief Olaf, der Stevenhauptmann, und die Männer steckten die Ruderpinne in die Führungsösen. „Und ab!" Der Befehl Olafs hallte über das Schiff. Die Hölzer senkten sich in die Fluten, und die Schnigge nahm Fahrt auf.

*

---

[38] Seekiste – diente zum verstauen der Habseligkeiten, die ein Seefahrer Mit sich an Bord nahm. Wurde auch als Ruderbank genutzt

14. Wiedersehen in Lade

Langsam glitt die Schnigge des Jarls von Askby, vorbei an den Felswänden des Meeresarmes, der in das Landesinnere des Trøndelags führte. Hier in dem schmalen Teil des Ladefjordes, waren die Ufer meist steile, graue Felswände, bewachsen mit Nadelholz, das vom Wind gestaltet, in den seltsamsten Formen dem Himmel entgegen wuchs. Mal schmal, mal breit stürzten Wasserfälle in die Fluten. So etwas gab es in Ranrike nicht zu sehen. Da fielen immer wieder wehmütige Blicke auf die Landschaft, und so manchen an Bord packte das Heimweh.

Natürlich war nun Ranrike ihr Zuhause geworden, doch das Trøndelag war ihre Heimat. Und dem Jarl erging es dabei nicht anders, als seiner Gefolgschaft.

Olaf stand am Vordersteven, und erblickte das Schiff zuerst, welches aus einer kleinen Bucht in den Meeresarm steuerte. Zuerst dachte er nicht an eine Gefahr, doch als die Schnigge direkten Kurs auf den Wellenwolf nahm, erkannte er, dass sie verfolgt wurden. Sofort machte er sich auf den Weg zum Heck des Schiffes, und pfiff durch die Finger. Er rief den Namen seines Jarls, und als dieser Aufmerksam wurde, zeigte er zu der Schnigge, die ihnen nun folgte.

„Was denkst du?", fragte er, als er neben Einar trat. „Wo kam der so plötzlich her?", wollte der Jarl wissen, denn er hatte das Schiff gar nicht bemerkt. „Die Schnigge kam aus einer kleinen Bucht, und hat sofort die Verfolgung aufgenommen."

„Du glaubst an einen Überfall?" Einar wunderte sich ein wenig. Sie waren kein Handelsschiff, und es war nicht fiel an Beute zu erwarten. „Na, gut! Empfangen wir sie gebührend!" Sein Blick ging an Kjelt, den Steuermann, vorbei und blieb auf der Schnigge liegen, die ihnen mit geblähtem Segel folgte. Doch der Wellenwolf war ein schnelles Schiff. Lang und schmal gebaut. Meist schneller als andere Schniggen!

„Pfeil und Bogen! Speere!", befahl Einar dem Olaf, und dieser nickte. Er wollte das Schiff nicht entern, sondern es sich vom Halse halten. Dann wandte er sich dem Kjelt zu, und gab den Befehl, die Schnigge an Backbord herankommen zu lassen. Dieser nickte, und gab seine Befehle an die Männer weiter, die mit ihm das Schiff steuerten. Durch ein verändern der Segelposition nahm Kjelt Fahrt heraus, und der Wellenwolf wurde langsamer. Nun würde sich zeigen, was der fremde Schiffsführer im Schilde führte. Bis auf diejenigen, die mit dem Steuern des Schiffes beschäftigt waren, hatten sich alle nahe der Backbord Reling gesammelt. Bewaffnet mit Pfeil und Bogen oder Speeren, warteten sie darauf, dass die fremde Schnigge herankam. Und dies gelang ihr erst jetzt, nachdem Kjelt die Fahrt verlangsamt hatte.

Nun schob sich die fremde Schnigge an den Wellenwolf heran. Am Vordersteven stand ein Mann, der dem Einar kein Unbekannter war. „Das ist ja Borkell", sprach er zu Olaf. Dies veränderte nicht nur für den Jarl die ganze Situation. „Macht euch bereit! Von diesem Schiff haben wir nichts Gutes zu erwarten!" Dies hätte Einar niemals erwartet, und sein Jagdtrieb erwachte. Laut rief er: „Das ist Borkell, der Schwarze. Ich will seinen Kopf! Holen wir ihn uns!"

Doch Einar war nicht der Einzige, der sein Gegenüber erkannt hatte. „Diese Schnigge kenne ich. Und auch das Banner mit dem Wolf", rief der schwarzgelockte Wikinger. „Das ist dieser Hundsfott Einar! Was will der Kerl hier?"

Nun kam die Schnigge des Borkell heran, und als der Großsegler längseits kam, gaben die Anführer den Befehl, die Wundbienen fliegen zu lassen.

Es zeigte sich schnell, dass auf dem Wellenwolf die besseren Bogenschützen fuhren. Während in Einars Gefolgschaft zwei Verletzte zu beklagen waren, hatten die Angreifer bereits sechs Getroffene. Davon war einer nach Walhalla gegangen, denn ein Speer hatte sich in seine Brust gegraben. Und nun ging es nicht mehr nur darum, den Verfolger abzuschütteln. Nein, jetzt wollte Einar das Schiff entern! Die Männer, welche ihre Speere geworfen hatten, standen nun mit Schild und Schwert an der Reling, und warteten darauf, dass die Enterhaken flogen.

Borkell musste erkennen, dass es hier weder etwas zu holen gab, noch dass er dem Einar gewachsen war. Er hob seine Hand, und drehte diese mit gestrecktem Finger. Und sein Steuermann wusste, was dies bedeutet. Die Schnigge des Borkell drehte ab, und vollzog eine Wendung, die das Schiff gefährlich nah an die Felswände brachte. Und dabei folgten ihr die Pfeile der Bogenschützen auf dem Wellenwolf.

„Folge ihm!" Den Befehl rief Einar dem Steuermann zu, doch Kjelt schüttelte den Kopf. „Wir würden gegen die Felswand stoßen. Der Wellenwolf ist zu lang für eine solche Wende!" Verärgert schlug Einar mit den Fäusten auf die Reling. So nah war ihm Borkell schon lang nicht mehr. Doch er beruhigte sich schnell wieder. „Gut! Volle Fahrt", rief er dem Steuermann zu.

Bald erreichten sie den offenen Fjord. Sie verließen den schmalen Meeresarm, und nahmen Kurs nach Osten in den Ladefjord hinein. „Sollen wir unser Versteck ansteuern?", fragte Olaf. Da hob Jarl Einar seine Augenbrauen, und der Blonde schlug sich mit der Hand vor die Stirn. „Ach, ich vergaß, dass wir ja nun keine Feinde des Grjotgard mehr sind."

„So ist es, mein Freund! Kurs direkt nach Lade!" Hätte
Einar gewusst, was er in seinem Versteck auf Tautra
vorfinden würde, hätte er nicht gezögert dorthin zu segeln.
So aber, segelten sie direkt zur Königsstadt des Trøndelag.
Kjelt steuerte den Wellenwolf in den Fluß Nid, der zum
Hafen von Lade führte. Denn die Königsstadt lag im Inneren
des Landes. An der Küste des Fjordes gab es nur einige
Fischerdörfer.

*

Der Ärger auf der Schnigge des Wikingers Borkell war
groß. Wie konnte es dazu kommen, dass er vor dem
verhassten Jarl fliehen musste? Nur zu gerne hätte er den
Einar zu den Göttern geschickt. Doch das Kampfglück war
auf der Seite des Gegners, und wohl auch das Heil der
Götter.
„Wir hätten sie kriegen können", behauptete einer der
Krieger, ein stämmiger Kerl mit namens Wulfur. „Ach, und
warum haben wir uns dann zurückgezogen?", fragte der
Anführer mit hämischem Unterton. „Weil ich zu feige war,
gegen ihn zu kämpfen? Willst du mir das damit sagen?" Da
wurde der Krieger kleinlaut, und ihm wurde gewahr, dass er
den Borkell zutiefst beleidigt hatte.
Dies war nicht ungefährlich, denn Borkell hatte schon
einmal seine Axt in den Kopf eines Mannes seiner
Gefolgschaft geschlagen, der ihm widersprochen hatte. Und
so ruderte Wulfur schnell zurück. „So meinte ich das nicht,
Borkell."
„Wie meintest du es dann? Halt gefälligst dein Maul,
Mann!" Der schwarzhaarige Krieger wandte sich um, und
sah auf die See hinaus. „Ich denke, es ist an der Zeit wieder
zurück zu segeln." Er rief dem Steuermann Befehle hinüber

zum Heck, und dieser änderte den Kurs. „Vielleicht haben wir ja doch noch Jagdglück. Der Tag ist noch jung!"

Und der Borkell wurde von den Göttern erhört, denn es gelang ihm das Knarr eines Händlers aus dem Süden aufzubringen. Und dieser musste die Wut des Borkell über sich ergehen lassen!
Nur einem jungen Burschen, gelang es sich schwimmend an Land zu retten. Er war kräftig genug und hatte das immer noch eisige Wasser überlebt. Alle anderen starben unter den Klingen der Wikingfahrer, denn der verlorene Kampf gegen die Krieger des Jarls von Askby, hatte ihnen die Wut und den Blutdurst der Piraten beschert.
Zufrieden machten sie sich auf den Weg nach Tautra in ihr Versteck, nicht ahnend, dass sie genau an der Stelle ihr Lager errichtet hatten, an der vor nicht allzu langer Zeit, noch der verhasste Feind seinen Kiel in den Strand gleiten ließ.
Es schien, dass sich Alwara an die Abmachung mit dem Piraten hielt. Und damit dies so blieb, schickte Borkell einen Mann nach Sørhamna, um der Jarlsgattin ihren Anteil an der Beute zu bringen. Diese nahm den Anteil heimlich in Empfang, und suchte sich ein Versteck für ihren nun anwachsenden Reichtum. Dieses fand sie in einem alten Stall, der von seinem Besitzer nicht mehr genutzt wurde. Hier glaubte sie ihre Beute in Sicherheit. Denn wenn der Anteil nur aus gehacktem Silber bestand, oder auch mal aus einigen Münzen aus dem Süden, wäre es kein Problem gewesen, diese vor dem Thorsti zu verstecken. Doch so war es nicht!
Man brachte ihr Felle, und auch mal Säcke mit Getreide. Töpfe aus Eisen, und das Raubgut aus christlichen Kirchen. All das, was die Händler in den Norden brachten. Dies erzürnte Alwara, denn sie wusste nicht, was sie mit all dem

Zeug anfangen sollte. Es gab nur einen Ausweg. Sie musste es verkaufen! Der Sklave, der ihr die Nachricht von Borkell gebracht hatte, erhielt ihr volles Vertrauen. Dies allerdings unter der Androhung, bei Verrat sofort den Kopf zu verlieren. Und so schwieg dieser über sein Wissen, und diente der Alwara, bei ihren heimlichen Machenschaften. Er war es, der die Waren immer wieder mit einem Skuder an das Festland auf die Märkte schaffte, und es dort zu Silber machte. Manchmal aber brachte er Waren zurück, die er nicht verkaufen konnte. Und diese lagerten in dem alten Stall.

Die Alwara freute sich, denn ihre Geldkatze füllte sich mehr und mehr. Und sie begann Pläne zu schmieden, was sie mit ihrem Anteil an der Beute anfangen würde. Doch es kam anders, als es Alwara sich erhofft hatte.

Denn nun begab sie sich immer öfter nach Lade auf den großen Markt, und kam mit allerlei Zeug zurück. Meist waren es Geschmeide und Stoffe aus dem Süden. Aber auch Sachen für den täglichen Gebrauch, und immer mehr schöne Pelze, brachte sie nach Sørhamna.

Dies fiel natürlich nicht nur den Bewohnern der Siedlung auf, denn die Jarlsgattin stolzierte geschmückt herum, dass selbst Königin Andur vor Neid erblassen könnte.

Auch wenn Thorsti nun wieder alten Gewohnheiten frönte, so war sein Verstand nicht so benebelt, dass ihm dies nicht auffiel.

Was die Jarlsgattin nicht wusste war, dass der verlassene Stall von Kindern immer wieder mal zum Spielen genutzt wurde. Und so geschah, was geschehen musste. Diese fanden all die geraubten Güter, und konnten nicht widerstehen. Sie schleppten einige Sachen, die ihnen besonders gefielen, mit nach Hause. So dauerte es nicht lang, und die Frage wurde gestellt: „Woher hast du das?" Und die Kinder redeten!

So kam die Nachricht von den Waren im alten Stall auch an die Ohren des Jarls von Tautra. Und der Schönling zeigte Schläue, in dem er nur beobachtete. Schnell hatte er den Sklaven ausgemacht, der der Alwara zu Diensten war. Diesen ließ er von seinen Männern in die Halle bringen, um ihn zu befragen. Aber der Mann schwieg!

Zwar hatte er Angst vor Thorsti, doch die Angst vor Alwara war bei weitem größer. Und diese war bei der Befragung natürlich in der Jarlshalle anwesend.

„Nun? Woher stammen die Waren in dem alten Stall?" Die Stimme des Thorsti war eigentlich recht freundlich. „Was steckt dahinter? Erzähle es mir."

Der Sklave senkte seinen Kopf. „Ich werde es erfahren, ob du dich sträubst oder nicht." Er hob den Kopf und sah den Jarl an. Und ein strenger Blick der Alwara lag auf seinem Gesicht.

Natürlich würde er reden müssen. Und sei es unter der Folter! Und dies wusste auch die Jarlsgattin. So überlegte sie, wie sie den Sklaven aus der misslichen Situation retten könnte. Wobei ihr der Sklave dabei egal war.

„Rotger, hier…" Der Jarl zeigte auf einen seiner Krieger, der neben dem Gefangenen stand. „…er ist sehr geschickt, wenn es darum geht, Zungen zu lösen." Rotger sah den Sklaven grinsend an, und zog seinMesser aus der ledernen Scheide. Doch der Sklave blieb hart und schwieg.

Da wandte sich Thorsti an sein Weib. „Ich glaube, du solltest nicht sehen, was nun passiert." Doch Alwara dachte gar nicht daran die Halle zu verlassen. Sie war der einzige Grund, dass der Sklave schwieg. Und ihr Blick lag wie versteinert auf dem Mann. „Wage es nicht zu reden", sollte ihm dieser Blick sagen, und er verstand ihn.

„Nun? Bist du bereit zu reden?" Die Stimme des Jarls klang nun nicht mehr so freundlich. Und als der Sklave keine Anstalten machte zu sprechen, nickte der Jarl dem

Rotger zu. Dieser packte die linke Hand des Sklaven, und schnitt ihm kurzerhand den kleinen Finger ab. Der Mann schrie auf, und jaulte vor Schmerz.

„Du bist ein mutiger Mann", sprach Thorsti. „Aber du bist auch dumm! Rotger wird dir jeden Finger einzeln abschneiden, wenn du nicht redest." Und dann lachte er auf.

„Oder er schneidet dir etwas anderes ab!" Dies fand Thorsti lustig. Er klopfte sich auf die Schenkel. „Ja, er schneidet dir was anderes ab!"

Nun aber reichte es der Alwara. „Schluß jetzt!" Die Jarlsgattin ließ nun ihrem Ärger freien Lauf. „Dieser Mann ist einer meiner Sklaven, und ich verbiete es, ihn zu töten. Du siehst doch, dass er nichts weiß!"

Er überlegte einen Moment, und sah sein Weib mit einem hinterlistigen Blick an. „Du hast recht, es ist dein Sklave. Lasst ihn los!" Er wandte sich seinen Kriegern zu. Alwara eilte zu dem Sklaven, der auf die Knie gesunken war, und rief nach einer Magd. Diese eilte herbei, und verband dem Sklaven die Hand. Dabei lag der Blick des Jarls auf seinem Weib. Nachdenklich sah er die Alwara an.

Ob Alwara es wollte oder nicht, sie tat fortan keinen Schritt mehr, ohne beobachtet zu werden.

*

Erstaunt hörte König Grjotgard die Worte des Ingolf, der in die Königshalle getreten war, und dem König verkündete, dass eine Schnigge mit dem Banner des Jarl Einar im Hafen angelegt hatte. Auch wenn die beiden Männer Frieden geschlossen hatten, hatte der König nicht mit so einem baldigen Wiedersehen gerechnet. „Was will der Kerl schon wieder hier?", fragte er wenig begeistert.

Der rundliche Berater zuckte mit den Schultern. Woher sollte der irische Sklave auch wissen, was der Mann aus

247

Ranrike im Trøndelag wollte. „Soll ich ihn in die Halle führen?" Nachdenklich sah der König auf den Boden, und reagierte nicht auf die Frage seines Leibsklaven und Beraters Ingolf.

„Grjotgard!"

„Hä? Was?" Grjotgard hob seinen Kopf.

„Ob ich ihn in die Halle bringen soll, habe ich gefragt?" Da schüttelte Grjotgard seinen Kopf. „Nein! Ich weiß doch nicht, ob der Besuch mir gilt." Plötzlich vernahm er die Stimme der Königin. „Besuch? Was für ein Besuch?", fragte sie neugierig den Sklaven mit dem schütteren, roten Haar. Dieser erzählte, was er dem König gemeldet hatte. Da strahlte Andur. Ihre Freude war wie immer groß, den Einar zu sehen. „Aber was ist das für eine Frage, Ingolf? Natürlich sollst du Einar in die Königshalle bringen. Er ist doch unser Gast!" Sie wandte sich zu einer der Hausklavinnen, und gab den Befehl das Gästehaus herzurichten. Fragend sah Ingolf nun den König an, und dieser wischte nur genervt nickend mit der Hand. So verließ der Sklave die Königshalle und begab sich auf den Weg in den Hafen.

Der Wellenwolf war bereits fest vertäut, und die Rahe mit dem Segel, so wie die Riemen lagen auf dem Gestell, als Ingolf auf den Anlegesteg trat. Die Sonne, die auf sein Haupt schien, ließ das schüttere, rote Haar leuchten.

„Ingolf", sprach Olaf, der am Bug der Schnigge an der Reling stand. „Sei gegrüßt!" Der Leibsklave des Königs grüßte den großen Krieger, und sah sich suchend um. „Wo ist Einar?", fragte er, und sah dann aber selbst, dass der Jarl mit einigen Leuten nahe des Mastfisches stand. Ohne ein weiteres Wort zu sagen, ließ er den blonden Krieger stehen, und ging weiter. „Jarl Einar", sagte er, um auf sich aufmerksam zu machen. Da erst erkannte er, mit wem der Jarl da sprach. „Eira!", rief der dicke Sklave erfreut. Er war einer derjenigen, der den Weggang und die Behandlung der Prinzessin zutiefst verabscheut hatte. Doch damals hatten all seine Worte gegen den Einfluß des Borkell keinen Erfolg. Und so musste der Berater des Königs mit ansehen, wie die Prinzessin an einen alten Jarl im Süden verheiratet wurde.

„Prinzessin Eira, welche Freude dich zu sehen!"

Die junge Frau lächelte den dicklichen Iren freundlich an.

„Ich bin keine Prinzessin mehr, Ingolf. Aber ich freue mich dich zu sehen." Sie sprang über die Reling, und umarmte den Mann, der nicht größer war, als sie selbst.

„Ich hatte Heimweh, und mein Gemahl…", sie zeigte auf Gisli, „…bat Jarl Einar mich nach Lade zu bringen." Erstaunt sah er die Eira an. Nach all dem, was man ihr angetan hatte, hätte er nicht geglaubt, dass es die junge Frau noch einmal nach Lade ziehen würde.

Dann wandte sich Ingolf dem Jarl zu. „Königin Andur schickt mich, und bittet euch ihre Gäste zu sein." Nichts anderes hatte Einar erwartet. Er nickte zustimmend, teilte einige Männer als Schiffswache ein, die am nächsten Tag abgelöst würden. Dann nahmen sie ihre Bündel und folgten dem Ingolf in das Gästehaus.

Der Weg vom Hafen in die Siedlung zeigte dem Einar, wie wichtig der Eira die Reise war, denn er sah ihr an, wie glücklich sie nun war.

„Richtet euch ein", schlug der Sklave vor. „Man wird euch holen." Er wollte das Haus verlassen, da packte ihn der Jarl bei der Schulter. „Kein Wort, dass Eira bei uns ist." Der Ire verstand, und nickte zustimmend.

Das Gästehaus war groß genug, um eine Schiffsbesatzung darin unterzubringen. An den Längswänden standen die Podeste, auf denen sich auch die Schlaflager befanden. Hier hatte man Felle ausgelegt, und auch genügend Decken waren vorhanden, damit die Gäste in der Nacht nicht frieren mussten. In der Mitte des Raumes befand sich die längliche

Feuerstelle, in der ein Feuer brannte, dessen Qualm über ein Loch im Dach abzog. An einem eisernen Arm hing ein ehernen Topf, den man über das Feuer schwenken konnte. Auch Proviant hatte man bereit gelegt. So konnten sich die Gäste ein Mahl zubereiten. Vor dem Abend würde man sie sowieso nicht in die Königshalle holen, das wusste Einar. So stillten sie erst einmal ihren Hunger, und dann zog es die Eira auf den Markt.

Wie erwartet kam am Abend der Ingolf zum Gästehaus, um Jarl Einar und sein Gefolge in die Königshalle zu holen. Grinsend stand er vor der Eira. „Sie wissen es noch nicht", sagte er schelmisch. „Es geht zwar ein Gerücht durch Lade, man habe die Prinzessin gesehen. Aber dies glaubt keiner so wirklich. Andur und Grjotgard schon gar nicht!"

So machten sie sich auf den kurzen Weg durch die Siedlung. Die Königshalle war auf einem flachen Hügel erbaut worden, so ging man über den großen Platz, und dann einen Weg hinauf zu der zweiflügeligen Tür des großen Gebäudes. Der Wachmann wollte gerade etwas sagen, doch Ingolf fuhr ihm über das Maul. „Schweig! Sie sollen es nicht wissen!" Der Wächter verstand, und nickte nur grinsend.

Leise traten sie ein. Wenn eine Gruppe von sechs Personen dies überhaupt konnte. Jarl Einar hatte Thoke, Raban, und seinen Schwager Thorberg als seine Leibgarde bei sich. Und natürlich Eira und ihren Gemahl Gisli. Mit diesem hatte der Jarl noch zuvor ein Gespräch geführt.

„Du kennst die Geschichte der Eira. Du weißt, dass sie von dem Gemahl geflohen ist, an den sie König Grjotgard im Zorn verheiratete", hatte Einar gesagt. Gisli nickte. „Ja, das weiß ich wohl!"

„Dann wird dir auch klar sein, dass der König von Lade dich nicht mit offenen Armen empfängt. In seinen Augen ist

Eira immer noch die Gemahlin des alten Jarls aus Stavanger."

„Das ist mir gleich! Eira gehört nun zu mir!" Es war Trotz in der Stimme des Sohnes Jarl Borkas. Doch wusste er auch, dass er hier in Lade dem König ausgeliefert war. Sollte es aber zum Schlimmsten kommen, so hatte sich Gisli fest vorgenommen, den Vater der Eira zu töten, bevor er selbst nach Walhalla gehen würde.

„Ich rate dir also, überlege deine Worte gut, wenn du vor Grjotgard stehst!" Zwar gefiel Gisli die Mahnung des Jarls in keiner Weise, doch er nickte zustimmend.

Und nun standen sie in dem Vorraum, der in die große Königshalle von Lade führte. Ein wenig aufgeregt war Gisli schon, und seine Faust umklammerte den Griff seines Schwertes. Dies fiel Einar auf. „Das solltest du nicht tun", sagte er leise. „Nimm die Hand vom Schwert!" Jetzt erst wurde Gisli bewusst, dass dies einer Provokation glich, und so zog er die Hand zurück. Eira hatte dies bemerkt, und ergriff die kalte Hand ihres Gemahls. Sie lächelte ihn beruhigend an.

„Gehen wir", sprach Ingolf und schritt voran.

Auf dem Podest standen die Hochstühle des Königspaares. Und Grjotgard und sein Weib hatten darauf Platz genommen. Auch Sigurd, der Sohn des Königspaares war anwesend.

Und dann hallte ein lauter Schrei durch die Halle. Königin Andur hatte erkannt, wer da mit dem Jarl von Askby in die Halle getreten war. „Eira!" Der Name ihrer Tochter hallte durch den großen Raum. Andur sprang auf, und lief der Prinzessin entgegen. „Eira, mein Kind", rief sie glücklich, und umarmte das junge Weib. Auch Sigurd kam, um seine Schwester zu begrüßen. Langsam erhob sich auch Grjotgard, und trat von dem Podest herunter. Sein Blick traf jedoch zuerst den Jarl. „Jarl Einar!" Er nickte knapp, und der Angesprochene erwiderte den Gruß, genau so knapp und kühl, wie es der König getan hatte.

„Oh, mein Kind", sagte Königin Andur, und eine Träne lief ihr über das schöne Gesicht. „Ich habe nicht geglaubt, dich noch einmal wiederszusehen." Nun begann auch Eira zu weinen, und sie umarmte ihre Mutter, und all das Schlechte war in diesem Moment vergessen.

Nun begrüßte auch Sigurd seine Schwester, und er war nicht weniger froh, diese zu sehen. Nur der König zeigte wenig Freude. Er trat heran, und hörte die Worte seiner Tochter, die ihn erzürnen ließen.

„Mutter, dies ist Gisli, mein Gemahl! Er ist ein guter Mann, und er liebt mich!" Da wandte sich Andur dem Grjotgard zu, und sprach streng: „Wage es nicht!"

Nun atmete der König tief ein, und Einar sprach zu ihm: „Dies ist Gisli Borkasson. Er ist der Sohn Jarl Borkas!" Der Blick des Königs entspannte sich ein wenig. Der Gedanke, seine Tochter hätte einen einfachen Bauern zum Mann genommen, hatte schon vor langer Zeit von ihm Besitz ergriffen. Und da sich dies nicht zu bewahrheiten schien, beruhigte er sich. Er selbst hatte sie ja an einen Jarl verheiratet, und so musste er zufrieden sein, dass auch Gisli einem Jarlsgeschlecht entstammte.

Dann wandte sich Eira ihrem Vater zu. „Vater, kannst du mir verzeihen?" Mit grimmigem Blick stand der König vor seiner Tochter, doch plötzlich erhellte sich sein Gesicht. ER lächelte und nickte. „Ja, mein Kind, das kann ich! Und das will ich auch" Grjotgard schloss seine Tochter Eira, nach langer Zeit, wieder in die Arme. Und er fühlte sich gut dabei.

Die Tage vergingen wie im Fluge. Jarl Einar saß bei sonnigem Wetter vor dem Gästehaus auf einer hölzernen Bank, als Gisli aus dem Haus trat, und sich zu ihm setzte. Er brachte zwei Becher mit duftendem Met, und reichte einen dem Einar. „Ich danke dir, Einar", sagte er.

„Wofür?", fragte der Jarl.

„Du hast diese Reise auf dich genommen, nur um mir zu helfen."

„Ach, das! Weißt du, die Eira ist mir ans Herz gewachsen, als gehöre sie zu meiner Familie. Und ausserdem freue auch ich mich, die Königin von Lade wiederzusehen." Der Jarl grinste. „Sie ist ein guter Mensch, und war mir immer wohlgesonnen. Wahrscheinlich wäre ich ohne Andur längst in Walhalla." Er streckte dem Gisli seinen Becher entgegen, um mit ihm anzustoßen. „Du siehst, meine Einwilligung zu dieser Reise war nicht ohne Eigennutz." Er begann zu lachen.

Einige Männer der Besatzung hatte es hinüber nach Tautra gezogen, denn dort hatten sie Verwandte. So nutzten sie die Anwesenheit in Lade, um diese zu besuchen. Und Einar ließ sie natürlich gehen. Außer an dem Abend des Tages, an dem sie angekommen waren, hatte es keine Treffen mehr mit dem König gegeben. Es kam dem Jarl vor, als schäme sich Grjotgard für seine Taten, und wollte ihm aus dem Wege gehen. Denn schließlich hatte es Zeiten gegeben, in denen sich Einar und Grjotgard gut verstanden hatten.

Doch an diesem Abend rief der Ladekönig seine Gäste in die Halle, was sein Weib sehr erfreute. Der König hatte getrunken, und dann von Borkell erzählt. Davon, dass der einstige Hauptmann nun im Ladefjord sein Unwesen trieb. Von den Überfällen auf die Händler, die es auf den Markt nach Lade zog, und von dem Schaden, den er damit anrichtete. Da berichtete Einar von seiner Begegnung mit Borkell, als sie in den Ladefjord kamen. Und auch davon, dass sie diesen in die Flucht schlugen.

„Dieser elende Verräter", grunzte der Königverärgert.

„Er war dir nie wohl gesonnen, Grjotgard", sprach Einar äußerst vertraulich. „Borkell hatte immer nur seinen eigenen Vorteil im Kopf. Nie den deinen, König von Lade."

Da sah Grjotgard den Einar böse an, sprach dann aber: „Da hast du wohl Recht!" Auch die Insel Tautra und ihr Jarl wurden an diesem Abend noch ein Gesprächsthema. Und im Suff lobte der König sogar den einstigen Jarl von Tautra, der ihm viele Steuern und einen Anteil am Raubgut eingebracht hatte. Unter Jarl Thorsti dagegen, hatte die Insel alles andere als eine Blütezeit erlebt. Und als er vollends besoffen war, lobte er Einar über den grünen Klee, und jammerte den verlorenen Abgaben hinterher. Er bekannte seine Fehler, die er aber sofort dem Borkell in die Schuhe schob, sank dann mit dem Kopf auf die Tischplatte, um einzuschlafen.

„Merke es dir gut", sprach Olaf grinsend. „Diese wahren Worte wirst du sicher nicht noch einmal hören." Aber der blonde Stevenhauptmann sollte sich täuschen.

Mehr als einen vollen Mond wahren sie bisher im Norden geblieben. Und an jedem Tag wurde das Wetter besser. Und dann entschied Jarl Einar, dass es an der Zeit war, den Heimweg anzutreten. Diese Nachricht erfreute die Königin am wenigsten, doch sie musste einsehen, dass es den Einar nach Hause zog. Der Wellenwolf wurde seeklar gemacht, und beladen. Ein jeder hatte auf dem Markt eingekauft, denn keiner wollte mit leeren Händen heimkehren.

Und an dem Tag, an dem der Wellenwolf die Taue löste und aus dem Hafen von Lade fuhr, war sogar König Grjotgard an den Steg gekommen.

Jarl Einar stand am Vordersteven, als die Schnigge in die Wellen des Fjordes stieß, da berührte ihn eine Hand an der Schulter. Er wandte sich um, und sah in das Gesicht der Eira. „Ich danke dir, Jarl Einar. Du hast mir meinen Herzenswunsch erfüllt, und hast die Versöhnung mit meinem Vater möglich gemacht." Da lächelte der Jarl zufrieden, strich der Eira über ihr Haar, und nickte. „Dein Dank gebührt auch dem Gisli, und natürlich deinem Vater Grjotgard. Er ist über seinen Schatten gesprungen, und reichte mir die Hand." Da lächelte Eira, und blickte auf den Fjord hinaus.

Noch in diesem Frühling erfuhren der Jarl und seine Sippe in Askby, dass die Eira mit einem Kind unter dem Herzen ging.

*

15. VON EINER ENTFÜHRUNG

Es kam der Tag, an dem Borkell wieder seine Schulden bei der Alwara beglich, und Vestein kam zur Quelle. So wie sie es ausgemacht hatten, und wie es zu jedem vollen Mond geschah. Diesmal brachte er nur einen Sack, den er dem Sklaven überreichte. Er sah auf die verbundene Hand und fragte: „Was ist denn mit dir passiert?"

„Der Jarl hat das Lager der Alwara entdeckt, und stellte mir Fragen. Ich schwieg, und so ließ er mich foltern", antwortete der Sklave, und fuhr stolz fort: „Er nahm mir einen Finger. Doch ich habe kein Wort verraten!"
Da nickte Vestein anerkennend. „Guter Mann!"
Stolz sah der Sklave den Krieger des Borkell an, und seit langem fühlte er sich wieder einmal wie ein Mann.

„Diesmal ist die Ausbeute aber gering", wagte er zu sagen.

„Die Menge macht nicht immer den Wert aus, mein Freund", grinste Vestein. „Alwara wird zufrieden sein."

„Das hoffe ich, denn sie hat es nicht leicht ihr Geheimnis gegen den Thorsti zu wahren. Er weiß, dass da etwas vor sich geht. Nur weiß er nicht was." Da grinste der Wikinger des Borkell. „Sage ihr, bald gibt es mehr. Der Borkell hat einen Plan, und dieser wird uns Reichtum bringen."
Der Sklave fragte nicht, obwohl es ihm auf der Zunge brannte. Er wusste, er würde sowieso keine Antwort erhalten. So trennten sich die beiden Männer, und verließen die Quelle im Wald. Vestein ritt zurück in den Norden der Insel, und der Sklave machte sich auf den Weg in die Siedlung.

Jarl Thorsti saß an einem der Tische in der Jarlshalle. Bei ihm saßen Birk und Rotger, die beiden jungen Krieger aus seinen Reihen. Da trat ein Mann an den Tisch. „Es gibt etwas, dass ich dir berichten muss, Jarl Thorsti", sprach er ein wenig aufgeregt, denn es kam nicht oft vor, dass er vor den Jarl von Tautra trat. „Nimm Platz, und rede", forderte Thorsti den Mann auf, und dieser folgte. „Ich habe davon gehört, dass du einen Sklaven der Alwara verhört hast."

„Ja, das habe ich", sprach der Jarl nickend. „Ich war auf der Jagd. Und kam zu der Quelle. Dort sah ich genau diesen Sklaven, der einen Mann traf." Jetzt wurde Thorsti hellhörig. „Was für einen Mann?"

„Es war ein Krieger, ohne Zweifel. Er trug ein Schwert, und auch einen ledernen Brustpanzer."

„Kanntest du den Kerl?", fragte nun Rotger. Doch der Jäger schüttelte seinen Kopf. „Ich sah, wie er dem Sklaven einen Sack übergab. So schlich ich näher heran, um zu hören was sie sprachen."

„Und? Konntest du etwas hören?", drängte nun Birk den Jäger zu sprechen. „Es war nicht viel, doch ich hörte den Namen Alwara, und sie sprachen von einem Geheimnis."

„Habe ich es doch gewusst!" Thorsti sah sich in seinem Verdacht bestätigt. „Dieses Weib heckt etwas hinter meinem Rücken aus."

„Was weißt du noch?", fragte Rotger, und ahnte, dass da noch etwas kommen sollte. Und der Jäger fuhr fort: „Der Kerl sprach von einem Plan, und nannte den Namen Borkell! Dann bestieg er sein Pferd, und verschwand."

„Der Schwarze steckt also dahinter", stellte der Jarl fest.

„Er treibt im Fjord sein Unwesen, und kapert die Händlerschiffe", offenbarte Rotger sein Wissen, und glaubte wohl etwas Schlaues zu sagen. „Seit er die Gefolgschaft von König Grjotgard verlassen hat, geht er im Fjord auf Wikingfahrt."

„Du erzählst nichts Neues, Rotger", tadelte der junge Birk seinen Kameraden. Thorsti fuhr sich mit der Hand über seinen Bart, und strich diesen glatt. „Borkell steckt also dahinter", stellte er fest. „Wenn sich mein Weib mit dem

Dreckskerl eingelassen hat, könnte sie uns alle ins Verderben reißen!" Die beiden Krieger nickten zustimmend.

„Wir müssen herausfinden, was da vor sich geht", entgegnete Rotger seinem Jarl. „König Grjotgard wird schäumen vor Wut."

„Nehmt euch den Sklaven noch einmal vor", ordnete der Jarl an. „Bringt ihn zum reden, und dann bringt ihr mir seinen Kopf! Und holt mir die Alwara her!" Thorsti sah die Männer streng an. Die beiden Krieger erhoben sich, und verließen die Halle. Der Jarl bedankte sich bei dem Jäger, entlohnte diesen mit einem Silberstück, und ließ ihn gehen.

Es dauerte eine Weile, bis die Männer die Alwara in die Halle brachten. Nun waren sie zu viert, und führten die Alwara in ihrer Mitte. Die Jarlsgattin war wenig erfreut über diese Behandlung. Und ihr war nicht wohl in ihrer Haut. Sie wollte sich auf ihren Hochstuhl setzen, doch dies verwehrte ihr der Jarl. „Bleib wo du bist. Bleibe dort stehen", befahl er.

„Was soll das? Bin ich nicht die Jarlsgattin? Ist dies nicht mein Stuhl?", fragte Alwara gereizt. „Wie kannst du es wagen mich so zu behandeln?"

„Es gibt Dinge, die ich wissen muss. Und du wirst nun reden", befahl Thorsti zornig. „Was hast du mit dem Borkell zu schaffen? Ich will wissen, was du hinter meinem Rücken treibst." Nun erschrak die schöne Jarlsgattin, und dies konnte sie nicht verbergen. Woher wusste Thorsti von dem Borkell? Sie begann verlegen zu lachen. „Was sind das für Hirngespinste?"

Zum Lachen war dem Jarl aber nicht zumute, schon lange nicht mehr. „Hirngespinste! Oh, nein, dies sind keine Hirngespinste, Alwara!" Thorsti hob seine Hand, und einer der Männer trat heran. Er hob einen Sack in die Höhe, griff hinein, und zog einen Kopf heraus. Es war das Haupt des

Sklaven der Alwara. Nun hatte er mehr als nur einen Finger verloren. Kalt sah das Weib in die toten Augen ihres Vertrauten. Noch schwieg sie, denn sie wusste nicht, ob er geredet hatte. Thorsti erhob sich, und trat auf sein Weib zu. „Ich sage nur eines! Borkell!" Doch die Jarlsgattin schien der Klang dieses Namens wenig zu schrecken. Sie blieb ruhig. „Noch einmal! Was hast du mit dem Borkell zu schaffen?" Der Jarl sah sein Weib böse an. „Du solltest besser reden!"

„Was sonst? Wirst du mir auch den Kopf abschlagen, mein Gemahl?", fragte sie hämisch grinsend. „Vielleicht solltest du mich nicht in Versuchung führen, Weib." Die Alwara traf ein eisiger Blick. „Packtierst du mit dem Kerl?"

„Wie kommst du auf so etwas?", tat sie unschuldig. „Er ist der Feind meines Gesippen Grjotgard!"

„Genau, das ist er!", wurde Thorsti nun laut. „Und sollte der König davon erfahren, könnte es uns allen den Kopf kosten!"

„Deine Besorgnis ist unnötig", rief sie zurück. „Was sollte ich schon mit dem Borkell anfangen?"

„Oh, da fiele mir so einiges ein! Und bevor ich nicht weiß, was hier vor sich geht, befehle ich, dass du in deinem Haus bleibst."

„Du sperrst mich ein!" Entsetzt sah Alwara ihren Gemahl an. „Was erlaubst du dir?" Da trat Thorsti nah an sein Weib heran. Er sah ihr tief in die schönen, blauen Augen. „Rede, und du bleibst frei! Ich werde nicht warten, bis du uns alle ins Unglück gestürzt hast, mein Weib!" Er wandte sich ab, und befahl sie fortzubringen. „Also?" Doch Alwara blieb stumm. „Schafft sie weg!", befahl Thorsti, und die Männer ergriffen das störrische Weib. Fortan standen immer zwei Wachen vor dem Jarlshaus in Sørhamna.

Sieben Tage verharrte die Alwara in dem Haus. Doch sie verriet nichts! Am späten Morgen brachte eine Magd Gemüse vom Markt in das Haus. Sie durfte das Langhaus betreten, denn sie war für die Versorgung ihrer Herrin zuständig. Bei der Feuerstelle legte sie ab, was sie auf dem Markt besorgt hatte. Dann sah sie sich um, und trat an die geschlossene Tür, um sich zu vergewissern, dass niemand lauschte. „Der Yngvar hat getan, was du befohlen hast, Herrin", sprach die Sklavin leise zu der Alwara. „Sechs Männer hat er um sich gesammelt, die dir folgen werden. Morgen in der Nacht, werden sie kommen und dich befreien." Da nickte die Alwara zufrieden. Wenn Thorsti geglaubt hatte, so könnte er etwas von seinem Weib erfahren, hatte er sich geirrt. Yngvar, der ihr immer noch treu ergeben war, hatte ihre Befehle ausgeführt.
In der Bucht, nördlich von Sørhamna, lag ein Skuder bereit. Auch den Schatz der Alwara hatte Yngvar auf das Schiff gebracht. Und in der Nacht würden sie die Base des Königs befreien, um mit ihr die Insel zu verlassen.

„Sie ist fort!", rief Rotger, als er in die Halle stürmte.
„Beide Wächter wurden erschlagen!" Jarl Thorsti war noch etwas verschlafen. Er nächtigte seit acht Tagen in der Jarlshalle, denn zu seinem Weib zog es ihn nicht mehr.
„Was sagst du da?"
„Sie haben die Alwara befreit! Sie ist fort", sprach Rotger aufgeregt. Jetzt sah sich der Jarl endgültig in seiner Vermutung bestätigt. Er fluchte, und raufte sich die Haare, dafür, dass er die Alwara nicht dem König übergeben hatte. Bald schon erfuhr Thorsti, dass sein Weib mit einem Skuder die Insel verlassen hatte. Und er ahnte, dass er das Weib nicht wiedersehen würde.

*

Die Zeit war vergangen, und nun neigte sich auch der
Frühling seinem Ende zu. Wind und Regen ließen nach, und
die Tage wurden merklich länger und wärmer. Der Ilva sah
man ihre Schwangerschaft nun deutlich an, und Jarl Einar
machte schon seit einiger Zeit Pläne für eine Raubfahrt. Er
hatte davon gehört, dass es König Ragnar auf das Meer
hinaus zog. Sein Ziel sollte Britannien sein, denn auf der
Insel der Angelsachsen hatte er bereits gute Beute gemacht.
Jarl Einar aber gefiel die Vorstellung gar nicht, mit Ragnar
zu segeln. Doch sein Raubzug mit König Horik würde ihn
wohl dazu zwingen, dem Ragnar zu folgen. Wollte er nicht
den Streit erneut heraufbeschwören.

Es war stockduster, tiefste Nacht, als ein Reiter den
Hauptweg entlang in das Dorf ritt. Vor der Jarlshalle zügelte
er sein Pferd, und trat vor den Wächter, der schlafend an der
Wand lehnte. Der Reiter schüttelte den Kopf und trat leise in
den Vorraum des riesigen Gebäudes ein. Zielsicher ging er
durch die Halle, denn er schien sich gut auszukennen.
Er öffnete die Tür zu den Kammern der Jarlsfamilie, und
trat auf leisen Sohlen ein. Der Eindringling sah sich kurz
um, und schlich zu der Tür hinter der der Jarl schlief. Auch
dies schien er zu wissen.
In dem breiten Bett lagen zwei Personen, die leise vor sich
hin schnarchten. Mit schnellen Schritten war die Person an
der Seite des Jarls. Der Eindringling beugte sich herab, und
legte seine Hand auf den Mund des Einar.
    „Jarl Einar, wach auf. Ich bin es, Eira!" Einar erschrak ein
wenig, doch dann kamen die Worte in seinem Hirn an.
    „Eira? Was, bei den Göttern willst du hier, mitten in der
Nacht?"
    „Komm", verlangte sie, und verließ die Schlafkammer des
Jarls. Dieser erhob sich, blickte auf die schlafende Ilva, und

lächelte. Dann suchte er nach seinen Beinkleidern und erhob sich.

Er war noch damit beschäftigt den Bund der Hose zu schnürren als er an das Feuer trat, auf dessen Umrandung Eira sich niedergesetzt hatte. „Nun sag schon, was ist geschehen?"

„Etwas schlimmes, Einar", begann die junge Frau. „Ein Händler kam nach Borkasvik, und der erzählte, dass er aus dem Trøndelag zurückgekehrt sei."

Dies war nichts Ungewöhnliches, doch Einar wollte die Frau nicht unterbrechen, so schwieg er, und hörte weiter zu.

„Er berichtete davon, dass man sich dort erzählt, dass die dortige Königin von einem Wikinger geraubt wurde." Eira begann zu weinen. „Jarl Einar, weisst du was das bedeutet?" Plötzlich wurde die Tür zu den Kammern geöffnet, und Ilva kam heraus. „Was ist denn hier los?", fragte sie verschlafen. Dann erkannte sie die Eira, und trat näher. „Eira? Was tust du denn hier?"

„Das will sie mir gerade erzählen", sprach Einar, und forderte damit die Ilva zum schweigen auf.

„Es ist Borkell, der sich an meinem Vater rächen will", platzte es aus der jungen Frau heraus. „Ich weiß es! Es kann nur Borkell sein!" Da fuhr sich Einar nachdenklich mit der Hand durch sein zerzaustes Haar. Er begann langsam zu nicken. „Es ist wohl möglich! Wenn ich an seinen Überfall denke, als wir in den Ladefjord segelten."

„Und was geht das uns an?" Ilva verstand nicht, warum Eira mit dieser Botschaft ausgerechnet nach Askby kam. Und das mitten in der Nacht!

Als Eira die Worte des Mannes begriffen hatte, der die Botschaft des Händlers in die Jarlshalle von Borkasvik brachte, hatte sie sofort gehandelt. Sie hatte ihr geliebtes Pferd gesattelt, und war zu Jarl Einar geritten. So kam es, dass sie mitten in der Nacht die Siedlung erreichte. Sicher würde es nicht lange dauern, und Gisli sollte auch hier erscheinen. Und so war es!

Der Sohn des Borka war seinem Weib natürlich gefolgt, und erreichte Askby kurz nach ihr. Er aber wurde von dem Wächter an der Tür aufgehalten. Doch als dieser ihn erkannte, führte er den Gisli in die Halle. Ein wenig verwundert sah er den Jarl, die Ilva und die Eira am Feuer sitzen. „Wie bist du hier reingekommen?", fragte er das Weib, doch diese schwieg. Was sicher auch besser für den Wächter war.

„Sei gegrüßt, Gisli", sprach Einar, und der Jarlssohn wunderte sich über dessen Aufmachung. Dann wandte sich Einar der Eira zu. „Es war richtig von dir hierher zu kommen. Deine Mutter ist mir eine gute Freundin und sehr ans Herz gewachsen. Sie stand immer auf meiner Seite, und ich habe ihr viel zu verdanken." Er blickte kurz die Ilva an.

„Ich werde natürlich nach deiner Mutter suchen. Und ich werde sie finden! Es ist an der Zeit, dass Borkell für seine Taten bezahlt!"

Da begann die Tochter des Ladekönigs zu lächeln. Das erste Mal seit sie in Askby angekommen war. „Ich wusste, dass du so entscheiden würdest. Ich danke dir, Jarl Einar."

„Also werden wir auf die Jagd gehen?" Ilva begann zu grinsen, und Einar nickte. „Ja, das werden wir! Morgen rufen wir alle in die Jarlshalle, und entscheiden darüber wer mit uns fährt. Du aber wirst uns sicher nicht begleiten, mein geliebtes Weib." Er zeigte auf die Wölbung ihres Bauches. Sie wollte ihrem Gemahl etwas erwidern, doch dieser ließ sich nicht auf Verhandlungen ein. „Doch nun sollten wir ersteinmal schlafen."

Die Magd Sif geleitete Eira und Gisli zu einer Kammer, in der sie ein Bett fanden. Eira kannte diese Kammer, denn hier hatte sie einmal gewohnt. Es dauerte lange, bis sie

Schlaf fanden. Und während Gisli endlich leise schnarchte, starrte sein Weib in die Dunkelheit.

Es waren nicht wenige die sich wunderten, die Eira und den Gisli in Askby zu sehen. Es war schließlich noch recht früh am Morgen. Dann aber ging Polk, der Knecht des Jarls, zum Langhaus der Krieger, und zu den Häusern in denen die Krieger mit ihren Familien wohnten. Und so sprach sich schnell in der Siedlung herum, dass der Jarl am Abend alle in die Halle rief.
Und noch vor Sonnenuntergang begann sich die Halle mit den Bewohnern des Dorfes zu füllen. Die meisten waren aber Besatzungsmitglieder der beiden Schiffe. Es dauerte eine Weile bis Jarl Einar, sein Weib Ilva, die Eira und der Gisli aus dem hinteren Bereich in die Halle traten. Der Jarl und sein Weib nahmen auf den Hochstühlen platz. Eira und Gisli stellten sich zu den anderen, wurden aber von Olaf an einen Tisch gerufen. Dann erhob sich Olaf, sowie auch Ubbe, Kjelt, Raban und Thoke, die ebenfalls auf das Podest traten. Mit ihnen hatte Einar seinen Rat um sich gesammelt.
„Gestern Nacht wurde mir die Nachricht zugetragen, dass Königin Andur verschwunden ist. Die Vermutung liegt nahe, dass Borkell sich an König Grjotgard rächen will.“
„Was geht das uns an?“, rief Thorhall aus der Menge. Da nickte Jarl Einar, und erhob sich. „Ja, was geht das uns an? Ich sage es euch! Ohne Königin Andur wären wir alle wahrscheinlich längst nicht mehr in Midgard. Denn sie war es, die immer ihre Hände schützend über uns hielt!“ Es wurde unruhig in der Halle. Viele stimmten den Worten des Jarls zu. Doch es gab auch Stimmen die anderer Meinung waren. Besonders diejenigen, die zuletzt von Tautra geflohen waren, zeigten sich anderer Meinung. Einar aber ließ sich nicht beirren. „Ich will, und werde nach der Andur suchen. Das bin ich ihr schuldig! Außerdem glaube ich, dass

Borkell es war, der die Königin geraubt hat. Und ich habe mit dem Kerl noch einige Rechnungen zu begleichen." Nun wurde die Stimmung in den Reihen der Anwesenden besser. Denn den Schwarzen wollten alle zur Hel schicken. „Ich werde den Wellenwolf bemannen, und in den Norden segeln. Wer ist bereit mit mir zu segeln?" Da hob Olaf seine Hand, und Einar erteilte ihm das Wort. „Wäre es nicht besser mit dem Knarr zu segeln? Vielleicht tut uns Borkell den Gefallen, und kommt uns in seiner Gier etwas entgegen. Das hat er ja schließlich schon einmal getan."

Der Stevenhauptmann lachte listig. Jarl Einar befand den Vorschlag für gut, denn ob sich der Wikinger noch einmal einer Schnigge nähern würde, war fraglich. „Gut, nehmen wir den Asenzorn für die Reise! Wer ist alles dafür?"

Der gesamte Rat war sofort bereit, und zeigte dies, in dem alle ihre Hände hoben. Doch auch in den Reihen der Krieger zeigte sich viel Zustimmung, und schnell hatte der Jarl sein Knarr ausreichend bemannt.

Ohne Ausnahme stimmte die Mannschaft des Wellenwolfes ihrem Jarl zu. Und auch Gisli wollte die Gelegenheit nutzen, sich bei dem König in ein besseres Licht zu rücken. Eira aber musste zurückbleiben, denn diese bat der Jarl seinem schwangeren Weib Beistand zu leisten. Wenig erfreut stimmte Eira der Bitte zu. Es kamen noch mehrere gute Krieger hinzu, so dass das Knarr nicht weniger als vierzig Krieger und Schildmaiden an Bord haben würde. Da zeigte sich der Jarl von Askby zufrieden, und auch Eira ergriff das Wort, und dankte den Kriegern von Askby.

*

Der Asenzorn lag an der Böschung und war fest mit Seilen an mehreren Bäumen vertäut. Sie waren wie schon so oft Richtung Tautra gesegelt. Und dies bei Nacht!

So hatte Einar die Hoffnung, von den Trøndnern unendeckt geblieben zu sein. Auch wenn der König den Groll gegen seinen einstigen Gesippen beigelegt hatte, zweifelte Einar immer noch an dem Frieden, und ging Grjotgard lieber ersteinmal aus dem Weg. Sie gingen in der kleinen Bucht im Norden von Sørhamna an Land. Den Asenzorn hatten sie mit dem Kiel auf den Strand gezogen. An der Stelle, wo zuvor die Alwara einen Skuder bestiegen hatte, um Tautra zu verlassen, errichteten sie jetzt ihre Zelte auf dem Strand. Nur Thoke hatte sich auf den Weg nach Sørhamna begeben. Er wollte in Erfahrung bringen, was an den Gerüchten um Königin Andurs Entführung wirklich dran war. Hier musste man doch schließlich davon gehört haben.

Und es schien tatsächlich, als gab es auf dem Markt der Siedlung nur noch ein einziges Gesprächsthema.

Die Nachrichten, die man der Eira bis in den Süden nach Ranrike getragen hatte, schienen also tatsächlich wahr zu sein.

„Es herrscht große Aufregung in Lade", sprach Thoke nach seiner Rückkehr in das Lager. Er setzte sich zu seinem Jarl an das Feuer, und begann zu berichten. „Man erzählte mir auf dem Markt in Sørhamna, dass die Königin aus Lade verschwunden sei."

Erstaunt sah Einar den Schiffszimmermann an. „Aber Andur verschwindet doch nicht so einfach", bezweifelte Einar die Worte. Doch Thoke war noch nicht fertig. „Lass mich doch ausreden! Also, es scheint, dass Eiras Vermutung richtig war. Denn auch hier munkelt man hinter der vorgehaltenen Hand, dass der Borkell die Königin geraubt hat. Er lag schon lange mit der Andur im Streit, und nun sann der Schwarze wohl auf Rache. Schließlich war sie ja der Grund, warum er beim König in Ungnade fiel."

„Das wagt er nicht", zweifelte Olaf die Vermutung des Thoke an. „Oh doch, das wagt er", widersprach nun Einar.

„Der Kerl ist verrückt genug, um eine Königin zu rauben."
Dem stimmte auch Raban zu. „Borkell hasst Andur, seit er
den Einfluss auf den Ladekönig eingebüßt hat. Dafür schiebt
er die Schuld der Königin zu." Da nickte Einar. „Ihr alle
wisst, dass wir es der Königin Andur schuldig sind. Wir
müssen diesen elenden Mistkerl endlich zur Strecke
bringen." Zustimmend nickten die meisten Krieger und
Schildmaiden.

„Ich denke, ich weiß was du vor hast", sprach Kjelt
grinsend. „Du willst Andur finden." Nun war es Einar der
nickte. „Ja, natürlich will ich nach Königin Andur suchen.
Dafür kamen wir her, und dies werden wir auch tun! Und
ich will diesen Borkell endlich für all das bestrafen, was er
mir angetan hat."

„Nun, dann bereiten wir dem Kerl ein verdientes Ende",
meinte Kjelt, und Thoke fügte hinzu: „Und befreien wir die
Königin." Thoke war aber noch nicht am Ende mit seinem
Bericht. „Es gibt da noch etwas, das man mir erzählte. Und
ich denke, es ist wichtig."

„Na dann, raus damit", forderte der Jarl seinen
Zimmermann zum reden auf. „Alwara ist fort!" Erstaunt sah
Einar den beliebten Krieger an. „Was soll das heißen?"

„Man munkelt, sie steckte mit Borkell unter einer Decke,
und als Thorsti ihr auf die Spur kam, ist sie wohl geflohen."

„Aber wie soll sie denn mit Borkell unter einer Decke
gesteckt haben?", mischte sich Olaf ein.

„Tja, das wüsste Jarl Thorsti wohl auch zu gerne. Es
scheint, er kam ihr nicht dahinter." Jarl Einar nickte
grinsend. Er konnte sich bei entsprechender Bezahlung, bei
der Alwara eigentlich alles vorstellen. Und die Beziehung
zwischen Thorsti und dem Weib war als schlechte weithin
bekannt. „Alwara hintergeht jeden, wenn nur etwas dabei
herausspringt."

„Ja ja, aber wie werden wir denn nun weiter vorgehen?",
fragte Gisli drängend, den die Geschichte der Alwara nun
gar nicht mehr interessierte." Einar antwortete dem Sohn
Jarl Borkas: „Wir werden mit dem Asenzorn durch den
Fjord kreuzen, in der Hoffnung, dass Borkell in uns eine
Beute sieht,…"

„…und dann wird der Hecht nach der Beute schnappen,
und erkennen, dass der Happen für ihn zu groß ist", lachte
Thoke vergnügt. „So ist es geplant!" Einar legte Gisli seine
Hand auf die Schulter. „Und darum ist es wichtig, dass er
nicht von unserer Anwesenheit hier im Ladefjord erfährt."

„Aber dann wäre es doch schlauer gewesen, in unser
Versteck auf der Nordinsel zu segeln." Thorbergs
Bemerkung ließ einige Männer nicken. „Da hat er Recht",
stimmte Kjelt zu. „Hier sind wir viel zu nah bei der
Siedlung, und werden sicher bald entdeckt."

„Hört auf zu meckern", rief Thoke ein wenig gereizt.

„Der Platz hier ist gut! Sicher werden wir sowieso die
Hilfe von Jarl Thorsti benötigen. Da ist es besser nahe bei
der Siedlung zu sein." Nun war es Einar der zustimmend
nickte. Da wechselte Raban das Thema.

„Das ist ja ein schöner Plan…", sprach der große Sachse
nickend, „…aber wir sind noch genau so schlau wie zuvor."
Da mischte sich Kjelt erneut ein, und sprach: „Warum
glaubt ihr wir schaffen, was König Grjotgard mit all seinen
Schiffen bisher nicht gelang?" Betreten sahen sich die
Männer und Frauen an.

„Weil wir Beute und Jäger zugleich sind, mein Freund",
antwortete Einar. „Und wir haben den Vorteil, dass Borkell
nichts von unserer Anwesenheit weiß. Dies werden wir
nutzen!"

*

Langsam segelte der Skuder um die kleine Landzunge in die Bucht. Es dauerte nicht lange, und sie erblickten das Lager der Wikinger. Das Schiff des Borkell lag allerdings nicht auf dem Strand. „Segele dort hinüber", befahl Alwara ihrem Steuermann. Dieser hob nur die Hand, und tat, was die einstige Jarlsgattin ihm befohlen hatte.

Langsam glitt der Kiel vor dem Lager auf den Strand. Da sie längst entdeckt waren, hatten sich bewaffnete Krieger an der Küste gesammelt. „Ich will zu Borkell, eurem Anführer!"

„Wer, bei Lokis Arsch, bist du?" Diese Frage kam von einem Kerl mit rotem Haar. Dieses hatte er zu einem Zopf gebunden, welcher auf seiner breiten Schulter lag. „Ich kenne keinen Borkell! Wir sind Händler, und einen Borkell gibt es bei uns nicht!"

„Rede nicht dumm daher", sprach die Frau verärgert, und stieg über die Reling auf den Strand. „Das ist Alwara!" Die Stimme des Vestein ertönte hinter den Kriegern. Er trat heran, und legte dem Rotschopf seine Hand auf die Schulter.

„Alwara? Die Alwara?" Vestein nickte, und sah dann das Weib an. „Was willst du hier? Es ist gefährlich hier zu erscheinen!"

„Ich wäre sicher nicht hier, gäbe es nicht einen wichtigen Grund dafür", ranzte die schöne Frau den Wikinger an. „Ich musste vor meinem Gemahl fliehen. Ich kann euch also nicht mehr schützen, da ich Tautra verlasse." Der Mann sah die Jarlsgattin und Gesippin des Königs erstaunt an. „Was ist geschehen?"

„Das geht dich nichts an. Also, wo ist Borkell?"

Nun war der Rotschopf zwar bereit zu antworten, doch seine Antwort fiel nicht besser aus. „Er ist auf der Jagd!"

Da mischte sich Yngvar ein. „Dann lass uns gehen", sprach er drängend. „Dein Gemahl wird sicher nach uns suchen."

„Ach was! Sei nicht so feige! Und sag nicht mein Gemahl. Der Kerl ist sicher nicht mehr mein Gemahl." Die Alwara ließ nun alle Vorsicht außer Acht, denn sie wollte nicht von der Insel verschwinden ohne noch einmal ihren Lohn für den Verrat zu kassieren. Sie wandte sich wieder dem Wikinger des Borkell zu. „Gib mir meinen Anteil an der Beute", forderte sie, doch der Vestein schüttelte den Kopf.

„Das kann ich nicht. Borkell wird mich töten, wenn ich dir etwas gebe." Da zuckte Alwara die Schultern. „Gut, dann werden wir bleiben bis Borkell zurückkehrt."

„Nein, das wirst du sicher nicht", wandte der Kerl mit dem Zopf ein, und sein Blick verhieß nichts Gutes. Alwara blieb ruhig, während sie ihr Gegenüber störrisch ansah. Plötzlich erschallte der Hilferuf eines Weibes aus einem der Zelte.

„Was war das?", fragte die blonde Frau. „Wer war das?"

„Das geht dich nichts an", verwehrte der Krieger des Borkell eine Antwort. „Und ich rate dir, verschwinde jetzt!"

„Wer war das, Mann?", bohrte das Weib des Thorsti weiter. Dann wandte sie sich dem Yngvar zu. „Ich glaube, ich kenne diese Stimme."

„Das wird Borkell nicht gefallen. Nein, das wird ihm gar nicht gefallen!" Yngvar wurde immer unruhiger. „Komm jetzt, Alwara, wir müssen von hier verschwinden. Wir sollten uns nicht in Dinge einmischen, die uns nichts angehen."

Da trat plötzlich ein weiterer Mann aus dem Zelt, aus dem der Hilferuf gekommen war. Er sah die Fremden, und ging schnell auf sie zu. Er war schon etwas älter, und sein Haar war grau, genau wie sein Bart. Quer über seiner linken Gesichtshälfte prankte eine dicke Narbe, die bis auf seine Stirn führte. Der Hieb, der ihn getroffen hatte, hatte ihm auch sein Auge gekostet. „Jetzt reicht es aber", rief er erbost, und als Yngvar ihm entgegen treten wollte, traf ihn der Stiel einer Axt an den Kopf, so dass er zu Boden ging. Nun lag die Klinge der Axt an dem weißen Hals der schönen Alwara. „Du stellst zu viele Fragen, und du hast genug herumgeplappert, Weib", grunzte der alte Wikinger. „Du wirst jetzt auf dein Schiff steigen, und die Küste entlang zurück nach Sørhamna segeln. So dass man euch sieht. Hast du das verstanden?"

„Erik!", mahnte der andere Rotschopf den Graubart.

„Was?", ranzte dieser seinen Gefährten an. „Dieses närrische Weib, wird uns die Krieger des Jarls hierher führen. Und darum wird sie sie auch wieder weglocken, sonst bezahlt sie mit ihrem Kopf!"

Yngvar hatte sich benommen erhoben, und packte die Alwara am Arm. „Komm, wir sollten tun, was er verlangt!" Der junge Krieger hatte begriffen, dass sie sich in größter Gefahr befanden, denn jetzt, wo Alwara dem Borkell nicht mehr von Nutzen war, wurde sie für ihn zur Bedrohung. Doch die einstige Jarlsgattin hatte dies noch nicht verstanden. „Was erlaubst du dir, Yngvar?" Doch nun blieb der junge Krieger unbeeindruckt, und zerrte sie an Bord. Sofort schoben die anderen Männer den Skuder in das Wasser zurück. Die Schelte der Alwara ließ Yngvar in aller Ruhe über sich ergehen. Doch einer der anderen Männer ergriff das Wort.

„Wir müssen fort von hier! So schnell es geht! Und bitte die Götter, dass uns Borkell nicht begegnet!" Fragend sah Alwara den Mann an, denn sie hatte immer noch nicht begriffen, dass es durchaus um ihr Leben ging.

„Verstehst du es immer noch nicht", wurde Yngvar nun böse. „Er wird dich töten, und dir all das wieder nehmen, was er dir gab." Und ein anderer der Männer fügte hinzu:

„Du hast mit deiner Flucht, die Krieger des Jarls aufgescheucht. Sie werden auf der ganzen Insel nach dir suchen, und so könnten sie den Borkell finden. Und das wissen die Wikinger des Abtrünnigen!"

„Vielleicht solltest du deinen Gemahl um Vergebung bitten. In Sørhamna wärest du in Sicherheit", schlug Yngvar vor.

„Wir segeln zu Jarl Kolbjörn nach Stiklestad", befahl Alwara stur. „Von dort gehen wir zurück in meine alte Heimat!"

*

16. DER LETZT TAG

Thorsti, der Jarl von Tautra, hatte nicht all zu lange nach seinem verschollenen Weib suchen lassen. Die Versöhnung mit der Alwara hatte kaum etwas bewirkt, und so änderte ihre Abwesenheit nicht viel an seinem Leben. Sie hatten ihr Leben so weitergelebt, wie sie es getan hatten, als sie noch um die Herrschaft auf der Insel konkurrierten. Der Unterschied war lediglich, dass Alwara sich nun fügte. Das glaubte jedenfalls der Jarl. Zweisamkeiten des Paares blieben äußerst selten. Und nun war Alwara fort!

Und Thorsti fühlte sich sogar befreit. Doch es gab auch eine schlechte Seite an der Flucht des Weibes. Sie war es schließlich gewesen, die als Gesippin des Grjotgard, Tautra vor Übergriffen des Königs schützte. Nun, da sie fort war, würde Grjotgard alle Abgaben einfordern, und dies auch durchzusetzten wissen.

Jarl Einar, in seinem Lager nördlich von Sørhamna, war schon nach dem zweiten Tag ihrer Ankunft entdeckt worden. Ein junger Kuhhirte war es, der das Lager bemerkt hatte. Was eigentlich auch nicht schwer war. Die Männer fingen ihn ein, und führten ihn vor den Jarl. „Wer bist du? Wie ist dein Name?", fragte Einar freundlich, denn er wollte den Burschen nicht verschrecken. Mit wild entschlossenem Blick, starrte der junge Kerl, der nicht mehr als vierzehn Winter zählte, den Jarl an. Er kannte Einar nicht, wusste nicht, dass dieser Mann einst der Herrscher auf Tautra gewesen war.

Für ihn war er ein fremder Eindringling. Da blickte Einar den Olaf an, und knipste mit dem Auge. Dann zog er sein

Messer aus der Scheide. „Wir werden sehen, wie mutig du wirklich bist. Ich lasse dir die Wahl. Welcher soll es sein?"
„Welcher was?" Verstört sah der Bursche den Fremden an. „Finger, mein Freund", grinste Einar frech. „Auf welchen Finger kannst du am ehesten verzichten?" Da traten dem Jungen dicke Schweißperlen auf die Stirn. Doch noch blieb er standhaft. Da trat Einar heran, und ergriff seine rechte Hand. „Ivar Erlingsson", rief der Kuhhirte laut. „Ich bin Ivar Erlingsson!"

„Na also, es geht doch." Einar schob sein Messer grinsend zurück in die lederne Scheide. „Du bist der Sohn des Bauern vom Bärenhof", stellte der Jarl fest, denn er kannte den Erling, der ein guter Bauer, und auch Krieger war.
Der Ivar nickte hastig, und sah den Fremden überrascht an.
„Du kennst meinen Vater?", fragte er erstaunt. Da platzte Olaf dazwischen. „Mann, ja! Das ist Jarl Einar! Er war einmal der Jarl auf dieser Insel!" Da schien es, als fiele dem jungen Burschen ein Stein vom Herzen. „Du bist Jarl Einar! Mein Vater hat schon viel von dir erzählt."

„Ja, das glaube ich dir. Er war einmal ein Mann meiner Besatzung. Doch er blieb auf seinem Hof, als wir Tautra verlassen mussten."
Die Männer hatten den Burschen losgelassen, und sich zurückgezogen. Der Jarl bot Ivar einen Platz am Feuer an und der Bursche setzte sich. Da sagte Thoke zu ihm: „Es ist wichtig, dass du uns nicht gesehen hast, Ivar."

„Warum?"
„Du hast sicher davon gehört, dass man Königin Andur aus Lade entführt hat", begann Einar zu erklären. „Wir sind hierher gekommen, um die Königin zu suchen, und um diese zu befreien. Darum ist es wichtig, dass nur wenige von unserer Anwesenheit erfahren." Da nickte Ivar.

„Gut! Ich vertraue dir. Dann kannst du nun gehen!" Der junge Kuhhirte erhob sich, sah sich noch einmal um, und verschwand in den Büschen.

„Glaubst du er wird schweigen?", fragte Thoke den Jarl, und dieser grinste nur.

An diesem Tag entschied Einar sich nach Sørhamna zu gehen. Er musste mit Thorsti sprechen. Schließlich war dieser der Jarl der Insel, und Einar brauchte seine Einwilligung, um hier zu lagern. Es war zwar immer noch ein seltsames Gefühl seinen einstigen Krieger um Erlaubnis zu bitten, doch so war es Rechtens. Und die Regeln wollte Einar einhalten. Noch am gleichen Tag machte er sich mit Olaf, Thorberg, und Thoke auf den Weg.

Es begann bereits zu dämmern, als sie die Siedlung erreichten. Eigentlich war es der denkbar schlechteste Zeitpunkt, um in die große Jarlshalle zu gehen. Denn diese würde jetzt sicher gut gefüllt sein.

Und so war es auch! Mehrere Tische waren besetzt, und an einem davon, saß auch Thorsti, der Jarl. Dieser war bereits ein wenig angetrunken, aber er erkannte seine Gäste sofort.

„Ja, da leck mich doch einer am Arsch! Jarl Einar! Olaf! Thoke!", rief er laut, und sofort reckten alle ihre Hälse. Die vier Männer hoben die Arme zum Gruß, und traten an den Tisch. „Was führt meine einstigen Gefährten in meine Halle?", fragte Thorsti fröhlich grinsend, und sah den Thorberg an. Dabei hob er eine Augenbraue. „Kenne ich dich?" Thorberg atmete tief ein. „Das solltest du. Ich bin Thorberg aus Nordbuktavik." Da erkannte Thorsti den Mann. „Ja, der Kerl der Ferun geheiratet hat. Ich erinnere mich!" Dann wandte sich Thorsti wieder dem Einar zu.

„Nun, was führt euch hierher?"

„Eine wichtige Angelegenheit!" Einar blieb zurückhaltend, was den Thorsti aber nicht daran hinderte, seine Gäste zum

Umtrunk einzuladen. „Nehmt Platz!" Dann rief er nach einer Sklavin, die Becher brachte, und diese aus einem Krug füllte. „Was gibt es zu feiern?", fragte Thoke neugierig. Da schlug Thorsti mit der flachen Hand auf den Tisch. „Meine Freiheit, Freunde!" Er begann laut zu lachen, setzte seinen Becher an, und leerte diesen in einem Zug. „Die Alwara ist fort! Ja, sie ist geflohen!"

„Geflohen?" Jarl Einar verstand nicht. „Ja, geflohen! Ich habe sie eingesperrt, damit sie mir verrät, was sie hinter meinem Rücken treibt. Aber sie ist geflohen." Da erhob sich Thorsti, den man immer noch den Schönling nannte. „Aber nun genug davon! Lasst uns feiern!" Er griff nach einer Sklavin, die gerade an ihm vorüber ging. Zog sie an sich, riss ihr das Kleid vom Leib, und rief: „Los, tanz für mich, Mädchen!" Er hob sie auf den Tisch, und plötzlich erschallten Trommeln und Flötentöne. Die Sklavin begann zu tanzen, so wie es der Jarl befohlen hatte. Da griff er nach einem weiteren Weib, setzte dieser seinen Becher an den Mund, und schüttete ihr das Bier in den Rachen. „Los, zeig uns was du kannst." Nun kletterte auch die zweite Sklavin auf den Tisch, riss sich die Kleider vom Leib, und bewegte sich aufreizend zu den Klängen. Jarl Einar erkannte, dass mit Thorsti nun kein vernünftiges Wort mehr zu sprechen war. Und so beteiligten sie sich an dem Fest, bis spät in die Nacht.

Am nächsten Morgen saß der Jarl aus Ranrike vor der Halle auf einer Bank. Er brauchte frische Luft. In ihm war der Verdacht gewachsen, dass die Alwara etwas mit der Geschichte zu tun hatte. Bis zu dem Zeitpunkt, da ihm der Alkohol das Hirn vernebelt hatte, musste Einar immer an die Flucht der Jarlsgattin denken. Und bevor er sich mit seinen Männern in sein Lager zurückzog, versuchte er den Thorsti zu seinem Weib zu befragen. Und dieser erzählte, dass Alwara irgendwann begonnen hatte, einen kleinen Reichtum anzuhäufen. Das war es, was ihm seine Spitzel berichtet hatten. „Ich wollte es wissen, und habe sie eingesperrt, damit sie redet", erzählte der Jarl von Tautra. „Doch Alwara schwieg! Sie ist ein störrisches Weib geblieben. Aber wem erzähle ich das?" Einar nickte zustimmend. Ihm grauste, wenn er an seine Zeit mit der Base des Königs dachte. „Und dann ist sie geflohen. Ich kann dir also nichts berichten, denn ich weiß nichts!"

*

An jedem Tag zog der Asenzorn seine Bahnen durch den großen Fjord. Anfangs verschlug es Einar zum Mündungsgebiet, denn dort waren sie ja dem Borkell zuerst begegnet. Doch die Suche blieb ohne Erfolg!
Aber dann hörten sie von Überfällen auf Händler, die im Osten des Fjordes stattfanden. Da entschied sich der Jarl aus Ranrike dorthin zu segeln. Schließlich gab es in Stiklestad, Levanger und Steinkjer auch große Märkte, und diese zogen auswertige Händler an. So fuhren sie die Küste entlang, bis in den Beitstadfjord hinein, um auch in Steinkjer nach Borkell zu suchen. Dabei begegneten ihnen immer wieder die Schiffe des Königs, doch auch diese blieben bei ihrer Suche scheinbar ohne Erfolg.
An einem sonnigen Morgen, es war ein Odinstag, da machte sich Einar auf den Weg nach Stiklestad. Sie segelten die Ostküste des Ladefjordes entlang, und waren noch gar nicht lang unterwegs.
„Da drüben", rief Thure, der als Ausguck hoch oben auf der Rahe saß. „Dort ist eine Schnigge!"
Sofort lief Einar zum Bug und stellte sich an Backbord an die Reling. Doch seine Augen waren bei weitem nicht so gut wie die des Thure. Und auch Olaf, der am Vordersteven

stand, sah noch nichts. So dauerte es noch eine Weile, bis sie die Schnigge erblickten. Kjelt hatte bereits den Kurs gesetzt, und segelte dem fremden Schiff entgegen. Obwohl auch er es bisher nicht gesehen hatte. Sie wollten näher heran, denn schließlich mussten sie entdeckt werden. Sie waren ja der Köder für den Borkell. Und diesmal schien ihnen das Wohl der Götter sicher zu sein!

„Er hat uns entdeckt, Jarl Einar!" Thure behielt den fremden Segler im Auge, und er täuschte sich nicht. „Die Schnigge hat den Kurs gewechselt. Sie kommt auf uns zu!" Olaf trat zu seinem Anführer. „Er könnte es sein", stellte er fest. Und dann kam die Schnigge heran, und sie sahen das Banner hoch oben am Mast. Freudig schlug Einar mit der Faust auf die Reling: „Jetzt kriegen wir dich, Borkell!" Er wandte sich um. „Legt die Pfeile an die Sehnen!" Einar sah Olaf an. „Wir wollen ihn doch gebührend begrüßen." Männer kamen heran, und legten Enterhaken bereit, mit denen sie die Schnigge an sich binden wollten. „Verhaltet euch ruhig", rief Olaf der Besatzung zu. „Sie sollen so lange es geht denken, dass wir Händler sind."

Nun kam die Schnigge schnell näher. Jarl Einar gab den Befehl vor dem Schiff zu fliehen, und Kjelt legte sich in das Seitenruder. Und der Wikinger schluckte den Köder! Sofort nahm Borkell, der Schwarze, die Verfolgung auf. Und da die Schnigge schneller war, als das Knarr Asenzorn, kamen sie näher heran. Bald schon segelten die Schiffe Seite an Seite, und da gab Einar den Befehl, die Haken zu werfen. Jetzt war die Überraschung auf der Schnigge groß, denn die Wikinger hatten ihrerseits bereits Enterhaken geworfen, und nicht damit gerechnet, dass ihr Opfer dies ebenfalls tat. Und während die Wikinger darauf warteten den vermeintlichen Händler zu entern, gab Einar den Befehl zu schießen.

Wieder hatte es der Jarl aus Ranrike geschafft den einstigen Trøndncrhauptmann zu übcrrumpeln.

„Was geschieht hier?", rief Vestein entsetzt. Doch Borkell riss sein Schwert in die Höhe, und stürmte auf die Reling. Kräftig zogen die Männer an den Tauen, und die beiden Schiffe rückten zusammen. Der Kampf begann!

Und nun erkannte Borkell mit wem er es zu tun hatte. „Jarl Einar, du elende Ratte. Du bist lästig wie eine Mücke!"

„Die Mücke ist gekommen, um dich zu stechen", erwiderte Einar böse. „Diesmal hole ich deinen Kopf!"

Doch Borkell war schneller, und sprang auf die Planken des Asenzorns, wo ihn Einar erwartete. Mit aller Kraft schlug der Krieger mit dem schwarzen Haar auf den Jarl ein. Die Klingen trafen klirrend aufeinander, und Einar rief: „Du hast etwas, dass will ich haben!" Da lachte Borkell auf. „Es gibt nur eines, das du von mir haben kannst. Das ist mein Eisen in deinem Fleisch!" Wieder schlug er zu, und wieder fing die Klinge des Blutauges den Schlag auf.

Auf beiden Schiffen wurde nun heftig gekämpft, und so wurden Einar und Borkell auseinander gedrängt. Der Versuch dem verhassten Feind wieder näher zu kommen, wurde immer wieder durch kämpfende Krieger vereitelt. Dass die Besatzung des Einar, der des Borkell an Kriegern weit überlegen war, war dem Olaf längst aufgefallen. Er kämpfte sich an die Seite des Einar, und rief: „Er hat nur wenige Krieger an Bord." Einar, der gerade einen Angreifer zurück gegen die Reling drängte, stimmte seinem Stevenhauptmann zu. Auch ihm war aufgefallen, dass die Wikinger an Zahl unterlegen waren. Natürlich musste Einar eingestehen, dass er auch viele Krieger an Bord genommen hatte. Und er bemerkte, dass Borkell seine Männer zurück rief. Auch dem Schwarzhaar war die Überlegenheit der Ranriker aufgefallen. Aber Einar rief immer wieder: „Lasst sie nicht fliehen!" Der Stevenhauptmann stand nun neben dem Jarl, denn ihnen waren die Gegner ausgegangen. Da plötzlich sagte Olaf etwas, das dem Jarl zu denken gab. „Hast du die Königin gesehen? Glaubst du wirklich, er hat die Andur an Bord? Ich habe sie nirgends gesehen!" Auch Einar hatte die Königin nicht auf der Schnigge ausmachen können. „Was willst du damit sagen, Olaf?" „Sie ist nicht hier! Ich glaube, dass er irgendwo ein festes Lager hat. Ja, er muss eines haben", sprach der Stevenhauptmann. „Darum hat er auch nur so wenige Krieger an Bord."

„Dann müssen wir sein Lager finden", rief Einar, und Olaf pfiff durch die Finger. „Rückzug!", schallte es über die Schiffe. Von beiden Seiten wurden die Taue, die die Schiffe aneinander banden, mit Axthieben durchtrennt. Und die Schnigge nahm schnell Fahrt auf. Der schlanke Segler nahm Kurs nach Westen, und Einar gab den Befehl ihm zu folgen. Diesmal aber, hatte Borkell das schnellere Schiff, und so wurde der Abstand immer größer. Nun standen der Anführer und sein Stevenhauptmann, so wie Thorberg und Thoke am Bug des Knarrs und sahen der Schnigge hinterher. „Wo will der Dreckskerl hin?", fragte Thorberg, und Thoke antwortete ihm. „Wenn ich es nicht besser wüsste, würde ich sagen, er will nach Tautra." Was der Zimmermann unüberlegt herausgeplappert hatte, öffnete seinem Jarl die Augen. „Thoke, mein Freund, du hast Recht!" Er klopfte dem Mann auf die Schulter. Und dieser, eigentlich nicht schwer von Begriff, sah seinen Jarl fragend an. „Alwara!", rief Einar erfreut, und begann laut zu lachen. „Du glaubst wirklich?", fragte Olaf, und nun verstand auch Thoke. „Bei allen Göttern in Asgard. Natürlich, die Alwara!"

*

Schnell waren sie sich an Bord des Knarrs darüber einig geworden, dass Borkell, der Schwarze, sein Lager auf Tautra haben musste. Dies war der Grund für Alwaras plötzlichen Reichtum. Doch es stellte sich die Frage, wo auf Tautra. „Wo würdest du dein Lager aufschlagen, Olaf?", fragte Einar grinsend. Und der große Blonde verstand sofort. „Natürlich! Er hat unseren Lagerplatz gewählt, der Fuchs!" Es gab keinen Grund mehr, den Segler zu verfolgen, denn sie waren sich sicher, dass Versteck des Piraten zu kennen. Kjelt erhielt den Befehl die nördliche Küste der Nordinsel anzusteuern.

Die Männer des Einar waren an einem der steinigen Strände an Land gegangen. Hier kannten sie sich aus, und den Jarl überkam ein Hauch von Schwermut. Nicht weit des Platzes, den sie für ihre Landung ausgesucht hatten, stand die alte Schmiede in der Einar und seine Schwester einmal gelebt hatten. „Was schaust du so nachdenklich?", fragte Raban seinen Freund und Anführer. „Dort drüben!" Einar zeigte nach Osten, zu dem nahen Wald. „Dort, in dem Wald steht die Schmiede von Visgeir, den man den Hammer nannte. Dort habe ich einige Jahre meiner Jugend verbracht." Jetzt verstand der Sachse. „Und nun fragst du dich, ob die Schmiede noch steht?" Einar nickte. „Das Rätsel wäre leicht zu lösen, wenn du dich dorthin begibst." Jarl Einar rief Olaf heran. „Dort am Waldrand errichtet ihr das Lager", befahl er dem Schiffsführer des Asenzorns, und zeigte über den Strand zu den Bäumen. „Ich werde mit Raban zu der alten Schmiede gehen."

„Glaubst du, von der Schmiede steht noch etwas?", fragte Olaf, denn er kannte den Ort natürlich auch. „Genau dies, will ich herausfinden", kam die Antwort des Jarls. „Aber sei vorsichtig, von der Schmiede ist es nicht mehr weit zur Küste, hinter der Landzunge."

Da blickte Einar den Raban an, und dieser nickte nur. Er hatte verstanden, was der Jarl dachte. Gemeinsam mit dem Sachsen schlug sich Einar in den Wald, und bald schon fanden sie den kleinen Teich, aus dem er vor vielen Wintern den Sohn Jarl Oyvinds gefischt hatte. Diese Geschichte erzählte er nun dem Raban. „Dann war dies der Grund, warum du zum Jarl wurdest." Einar nickte. „Ja, so war es wohl! Als Oyvind mich zu seinem Sohn machte, zeigte sich, welches Schicksal die Nornen für mich gesponnen hatten." Bald erreichten sie die kleine Lichtung, auf der die Hütte mit der Schmiede stand. Sie war längst verfallen, doch der Jarl erinnerte sich an jeden Tag, den er in dieser Schmiede verbracht hatte. Und die Erinnerung an seine Ziehschwester Thordis erwachte. Es dauerte eine Weile bis Einar aus seinen Erinnerungen erwachte, doch dann zeigte er nach Osten. „Dort geht es lang, zu der kleinen Bucht hinter der Landzunge." Raban nickte zustimmend, denn schließlich waren sie dort schon öfter gewesen.

„Hinter dem Wald", bestätigte er. „Wir sollten uns vergewissern, dass wir mit unserer Vermutung wirklich richtig liegen."

Eine Weile gingen sie durch den Wald, bis sie sich der Küste näherten. Hatten sie sich vorher noch unterhalten, so schwiegen sie nun. Schließlich wollten sie nicht entdeckt werden, und sie mussten damit rechnen, dass Borkells Wachen am Rande des Lagers standen. Ein großer Haselnussbusch gab ihnen Deckung, als sie die Zelte des Lagers entdeckten. Tatsächlich hatte der Wikinger hier sein Lager aufgeschlagen. „Dieses verdammte Weib", flüsterte Einar, und meinte damit die Alwara. Jetzt war es sicher, dass diese ihre Finger im Spiel hatte. Zufrieden zogen sich die beiden Männer zurück. Sie waren unentdeckt geblieben, und wussten nun, was sie wissen mussten.

Schon am nächsten Tag wollte Einar das Lager überfallen. Es sollte geschehen, bevor König Grjotgard das Lösegeld zahlte, um sein Weib zurück zu bekommen. Eigentlich hatte sich Jarl Einar sowieso gewundert, dass dies nicht längst geschehen war. Grjotgard liebte die Andur wirklich, daran bestanden keine Zweifel. Warum hatte er mit dem Lösegeld gezögert? Denn eine solche Forderung hatte es sicherlich längst gegeben.

Alle Krieger sollten den Jarl begleiten. Niemand sollte im Lager zurückbleiben. Er wollte dem Borkell und seinen Kriegern keine Aussicht auf einen Sieg lassen. Jetzt musste die Entscheidung fallen!

Es war ein schöner Tag, und die Sonne stand bereits im Zenit, als sie sich dem Lager der Wikinger näherten. Einar teilte seine Gefolgschaft in zwei Gruppen ein. Die eine führte Olaf, die andere er selbst. Von zwei Seiten wollten sie die Entführer in die Zange nehmen.

Eine Weile wartete Einar, bis das Hornsignal erklang. Dies war das Zeichen, dass Olaf bereit zum Angriff war, und in das Lager des Wikingers stürmte. Und so taten es ihnen die Krieger des Jarl Einar, auf der anderen Seite gleich.

Die Überraschung gelang! Zwar stellten sich die Wachen des Borkell den Angreifern, gingen aber schnell zu Boden. Jarl Einar sah sich um, und suchte nach dem größten der Zelte. „Dort rüber!", rief er, als er es entdeckt hatte. Dies musste das Zelt des Anführers sein. Und genau dort vermutete er die Andur.

Das Geschrei und Gebrüll im Lager hatte den Anführer der Wikinger aufmerksam gemacht, und genau aus diesem Zelt trat der schwarzhaarige Krieger heraus. Und er erkannte sofort, was vor sich ging. Nun wollte er zurück in das Zelt, was dem Einar bewies, dass Andur noch in seiner Hand war. Borkell wollte die Königin als Geisel, als seinen Schild missbrauchen. Doch Jarl Einar war zu schnell bei ihm!

„Nun entkommst du mir nicht mehr, Borkell", rief er, als er
auf das Zelt zu stürmte. Die Klinge des Jarls fuhr sofort auf
den Borkell nieder, und dieser hatte größte Mühe den
Schlag abzuwehren. „Einar!", rief er wütend, und hieb nun
seinerseits mit dem Schwert auf den Gegner ein.
Sein Frankenschwert Blutauge bescherte dem Jarl aus
Ranrike allerdings mehrere Vorteile. Die Klinge dieses
Schwertes war länger als die der Wikingerschwerter, und sie
war viel härter. Außerdem war sie auch schärfer, und das
Schwert Blutauge war leichter. Es ließ den Arm Einars nicht
so schnell ermüden. Es war das Geschenk eines Königs, und
das Werk eines Meisters der Schmiedekunst. Und dies sollte
der abtrünnige Hauptmann des Grjotgard Herlaugsson jetzt
zu spüren bekommen.
Eine Weile ließ sich Einar den Borkell austoben. Doch wie
der Jarl es vermutet hatte, dauerte es nicht lange, und seine
Schläge verloren an Schnelligkeit. Sie wurden auch spürbar
kraftloser. Es war dem Jarl aus Askby ein leichtes, diese nun
abzuwehren. Doch der Borkell bemerkte natürlich auch,
dass ihn die Kraft verließ, und so suchte er erneut den Weg
in das Zelt. Dies sollte sich aber nun noch schwieriger
gestalten, denn Einar hatte sich so platziert, dass er vor dem
Eingang stand. Er musste Andur schützen, und wollte
Borkell hinein, musste er an Einar vorbei.
Grinsend sah der Jarl den einstigen Hauptmann an. „Deine
Zeit in Midgard findet heute ein Ende, Borkell", drohte er
dem Mann, der ihn nur zu gerne getötet hätte. „Ohne die
Krieger des Königs bist du ein Nichts!"
„Um dich zu töten, wird es reichen", prahlte der
schwarzhaarige Kämpfer, musste aber husten, da er heftig
nach Luft rang. „Genug geredet, Schwarzhaar!"
Einar schlug zu. Wieder und wieder fuhr das Schwert mit
dem roten Stein auf den Piraten nieder. Und die Klinge, die

einst sein Urahn von Kaiser Karl zum Dank erhalten hatte, traf ihr Ziel.

„Die Götter warten auf dich, Borkell! Begegne ihnen mit Ehrfurcht!" Der Entführer der Königin konnte nicht mehr Antworten, denn ihm fehlte jetzt der Atem. Und dann geschah es! Die Klinge Einars strich über seinen Bauch, und schnitt ihm eine tiefe Wunde hinein. Der Krieger jaulte auf, und sah an sich herab. Langsam quoll das Blut, und tränkte den Stoff seiner knielangen Tunica.

„Du elender Dreckskerl", raunzte er den Jarl an. Er hob sein Schwert zum Schlag, doch dies hatte Einar erwartet. Mit einem kräftig geführten Schlag, traf er den Unterarm des Borkell, und dessen Hand, die das Schwert führte, fiel zu Boden. Jetzt stieß der Jarl mit dem Blutauge zu. Die spitze Klinge des Frankenschwertes grub sich tief in die Brust des Borkell hinein. Wieder blickte der einstige Hauptmann an sich herab. Sein eigenes Schwert in der abgeschlagenen Hand, lag vor seinen Füßen. Er sah wie Einar seine Klinge aus der Brust zog. Dann sank Borkell auf die Knie. Mit starrem Blick sah er den Mann mit dem blutunterlaufenenen Auge an. Er wollte noch etwas sagen, doch die Walküren[39] verweigerten ihm diese Gunst. Der letzte Hauch des Lebens, entrann seinem Mund. Borkell war tot!

*

Der Kampf hatte ein schnelles Ende gefunden. Die Männer des Borkell, die noch unversehrt waren, hatten ihre Waffen niedergelegt und sich ergeben. Der Verlust ihres Anführers hatte ihnen den Kampfeswillen genommen. Die Ranriker begannen ihre Verletzten zu versorgen, und Jarl Einar und

---

[39] Walküren – Die Töchter Odins geleiten die toten Krieger nach Asgard , wo sie in Walhalla oder Folkwang einkehren

Gisli stürmten in das große Zelt. Dort fanden sie die Andur. Sie lag gefesselt auf einem großen Fell. Einar sah Gisli an und lächelte erfreut. Die Königin lebte!

„Den Göttern sei gedankt!"

Überglücklich hatte die Königin den Einar umarmt, nachdem dieser ihre Fesseln gelöst hatte. Und auch der Gisli, der ihr Schwiegersohn war, bekam ihren Dank zu spüren. Sie hatte sofort verstanden, dass diese Männer den weiten Weg auf sich genommen hatten, um sie zu retten. Und sie verstand, dass es die Ranriker waren, und nicht ihr Gemahl, die sie fanden und befreiten.

Gemeinsam traten sie aus dem Zelt, und Andurs Blick fiel auf die Toten und Verletzten, die überall im Lager herumlagen. Einige von ihnen wurden versorgt, andere nicht. Dann sah sie den reglosen Körper des Borkell. Tränen der Freude liefen über ihre Wangen, als sie zu dem toten Wikinger ging. „Du elender Trollschiss!" Sie spuckte auf den Leichnam, und sah dann die anderen Gefangenen.

„Sie alle sollen ihm folgen", befahl die Königin zornig. Dann wandte sie sich den Männern und Frauen aus Einars Gefolgschaft zu, und dankte ihnen für ihre Befreiung. „Ihr habt die Königin gehört", sprach Einar streng. „Also, beginnt!"

Der Befehl der Königin hatte die Krieger schon verwundert, denn so Hart kannten sie Andur nicht. Doch Raban und Kjelt hatten sich jeder eine langstielige Axt gegriffen, und waren ohne zu zögern zu den Gefangenen getreten. Der Steuermann trat vor einen der Krieger des Borkell. „Auf die Knie", befahl er, doch der Mann blieb stehen. „Wie du willst!" Kjelt holte weit aus, und schlug ihm die Axt in den Schädel. Der Mann, vor den der Raban trat, hatte sich auf die Knie niedergelassen. „Die Götter haben mir einen Tod im Kampf verweigert. Reicht mir wenigstens ein Schwert." Da sah Raban seinen Anführer fragend an. „Ihr habt die

Königin entführt, und euer eigenes Volk bestohlen und getötet. Nein, ihr habt Walhalla nicht verdient!" Er nickte, und der Sachse schlug zu. Die scharfe Axt trennte den Kopf sauber vom Rumpf, und dieser rollte bis zu dem toten Borkell, neben dem er liegen blieb. Thure hatte derweil damit begonnen, die verletzten Krieger des abtrünnigen Hauptmannes niederzustechen. Ohne ein Wort zu verlieren, ging er von einem zum anderen, und stach ihnen sein Saxmesser in die Brust oder zog es durch ihre Kehlen. Und nach kurzer Zeit war die Gefolgschaft ihrem Anführer gefolgt. „Los, sammelt Holz", befahl Einar. „Wir wollen sie verbrennen." Doch wieder sprach Königin Andur verärgert und hasserfüllt: „Nein, Jarl Einar, lasst sie liegen. Sollen sie die Krähen fressen!" Erstaunt sah Einar die Königin an. So kannte er die sanftmütige Andur nicht. Voller Zorn und Rache, die ihre Feinde sogar bis in den Tod verfolgte.

„Ihr habt die Königin gehört. Lasst sie liegen!" Der Befehl gefiel dem Einar zwar nicht, aber er fügte sich. Der Kopf des Borkell verschwand in einem ledernen Sack, und ging mit an Bord.

Nachdem sie die Zelte durchsucht, und Borkells Schatz auf den Asenzorn geladen hatten, machten sie sich auf den Weg nach Lade. Die Befreiung der Königin hatte dem Jarl von Askby sogar noch reiche Beute bescherrt.

Während Andur neben dem Vordersteven an der Reling stand, und den Wind in ihren Haaren genoss, standen Einar und einige seiner Männer am Heckstand und sprachen.

*

17. WURZELN

Die Besatzung des Asenzorns genoss die Zeit, die sie in Lade verbrachten. Sie waren es gewesen, die die Königin befreit hatten, und so wurden sie auch behandelt. Jarl Einar und einige seiner Männer wurden fast an jedem Abend in die Königshalle gerufen, denn Grjotgard war dem Jarl wieder wohlgesonnen. Ja, sogar dankbar war er ihm, was er auch zeigte. Und auch Gisli hatte es geschafft, im Ansehen des Königs zu steigen.

Dann aber begann Jarl Einar darüber nachzudenken, dass es an der Zeit war nach Ranrike zurück zu segeln. Und die Zustimmung unter der Besatzung dafür wuchs. Sie sehnten sich nach ihren Familien. Doch es geschah, womit niemand gerechnet hatte!

Es war bereits an einem späten Nachmittag, als einer der jungen Burschen aus Einars Gefolge in das Gästehaus gestürmt kam. „Jarl Einar!", rief er aufgeregt. „Was brüllst du hier so herum, Tryggve", ranzte ihn der Thure an, doch der Bursche ließ sich nicht beirren. „Wo ist Jarl Einar, Mann? Es ist wichtig", fragte er drängend. „Na, da drüben", zeigte Thure zu einem der Tische, an dem der Jarl mit Thorberg und Gisli saß. „Der Wellenwolf ist hier!" Thure stutzte kurz, und folgte dem jungen Kerl.

„Jarl Einar, der Wellenwolf ist in Lade", rief der Bursche schon von weitem durch den Raum.

Einar wandte sich dem Tryggve zu. „Was redest du da? Du musst dich täuschen." Doch der junge Kerl blieb bei seiner Behauptung. „Ich kenne doch unsere Schnigge. Es ist der Wellenwolf, der in den Hafen eingefahren ist."

Mit fragendem Blick sah Einar seinen Schwager an, und dieser zuckte unwissend mit den Achseln. „Dann sollten wir wohl in den Hafen gehen und uns davon überzeugen, ob es stimmt, was Tryggve sagt."

„Ihr könnt mir glauben, es ist der Wellenwolf", beschwerte sich der junge Tryggve, und war ein wenig beleidigt. So erhoben sie sich, und verließen das Gebäude.

Als die Männer in den Hafen kamen, waren sie nicht wenig erstaunt. Es war tatsächlich die Schnigge Jarl Einars, die da an einem der Anlegestege festgemacht war. Und als sie näher kamen, wurden sie auch sofort erkannt. In Einar stieg die Aufregung. Irgendetwas musste geschehen sein, sonst hätte sich niemand aus Ranrike hierher auf den Weg gemacht. „Jarl Einar", schallte den Männern eine Stimme entgegen. „Ich habe schon einen Mann losgeschickt, um nach dir zu suchen." Es war Ubbe, der an der Reling stand, und nun auf den Anlegesteg sprang. Die Männer begrüßten sich, und Einar fragte nach dem Grund von Ubbes Anwesenheit. „Was tust du hier? Ich dachte du bist auf Wikingfahrt!"

„Es ist kein schöner Grund, wie du dir denken kannst."

„Ist etwas mit Ilva? Geht es meinem Weib gut?", drängte Einar, und ihn überkam große Angst. Doch Ubbe winkte ab.

„Ihr geht es gut, und dem Kind in ihrem Bauch wohl auch. Nein, es ist König Ragnar."

Nun ahnte Einar was geschehen war. „Ich war mit Ragnar in Britannien auf Raubzug. Und er war wenig erfreut, dass er wieder auf dich verzichten musste." Da nickte der Jarl.

„Ragnar habe ich ganz vergessen. Ich versprach ihm, an seinem nächsten Raubzug teilzunehmen." Nun war es Ubbe der nickte. „Und das hat der König nicht vergessen. Er war so wütend auf dich, dass er dir ausrichten lässt, er will dich sofort sehen!" Dies gefiel Jarl Einar überhaupt nicht. Und ihm schwante böses.

„Dann werden wir aufbrechen, und nach Älvsborg segeln."
Doch Ubbe war noch nicht fertig. „Hör zu, Einar, ich sprach
mit einem Jarl aus Ragnars Rat. Der König will dich aus
Askby vertreiben, und es ist ihm diesmal wirklich ernst!"

„Sind unsere Leute in Gefahr?", fragte da Thorberg erregt,
und dachte an sein Weib Ferun, und an sein Kind. Doch
Ubbe schüttelte seinen Kopf. „Ich denke, jetzt noch nicht.
Aber…!"

„Aber was?", wurde Einar nun laut. „Aber das kann sich
ändern, wenn du nicht vor Ragnar trittst, Jarl!"
Die Antwort des Ubbe reichte Einar. „Wir werden sofort
nach Askby segeln." Er wandte sich an Thoke. „Sorge
dafür, dass alle fertig sind. Ich gehe in die Burg zu König
Grjotgard, um mich zu verabschieden." Der Zimmermann
nickte, und ging. Und auch Jarl Einar machte sich auf den
Weg.

Er konnte in die Halle eintreten, ohne dass man ihn aufhielt.
Und so trat er vor die königliche Familie. Erstaunt sah
Grjotgard auf, während die Königin den Einar strahlend
begrüßte. „Einar, was führt dich zu uns?", fragte sie, und
Einars Gesichtsausdruck ließ ihr Lächeln verschwinden.

„Wir müssen euch verlassen. Wir müssen zurück nach
Ranrike. Sofort!"
Grjotgard erhob sich und trat dem Einar entgegen. „Warum
so eilig?" Da berichtete Jarl Einar von dem, was geschehen
war. „Es scheint, als würde mir Ragnar meine Herrschaft
nehmen!" Danach verabschiedete er sich, und machte sich
auf den Weg zum Gästehaus.

Es war nicht Andur, sondern ihr Sohn Sigurd, der sich an
seinen Vater, den König wandte. „Er ist ein guter Mann,
dieser Jarl", sprach er. „Auch als ihr im Streit gelegen habt,
hat er sich für deine Familie eingesetzt. Wer tut so etwas?"

„Was willst du damit sagen, Sigurd?", fragte Grjotgard.

„Wie ich hörte, war er ein guter Jarl auf Tautra. Was man von Thorsti wohl nicht behaupten kann." Sigurd blickte zu seiner Mutter, und diese blinzelte mit dem Auge, denn sie verstand sofort worauf Sigurd hinaus wollte. „Wenn dieser König Ragnar ihn nun aus Ranrike vertreibt, frage ich mich, ob er nicht der bessere Jarl in Sørhamna wäre."

„Du meinst…?" Nachdenklich strich sich Grjotgard über den Kopf. „Aber was mache ich mit Thorsti?"

„Thorsti kann froh sein, wenn er seinen Kopf behält, nachdem was man von seinem Weib so hört", sprach Sigurd streng. „Das ist wohl wahr! Nachdem meine Base mit dem Feind paktiert hat, und ihr Gemahl nicht in der Lage war, dies zu verhindern, sollte ich ihn bestrafen." Grjotgard bestätigte nickend seine eigenen Worte. „Ich habe ihn zum Jarl gemacht, und ich kann ihm den Titel auch wieder nehmen!"

Als sich die Krieger aus Ranrike auf den Weg in den Hafen machten, ahnten sie nicht, dass sie dort bereits erwartet wurden. Es war der König selbst, der auf dem Anlegesteg vor dem Asenzorn stand. Überrascht sahen die Männer und Frauen den König an, als sie an ihm vorbeischritten, und auf das Knarr kletterten. Die Schnigge Wellenwolf hatte an einem anderen Steg gelegen, und war bereits in die Nidälv gesegelt. Jarl Einar trat vor den König, und sah diesen ebenfalls verwundert an. Da sprach Grjotgard: „Mein Sohn ist ein schlauer Kerl." Einar nickte, obwohl er nicht verstand, was der König damit sagen wollte. „Ich habe dir viel zu verdanken, und daher sage ich dir, das Tautra einen guten Jarl braucht. Einen besseren als diesen Thorsti. Deine Heimat wartet auf dich, Einar. Ich biete dir die Insel Tautra zum Lehen an." Einar wollte etwas sagen, doch der König hielt ihn davon ab. „Du musst dich heute nicht entscheiden. Reise nach Ranrike. Denke nach, und trete vor deinen

König, so wie dieser es von dir verlangt hat. Danach kannst du dich entscheiden, ob du zurückkehren willst." Da nickte Jarl Einar, dankte Grjotgard, und bestieg den Asenzorn. Die Männer, die die Worte des Königs gehört hatten, wunderten sich schon, und bald machten die Worte des Trøndnerkönigs auf dem Schiff die Runde.

Es war das einzige Gesprächsthema auf der langen Reise. Einige waren strickt dagegen Ranrike zu verlassen, denn der Boden war fruchtbar, und alles gedieh wunderbar. Andere, besonders diejenigen welche noch Familie im Trøndelag besaßen, zeigten sich über das Angebot des Ladekönigs erfreut.

*

Als der Asenzorn in den Hafen von Askby segelte, lag der Wellenwolf bereits am Anlegesteg. An Bord hatten sie das Signalhorn geblasen, und vom Turm Antwort erhalten. Sie sahen, wie sich der Hafen mit Menschen füllte. Und sie freuten sich darüber.

Einar stand mit Olaf und Thure am Bug des Knarrs, und sah zu dem breiten Steg hinüber. Dort stand sein Weib mit den Kindern, und der Magd Sif. Natürlich waren auch Harald und Ubbe auf dem Steg. Die Ilva hatte immer noch einen kugelrunden Bauch, doch bis zur Niederkunft konnte es jetzt nicht mehr lange dauern. Freudig wurden die Angehörigen umarmt, und besonders die Kinder waren froh ihre Väter wiederzusehen.

Ein wenig bedrückt trat Einar in sein Haus. Er sah sich um, und genoss den Anblick. Doch er ahnte und befürchtete, dass dies bald Vergangenheit sein würde. Sie nahmen Platz und Sif brachte Becher und einen Krug mit Bier.

Und diesmal war es nicht Einar der zuerst von seiner Reise berichtete, sondern die Ilva sprach beunruhigt über die

Nachrichten, die Ubbe von seiner Raubfahrt mitgebracht hatte. „Ragnar wird uns vertreiben!" Mit diesen Worten endete sie, und sah ihren Gemahl fragend an. Dieser sog hörbar Luft in seine Lungen.

„Ja, das glaube ich auch! Aber das Heil der Götter ist immer noch mit uns", sprach Einar beruhigend, und begann dann von der Reise zu berichten.

Nach dem er geendet hatte, fragte Ilva überrascht: „Und König Grjotgard ist dir wieder freundschaftlich gesinnt?" Einar nickte. „Und das ist noch nicht alles. Der Thorsti ist, nachdem der König erfuhr was Alwara getan hatte, noch tiefer in Ungnade gefallen, als er es bisher schon war. Und er wird nicht länger der Jarl von Tautra sein." Er begann zu lächeln. „Grjotgard will das wir heimkehren, und unseren alten Platz auf der Insel einnehmen."

Ilva konnte kaum glauben, was sie hörte. „Du sollst wieder Jarl von Tautra sein? Wir können in unsere Heimat zurückkehren?" Wieder nickte der Jarl. „Wenn wir das wollen!" Die Ilva wusste nur zu gut wie es war, unter einem König zu leben, bei dem man in Ungnade gefallen war. So war es einst unter Grjotgard, und so war es jetzt unter Ragnar. Dieser hatte bereits bewiesen, dass ihm die widerspenstigen Trøndner längst über waren. „Lass uns in die Heimat zurückkehren, mein Gemahl!" Ilva hatte sich bereits entschieden. Einar aber zögerte. „Wir werden sehen. Ich werde ein Thing einberufen, und auf dem werden wir alle gemeinsam entscheiden." Da sah Ilva ihren Gemahl hoffnungsvoll an. „Bald wird das Kind geboren. Denke daran."

Es war zur Zeit des sechsten Vollmondes, als der Wellenwolf nach Älvsborg kam. Es war ungewöhnlich warm in den letzten Tagen. Der Hafen war gut gefüllt, und es dauerte eine ganze Weile bis sie einen Liegeplatz fanden.

„Ihr bleibt alle an Bord", befahl der Jarl. „Ich nehme sechs
Männer als Leibwache mit mir in die Burg." Dann nannte er
die Namen derer die er mit sich nehmen wollte. Olaf blieb
als Befehlshaber auf der Schnigge. So auch Kjelt, der
Steuermann. „Seid wachsam, und bei dem geringsten
Anzeichen von Gefahr, macht ihr die Leinen los, und segelt
in den Fjord."
Dann verließ Jarl Einar mit den sechs Männern den Hafen,
und begab sich auf den Weg in die Stadt. Immer wieder
begegneten sie den Kriegern der Stadtwache, doch diese
sprachen sie nicht an. So erreichten sie die Burg, die
eigentliche Älvsborg. Ungehindert passierten sie das Tor, in
dem großen Ringwall, und gingen auf das Langhaus zu. Erst
dort wurden sie aufgehalten. „Wo wollt ihr hin?", fragte ein
Wächter unfreundlich. Doch dann sah er dem Einar in sein
Gesicht. „Du bist Einar Blutauge", stellte er fest. Der Jarl
nickte, und trat an den Mann heran. „Jarl Einar Blutauge!",
sagte er drohend, um auf seine höhere Stellung aufmerksam
zu machen. Und der Wächter wiederholte kleinlaut den
Namen. „Jarl Einar Blutauge!"
„Ich will zu König Ragnar!"
Der Wächter nickte. „Du hast Mut, den Ragnar so lange
warten zu lassen." Er trat zur Seite, und gab den Weg frei.
Ohne der spitzen Bemerkung des Mannes Beachtung zu
schenken, trat Einar in das Langhaus, und seine Männer
folgten ihm.
König Ragnar lag auf dem Boden und spielte mit seinem
Sohn. Als er die Männer sah, erhob er sich, ergriff den
Knaben und nahm auf seinem Hochstuhl platz. Den Sohn
setzte er sich auf den Schoß. „Sieh mal, Ubbe, wer uns da
seine Aufwartung macht", sagte er mit spöttischem Unterton
in der Stimme. „Komm näher, Einar!" Der Jarl folgte der
Aufforderung des Königs. Und er hatte sich längst

entschieden, was er tun würde. Egal wie die Unterredung mit König Ragnar endete.

„Ich war auf Raubfahrt! Auf der Insel der Angelsachsen haben wir gute Beute gemacht", sprach Ragnar mit ruhiger Stimme. „Doch ein Jarl war wieder nicht an meiner Seite. Obwohl ich es befohlen hatte." Normalerweise hätte Einar nun das Wort ergriffen, um sich zu rechtfertigen, doch soweit kam es nicht. „Weißt du Ubbe, mein Sohn, vor solcher Gefolgschaft solltest du dich hüten."

Einar war längst bewusst geworden, dass nur der Knabe auf Ragnars Schoß einen Wutausbruch des Königs verhinderte. Und so blieb er ersteinmal still.

Plötzlich erklang die Stimme eines Weibes. „Mein Gemahl, vielleicht solltest du den Mann reden lassen." Es war Königin Aslaug, die mit einem Säugling auf ihrem Arm in die Halle trat. Sie nickte freundlich, und nahm neben ihrem Gemahl Platz. „Nun, Jarl Einar, was hat dich dazu getrieben, meine Befehle zu missachten?", nahm Ragnar den Vorschlag seines Weibes auf. Die Krieger an Einars Seite sahen sich beunruhigt an. „Es war die Entführung einer Königin, die mich in das Trøndelag zog", antwortete Einar dem König wahrheitsgemäß. Erstaunt sah Ragnar den Jarl an. „Wie soll ich das verstehen?"

„Mein Erzfeind, Borkell, den man den Schwarzen nannte, hat Königin Andur entführt. Die Königin war mir immer wohl gesonnen, darum musste ich ihr zur Hilfe eilen." Niemals hätte Einar damit gerechnet, dass diese Antwort den König erzürnen könnte. „Mir scheint, dich zieht es zu Königinnen hin. König Grjotgard sollte besser auf sein Weib aufpassen", spottete Ragnar, und Einar wusste sofort worauf der König anspielte. „Muss ich mein Weib vor dir verstecken, Jarl von Askby?", fragte er herausfordernd. Einar wollte gerade Antworten, da winkte Ragnar ab.

„Lassen wir die alten Geschichten ruhen. Du hast mich zum letzten Mal enttäuscht, Jarl Einar Thordsson." Da unterbrach Einar den König und ergriff das Wort. „Da gebe ich dir Recht, König Ragnar. Auch du hast mich enttäuscht, und darum habe ich beschlossen deine Herrschaft zu verlassen." Nun war es Ragnar der den Jarl erstaunt und still ansah. Damit hatte er nicht gerechnet. Dann blickte er das Kind an, und sprach: „Hast du das gehört, Ubbe, Jarl Einar wird Ranrike verlassen."

„Ich denke, dies ist es doch was du willst", entgegnete Einar dem Spott. Da sah ihn Ragnar streng an. Er erhob sich, reichte das Kind einer Magd, die neben dem Stuhl der Aslaug stand, und wandte sich dann dem Jarl zu. „Wer meine Herrschaft verlassen darf, bestimme ich, Jarl Einar! Ich alleine!", keifte Ragnar, und der kleine Sigurd auf dem Arm der Königin, begann zu weinen. „Ragnar", ermahnte die Königin ihren Gemahl. Dieser sah sein Weib an und nickte. Ruhig ging er ein paar Schritte. „Einar Blutauge", sprach er nun in ruhigem Ton, doch man merkte ihm seinen Zorn durchaus an. „Du wirst Ranrike verlassen, und ich gebe dir einen halben Mond Zeit dazu. Danach werden meine Truppen dich vertreiben." Einar sah den König, der einmal sein Freund war an, und nickte zustimmend. „Das wird nicht nötig sein, Ragnar." Ohne Gruß wandte sich Einar um, und verließ mit seinen Männern die Königshalle.

„Es ist also entschieden?", sprach Thorberg zu seinem Schwager. Dieser nickte. „Ja, es ist entschieden!"

*

„Das wird Ragnar gar nicht gefallen", sprach Olaf grinsend, und sah zum Land hinüber. Dort stieg dunkler Rauch in den Himmel, und die gerade erst neu erbauten Gebäude von Askby brannten lichterloh. Einar selbst hatte den Befehl gegeben, jedes Haus und jeden Stall in Brand zu stecken. Er selbst hatte die erste Fackel an das Dach der Jarlshalle gelegt. Und nun war das ganze Dorf ein Flammenmeer.

Elf Tage waren seit dem Besuch in der Königshalle vergangen, und noch in Älvsborg hatte Jarl Einar ein weiteres Knarr gekauft. Dieses hatten sie nach Askby gebracht, und es Thure und dem Brok übergeben, die es für die Überfahrt in den Norden überholten. Und das Schiff hatte es bitter nötig.

Es gab nur wenige Bewohner die es vorzogen in Ranrike zu bleiben. Sie entschlossen sich nach Borkasvik zu gehen, und sich dem dortigen Jarl anzuschließen. Einar konnten sie nicht umstimmen, dass er ihnen ihre Häuser ließ. Zu groß war dessen Wut auf den König.

Das Vieh des Dorfes nahmen sie mit sich, denn auf den Schiffen war für die Tiere kein Platz. Alle anderen begannen damit ihr Hab und Gut für die Reise zu verpacken, und in den Hafen zu bringen. Und dann kam der Tag des Abschieds, an dem viele mit Wehmut die Schiffe bestiegen. Nur die Krieger des Einar hatten sich im Dorf verteilt, und begannen damit ein Inferno zu entfachen.

„So wie wir dieses Land vorfanden, so werden wir es auch wieder verlassen", sagte Jarl Einar streng, und sah zum Ufer hinüber. „Sollen sich doch die Gauten das Land nehmen." Der Jarl war auf das höchste Maß über König Ragnar erbost. Und er wusste nur zu genau, dass er wieder vor einer Auseinandersetzung mit seinem Freund Jarl Breka floh, den der König mit seinen Kriegern nach Askby schicken würde. Er wusste aber auch, dass dies nicht jedes Mal gelingen würde. Aber noch war es nicht soweit, dass sich die beiden Freunde, als Feinde gegenüber stehen sollten.

Es war schönstes Sommerwetter, als die drei Schiffe des Jarl Einar an der Mündung des Svanefjordes vorbeizogen. „Es wird ihm sicher nicht gefallen, dass wir Askby den Flammen übergeben haben", sprach Thoke zu seinem Jarl.
„Nein, das wird es nicht", antwortete Einar. „Und wir müssen das Kattegat erreichen, bevor die Boten des Königs, dem Breka ihre Befehle überbringen."
„Du glaubst…?"
Einar nickte. „Ja, das glaube ich! Sobald der König erfährt, dass ich sein Dorf im Osten niedergebrannt habe, wird er uns hinterher jagen." Da nickte auch Thoke, denn dies konnte er sich durchaus vorstellen. Es war ja nicht nur ein Dorf, welches Ragnar verlor. Das ganze Grenzland im Osten war nun ohne Verteidigung, und es würde sicher nicht lange dauern, bis der Gaute Jarl Skögul dies erfuhr.
Zu der Zeit, als die Kiele der drei Schiffe endlich in die Fluten des Kattegats tauchten, trat ein Mann in die Halle der Götaburg, um dem Jarl zu berichten, was der König befohlen hatte. Erstaunt vernahm Breka die Befehle seines Herrn, und er erfuhr nun auch, dass Einar fort war. Doch Breka hatte es nicht eilig seinen Freund zu verfolgen, und ihn der Rache des Königs von Ranrike zuzuführen. „Macht vier Schniggen seeklar, damit wir sie verfolgen können", befahl er dem Hauptmann Asgrim. „Aber Asgrim, lasst euch Zeit damit." Der Hauptmann verstand, und grinste. So gab der Jarl auf der Götaburg dem Einar noch etwas Vorsprung, bevor seine Schniggen den Hafen verließen, um die Verfolgung aufzunehmen.

Die ersten beiden Nächte blieben sie auf See, und erst in der dritten Nacht, wagten sie an Land zu gehen. Einar hoffte, dass König Ragnar den Brand in Askby noch nicht entdeckt haben würde. Schließlich war der halbe Mond, den er als Frist gesetzt hatte, erst jetzt vergangen. Hielt er sich an sein eigenes Wort, würde er nun Schiffe nach Askby senden. So dürfte er erst in einigen Tagen von dem Brand erfahren. Dass König Ragnar aber bereits den Breka ohne dieses Wissen alarmiert hatte, konnte Jarl Einar nicht wissen.

Am achten Tag segelten sie in das Nordmeer, und nahmen Kurs nach Norden. Und am neunten Tag auf See, rief der Thure, der auf der Rahe hockte: „Segel im Süden!"

Olaf sah hinauf, und der Ausguck zeigte über das Heck des Wellenwolfes nach Süden. Kjelt und Jarl Einar standen am Heckstand der Schnigge und sahen sich um. Vier Segel erblickten sie am Horizont. Einar strich sich über den Bart.

„Glaubst du, dass sind die Ranriker?", fragte der Steuermann. Einar zuckte mit den Achseln. „Sie könnten es jedenfalls sein. Dann aber hat sich Ragnar nicht an seine Worte gehalten!"

Nun machte sich Unruhe auf den Schiffen des Jarls breit. Schließlich hatten alle bemerkt, dass sich ihnen Schiffe näherten. „Was werden wir tun?", fragte Olaf seinen Anführer. „Ich schätze, sie werden uns noch vor Sonnenuntergang eingeholt haben", antwortete der Jarl mit dem roten Auge. „Entkommen können wir den Schniggen nicht. Wir hoffen auf das Heil der Götter, und suchen uns einen guten Platz, um an Land zu gehen. Wenn wir kämpfen, dann nicht auf dem Wasser. Suchen wir uns eine geeignete Stelle." Dem stimmte Olaf zu, und gab den Befehl an Kjelt weiter. Auf dem Wellenwolf fuhren neben der Familie des Jarls, noch weitere vierzig Menschen. Auf den beiden Knarren waren es noch mehr. Und diese wollte Jarl Einar nicht den Fluten des Nordmeeres überlassen.

Eine Weile war vergangen, da rief Thure von der Rahe herab: „Sie tragen das Rabenbanner!"

„Sie sind es also", stellte Raban fest, und Thoke nickte.

„Es ist sicher Breka, der uns folgt. Er weiß wohin es uns zieht."

„Ob es dem Jarl gefällt oder nicht, diesmal werden wir gegen Breka kämpfen müssen." Mit festem Blick sah Raban den Schiffen entgegen. Diese kamen schnell näher. Thoke nickte. „Vielleicht ist es ja das, was die Götter wollen. Breka tritt seine Freundschaft zu Einar mit Füßen, und sollte bestraft werden. Vielleicht muss unser Jarl den Jarl von der Götaburg nun tö…!"

„Schiffe voraus!", schallte es von der Rahe herunter, und ließ die Männer aufhorchen. „Es sind zwanzig Schniggen!"

„Wer könnte das sein?", fragte sich Einar, und sah dabei sein Weib Ilva an. „Vielleicht sind es Schiffe von König Grjotgard", mutmaßte die schwangere Jarlsgattin. Doch Einar schüttelte mit dem Kopf. „Woher sollte er den von unserer Absicht wissen? Nein, es werden Schiffe des Königs von Hardanger sein. Dies ist die Küste seines Landes." Einar zeigte zum nahen Ufer.

Und er sollte recht behalten. Es war die Flotte des hiesigen Königs, auf dem Weg nach Vestfold. Doch dies konnten weder Einar noch Breka wissen. Und der Jarl der Götaburg nahm die Flotte dankend zum Anlass die Verfolgung abzubrechen. „Asgrim, sind das Schiffe die dem Einar zu Hilfe eilen?", rief er dem Hauptmann entgegen, und dieser verstand sofort. „Das ist gut möglich, Jarl. Sie haben direkten Kurs auf uns genommen."

„Sie sind uns an Zahl weit überlegen. Wir sollten uns besser zurückziehen!" Es war der Steuermann, der dem Jarl diesen Vorschlag unterbreitete, und Asgrim stimmte sofort zu. „Gut", sprach Breka. „Kehren wir zur Götaburg zurück. Asgrim, gib den Schiffen das Signal." Das Horn erschallte, und so drehten die Schiffe des Breka auf die offene See ab.

*

Die drei Schiffe segelten in die große Südbucht, und dann in den Hafen von Sørhamna. Dort legten sie an den Stegen an. Sie alle hatten die Überfahrt gut überstanden. Auch der Ilva ging es noch den Umständen entsprechend gut. Doch von fünf schwangeren Frauen, war sie diejenige, deren Niederkunft kurz bevor stand.

„Was tun wir, wenn der König den Thorsti nicht verjagt hat?", wollte Thorberg wissen. Er hatte kein gutes Gefühl dabei, nach Tautra zurückzukehren. Und seinem Weib Ferun ging es nicht anders. Sie hatten während der langen Überfahrt beschlossen, ihr altes Haus in Nordbuktavik zu beziehen. Und auch andere wollten ihnen auf die Nordinsel folgen. Denn wenn sich in dem Dorf nichts verändert hatte, standen dort immer noch einige unbewohnte Häuser. Die Vorstellung, dass dem Dorf auf der Nordinsel wieder Leben eingehaucht würde, gefiel dem Einar recht gut.

Die vollbesetzten Schiffe erregten natürlich die Aufmerksamkeit der Menschen im Hafen. Doch da man die Ankömmlinge erkannt hatte, einige Anwesende sahen sogar Gesippen auf den Schiffen, sprach sich schnell herum, wer da angekommen war. Viele grüßten den Jarl, und einige fragten, ob er sich dem Thorsti unterwerfen wolle. Doch dies wollte Einar natürlich nicht. Es zeigte ihm aber, das Thorsti noch der Jarl auf Tautra zu sein schien.

„Was werden wir nun tun?", fragte Ilva ihren Gemahl.

„Wir bleiben hier! Was sollen wir sonst tun", antwortete Einar.

„Errichtet dort im Osten, vor den Toren der Siedlung ein Lager." Er zeigte in die Richtung, wo er den Weg wusste, der aus Sørhamna hinaus führte. „Ich werde mit dem Wellenwolf nach Lade segeln, und König Grjotgards Versprechen einfordern." So gab Einar, der Jarl ohne Herrschaft, seine Befehle aus. Es geschah sogar, dass die Einwohner der Siedlung den Ankömmlingen halfen, denn diese mussten ihr Hab und Gut aus dem Hafen schleppen. Manche kamen aber auch bei ihren Gesippen unter, und so erfuhren diese, was der König von Ranrike dem Jarl angeboten hatte.

Einar und seine Schiffsbesatzung waren im Hafen geblieben, während der Zug seiner Gefolgschaft bereits die Küste entlang marschierte. Alte, Frauen und Kinder, aber auch die meisten der Krieger, denn Einar hatte nur zwanzig Mann als Besatzung zurückbehalten. Und dies erwies sich als gute Entscheidung.

„Was soll das heißen, Jarl Einar ist hier?", rief Thorsti erzürnt. Er hatte in seiner Halle erst jetzt von der Ankunft des Einar und seiner Gefolgschaft erfahren.

„Er will der Jarl der Insel werden!" Rotger verkündete, was er in Sørhamna gehört hatte.

„Dummes Gerede! Woher willst du das wissen?", fragte der Mann zornig, den man den Schönling nannte.

„Was glaubst du denn, hat den Kerl aus Ranrike hierher geführt. Mit seiner gesammten Gefolgschaft. Außerdem geht das Gerücht, dass der König ihm Tautra versprochen haben soll, schon lange über die Insel." Da beugte sich Thorsti vor, und fuhr sich über den Bart. „Ich hätte nicht gedacht, dass Gjrotgard es wahr macht. Wo sie sich doch nicht grün wahren."

„Einar hat Borkell getötet, und die Königin befreit", sprach Rotger. „Dein Weib dagegen, hat dem Piraten geholfen."

„Was willst du damit sagen?", fuhr Thorsti seinen Krieger an. „Das weißt du doch genau, Jarl Thorsti. Auch von deiner Absetzung erzählt man sich, seit den Vorfällen mit dem Borkell. Und dies nicht nur in Lade. Doch wie es scheint, hast du nicht davon mitbekommen." Nun wurde der Jarl von Tautra ruhig. Er lehnte sich zurück, und strich mit den Händen über die Armlehnen des Hochstuhls. Dabei dachte er an Alwara, die er keineswegs vermisste. Er hatte sich in den letzten Wintern wenig um sein Weib gekümmert, und dies sollte sich nun rächen. Doch warum hatte der König abgewartet, wenn doch die Spatzen es schon von den Dächern pfiffen? „Das sind nur Gerüchte!", streubte sich Thorsti verärgert.

„Ich glaube, der König hat auf Jarl Einar gewartet", mutmaßte Rotger. „Und nun ist er hier!"

„Sammle meine Krieger!", befahl der Jarl von Tautra.

„Was hast du vor, Thorsti?", fragte Rotger überrascht, obwohl er ahnte, was nun passieren sollte. Denn der Jarl hatte sich nie wohl gefühlt, als Anführer. Und dies wussten auch seine Krieger. So war Rotger doch erstaunt, dass er um seine Herrschaft kämpfen wollte.

„Ich werde mir meine Herrschaft nicht kampflos abnehmen lassen. Die Krieger sollen sich vor der Halle sammeln, wir werden die Ranriker zurück ins Meer jagen!"

Da trat ein Mann in die Halle und begab sich direkt zu dem Jarl. „Nun, will mir Einar seine Aufwartung machen?", fragte Thorsti, denn er hatte den Jarl aus Ranrike längst in seiner Halle erwartet. Doch der Mann schüttelte seinen Kopf. „Er ist fort!" Thorsti sah ihn erstaunt an. „Er ist fort?" Der Mann nickte. „Der Jarl aus Ranrike, ist mit der Schnigge fortgesegelt. Nur die beiden Knarren liegen noch im Hafen. Und seine Gefolgschaft ist nach Osten gezogen." Verwirrt sah Jarl Thorsti den Mann an. Da mischte sich Rotger ein. „Er wird nach Lade segeln." Da senkte Thorsti nachdenklich seinen Kopf. Mit bösem Blick hob er diesen wieder, und sah Rotger an. „Du hast meine Befehle gehört. Ruf die Krieger, wir greifen die Ranriker an. Jagen wir sie zurück ins Meer!"

*

303

Groß war die Freude in der Königshalle von Lade, als ein Diener die Nachricht von der Ankunft des Jarl Einar brachte. Sogar König Grjotgard nickte zufrieden, denn er ahnte bereits was dies bedeutete. „Er hat sich also entschieden", sagte er zu seinem Weib, und Andur lachte erfreut. „Ja, er hat sich entschieden! Nun musst du dein Versprechen halten, mein Gemahl." Da nickte König Grjotgard.

„Vielleicht erhalte ich dann von Tautra wieder meine Abgaben", sagte er, und begann herzhaft zu lachen. Von Ingolf hereingeführt, betrat Jarl Einar die Königshalle, und wurde freudig von Königin Andur begrüßt. „Mein Lebensretter", rief sie lachend, und trat von dem Podest herunter, um Einar zu umarmen. Auch Grjotgard trat dem Besucher entgegen. „Nun, ich denke, du hast über meinen Vorschlag nachgedacht, und dich entschieden", kam der König ohne Umschweife zum Thema. Einar nickte.

„Der König von Ranrike war mir nicht mehr wohl gesonnen. Ich will nicht gegen meinen Freund kämpfen, und darum haben wir beschlossen dein Angebot anzunehmen", antwortete der Jarl. „Wir sind zurück in der Heimat!"

„Das ist gut", sprach Grjotgard. „Ich gebe dir deinen Titel, Jarl von Tautra zurück. Geh, und vertreibe Thorsti aus der Jarlshalle!" Ein wenig erstaunt sah Einar den König an. Er hatte nicht damit gerechnet um den Hochstuhl von Tautra kämpfen zu müssen. Schließlich waren diese Menschen seine Untertanen, und er hatte gehofft, dass der Thron bereits verwaist auf ihn wartete. Doch da mischte sich die Königin ein. „Ich gebe dir Sigurd an die Seite." Sie blickte ihren Sohn an. „Du wirst dem Thorsti mitteilen, dass er nicht länger der Jarl von Tautra ist." Prinz Sigurd nickte, und rief nach seiner Leibwache.

„Gut, so soll es geschehen", sprach Grjotgard. „Ich denke, dich zieht es auf die Insel. Also geht!"

Mit beunruhigtem Gesicht trat Rotger vor seinen Jarl. Dieser ritt an der Spitze seines kleinen Heeres. Er hob seinen Arm, und der Zug kam zum stehen. „Ich bringe keine guten Nachrichten, Jarl! Auch wenn Einar nach Lade gesegelt ist, hat er genügend Krieger zurückgelassen, um seine Leute zu schützen."

„Was ist mit dir, Rotger? Hast du etwa Angst?" Die Häme des Thorsti, verärgerte nicht nur den Angesprochenen, sondern auch die Krieger, die hinter dem Jarl standen, und das Gespräch mitbekamen. Viele von ihnen wollten die Ankömmlinge lieber willkommen heißen, anstatt sie anzugreifen. „Angst? Nein, ich habe keine Angst, denn ich weiß, dass heute nicht der Tag meines Todes ist. Doch weißt du das auch?" Mit grimmigem Blick sah Rotger den Jarl an.

„Was willst du mir damit sagen? Willst du mir etwa drohen, Rotger?"

„Ich habe nachgedacht", sprach der junge Krieger zu dem Mann auf dem Pferd. „Du warst uns kein guter Jarl, und nun verlangst du, dass wir gegen die Unseren kämpfen? Diese da, sind unsere Gesippen!"

Der Blick des Thorsti war düster. „Willst du Verrat an mir begehen, Rotger?" Da senkte Rotger seinen Kopf. Doch nun sprang ihm der rothaarige Birk zur Seite. „Bist du noch unser Jarl?"

„Was soll diese Frage?" Thorsti richtete seinen Blick auf den Mann mit dem langen, roten Haar. „Was ist, wenn die Gerüchte stimmen, und du gar nicht mehr Jarl auf Tautra bist?" Nun wurde es unruhig in den Reihen der Krieger. Birk richtete sich an die Männer.

„Vielleicht hat König Grjotgard nur auf Jarl Einars Rückkehr gewartet. Vielleicht ist dieser jetzt unser Jarl!" Nun wurde es unruhig und laut in den Reihen der Krieger. Und die meisten waren sich sicher, dass es nur so sein konnte. Warum sonst war Jarl Einar mit all seiner Gefolgschaft nach Tautra gekommen?

„Schluß damit", rief Thorsti zornig. „Ich bin euer Jarl, und ihr werdet mir folgen!" Doch da zog Rotger sein Schwert, und schlug ohne zu zögern zu. Der Hieb traf Thorsti in die Seite, und er sackte auf dem Pferderücken zusammen. Da griff Birk nach ihm, und zog den Jarl vom Pferd. Nun stürzten sich mehrere Krieger auf den Mann, der röchelnd auf dem Boden lag. Unzählige Axt- und Schwerthiebe bereiteten Thorsti, dem Schönling, sein Ende.

Als Jarl Einar und der Prinz von Tautra in Sørhamna eintrafen, wurden sie bereits in der Jarlshalle erwartet.

„Ich grüße euch", rief Sigurd den vielen Männern entgegen. „Ich bringe euch euren neuen Jarl! Wo ist Thorsti?" Rotger und Birk sahen sich an, und nickten.

„Thorsti, weilt nicht mehr unter den Lebenden", sprach Rotger mit fester Stimme. Erstaunt sahen sich Einar und der Prinz an. „Was ist geschehen?", fragte Einar nun, und Rotger gab diesem Antwort: „ Er wollte, dass wir deine Gefolgschaft angreifen. Doch viele weigerten sich, denn sie haben Gesippen in deinem Lager."

„Außerdem waren wir uns sicher, dass er nicht mehr unser Jarl war", fügte Birk hinzu. Da lachte der junge Sigurd auf.

„Dann ist die Angelegenheit ja erledigt! Ich verkünde euch den Willen des Königs. Jarl Einar ist fortan der Jarl von Tautra. Sein Wort ist Gesetz!" Da brach sofort Jubel in der gutgefüllten Halle aus, und es gab nur wenige, die sich diesem nicht anschlossen.

Es vergingen nur einige Tage, bis das Lager auf den Wiesen vor der Siedlung abgebaut wurde. Ein großer Teil der Ankömmlinge folgten Thorberg und Ferun auf die Nordinsel. Andere bezogen leerstehende Häuser und Hütten in Sørhamna, oder bauten sich irgendwo auf der Insel einen

Hof auf. Und es gab sogar wenige, die ihre alten Häuser wieder bezogen, da diese leer standen, seit sie die Insel verlassen hatten.

Jarl Einar war aus der großen Halle herausgetreten. Nun stand er auf der obersten Stufe der Treppe, die zum Eingang des Langhauses führte. Er sog die warme Sommerluft in seine Lunge, und lächelte. Sein Blick fiel auf das schöne Gesicht der Ilva, die an seiner Seite stand. Er war glücklich! Hatte er Anfangs gezweifelt, dass er Ranrike vergessen könne, so hatten ihn wenige Wochen im Ladefjord vom Gegenteil überzeugt. Auch wenn dieser Boden nicht so fruchtbar war, wie das Land in Ranrike, so war es doch seine Heimat. Sein Blick lag auf dem großen Platz, der mit vielen Leuten gefüllt war, die jubelnd auf ihn warteten. Ein zufriedenes Grinsen machte sich auf seinem Gesicht breit. Niemals hätte er gedacht, nocheinmal hier zu stehen. Doch es schien, als hätten die Götter anders entschieden. Einar war wieder der Jarl von Tautra. Die Nornen hatten sein Schicksal gewebt, und diese Insel war immer noch ein Teil davon.

*

307

Bisher in der Jarlsblut – Saga erschienen:

Der erste Band
Der zweite Band
Der dritte Band
Der vierte Band
Der fünfte Band
Der sechste Band

Weitere historische Bücher:

Die Saga von Sigurd Svensson - Das Schwert des Wikingers
Die Krieger Odins
Die Saga von Erik Sigurdsson - Das Blut der Wikinger
Die Wölfe des Nordens
Der Krieg der Könige

Wikingerwelten (Historische Geschichten) - Band I
Band II
Band III

Der Skalde
Der Skalde II – Odins Wille

Pakt der Barbaren

Die Science Fiction/Fantasy Saga:

Die Lupan Chroniken